歐陽文忠全集

四部備要

集部

中華書局據祠堂本校刊

桐鄉　陸費逵總勘
杭縣　高時顯　吳汝霖輯校
杭縣　丁輔之監造

于役志

景祐三年丙子歲五月九日丙戌希文出知饒州

戊子送希文飲于祥源之東園

壬辰安道貶筠州

甲午師魯貶郢州

乙未安道東行不及送余與君貺追之不克還過君謨家遂召穆之公期道滋景純夜飲

丁酉與損之送師魯于固子橋西興教寺余留宿明日道卿損之公期君貺君謨武平源叔仲輝皆來會飲晚乃歸余貶夷陵

己亥夜過邃卿家話別邃卿病也

庚子夜飲君貺家會者公期君謨武平秀才范鎮道滋飲婦家不來

辛丑舟次宋門夜至公期家飲會者君謨君貺景純穆之道滋飲婦家不來

壬寅出東水門泊舟不得岸水激舟横于河幾敗家人驚走登岸而避遂泊亭子下損之來奕棋飲酒暮乃歸

癸卯君貺公期道滋先來登祥源東園之亭公期烹茶道滋鼓琴余與君貺奕已而君謨來景純穆之武平源叔仲輝損之壽昌天休道卿皆來會飲君謨景純穆之壽昌遂留宿明日子野始來君貺公期道滋復來子野還家餘皆留宿君謨作詩道滋擊方響穆之彈琴秀才韓傑居河上亦來會宿

乙巳晨興與宿者别舟既行武平來追及至下鏁見之少頃乃去午次陳留登庾廟

丙午在陳留

丁未次南京明日留守推官石介應天推官謝郛右軍巡判官趙衮曹州觀察推官蔣安石來小飲于河亭余疾不飲客皆醉以歸

六月己酉次柳子

庚戌過宿州與張參約泊靈壁鎮遊損之園會余有客住宿州參先發檥靈壁待余不至乃行晚次靈壁獨遊損之園舟失水道敗柂

辛亥次青陽

壬子至于泗州晚與國器小飲州廨中

癸丑始見春卿

甲寅乙卯丙辰獨在泗州始食淮魚

丁巳次洪澤與劉春卿同年黃孝恭相遇始識大理寺丞李惇裕洪澤巡檢顏懷玉者錢思公在洛時故吏遂與四人者夜飲五鼓罷明日食畢解舟與飲者別春卿復相送以前晚入沙河乘月夜行嚮小陽與春卿聯句二鼓宿閘下黎明元均來遂至楚州泊舟西倉始見安道于舟中安道會飲于倉亭始食瓜出倉北門看雨與安道奕

庚申小飲舟中會者元均春卿安道余始飲酒移舟檥城西門門閉

泛月以歸
辛酉安道解舟不果別與春卿奕于倉亭晚別春卿
壬戌與元均小飲倉北門舟中夜宿倉亭
癸亥夕與元均坐水次納涼已而大風雨震雹暴至
乙丑與隱甫及高繼隆焦宗慶小飲水陸院東亭看雨始見荷花
丙寅與元均隱甫飲于西倉
丁卯隱甫來會登倉北偃上亭納涼遲客至遂及元均小飲舟中已
而大風震雹遂宿舟中
戊辰余生日具酒爲壽于舟中
己巳與元均泛舟北辰會隱甫小飲宿倉亭
庚午同年朱公綽來自京師
辛未子聰來自壽州夜飲倉亭留宿
壬申泛舟飲于北辰

癸酉隱甫來飲別夜與元均小飲宿倉亭

甲戌知州陳亞小飲魏公亭看荷花與者隱甫朱公綽晚移舟楚望亭陳從益來自京師見余於舟中始聞君謨動靜秀才陳策來自京師夜見余於楚望亭作常州書自泊西倉至于楚望凡十有七日

乙亥次寶應

丙子至于高郵

七月丁丑復見子聰會飲弭節亭

戊寅遂與子聰同舟以前次邵伯

己卯至于楊州遇秀才廖倚夜與倚及子聰飲觀風亭明日子聰之潤州廖倚之楚州伯起來宿觀風亭

辛巳與伯起飲遡渚亭會者集賢校理王君玉大理寺丞許元太常寺太祝唐詔祠部員外郎蘇儀甫

壬午儀甫來小飲觀風亭會者許元唐詔君玉伯起先歸

癸未與許元小飲遡渚亭會者如壬午伯起不來

甲申與君玉飲壽寧寺寺本徐知誥故第李氏建國以爲孝先寺太平興國改今名寺甚宏壯畫壁尤妙問老僧云周世宗入楊州時以爲行宮盡朽墁之惟經藏院畫玄奘取經一壁獨在尤爲絶筆嘆息久之

乙酉小飲秀才呂有家會者如壬午伯起不來余遂留宿

丙戌至于真州大熱無水

辛卯飲僧于資福寺移舟溶溶亭處士謝去華援琴待涼以入客舟

戊戌入客舟泊涵虚亭

庚子次江口

辛丑次長蘆

壬寅夜乘風次清涼寺

癸卯晨至江寧府

八月丙午猶在江寧

丁未小飲君績家

己酉小飲于水閣

庚戌次采石

辛亥阻風與侍禁陳宗顏飲

壬子過太平州夜乘風宿帶星口

癸丑過蕪湖繁昌宿慈母磯

甲寅乘風晝夜行

丙辰禱小姑山神至江州

丁巳在江州約陳侍禁遊廬山余病呼醫者不果往遂行次郭家洲

己未阻風郭家洲與澧陽縣令趙師道飲村市就村人市羊供膳不得余疾謀還江州召廬山僧以醫不果

庚申次盤唐港

辛酉至于蘄陽

壬戌小飲瞿珣家會丹稜知縣著作佐郎范佑蘄春主簿郭公美

癸亥次新冶禱江神得大魚

甲子至于磁湖

乙丑猶在磁湖自丁巳余體不佳至是小間

丙寅至于黃州

丁卯與知州夏屯田飲于竹樓興國寺火約余明日爲社飲不果夜

登江澳次漆磁

戊辰次雙柳夾

己巳次白楊夾

庚午至于鄂州始與令狐修己相識

辛未遣人之黃陂召家兄大風雨不克渡江而還

壬申小飲修己家遂留宿明日家兄來見余於修己家始中酒睡兄家

甲戌飲于兄家

乙亥飲令狐家夜過兄家會宿

九月丙子次沌口

丁丑次昭化港夜大風舟不得泊禱江神

戊寅次穿石磯夜大風擊舟不得寢

己卯至岳州夷陵縣吏來接泊城外

庚辰假舟于邵暧

辛巳壬午入官舟

癸未入荆江次李家洲

甲申次烏沙

乙酉次魯洑

丙戌次塔子口觀魚望五鵝塵角望夫諸山
丁亥次石首夜大風
戊子阻風
壬辰次公安渡
于役志一卷

太祖皇帝初幸相國寺至佛像前燒香問當拜與不拜僧錄贊寧奏曰不拜問其何故對曰見在佛不拜過去佛贊寧者頗知書有口辯其語雖類俳優然適會上意故微笑而頷之遂以爲定制至今行幸焚香皆不拜也議者以爲得禮

開寶寺塔在京師諸塔中最高而制度甚精都料匠預浩所造也塔初成望之不正而勢傾西北人怪而問之浩曰京師地平無山而多西北風吹之不百年當正也其用心之精蓋如此國朝以來木工一人而已至今木工皆以預都料爲法有木經三卷行於世世傳浩惟一女年十餘歲每臥則交手於胷爲結構狀如此踰年撰成木經三卷今行於世者是也

國朝之制知制誥必先試而後命有國以來百年不試而命者纔三人陳堯佐楊億及脩忝與其一爾

仁宗在東宮魯肅簡公宗道爲諭德其居在宋門外俗謂之浴堂巷有酒肆在其側號仁和酒有名於京師公往往易服一作衣微行飲于其中一日真宗急召公將有所問使者及門而公不在移時乃自仁和肆中飲歸中使遽先入白乃與公約曰上若怪公來遲當託何事以對幸先見教冀不異同公曰但以實告中使曰然則當得罪公曰飲酒人之常情欺君臣子之大罪也一作罪大中使嗟歎而去真宗果問使者具如公對真宗問曰一作公何故私入酒家公謝曰臣家貧無器皿酒肆百物具一作俱備賓至如歸適有鄉里親客自遠來遂與之飲然臣既易服市人亦無識臣者真宗笑曰卿爲宮臣恐爲御史所彈然自此奇公以爲忠實可大用晚年每爲章獻明肅太后言羣臣可大用者數人公其一也其後章獻皆用之

太宗時親試進士每以先進卷子者賜第一人及第孫何與李庶幾同在科場皆有時名庶幾文思敏速何尤苦思遲會言事者上言舉

子輕薄爲文不求義理惟以敏速相誇因言庶幾與舉子於餅肆中作賦以一餅熟成一韻者爲勝太宗聞之大怒是歲殿試庶幾最先進卷子遽叱出之由是何爲第一

故參知政事丁公度晁公宗慤往時同在館中喜相諧謔晁因遷職以啓謝丁時丁方爲羣牧判官乃戲晁曰啓事更不奉答當以糞墼一車爲報晁答曰得墼勝於得啓聞者以爲善對

石資政中立好諧謔士大夫能道其語者甚多嘗因入朝遇荆王迎授東華門不得入遂自左掖門入有一朝士好事語言問石云何爲自左去聲掖門入石方趍班且走且答曰秖爲大音拖王迎授聞者無不大笑

楊大年方與客棊石自外至坐於一隅大年因誦賈誼鵩賦以戲之云止於坐隅貌甚閑暇石遽答曰口不能言請對以臆

故老能言五代時事者云馮相道和相凝同在中書一日和問馮曰

公靴新買其直幾何馮舉左足示和曰九百和性褊急遽回顧小吏云吾靴何得用一千八百因詬責久之馮徐舉其右足曰此亦九百於是烘堂大笑時謂宰相如此何以鎮服百僚

錢副樞若水嘗遇異人傳相法其事甚怪錢公後傳楊大年故世稱此二人有知人之鑒仲簡楊州人也少習明經以貧傭書大年門下大年一見奇之曰子當進士及第官至清顯乃教以詩賦簡天禧中舉進士第一甲及第官至正郎天章閣待制以卒謝希深爲奉禮郎大年尤喜其文每見則欣然延接旣去則歎息不已鄭天休在公門下見其如此怪而問之大年曰此子官亦清要但年不及中壽爾希深官至兵部員外郎知制誥卒年四十六皆如其言希深初以奉禮郎鎖廳應進士舉以啓事謁見大年有云曳鈴其空上念無君子者解組不顧公其如蒼生何大年自書此四句于扇曰此文中虎也由是知名

太祖時郭進爲西山巡檢有告其陰通河東劉繼元將有異志者太祖大怒以其誣害忠臣命縛其人予進使自處置進得而不殺謂曰爾能爲我取繼元一城一寨不止贖爾死當請賞爾一官歲餘其人誘其一城來降進具其事送之于朝請賞以官太祖曰爾誣害我忠良此纔可贖死爾賞不可得也命以其人還進進復請曰使臣失信則不能用人矣太祖於是賞以一官君臣之間蓋如此

魯肅簡公立朝剛正嫉惡少容小人惡之私目爲魚頭當章獻垂簾時屢有補益讜言正論士大夫多能道之公旣卒太常謚曰剛簡議者不知爲美謚以爲因謚譏之竟改曰肅簡公與張文節公知白當垂簾之際同在中書二公皆以清節直道爲一時名臣而魯尤簡易若曰剛簡尤得其實也

宋尚書祁爲布衣時未爲人知孫宣公奭一見奇之遂爲知己後宋舉進士驟有時名故世稱宣公知人公嘗語其一無此字門下客曰

近世謚用兩字而文臣必謚爲文皆非古也吾死得謚曰宣若戴足矣及公之卒宋方爲禮官遂謚曰宣成其志也

嘉祐二年樞密使田公况罷爲尚書右丞觀文殿學士兼翰林侍讀學士罷樞密使當降麻而止以制除蓋往時高若訥罷樞密使所除官職正與田公同亦不降麻遂以爲故事真宗時丁晉公謂自平江軍節度使除兵部尚書參知政事節度使當降麻而朝議惜之遂止以制除近者陳相執中罷使相除僕射乃降麻龐籍罷節度使除觀文殿大學士又不降麻蓋無定制也

寶元康定之間余自貶所還過京師見王君貺初作舍人自契丹使歸余時在坐見都知押班殿前馬步軍聯騎立門外呈榜子稱不敢求見舍人遣人謝之而去至一無此字慶曆三年余作舍人此禮已廢然三衙管軍臣僚於道路相逢望見舍人呵引者即斂馬駐立前呵者傳聲太尉立馬急遣人謝之比舍人馬過然後敢行後予官于

外十年而還遂入翰林爲學士見三衙呵引甚雄不復如當時與學士相逢分道而過更無斂避之禮蓋兩制漸輕而三衙漸重舊制侍衛親軍與殿前分爲兩司自侍衛司不置馬步軍都指揮使止置馬軍指揮使步軍指揮使一止作馬步軍指揮使以來侍衛一司自分爲二故與殿前司列爲三衙也五代軍制已無典法而今又非其舊制者多矣

國家開寶中所鑄錢文曰宋通元寶至寶元中則曰皇宋通寶近世錢文皆著年號惟此二錢不然者以年號有寶字文不可重故也

太祖建隆六年將議改元語宰相勿用前世舊號於是改元乾德其後因於禁中見内人鏡皆有乾德之號以問學士竇儀儀曰此僞蜀時年號也因問内人乃是故蜀王時人太祖由是益重儒士而歎宰相須用讀書人

仁宗卽位改元天聖時章獻明肅太后臨朝稱制議者謂撰號者取

天字於文爲二人以爲二人聖者悅大后爾至九年改元明道又以爲明字於文日月並也與二人旨同無何以犯契丹諱明年遽（一作遂）改曰景祐是時連歲天下大旱改元詔意冀以迎和氣也五年因郊又改元曰寶元自景祐初羣臣慕唐玄宗以開元加尊號遂請加景祐於尊號之上至寶元亦然是歲趙元昊以河西叛改姓元氏朝廷惡之遽改元曰康定而不復加於尊號而好事者又曰康定乃謚爾明年又改曰慶曆至九年大旱河北尤甚民死者十八九於是又改元曰皇祐猶景祐也六年日蝕四月朔以謂正陽之月自古所忌又改元曰至和三年仁宗不豫久之康復又改元曰嘉祐自天聖至此凡年號九皆有謂也

寇忠愍公準之貶也初以列卿知安州既而又貶衡州副使又貶道州別駕遂貶雷州司戶時丁晉公與馮相拯在中書丁當秉筆初欲貶崖州而丁忽自疑語馮曰崖州再涉鯨波如何馮唯唯而已丁乃

徐擬雷州及丁之貶也馮遂擬崖州當時好事者相語曰若見雷州寇司戶人生何處不相逢比丁之南也寇復移道州寇聞丁當來遣人以蒸羊逆於一作迎于境上而收其僮僕杜門不放出聞者多以一作公爲得體

楊文公億以文章擅天下然性特剛勁寡合有惡之者以事譖之大年在學士院忽夜召見於一小閣深在禁中旣見賜茶從容顧問久之出文稾數篋以示大年云卿識朕書蹟乎皆朕自起草未嘗命臣下代作也大年惶恐不知所對頓首再拜而出乃知必爲人所譖矣由是佯狂奔于陽翟真宗好文初待大年眷顧無比晚年恩禮漸衰亦由此也

王文正公曾爲人方正持重在中書最爲賢相嘗謂大臣執政不當收恩避怨公嘗語尹師魯曰恩欲歸己怨使誰當聞者歎服以爲名言

李文靖公沆爲相沈正厚重有大臣體嘗曰吾爲相無他能唯不改朝廷法制用此以報國士大夫初聞此言以謂不切於事及其後當國者或不思事體或收恩取譽屢更祖宗舊制遂至官兵冗濫不可勝紀而用度無節財用（一作力）匱乏公私困弊推迹其事皆因執政不能遵守舊規妄有更改（一作改更）所致至此始知公言簡而得其要由是服其識慮之精

陶尚書穀爲學士嘗晚召對太祖御便殿陶至望見上將前而復卻者數四左右催宣甚急穀終彷徨不進太祖笑曰此措大索事分顧左右取袍帶來上已束帶穀遽趨入

薛簡肅公知開封府時明參政鎬爲府曹官簡肅待之甚厚直以公輔期之其後公守秦益常辟以自隨優禮特異有問於公何以知其必貴者公曰其爲人端肅其言簡而理盡凡人簡重則尊嚴此貴臣相也其後果至參知政事以卒時皆服公知人

臘茶出一作盛於劍建草茶盛於兩浙兩浙之品日注為第一自景祐已後洪州雙井白芽漸盛近歲製作尤精囊以紅紗不過一二兩以常茶十數斤養之用辟暑濕之氣其品遠出日注上遂為草茶第一

仁宗退朝常命侍臣講讀於邇英閣賈侍中昌朝時為侍講講春秋左氏傳每至諸侯淫亂事則略而不說上問其故賈以實對上曰六經載此所以為後王鑒一作監戒何必諱

丁晉公自保信軍節度使知江寧府召為參知政事中書以丁節度使召學士草麻時盛文肅為學士以為參知政事合用舍人草制遂以制除丁甚恨之

寇忠愍之貶所素厚者九二字一作之人自盛文肅已下皆坐斥逐而楊大年與寇公尤善丁晉公憐其才曲保全之議者謂丁所貶朝士甚多獨於大年能全之大臣愛才一節可稱也

太祖時以李漢超爲關南巡檢使捍北虜與兵三千而已然其齊州賦稅最多乃以爲齊州防禦使悉與一州之賦俾之養士而漢超武人所爲多不法久之關南百姓詣闕訟漢超貸民錢不還及掠其女以爲妾太祖召百姓入見便殿賜以酒食慰勞之徐問曰自漢超在關南契丹入寇者幾百姓二字一作對曰無也太祖曰往時契丹入寇邊將不能禦河北之民歲遭刼虜汝於此時能保全其貲財婦女乎今漢超所取孰與契丹之多又問訟女者曰汝家幾女所嫁何人百姓具以對太祖曰然則所嫁皆村夫也若漢超者吾之貴臣也以愛汝女則取之得之必不使失所與其嫁村夫孰若處漢超家富貴於是百姓皆感悅而去太祖使人語漢超曰汝須錢何不告我而取於民乎乃賜以銀數百兩曰汝自還之使其感汝也漢超感泣誓以死報

仁宗萬機之暇無所翫好惟親翰墨而飛白尤爲神妙凡飛白以點

畫象物形而點最難工至和中有書待詔李唐卿撰飛白三百點以進自謂窮盡物象上亦頗佳之乃特爲清淨二字以賜之其六點尤爲奇絶又出三百點外

仁宗聖性恭儉至和二年春不豫兩府大臣日至寢閤問聖體見上器服簡質用素漆唾壺盂子素甆盞進藥御榻上衾褥皆黃絁色已故暗宮人遽取新衾覆其上亦黃絁也然外人無知者惟兩府侍疾因一作因侍疾見之耳

陳康肅公堯咨善射當世無雙公亦以此自矜嘗射於家圃有賣油翁釋擔而立睨之久而不去見其發矢十中八九但微頷之康肅問曰汝亦知射乎吾射不亦精乎翁曰無他但手熟爾康肅忿然曰爾安敢輕吾射翁曰以我酌油知之乃取一葫蘆置於地以錢覆其口徐以杓酌油瀝之自錢孔入而一作而入錢不濕因曰我亦無他惟手熟爾康肅笑而遣之此與莊生所謂解牛斲輪者何異

至和初陳恭公罷相而並用文富二公（彥博弼）正衙宣麻之際上遣小黃門（一有三輩二字）密於百官班中聽其論議而二公久有人望一旦復用朝士往往相賀黃門具奏上大悅余時為學士後數日奏事垂拱殿上問新除彥博等外議如何余以朝士相賀為對上曰自古（二字一作古者）人君用人或以夢卜苟不知人當從人望夢卜豈足憑耶故余作文公批答云永惟商周之所記至以夢卜而求賢孰若用搢紳之公言從中外之人望者具述上語也

王元之任翰林嘗草夏州李繼遷制繼遷送潤筆物數倍於常然用啓頭書送（一作遂）拒而不納蓋惜事體也近時舍人院草制有送潤筆物稍後時者必遣院子詣門催索而當送者往往不送相承既久今索者送者皆恬然不以為怪也

內中舊有玉石三清真像初在真遊殿既而大內火遂遷於玉清昭應宮已而玉清又大火又遷於洞真洞真又火又遷於上清上清又

火皆焚蕩無孑遺遂 一有又字 遷於景靈而宮司道官相與惶恐上言真像所至輒火景靈必不免願遷 二字一作乞 移他所遂遷於集禧宮迎祥池水心殿而都人謂之行火真君也

丁文簡公度罷參知政事爲紫宸殿學士即文明殿學士也文明本有大學士爲宰相兼職又有學士爲諸學士之首後以文明者真宗謚號也遂更曰紫宸近世學士皆以殿名爲官稱如端明資政是也丁既受命遂稱曰丁紫宸議者又謂紫宸之號非人臣之所宜稱遽更曰觀文觀文是隋煬帝殿名理宜避之蓋當時不知然則朝廷之事 一作士 不可以不學也

王冀公欽若罷參知政事而真宗眷遇之意未衰特置資政殿學士以寵之時寇萊公在中書定其班位依雜學士在翰林學士下冀公因訴于上曰臣自學士拜參知政事今無罪而罷班反在下是貶也真宗爲特加 一作置 大學士班在翰林學士上其寵遇如此

景祐中有郎官皮仲容者偶出街衢為一輕薄子所戲遽前賀云聞君有臺憲之命仲容立馬媿謝久之徐問其何以知之對曰今新制臺官必用稀姓者故以君姓知之爾蓋是時三院御史乃仲簡論程掌禹錫也聞者傳以為笑

太宗時宋白賈黃中李至呂蒙正蘇易簡五人同時拜翰林學士承旨扈蒙贈之以詩云五鳳齊飛入翰林其後呂蒙正為一作至宰相賈黃中李至蘇易簡皆至參知政事宋白官至尚書老於承旨皆為名臣

御史臺故事三院御史言事必先白中丞自一有中山二字劉子儀為中丞始牓臺中今後御史有所言不須先白中丞雜端至今如此

丁晉公之南遷也行過潭州自作齋僧疏一有文字云補仲山之袞雖曲盡於巧心和傅說之羹實難調於衆口其少以文稱晚年詩筆尤精在海南篇詠尤多如草解忘憂憂底事花名含笑笑何人一有

之句二字尤為人所傳誦

張僕射齊賢體質豐大飲食過人尤嗜肥豬肉每食數斤天壽院風藥黑神丸常人所服不過一彈丸公常以五七兩為一大劑夾以胡餅而頓食之淳化中罷相知安州安陸山郡未嘗識達官見公飲啗不類常人舉郡驚駭嘗與賓客會食廚吏置一金漆大桶於廳側窺一作竊視公所食如其物投桶中至暮酒漿浸漬漲溢滿桶郡人嗟愕以謂享富貴者必有異於人也然而晏元獻公清瘦如削其飲食甚微每析半餅以筯卷之抽去其筯內捻頭一莖而食一有之字此亦異於常一無此字人也

宋宣獻公綬夏英公竦同試童行誦經有一行者誦法華經不過問其習業幾年矣曰十年也二公笑且閔之因各取法華經一部誦之宋公十一作五日夏公七日不復遺一字人性之相遠一有也字如此

樞密曹侍中利用澶淵之役以殿直使於契丹議定盟好由是進用當莊獻明肅太后時以勳舊自處權傾中外雖太后亦嚴憚之但呼侍中而不名凡內降恩澤皆執不行然以其所執既多故有三執而又降出者一無此字則不得已而行之久之爲小人一有之字所測凡有求而三降不行者必又請之太后曰侍中已不行矣請者徐啓曰臣已告得侍中宅嬭婆或其親信爲言之許矣於是又降出曹莫知其然也但以三執不能已僶俛行之於是太后大怒自此切齒遂及曹芮之禍乃知大臣功高而權盛禍患之來非智慮所能防也

曹侍中在樞府務革僥幸而中官尤被裁抑羅崇勳時爲供奉官監後苑作歲滿敘勞過求恩賞內中唐突不已莊獻太后怒之簾前諭曹使召而戒勵曹歸院坐廳事召崇勳立庭中去其巾帶困辱久之乃取狀以聞崇勳不勝其恥其後曹芮事作鎮州急奏言芮反狀仁宗太后大驚崇勳適在側因自請行既受命喜見顏色晝夜疾馳鍊

成其獄芮既被誅曹初貶隨州再貶房州行至襄陽渡北津監送內臣楊懷敏指江水謂曹曰侍中好一江水蓋欲其自投也再三言之曹不諭至襄陽驛遂逼其自縊

宋鄭公庠初名郊字伯庠與其弟祁自布衣時名動天下號爲二宋其爲知制誥仁宗驟加奬眷便欲大用有忌其先進者譖之謂其姓符國號名應郊天又曰郊音交也交者替代之名也宋交其言不祥仁宗遽命改之公怏怏不獲已乃改爲庠字公序公後更踐二府二十餘年以司空致仕兼享福壽而一作以終而譖者竟不見用以卒可以爲小人之戒也

曹武惠王彬國朝名將勳業之盛無與爲比嘗曰自吾爲將殺人多矣然未嘗以私喜怒輒戮一人其所居堂室弊壞子弟請加脩葺公曰時方大冬牆壁瓦石之間百蟲所蟄不可傷其生其仁心愛物蓋如此既平江南回詣閤門入見牓子稱奉勑江南勾當公事回其謙

恭不伐又如此

真宗好文雖以文辭取士然必視其器識每御崇政賜進士及第必召其高第三四人並列於庭更察其形神磊落者始賜第一人及第或取其所試文辭有理趣者徐奭鑄鼎象物賦云足惟下正詎聞公餗之歛傾鉉乃上居實取王臣之威重遂以爲第一蔡齊置器賦云安天下於覆盂其功可大遂以爲第一人

錢思公生長富貴而性儉約閨門用度爲法甚謹子弟輩非時不能輒取一錢公有一珊瑚筆格平生尤所珍惜常置之几案子弟有欲錢者輒竊而藏之公即悵然自失乃牓于家庭以錢十千贖一作購之居一二日子弟佯爲求得以獻公欣然以十千賜之他日有欲錢者又竊去一歲中率五七如此公終不悟也余官西都在公幕親見之每與同僚歎公之純德也

國朝雅樂即用王朴所製周樂太祖時和峴以爲聲高遂下其一律

然至今言樂者猶以爲高云今黃鐘乃古夾鐘也景祐中李照作新二字一作所作樂又下其聲太常歌工以其一作爲太濁歌不成聲當鑄鐘時乃私賂鑄匠使減其銅齊而聲稍清歌乃叶而成聲而照竟不知以此知審音作樂之難也照每謂人曰聲高則急促下則舒緩吾樂之作久而可使人心感之皆舒和而人物之生亦當豐大王侍讀洙身尤短小常戲之曰君樂之成能使我長一有大字乎聞者以爲笑而樂成竟不用

鄧州花蠟燭名著天下雖京師不能造相傳云一作亦是寇萊公燭法公嘗知鄧州而自少年富貴不點油燈尤好夜宴劇飲雖寢室亦燃燭達旦每罷官去後人至官舍見廁溷間燭淚在地往往成堆杜祁公爲人清儉在官未嘗燃官燭油燈一炷熒然欲滅與客相對清談而已二公皆爲名臣而奢儉不同如此然祁公壽考終吉萊公晚有南遷之禍遂歿不返雖其不幸亦可以爲戒也

故事學士在內中院吏朱衣雙引太祖朝李昉爲學士太宗在南衙朱衣一人前引而已昉（一有因字）亦去其一人至今如此

往時學士入劄子不著姓但云學士臣某先朝盛度丁度並爲學士遂著姓以別之其後遂皆著姓

晏元獻公以文章名譽少年居富貴性豪俊所至延賓客一時名士多出其門罷樞密副使爲南京留守時年三十八幕下王琪張亢最爲上客亢體肥大琪目爲牛琪瘦骨立亢目爲猴二人以此自相譏誚琪嘗嘲亢曰張亢觸牆成八字亢應聲曰王琪望月叫三聲一坐爲之大笑

楊文公嘗戒其門人爲文宜避俗語既而公因作表云伏惟陛下德邁九皇門人鄭戩遽請於公曰未審何時得賣生菜於是公爲之大笑而易之

夏英公竦父官於河北景德中契丹犯河北遂歿于陣後公爲舍人

丁母憂起復奉使契丹公辭不行其表云父殁王事身丁母憂義不戴天難下穹廬之拜禮當枕塊忍聞夷樂之聲當時以爲一作謂四六偶對最爲精絕

孫何孫僅俱以能文馳名一時僅爲陝西轉運使作驪山詩二篇其後篇有云秦帝墓成陳勝起明皇宮就祿山來時方建玉清昭應宮有惡僅者欲中傷之因錄其詩以進眞宗讀前篇云朱衣吏引上驪山遽曰僅小器也此何足誇遂棄不讀而陳勝祿山之語卒得不一作不得聞人以爲幸也

楊大年每欲一作遇作文則與門人賓客飲博投壺奕棊二字一作乃至語咲諠譁而不妨構思以小方紙細書揮翰如飛文不加點每盈一幅則命門人傳錄門人疲於應命頃刻之際成數千言眞一代之文豪也

楊大年爲學士時草答契丹書云隣壤交歡進草既入眞宗自注其

側云朽壞鼠壤糞壤大年遽改爲隣境明旦引唐故事學士作文書有所改爲不稱職當罷因亟求解職真宗語宰相曰楊億不通商量真有氣性（一作性氣）

太常所用王朴樂編鐘皆不圓而側垂自李照胡瑗之徒皆以爲非及照作新樂將鑄編鐘給銅（一有於字）鑄瀉務得古編鐘一枚工人不敢銷毀遂藏於太常鐘不知何代所作其銘曰（一作云）粤朕皇祖寶龢鐘粤斯萬年子子孫孫永寶用叩其聲與王朴夷則清聲合而其形不圓（一有而字）側垂正與朴鐘同然後知朴博古好學不爲無據也其後胡瑗改鑄編鐘遂圓其形而下垂叩之掩鬱而不揚其鎛鐘又長甬而震掉其聲不和著作佐郎劉羲叟竊謂人曰此與周景王無射鐘無異必有眩惑之疾未幾仁宗得疾人以羲叟之言驗矣其樂亦尋廢（一有不用）

自太宗崇獎儒學驟擢高科至輔弼者多矣蓋（一作自太平興國二）

年至天聖八年二十三榜由呂文穆公蒙正而下大用二十七一作五人而三人並登兩府惟天聖五年一榜而已是歲王文安公堯臣第一今昭文相公韓僕射琦西廳參政趙侍郎槩第二第三人也予忝與二公同府每見語此以爲科場盛事自景祐元年已後至今治平三年三十餘年十二牓五人已上未有一人登兩府者亦可怪也

歸田錄卷第一

珍倣宋版印

真宗朝歲歲賞花釣魚羣臣應制嘗一歲臨池久之而御釣不食時丁晉公謂應制詩云鶯驚鳳輦穿花去魚畏龍顏上釣遲真宗稱賞羣臣皆自以爲不及也

趙元昊二子長曰佞令受次曰諒祚諒祚之母尼也有色而寵佞令受母子怨望而諒祚母之兄曰沒藏訛哤者亦黠虜也因教佞令受以弒逆之謀元昊已見殺訛哤遂以弒逆之罪誅佞令受子母而諒祚乃得立而年甚幼訛哤遂專夏國之政其後諒祚稍長卒殺訛哤滅其族元昊爲西鄙患者十餘年國家困天下之力有事於一方而敗軍殺將不可勝數然未嘗少挫其鋒及其困於女色禍生父子之間以亡其身此自古賢智之君或不能免況夷狄乎訛哤教人之子殺其父以爲己利而卒亦滅族皆理之然也

晏元獻公喜評詩嘗曰老覺腰金重慵便枕玉涼未是富貴語不如

笙歌歸院落燈火下樓臺此善言富貴者也人皆以爲知言

契丹阿保機當唐末五代時最盛開平中屢遣使聘梁梁亦遣人報聘今世傳一有學士二字李琪金門集有賜契丹詔乃爲阿布機當時書詔不應有誤而自五代以來見於他書者皆爲阿保機雖今契丹之人自謂之阿保機亦不應有失又有趙志忠者本華人也自幼陷虜爲人明敏在虜中舉進士至顯官既而脫身歸國能述虜中君臣世次山川風物甚詳又云阿保機虜人實謂之阿保謹未一作莫知孰是一有也字此聖人所以慎於傳疑也

真宗尤重儒學今科場條制皆當時所定至今每親試進士已放及第自十人已上御試卷子並錄本於真宗影殿前焚燒制舉登科者亦然

近時名畫李成巨然山水包鼎虎趙昌花果成官至尚書郎其山水寒林往往人家有之巨然之筆惟學士院玉堂北壁獨存人間不復

見也包氏宣州人世以畫虎名家而鼎最爲妙今子孫猶以畫虎爲業而曾不得其髣髴也昌花寫生逼真而筆法輭俗一作劣殊無古人格致然時亦未有其比一作未有過此者

冦萊公在中書與同列戲云水底日爲天上日未有對而會楊大年適來白事因請其對大年應聲曰眼中人是面前人一坐稱爲的對

朝廷之制有因偶出一時而遂爲故事者契丹人使見辭賜宴雜學士員雖多皆赴坐惟翰林學士秖召當直一員一作人餘皆不赴諸王宮教授入謝祖宗時偶因便殿不御袍帶見之至今教授入謝必俟上入內解袍帶復出見之有司皆以爲定制也

處士林逋居於杭州西湖之孤山逋工筆畫善爲詩如草泥行郭索雲木叫鉤輈頗爲士大夫所稱又梅花詩云疎影橫斜水清淺暗香浮動月黃昏評一作能詩者謂前世詠梅者多矣未有此句也又其臨終爲句云茂陵他日求遺稾猶喜曾無封禪書尤爲人稱一作傳

誦自逋之卒湖山寂寥一作寞未有繼者

俚諺云趙老送燈臺一去更不來不知是何等語雖士大夫一作君子亦往往道之天聖中有尚書郎趙世長者常以滑稽自負其老也求爲西京留臺御史有輕薄子送以詩云此回真是送燈臺世長深惡之亦以不能酬酢爲恨其後竟卒於留臺也

官制一作稱廢久矣今其名稱訛謬者多雖士大夫皆從俗不以爲怪皇女爲公主其夫必拜駙馬都尉故謂之駙馬宗室女封郡主者謂其夫爲郡馬縣主者爲縣馬不知何義也

唐制三衞官有司階司戈執干執戟謂之四色官今三衞廢無官屬惟金吾有一人每日於正衙放朝喝不坐直謂之四色官尤可笑也

京師諸司庫務皆由三司舉官監當而權貴之家子弟親戚因緣請託不可勝數爲三司使者常以爲患田元均爲人寬厚長者其在三司深厭干請者雖不能從然不欲峻拒之每温顏強笑以遣之嘗謂

人曰作三司使數年強笑多矣直笑得面似靴皮士大夫聞者傳以爲笑然皆服其德量也

茶之品莫貴於龍鳳謂之團茶凡八餅重一斤慶曆中蔡君謨爲福建路轉運使始造小片龍茶以進其品絕精一作精絕謂之小團凡二十餅重一斤其價直金二兩然金可有而茶不可得每因南郊致齋中書樞密院各賜一餅四人分之宮人往往縷一作鏤金花於其上蓋其貴重如此

大宗時有待詔賈玄以棋供奉號爲國手邇來數十年未有繼者近時有李憨子者頗爲人所稱云舉世無敵手然其人狀貌昏濁垢穢不可近蓋里巷庸人也不足置之罇俎閒故胡旦嘗語人曰以棊爲易解則如旦聰明尙或不能以爲難解則愚下小人往往造於精絕信如其言也

王副樞疇之夫人梅鼎臣之女也景彝初除樞密副使梅夫人入謝

慈壽宮大后問夫人誰家子對曰梅鼎臣女也太后笑曰是梅聖俞家乎由是始知聖俞名聞於宮禁也聖俞在時家甚貧余或至其家飲酒甚醇非常人家所有問其所得云皇親有好學者宛轉致之余又聞皇親有以錢數千購梅詩一篇者其名重於時如此

錢思公雖生長富貴而少所嗜好在西洛時嘗語寮屬言平生惟好讀書坐則讀經史臥則讀小說上廁則閱小辭蓋未嘗頃刻釋卷也謝希深亦言宋公垂同在史院每走廁必挾書以往諷誦之聲琅然聞於遠近其篤學如此余因謂希深曰余平生所作文章多在三上乃馬上枕上廁上也蓋惟此尤可以屬思爾

國朝宰相最少年者惟王溥罷相時父母皆在人以為榮今富丞相弼入中書時年五十二太夫人在堂康強後三年太夫人薨有司議贈卹之典云無見任宰相丁憂例是歲三月十七日春宴百司已具前一夕有旨富某母喪在殯特罷宴此事亦前世未有

皇祐二年嘉祐七年季秋大享皆以大慶殿爲明堂蓋明堂者路寢也方於寓祭圜丘斯爲近禮明堂額御篆以金塡字門牌亦御飛白皆皇祐中所書神翰雄偉勢若飛動余詩云寶墨飛雲動金文耀日晶者謂二牌也

錢思公官兼將相階勳品皆第一自云平生不足者不得於黃紙書名每以爲恨也

三班院所領使臣八千餘人涖事于外其罷而在院者常數百人每歲乾元節醵錢飯僧進香合以祝聖壽謂之香錢判院官常利其餘以爲餐錢羣牧司領內外坊監使副判官比佗司俸入最優又歲收糞墼錢頗多以充公用故京師爲之語曰三班喫香羣牧喫糞也

咸平五年南省試進士有教無類賦王沂公爲第一賦盛行於世其警句有云神龍異稟猶嗜欲之可求纖草何知尙薰蕕而相假時有輕薄子擬作四句云相國寺前熊翻筋斗望春門外驢舞柘枝議者

以謂言雖鄙俚亦著題也

國朝之制自學士已上賜金帶者例不佩魚若奉使契丹及館伴北使則佩事已復去之惟兩府之臣則賜佩謂之重金初太宗嘗曰玉不離石犀不離角可貴者惟金也乃創爲金鋳之制以賜羣臣方團毬路以賜兩府御仙花以賜學士以上今俗謂毬路爲笏頭御仙花爲荔枝皆失其本號也

宋丞相庠早以文行負重名於時晚年尤精字學嘗手校郭忠恕佩觿三篇寶翫之其在中書堂吏書牒尾以俗體書宋爲宋公見之不肯下筆責堂吏曰吾雖不才尚能見姓書名此不是我姓堂吏惶懼改之乃肯書名

京師食店賣酸䭑者皆大出一作書牌牓於通衢而俚俗昧於字法轉酸從食䭑從臽有滑稽子謂人曰彼家所賣餕餡音俊叨不知爲何物也飲食四方異宜而名號亦隨時俗言語不同至或傳者轉失

其本湯餅唐人謂之不托今俗謂之餺飥矣晉束晳餅賦有饅頭薄持起溲牢九之號惟饅頭至今名存而起溲牢九皆莫曉爲何物薄持荀氏又謂之薄夜亦莫知何物也

嘉祐八年上元夜賜中書樞密院御筵于相國寺羅漢院國朝之制歲時賜宴多矣自兩制已上皆與惟上元一夕秖賜中書樞密院雖前兩府見任使相皆不得與也是歲昭文韓相一作公集賢曾公樞密張太尉皆在假不赴惟余與西廳趙侍郎槩副樞胡諫議宿吳諫議奎四人在席酒半相顧四人者皆同時翰林學士相繼登二府前此未有也因相與道玉堂舊事爲笑樂遂皆引滿劇飲亦一時之盛事也

國朝之制大宴樞密使副不坐侍立殿上既而退就御廚賜食與閤門引進四方館使列坐廡下親王一人伴食每春秋賜衣門謝則與內諸司使副班于垂拱殿外廷中而中書則別班謝于門上故朝中

爲之語曰廚中賜食階下謝衣蓋樞密使唐制以內臣爲之故常與內諸司使副爲伍自後唐莊宗用郭崇韜與宰相分秉朝政文事出中書武事出樞密自此之後其權漸盛至今一作本朝遂號爲兩府事權進用祿賜禮遇與宰相均惟日趨內朝侍宴賜衣等事尙循唐舊其任隆輔弼之崇而雜用內諸司故事使朝廷制度輕重失序蓋沿革異時因循不能釐正也

蔡君謨旣爲余書集古錄目序刻石其字尤精勁爲世所珍余以鼠鬚栗尾筆銅綠筆格大小龍茶惠山泉等物爲潤筆君謨大笑以爲太淸而不俗後月餘有人遺余以淸泉香餅一篋者君謨聞之歎曰香餅來遲使我潤筆獨一作猶無此一種佳一無此字物茲又可笑也淸泉地名香餅石炭也用以焚香一餅之火可終日不滅

梅聖俞以詩知名三十年終不得一館職晚年與修唐書書成未奏而卒士大夫莫不歎惜其初受勅修唐書語其妻刁氏曰吾之修書

可謂猢猻入布袋矣刁氏對曰君於仕宦亦何異鮎魚上竹竿耶聞者皆以爲善對 一作昔梅聖俞以詩名當世然終不得一館職晚年在唐書局充脩書官尚冀書成疇勞得一貼職以償素願書垂就而卒時人莫不歎其奇薄其初脩唐書也嘗竊嘆曰吾今可謂猢猻入布袋

仁宗初立今上爲皇子令中書召學士草詔學士王珪當直召至中書諭之王曰此大事也必須面奉聖旨於是求對明日面稟得旨乃草詔羣 一作詰 公皆以王爲真得學士體也

盛文肅公豐肌 一作肥 大腹而眉目清秀丁晉公疎瘦如削二公皆兩浙人也並以文辭知名於時梅學士詢在真宗時已爲名臣至慶曆中爲翰林侍讀以卒性喜焚香其在官所每晨起將視事必焚香兩鑪以公服罩之撮其袖以出坐定撒開兩袖郁然滿室濃香有竇元賓者五代漢宰相正固之孫也以名家子有文行爲館職而不喜

脩飾經時未嘗沐浴故時人爲之語曰盛肥丁瘦梅香竇臭也

寶元中趙元昊叛命朝廷命將討伐以鄜延環慶涇原秦鳳四路各置經略安撫招討使余以爲一作謂四路皆內地也當如故事置靈夏四面行營招討使今自於境內何所招討余因竊料王師必不能出境其後用兵五六年劉平任福葛懷敏三大將皆自戰其地而大敗由是至於罷兵竟不能出師

呂文穆公蒙正以寬厚爲宰相大宗尤所眷遇有一朝士家藏古鑑自言能照二百里欲因公弟獻以求知其弟伺間從容言之公笑曰吾面不過楪一作鏡子大安用照二百里其弟遂不復敢言聞者歎服以謂賢於李衛公遠矣蓋寡好而不爲物累者昔賢之所難也

國朝百有餘年年號無過九年者開寶九年改爲太平興國太平興國九年改爲雍熙大中祥符九年改爲天禧慶曆九年改爲皇祐嘉祐九年改爲治平惟天聖盡九年而十年改爲明道

唐人奏事非表非狀者謂之牓子亦謂之錄子今謂之劄子凡羣臣百司上殿奏事兩制以上非時有所奏陳皆用劄子中書樞密院事有不降宣勅者亦用劄子與兩府自相往來亦然若百司申中書皆用狀惟學士院用咨報其實如劄子亦不書一作出名但當直學士一人押字而已謂之咨報今俗謂草書名爲押字也此唐學士舊規也唐世學士院故事近時隳廢殆盡惟此一事在爾

燕王元儼太宗幼子也太宗子八人真宗朝六人一無此字已亡歿至仁宗即位獨燕王在以皇叔之親特見尊禮契丹亦畏其名其疾亟時仁宗幸其宮親爲調藥平生未嘗語朝政遺言一二事皆切於理余時知制誥所作贈官制所載皆其實事也

華元郡王允良燕王子也性好晝睡每自旦酣寢至暮始興盥一作頮濯櫛漱衣冠而出燃燈燭治家事飲食宴樂達旦而罷則復寢以終日無日不如此由是一宮之人皆晝睡夕興允良不甚喜聲色亦

不爲佗驕恣惟以夜爲晝亦其性之異前世所未有也故觀察使劉從廣燕王壻也嘗語余燕王好坐木馬子坐則不下或饑則便就其上飲食往往乘輿奏樂於前酣飲終日亦其性之異也

皇子顥封東陽郡王除婺州節度使檢校大傅翰林學士賈黯上言太傅天子師臣也子爲父師於體不順中書檢勘自唐以來親王無兼師傅官者蓋自國朝命官秖以差遣爲職事自三師三公以降皆是虛名故失於因循爾議者皆以賈言爲當也

端明殿學士五代後唐時置國朝尤以爲貴多以翰林學士兼之其不以翰苑兼職及換職者百年間纔兩人特拜程戡王素是也

慶曆八年正月十八日夜崇政殿宿衛士作亂於殿前殺傷四人取準備救火長梯登屋入禁中逢一宮人問寢閤在何處宮人不對殺之既而宿直都知聞變領宿衛士入搜索已復逃竄後三日於内城西北角樓中獲一人殺之時内臣楊懷敏受旨獲賊勿殺而倉卒殺

之由是竟莫究其事

葉子格者自唐中世以後有之說者云因人有姓葉號葉子青一作清或作晉者撰此格因以爲名此說非也唐人藏書皆作卷軸其後有葉子其制似今策子凡文字有備檢用者卷軸難數卷舒故以葉子寫之如吳彩鸞唐韻李郃彩選之類是也骰子格本備檢用故亦以葉子寫之因以爲名爾唐世士人宴聚盛行葉子格五代國初猶然後漸廢不傳今其格世或有之而人無知者惟昔楊大年好之仲待制簡大年門下客也故亦能之大年又取葉子彩一作歌名紅鶴皁鶴者別演爲鶴格鄭宣徽戩章郇公得象皆大年門下客也故皆能之余少時亦有此二格後失其本今絕無知者

國朝自下湖南始置諸州通判既非副貳又非屬官故常與知州爭權每云我是監郡朝廷使我監汝舉動爲其所制太祖聞而患之下詔書戒勵使與長吏協和二字一作同押凡文書非與長吏同簽書

者所在不得承受施行自此遂稍稍戢然至今州郡往往與通判不和往時有錢昆少卿者家世餘杭人也杭人嗜蟹昆嘗求補外郡人問其所欲何州昆曰但得有螃蟹無通判處則可矣至今士人以爲口實

嘉祐二年余與端明韓子華翰長王禹玉侍讀范景仁龍圖梅公儀同知禮部貢舉辟梅聖俞爲小試官凡鎖院一有經字五十日六人者相與唱和爲古律歌詩一百七十餘篇集爲三卷禹玉余爲校理時武成王廟所解進士也至此新入翰林與余同院又同知貢舉故禹玉贈余云十五年前出門下最榮今日預東堂余答云昔時叨入武成宮曾看揮毫氣吐虹夢寐閑思十年事笑談今此一作日一罇同喜君新賜黃金帶顧我宜爲白髮翁也天聖中余舉進士國學南省皆忝第一人薦名其後景仁相繼亦然故景仁贈余云澹墨題名第一人孤生何幸繼前塵也聖俞自天聖中與余爲詩友余嘗贈以

蟠桃詩有韓孟之戲故至此梅贈余云猶喜共量天下士亦勝東野亦勝韓而子華筆力豪贍公儀文思温雅而敏捷皆勍敵也前此爲南省試官者多窘束條制不少放懷余六人者懽然相得羣居終日長篇險韻衆製交作筆吏疲於寫錄僮史一作隸奔走往來間以滑稽嘲謔形一作加於風刺更相酬酢往往烘堂絕倒自謂一時盛事前此未之有也

往時學士循唐故事見宰相不具靴笏繫鞋坐玉堂上遣院吏計會堂頭直省官學士將至宰相出迎近時學士始具靴笏至中書與常參官雜坐於客位有移時不得見者學士日益自卑丞相禮亦漸薄蓋一作並習見已久恬然不復爲怪也

張堯封者南京進士也累舉不第家甚貧有善相者謂曰視子之相不過一幕職然君骨貴必享王封人初莫曉其旨其後堯封舉進士及第終於幕職堯封温成皇后父也后既貴堯封累贈太師中書令

兼尚書令封清河郡王由是始悟相者之言

治平二年八月三日大雨一夕都城水深數尺上降詔責躬求直言學士草詔有大臣惕思天變之語上夜批出云淫雨爲災專戒不德遽令除去大臣思變之言上之恭己畏天自勵如此

章郇公得象與石資政中立素相友善而石喜談一作詼諧嘗戲章云昔時名畫有戴松牛韓幹馬而今有章得象也世言閩人多短小而長大者必爲貴人郇公身既長大而語聲如鐘豈出其類者是爲異人乎其爲相務以厚重鎮止浮競時人稱其德量

金橘產於江西以遠難致都人初不識明道景祐初一作中始與竹子俱至京師竹子味酸人不甚喜後遂不至而金橘香清味美置之罇俎間光彩灼爍一作的皪如金彈丸誠珍果也都人初亦不甚貴其後因温成皇后尤好食之由是價重京師余世家江西見吉州人甚惜此果其欲久留者則於菉豆中藏之可經時不變云橘性熱而

豆性涼故能久也

凡物有相感者出於自然非人智慮所及皆因其舊俗而習知之今唐鄧間多大柿其初生澀堅實如石凡百十柿以一榠樝置其中榅桲亦可則紅熟爛如泥而可食土人謂之烘柿者非用火乃用此爾淮南人藏鹽酒蟹凡一器數十蟹以皁莢半挺置其中則可藏經歲不沙一作損至於薄荷醉貓死貓引竹之類皆世俗常知而翡翠屑金人氣粉犀此二物則世人未知者余家有一玉罌形製甚古而精巧始得之梅聖俞以爲碧玉在潁州時嘗以示僚屬坐有兵馬鈐轄鄧保吉者真宗朝老內臣也識之曰此寶器也謂之翡翠云禁中寶物皆藏宜聖庫庫中有翡翠盞一隻所以識也其後予偶以金環於罌腹信手磨之金屑紛紛而落如硯中磨墨始知翡翠之能屑金也諸藥中犀最難擣必先鎊屑乃入衆藥中擣之衆藥篩羅已盡而犀屑獨存四字一作犀獨在余偶見一醫僧元達者解犀爲小塊子方

一寸半許四字一作半寸許以極薄紙裹置於一無此字懷中一有使字近肉以人氣蒸之候氣薰蒸浹洽乘熱投臼中急擣應手如粉因知人氣之能粉犀也然今醫工皆莫有知者

石曼卿磊落奇才知名當世氣貌雄偉飲酒過人有劉潛者亦志義之士也常與曼卿爲酒敵聞京師沙行王氏新開酒樓遂往造焉對飲終日不交一言王氏怪其所飲過多非常人之量以爲異人稍獻肴果益取好酒奉之甚謹二人飲啗自若傲然不顧至夕殊無酒色相揖而去明日都下喧傳王氏酒樓有二酒仙來飲久之乃知劉石也

燕龍圖肅有巧思初爲永興推官知府寇萊公好舞柘枝有一鼓甚惜之其鐶忽脫公悵然以問諸匠皆莫知所爲燕請以鐶脚爲鑠簧內之則不脫矣萊公大喜燕爲人寬厚長者博學多聞其漏刻法最精今州郡往往有之

劉岳書儀婚禮有女坐壻之馬鞍父母爲之合髻之禮不知用何經義據岳自敘云以時之所尚者益之則是當時流俗之所爲爾岳當五代干戈之際禮樂廢壞之時不暇講求三王之制度苟取一時世俗所用吉凶儀式略整齊之固不足爲後世法矣然而後世猶不能行之今岳書儀十已廢其七八其一二僅行於世者一作悉皆苟簡粗略不如本書就中轉失乖繆可爲大笑者坐鞍一事爾今之士族當婚之夕以兩倚相背置一馬鞍反令壻坐其上飲以三爵女家遣人三請而後下乃成婚禮謂之上高坐凡婚家舉族內外姻親與其男女賓客堂上堂下竦立而視者惟壻上高坐爲盛禮爾或有偶不及設者則相與悵然咨嗟以爲闕禮其轉失乖繆至於如此今雖名儒巨公衣冠舊族莫不皆然嗚呼士大夫不知禮義而與閭閻鄙俚同其習一作所見而不知爲非者多矣前日濮園皇伯之議是已豈止坐鞍之繆哉

世俗傳訛惟祠廟之名爲甚今都城西崇化坊顯聖寺者本名蒲池寺周氏顯德中增廣之更名顯聖而俚俗多道其舊名今轉爲菩提寺矣江南有大小孤山在江水中嶷然獨立而世（一作俚）俗轉孤爲姑江側有一石磯謂之澎浪磯遂轉爲彭郎磯云彭郎者小姑壻也余嘗過小孤山廟像乃一婦人而勅額爲聖母廟豈止俚俗之繆哉西京龍門山夾伊水上自端門望之如雙闕故謂之闕塞而山口有廟曰闕口廟余嘗見其廟像甚勇手持一屠刀尖鋭按膝而坐問之云此乃豁口大王也此尤可笑者爾

今世俗言語之訛而舉世君子小人皆同其繆者惟打字爾（打丁雅反）其義本謂考擊故人相毆以物相擊皆謂之打而工造金銀器亦謂之打可矣蓋有槌檛作擊之義也至於造舟車者曰打船打車網魚曰打魚汲水曰打水役夫餉飯曰打飯兵士給衣糧曰打衣糧從者執傘曰打傘以糊黏紙曰打黏以丈尺量地曰打量舉手試眼之

昬明曰打試至於名儒碩學語皆如此觸事皆謂之打而徧檢字書了無此字丁雅反者其義主考擊之打自音謫疑當作滴耿以字學言之打字從手從丁丁又擊物之聲故音謫耿爲是不知因何轉爲丁雅也

用錢之法自五代以來以七十七爲百謂之省陌今市井交易又剋其五謂之依除咸平五年陳恕知貢舉選士最精所解七十二人王沂公曾爲第一 御試又落其半而及第者三十八人沂公又爲第一故京師爲語曰南省解一百依除殿前放五十省陌也是歲取人雖少得士最多宰相三人乃沂公與王公隨章公得象參知政事一人韓公億侍讀學士一人李仲容御史中丞一人王臻知制誥一人陳知微而汪白青陽楷二人雖不達而皆以文學知名當世

唐李肇國史補序云言報應敘鬼神述夢卜近帷箔悉去之紀事實探物理辨疑惑示勸戒採風俗助談笑則書之余之所錄大抵

以筆爲法六字一作亦然而小異於肇者不書人之過惡以謂職非史官而掩惡揚善者君子之志也覽者詳之

歸田錄卷第二

詩話一卷　集一百二十八

居士退居汝陰而集以資閑談一作話也

李文正公進永昌陵挽歌辭云奠玉五回朝上帝御樓三度納降王當時羣臣皆進而公詩最爲首出所謂三降王者廣南劉鋹西蜀孟昶及江南李後主是也若五朝上帝則誤矣太祖建隆盡四年明年初郊改元乾德至六年再郊改元開寶開寶五年又郊而不改元九年已平江南四月大雩告謝於西京蓋執玉祀天者實四也李公當時人必不繆乃傳者誤云五二字一作之耳

仁宗朝有數達官以詩知名常慕白樂天體故其語多得於容易嘗有一聯云有祿肥妻子無恩及吏民有戲之者云昨日通衢遇一輜軿車載極重而羸牛甚苦豈非足下肥妻子乎聞者傳以爲笑

京師輦轂之下風物繁富而士大夫牽於事役良辰美景罕或一作獲宴遊之樂其詩至有賣花擔上看桃李拍酒樓頭一作前聽管絃

之句西京應天禪院有祖宗神御殿蓋一作寺在水北去河南府十餘里歲時朝拜官吏常苦晨興而留守達官簡貴每朝罷公酒三行不交一言而退故其詩曰正夢寐中行十里不言語處喫一作飲三杯其語雖淺近皆兩京之實事也

梅聖俞嘗於范希文席上賦河豚魚詩云春洲生荻芽春岸飛楊花河豚當是二字一作於此時貴不數魚鰕一有其狀已可怪其毒亦莫加忿腹若封豕怒目猶吳蛙庖煎苟失所入喉爲鏌鋣若此喪軀體何須資齒牙持問南方人黨護復矜誇皆言美無度誰謂死如麻我語不能屈自思空咄嗟退之來潮陽始憚餐籠蛇子厚居柳州而甘食蝦蟇二物雖可憎性命無舛差斯一作茲味曾不比中藏禍無涯甚美惡亦稱此言誠可嘉河豚常出於春暮羣遊水上食絮而肥南人多與荻芽一作笋爲羹云最美故知詩者謂秪破題兩句已道盡河豚好處聖俞平生苦於吟詠以閑遠古淡爲意故其構思極艱

此詩作於罇俎之間筆力雄贍頃刻而成遂爲絶唱

蘇子瞻學士蜀人也嘗於淯井監得西南夷人所賣蠻布弓衣其文織成梅聖俞春雪詩一有朔風三日暗吹沙蛟龍卷足噴成花花飛萬里奪曉月白石爛堆愁女媧大明廣庭踏朝賀雉尾不掃粘宮靴宮中才人承聖顔捧觴稱壽呼南山三公免責百姓喜斗酒十千誰復慳此詩在聖俞集中未爲絶唱蓋其名重天下一篇一詠傳落夷狄而異域之人貴重之如此耳子瞻以余尤知聖俞者得之因以見遺余家舊畜琴一張乃寶曆三年雷會所斲距今二百五十年矣其聲清越如擊金石遂以此布更爲琴囊二物眞余家之寶玩也

吳僧贊寧國初爲僧錄頗讀儒書博覽強記亦自能撰述而辭辨縱横人莫能屈時有安鴻漸者文詞儁敏尤好嘲詠嘗街行遇贊寧與數僧相隨鴻漸指而嘲曰鄭都官不愛之徒時時作隊贊寧應聲答曰秦始皇未坑之輩往往成羣時皆善其捷對鴻漸所道乃鄭谷詩

云愛僧不愛紫衣僧也
鄭谷詩名盛於唐末號雲臺編而世俗但稱其官爲鄭都官詩其詩極有意思亦多佳句但其格不甚高以其易曉人家多以教小兒余爲兒時猶誦之今其集不行於世矣梅聖俞晚年官亦至都官一日會飮余家劉原父戲之曰聖俞官必止於此坐客皆驚原父曰昔有鄭都官今有梅都官也聖俞頗不樂未幾聖俞病卒余爲序其詩爲宛陵集而今人但謂之梅都官詩一言之謔後遂果然斯可歎也
陳舍人（從易）當時文方盛之際獨以醇儒古學見稱其詩多類白樂天蓋自楊劉唱和西崑集行後進學者爭效之風雅一（一作之）變謂之崑體繇是唐賢集詩集幾廢而不行陳公時偶得杜集舊本文多脫誤至送蔡都尉詩云身輕一鳥其下脫一字陳公因與數客各用一字補之或云疾或云落或云起或云下莫能定其後得一善本乃是身輕一鳥過陳公嘆服以爲雖一字諸君亦不能到也

國朝浮圖以詩名于世者九人故時有集號九僧詩今不復傳矣余少時聞人多稱其一曰惠崇餘八人者忘其名字也余亦略記其詩有云馬放降來地鵰盤戰後雲又云春生桂嶺外人在海門西其佳句多類此其集已（一作既）亡今人多不知有所謂九僧者矣是可嘆也當時有進士許洞者善爲辭章俊逸之士也因會（一作命）諸詩僧分題出一紙約曰不得犯此一字其字乃山水風雲竹石花草雪霜風月（一作日）禽鳥之類於是諸僧皆閣筆洞咸平三年進士及第時無名子嘲曰張康渾裹馬許洞鬧裝妻者是也

孟郊賈島皆以詩窮至死而平生尤自喜爲窮苦之句（一作辭）孟有移居詩云借車載家具家具少於車乃是都無一物耳又謝人惠炭云暖得曲身成直身人謂非其身備嘗之不能道此句也賈云鬢邊雖有絲不堪織寒衣就令織得（二字一作堪織）能（一作所）得幾何又其朝飢詩云坐聞西牀琴凍折兩三絃人謂其不止忍飢而已其寒

亦何可忍也

唐之晚年詩人無復李杜豪放之格然亦務以精意相高如周朴者構思尤艱每有所得必極其雕琢故時人稱朴詩月鍛季煉未及成篇已播人口其名重當時如此而今不復傳矣余少時猶見其集其句有云風暖鳥聲碎日高花影重又云曉（一作晚）來山鳥鬧雨過杏花稀誠佳句也

聖俞嘗語予曰詩家雖率（一作主）意而造語亦難若意新語工得前人所未道者斯爲善也必能狀難寫之景如在目前含不盡之意見於言外然後爲至矣賈島云竹籠拾山果瓦缾擔石泉姚合云馬隨山鹿放雞逐野禽棲等是山邑荒僻官況蕭條不如縣古槐根出官清馬骨高爲工也余曰語之工者固如是狀難寫之景含不盡之意何詩爲然聖俞曰作者得於心覽者會以意殆難指陳以言也雖然亦可略道其髣髴若嚴維柳塘春水慢花塢夕陽遲則天容時（一作

物態融和駘蕩豈不如在目前乎又若溫庭筠雞聲茅店月人迹板橋霜賈島怪禽啼曠野落日恐行人則道路辛苦羇愁旅思豈不見於言外乎

聖俞子美齊名於一時而二家詩體特異子美筆力豪儁以超邁橫絕爲奇聖俞覃思精微以深遠閑淡爲意各極其長雖善論者不能優劣也余嘗於水谷夜行詩略道其一二云子美氣尤雄萬竅號一噫有時肆顛狂醉墨灑滂霈譬如千里馬已發不可殺盈前盡珠璣一一難揀汰梅翁事清切一作句石齒漱寒瀨作詩三十年視我猶後輩文辭愈精一作清新心意雖老大有如妖韶女老自有餘態近詩尤古一作苦硬咀嚼苦一作且難嘬又如食橄欖真味久愈在蘇豪以氣轢舉世徒驚駭梅窮獨我知古貨今難賣語雖非工謂粗得其髣髴然不能優劣之也

呂文穆公未第時薄或作嘗遊一縣忘其縣名胡大監旦方隨其父

宰是邑遇呂甚薄客有譽呂二字一作喻胡曰呂君工於詩宜少加禮胡問詩之警句客舉一篇其卒章云挑盡寒燈夢不成胡笑曰乃是一渴俗語轉亦溘睡漢爾呂聞之甚恨而去明年首中甲科使人寄聲語胡曰渴睡漢狀元及第矣胡答曰待我明年第二人及第輸君一籌既而次牓亦中首選

聖俞嘗云詩句義理雖通語涉淺俗而可笑者亦其病也如有贈漁父一聯云眼前不見市朝事耳畔惟聞風水聲說者云患肝腎風四字一作此漁父肝藏熱而腎藏虛也又有詠詩者云一無此六字盡日覓不得有時還自來本謂詩之好句難得爾而說者云此是人家失却猫兒詩人皆以爲笑也

王建宮詞一百首多言唐宮禁中事皆史傳小說所不載者往往見於其詩如內一作兩中數日無呼喚傳得滕王蛺蝶圖滕王元嬰高祖子新舊唐書皆不著其所能惟名畫錄略言其善畫亦不云其工

蛺蝶也及畫斷云工於蛺蝶及見於建詩爾或聞今人家亦有得其圖者唐世一藝之善如公孫大娘舞劍器曹剛彈琵琶米嘉榮歌皆見於唐賢詩句遂知名於後世當時山林田畝潛德隱行君子不聞於世者多矣而賤工末藝得所附託乃垂於不朽蓋其各有幸不幸也

李白戲杜甫云借問別來太瘦生總爲從前一作來作詩苦太瘦生唐人語也至今猶以生爲語助如作麼生何似生之類是也陶尚書穀嘗曰尖簷帽子卑凡廝短靿靴兒末厥兵末厥亦當時語余天聖景祐間已聞此句時去陶公尚未遠人皆莫曉其義王原叔博學多聞見稱於世最爲多識前言者亦云不知爲何說也第記之必有知者耳

詩人貪求好句而理有不通亦語病也如袖中諫草朝天去頭上宮花侍燕歸誠爲佳句矣但進諫必以章疏無直用稾草之理唐人有

云姑蘇臺下寒山寺半夜鍾聲到客船說者亦云句則佳矣其如三更不是打一作撞鍾時如賈島哭僧云寫留行道影焚却坐禪身時謂燒殺活和尚此尤可笑也若步隨青山影坐學白塔骨又獨行潭底影數息樹邊身皆島詩何精麤頓一無此字異也

松江新作長橋制度宏麗前世所未有蘇子美新橋對月詩所謂雲頭灎灎開金餅水面沈沈臥彩一作綵虹者是也時謂此橋非此句雄偉不能稱也子美兄舜元字才翁詩亦遒勁多佳句而世獨罕傳其與子美紫閣寺聯句無媿韓孟也恨不得盡見之耳

晏元獻公文章擅天下尤善一作喜爲詩而多稱引後進一時名士往往出其門聖俞平生所作詩多矣然公獨愛其兩聯云寒魚猶著底白鷺已飛前又絮暖鮆魚繁荻添蓴菜一作線紫余嘗於聖俞家見公自書手簡再三稱賞此二一作兩聯余疑而問之聖俞曰此非我之極致豈公偶自得意於其間乎乃知自古文士不獨知己難得

而知人亦難也

楊大年與錢劉數公唱和自西崑集出時人爭效之詩體一變而先生老一作老先生輩患其多用故事至於語僻難曉殊不知自是學者之弊如子儀一作大年新蟬云風來玉宇烏先轉一作覺露下金莖鶴未知雖用故事何害爲佳句也又如一有大年二字峭帆橫渡官橋柳疊鼓驚飛海岸鷗其不用故事又豈不佳乎蓋其雄文博學筆力有餘故無施而不可非如前世號詩人者區區於風雲一作雪草木之類爲許洞所困者也

西洛故都荒臺廢沼遺迹依然見於詩者多矣惟錢文僖公一聯最爲警絶云日上故陵煙漠漠春歸空苑水潺潺裴晉公綠野堂在午橋南往時嘗屬張僕射齊賢家僕射罷相歸洛一作終日與賓客吟宴於其間惟鄭工部文寶一聯最爲警絶云水暖鳧鷖行哺子溪深桃李臥開花人謂不滅王維杜甫也錢詩好句尤多而鄭句不惟當

時人莫及雖其集中自及此者亦少

閩人有謝伯初者字景山當天聖景祐之間以詩知名余謫夷陵時景山方爲許州法曹以長韻見寄頗多佳句有云長官衫色江波綠學士文華蜀錦張余答云參軍春思亂如雲白髮題詩愁送春蓋景山詩有多情未老已一作先白髮三字一作頭先白野思到春如亂雲之句故余以此戲之也景山詩頗多如自種黄花添野景旋移高竹聽秋聲園林換葉梅初熟池館無人燕學飛之類皆無愧於唐賢而仕宦不偶終以一作於困窮而卒其詩今已不見於世其家亦流落不知所在其寄余詩殆今三十五年矣余猶能誦之蓋其人不幸既可哀其詩淪棄亦可惜因錄於此詩曰江流無險似瞿唐滿峽猿聲斷旅一作盡腸萬里可堪人謫宦經年應合鬢成霜長官衫色江波綠學士文華蜀錦張異域化爲儒雅俗遠民爭識校讎郎才如夢得多爲累情似安仁久悼亡下國難留金馬客新詩傳與竹枝娘典

辭縣待修青史諫草當來集皂囊莫爲明時暫遷謫便將纓足濯滄浪

石曼卿自少以詩酒豪放自得其氣貌偉然詩格奇峭又工於書筆畫遒勁體兼顏柳爲世所珍 一作好 余家嘗得南唐後主澄心堂紙曼卿爲余以此紙書其籌筆驛詩詩曼卿平生所自愛者至今藏之號爲三絶真余家寶也曼卿卒後其故人有見之者云恍惚如夢中言我今爲鬼仙也所主芙蓉城欲呼故人往遊不得忿然騎一素 一作青騾 去如飛其後又云降於亳州一舉子家又呼 一有其字 舉子去不得因留詩一篇與之余亦略記其一聯云鶯聲不逐春光老花影長隨日脚流神 一作鬼 仙事怪不可知其詩頗類曼卿平生語舉子不能道也王建霓裳詞云弟子部 一作歌 中留一色聽風聽水作霓裳霓裳 一有羽衣二字 曲今教坊尚能作其聲其舞則廢而不傳矣人間又有望瀛府獻仙音二曲云此其遺聲也霓裳曲前世傳記

論說頗詳不知聽風聽水爲何事也白樂天有霓裳歌甚詳亦無風水之說第記之或有遺亡四字一作必有知者爾

龍圖趙學士師民以醇儒碩學名重當時爲人沈厚端默羣居終日似不能言而於文章之外詩思尤精如麥天辰氣潤槐夏午陰清前世名流皆所未到也又如曉鶯林外千聲囀芳草堦前一尺長殆不類其爲人矣

退之筆力無施不可而嘗以詩爲文章末事故其詩曰多情懷酒伴餘事作詩人也然其資一作發談笑助諧謔敘人情狀物態一寓於詩而曲盡其妙此在雄文大手固不足論而予獨愛其工於用韻也蓋其得韻寬則波瀾橫溢泛入傍韻乍還乍離一作作去作還出入回合殆不可拘以常格如此日足可惜之類是也得韻窄則不復傍出而因難見巧愈險愈奇如病中贈張十八之類是也余嘗與聖俞論此以謂譬如一作夫善馭良馬者通衢廣陌縱橫馳逐惟意所之

至於水曲蟻封疾徐一有偭字中節而不少蹉跌乃天下之至工也聖俞戲曰前史言退之爲人木強若寬韻可自足而輒傍出窄韻難獨用而反不出豈非其拗強而然歟坐客皆爲之笑也

自科場用賦取人進士不復留意於詩故絕無可稱者惟天聖二年省試采侯詩宋尚書祁最擅場其句有色映堋雲爛聲迎羽月遲一作見尤爲京師傳誦當時舉子目公爲宋采侯

詩話一卷

前後之相隨長短之相形推而廣之萬物之理皆然也不必更言其餘然老子爲書比其餘諸子已爲簡要也其於媿見人情尤爲精爾非莊周慎到之倫可擬其言雖若虛無而於治人之術至矣

老氏說

富貴貧賤說

貧賤常思富貴富貴必履危機此古人之所嘆也惟不思而得既得而不患失之者其庶幾乎富貴易安而患於難守貧賤難處而患於易奪居富貴而能守者周公也在貧賤而能久者顏回也然爲顏回者易爲周公者難也君子小人之用心常異趣於此見之小人莫不欲富貴而不知所以守是趣禍罪而惟恐不及也君子莫不安於貧賤爲一無此字小人者不閔則笑是閔笑人之不捨其所樂而趍於禍罪也其爲大趣相反如此四字一作如此之反則其所爲不得不

事事異也故與小人共事者難於和同凡事不和同則不濟古之君子有用權以合正者爲至難也若其（一作有）事君之忠主於誠信有欲濟其事顧不害其正亦有用權之助者此可以理得難以言傳孔子所以置而不論也推誠以接物有害其身者仁人不悔也所謂殺身以成仁然其所濟者遠矣非常情之可企至也

鐘莛說

甲問於乙曰鑄銅爲鐘削木爲莛以莛叩鐘則鏗然而鳴然則聲在木乎在銅乎乙曰以莛叩垣牆則不鳴叩鐘則鳴是聲在銅甲曰以莛叩錢積則不鳴聲果在銅乎乙曰錢積實鐘（一有則字）虛中是聲在虛器之中甲曰以木若泥爲鐘則無聲聲果在虛器之中乎

駟不及舌說

俗云一言出口駟馬難追論語所謂駟不及舌也若較其理卽俗諺爲是然則泥古之士學者患之也

學書靜中至樂說

有暇即學書非以求藝之精直勝勞心於他事爾以此知不寓心於物者真所謂至人也寓於有益者君子也寓於伐性汩情而爲害者愚惑之人也學書不能不勞獨不害情性耳要得靜中之樂者惟此耳

夏日學書說

夏日之長飽食難過不自知愧但思所以寓心而銷晝暑者惟據按作字殊不爲勞當其揮翰若飛手不能止雖驚雷疾霆雨雹交下有不暇顧也古人流愛信有之矣字未至於工尚已如此使其樂之不厭未有不至於工者使其遂至於工可以樂而不厭不必取悅當時之人垂名於後世要於自適而已嘉祐七年正月九日補空

學書自成家說

學書當自成一家之體六字一作自家成一體其模倣他人謂之奴

書安昌侯張禹曰書必博見然後識其眞僞余實見書之未博者廬陵歐陽修嘉祐二年十一月冬至日

李白杜甫詩優劣說

落日欲沒峴山西倒着接籬花下迷襄陽小兒齊拍手攔街爭唱白銅鞮此常言也至於清風明月不用一錢買玉山自倒非人推然後見其橫放其所以警動千古者固不在此也杜甫於白得其一節而精強過之至於天才自放非甫可到也

薛道衡王維詩說

空梁落鷰泥未爲絶警而楊廣不與薛道衡解仇於泉下豈荒煬所趣止於此耶大風飛雲信是英雄之語也若漠漠水田飛白鷺陰陰夏木囀黃鸝終非己有又何必區區於竊攘哉

峽州詩說

春風疑不到天涯二月山城未見花若無下句則上句何堪既見下

句則上句頗工文意難評蓋如此也

辨甘菊說

本草所載菊花者世所謂甘菊俗又謂之家菊其苗澤美味甘香可食今市人所賣菊苗其味苦烈迺是野菊其實蒿艾之類强名爲菊爾家菊性涼野菊性熱食者宜辨之余近來求得家菊植於西齋之前遂作詩云明年食菊知誰在自向欄邊種數叢余有思去之心久矣不覺發於斯

博物說

蟪蛄是何棄物草木蟲魚詩家自爲一學博物尤難然非學者本務以其多不專意所通者少苟有一焉遂以名世當漢晉武帝有東方朔張華皆博物

道無常名說

道無常名所以尊於萬物君有常道所以尊於四海然則無常以應

物爲功有常以執道爲本達有無之至理適用捨之深機詰之難以言窮推之不以迹見

物有常理者

凡物有常理而推之不可知者聖人之所不言也磁石引針蝍蛆甘帶松化虎魄

世人作肥字說

世之人有喜作肥字者正如厚皮饅頭食之未必不佳而視其爲狀已可知其俗物字法中絕將五十年近日稍稍知以字書爲貴而追迹前賢未有三數人古之人皆能書獨其人之賢者傳遂遠然後世不推此但務於書不知前日工書隨與紙墨泯棄者不可勝數也使顏公書雖不佳後世見者必寶也楊疑式以直言諫其父其節見於艱危李建中清慎温雅愛其書者兼取其爲人也豈有其實然後存之久耶非自古賢哲必能書也惟賢者能存爾其餘泯泯不復見爾

轉筆在熟說

昨日王靖言轉筆誠是難事其如凝對以熟豈不爲名理之言哉往時陳堯咨以射藝自高嘗射於家圃有一賣油里翁釋擔而看射多中陳問爾知射乎吾射精乎翁對曰無他能但手熟耳陳忿然曰汝何敢輕吾射翁曰不然以吾酌油可知也乃取一胡盧設於地上置一錢以杓酌油瀝錢眼中入胡盧錢不濕曰此無他亦熟耳陳笑而釋之

李晸筆說

余書惟用李晸筆雖諸葛高許頌皆不如意晸非金石安知其不先朝露以塡溝壑然則遂當絕筆此理之不然也夫人性易習當使無所偏係乃爲通理適得聖俞所和試筆詩尤爲精當余嘗爲原甫說聖俞壓韻不似和詩原甫大以爲知言然此無它惟熟而已蔡君謨性喜書多學是以難精古人各自爲書用法同而爲字異然後能名

於後世若夫求悅俗以取媚茲豈復有天真耶唐所謂歐虞褚陸𠯆至於顏柳皆自名家蓋各因其性則爲之亦不爲難矣嘉祐四年夏納涼於庭中學書盈紙以付發

峽州河中紙說

夷陵紙不甚精然最柰久余爲縣令時有孫文德者本三司人吏也嘗勸余多藏峽紙云其在省中見天下帳籍惟峽州不朽損信爲然也今河中府紙惟供公家及館閣寫官書爾

誨學說

玉不琢不成器人不學不知道然玉之爲物有不變之常德雖不琢以爲器而猶不害爲玉也人之性因物則遷不學則捨君子而爲小人可不念哉付奕

南唐硯

某此一硯用之二十年矣當南唐有國時於歙州置硯務選工之善者命以九品之服月有俸廩之給號硯務官歲爲官造硯有數其硯四方而平淺者南唐官硯也其石尤精製作亦不類今工之侈窳此硯得自今王舍人原叔原叔家不識爲佳硯也兒子輩棄置之予始得之亦不知爲南唐物也有江南人年老者見之悽一作悽然曰此故國之物也因具道其所以然遂始寶惜之其貶夷陵也折其一角

宣筆

宣筆初不可用往時聖俞屢以爲惠尋復爲人乞去今得此甚可用遂深藏之

琴枕說

介甫嘗言夏月晝睡方枕爲佳問其何理云睡久氣蒸枕熱則轉一

方冷處然則眞知睡者耶余謂夜彈琴唯石暉爲佳蓋金蚌瑟瑟之類皆有光色燈燭照之則炫燿非老翁夜視所宜白石照之無光唯目昏者爲便介甫知睡眞嬾者余知琴暉直以老而目暗耳是皆可咲余家石暉琴得之二十年昨因患兩手中指拘攣醫者言唯數運動以導其氣之滯者謂唯彈琴爲可亦尋理得十餘年已忘諸曲物理損益相因固不能窮至於如此老莊之徒多寓物以盡人情信有以也哉

鑒畫

蕭條淡泊此難畫之意畫者得之覽者未必識也故飛走遲速意淺之物易見而閑和嚴靜趣遠之心難形若乃高下嚮背遠近重複此畫工之藝爾非精鑒者之事也不知此論爲是否余非知畫者強爲之說但恐未必然也然世謂好畫者亦未必能知此也此字不乃傷俗耶一十字一作然自謂好畫者未必能知此也

學書爲樂

蘇子美嘗言明窻淨几筆硯紙墨皆極精良亦自是人生一樂事能得此樂者甚稀其不爲外物移其好者又特稀也余晚知此趣恨字體不工不能到古人佳處若以爲樂則自足有餘

學書消日

自少所喜事多矣中年以來漸以廢去或厭而不爲或好之未厭力有不能而止者其愈久益深而尤不厭者書也至於學字爲於不倦時往往可以消日乃知昔賢留意於此不爲無意也

學書作故事

學書勿浪書事有可記者乇時便爲故事

學真草書

自此已後隻日學草書雙日學真書真書兼行草書兼楷十年不勌當得書名然虛名已得而真氣耗矣萬事一作物莫不皆然有以寓

其意不知身之爲勞也有以樂其心不知物之爲累也然則自古無不累心之物而有爲物所樂之心

學書費紙

學書費紙猶勝飲酒費錢曩時嘗見王文康公戒其子弟云吾生平不以全幅紙作封皮文康太原人世以晉人喜嗇資談笑信有是哉吾年向老亦不欲多耗用物誠未足以有益於人然衰年志思不壯於事少能快然亦其理耳

學書工拙

每書字嘗自嫌其不佳而見者或稱其可取嘗有初不自喜隔數日視之頗若稍可愛者然此初欲寓其心以銷日何用較其工拙而區區於此遂成一役之勞豈非人心蔽於好勝耶

作字要熟

作字要熟熟則神氣完實而有餘於靜坐中自是一樂事然患少暇

豈其於樂處常不足耶

用筆之法

蘇子美嘗言用筆之法此乃柳公權之法也亦嘗較之斜正之間便分工拙能知此及虛腕則羲獻之書可以意得也因知萬事皆有法楊子云斷木爲棋刓革爲鞠亦皆有法豈正得此也

蘇子美論書

蘇子美喜論用筆而書字不迨其所論豈其力不副其心邪然萬事以心爲本未有心至而力不能者余獨以爲不然此所謂非知之難而行之難者也古之人不虛勞其心力故其學精而無不至蓋方其幼也未有所爲時專其力於學書及其漸長則其所（一無此字）學漸近於用今人不然多學書於晚年所以與古不同也

秋霖不止文書頗稀叢竹蕭蕭似聽愁滴顧見案上故紙數幅信筆學書樞密院東廳

蘇子美蔡君謨書

自蘇子美死後遂覺筆法中絶近年君謨獨步當世然謙讓不肯主盟往年予嘗戲謂君謨學書如泝急流用盡氣力不離故處君謨頗笑以爲能取譬今思此語已二一無此字十餘年竟如何哉

李邕書

余始得李邕書不甚好之然疑邕以書自名必有深趣及看之久遂謂他書少及者得之最晩好之尤篤譬猶結交其始也難則其合也必久余雖因邕書得筆法然爲字絶不相類豈得其意而忘其形者邪因見邕書追求鍾王以來字法皆可以通然邕書未必獨然凡學書者得其一可以通其餘余偶從邕書而得之耳嘉祐五年春分日雪中西窻一作齋信筆

風法華

往時有風法華者偶然至人家見筆便書初無倫理久而禍福或應

豈非好怪之士爲之遷就其事耶余每見筆輒書故江鄰幾比余爲風法華

九僧詩

近世一作時有九僧詩極有好句然今人家多不傳如馬放降來地鵰盤戰後雲春生桂嶺外人在海門西今之文士未能有此句也詳載詩話

弔僧詩

謝希深嘗誦哭僧詩云燒痕詩一作碑入集海角寺留真謂此人作詩不求好句只求好意余以謂意好句亦好矣賈島有哭僧詩云寫留行道影焚却坐禪身唐人謂燒却活和尚此句之大病也與詩話所載略同

郊島詩窮

唐之詩人類多窮士孟郊賈島之徒尤能刻篆一作琢窮苦之言以

自喜或問二子其窮孰甚曰閬仙甚也何以知之曰以其詩見之郊曰種稻耕白水負薪斫青山島云市中有樵山我舍朝無煙井底有甘泉釜中乃空然蓋孟氏薪米自足而島家柴水俱無此誠可嘆一作笑然二子名稱高於當世其餘林翁處士用意精到者往往有之若鷄聲茅店月人迹板橋霜則羇孤行旅流離辛苦之態見於數字之中至於野塘春水慢花塢夕陽遲則春物融怡人情和暢又有言不能盡之意茲亦精意刻琢之所得者耶

謝希深論詩

往在洛時嘗見謝希深誦一有曰字或作云縣古槐根出官清馬骨高又見晏丞相常愛笙歌歸院落燈火下樓臺希深曰清苦之意在言外而見於言中晏公曰世傳寇萊公詩云老覺腰金重慵便枕玉涼以為富貴此特窮相者爾能道富貴之盛則莫如前言亦與希深所評者類爾二公皆有情味而善一作喜為篇詠者其論如此歸田

錄亦及此

溫庭筠嚴維詩

余嘗愛唐人詩云鷄聲茅店月人迹板橋霜則天寒歲暮風凄木落羇旅之愁如身履之至其曰野塘春水慢花塢夕陽遲則風酣日煦萬物駘一作佚蕩天人之意相與融怡讀之便覺欣然感發謂此四句可以坐變寒暑詩之爲巧猶畫工小筆爾以此知文章與造化爭巧可也詳載詩話

作詩須多誦古今詩

作詩須多誦古今人詩不獨詩爾其他一作餘文字皆一作盡然

漢人善以文言道時事

漢之文士善以文言道時事質而不俚茲所以爲難

蘇氏四六

往時作四六者多用古人語及廣引故事以衒二字一作自以爲博

學而不思述事不暢近時文章變體如蘇氏父子以四六述敘委曲精盡不減古人一作文自學者變格爲文迨一作追今三十年始得斯人不惟遲久而後獲實恐此後未有能繼者爾自古異人間出前後參差不相待余老矣乃及見之豈不爲幸哉

王濟譏張齊賢

張齊賢形體魁肥飲食兼數人然其爲相嘗有邊功國朝宰相惟宋琪與齊賢知邊事然其常與王濟不相能濟剛峭之士也其後齊賢罷相歸洛陽買得午橋裴晉公綠野堂營爲別墅一日濟自洛至京師公卿間有問及齊賢午橋別墅者濟忿然曰昔爲綠野堂今作屠兒墓園矣聞者皆笑

晦明說

藏精於晦則明養神以一作於靜則安晦所以畜用靜所以應動善畜者不竭善應者無窮此君子脩身治人之術然性近者得之易也

付棊

廉恥說

廉恥士君子之大節罕能自守者利欲勝一作牽之耳物有爲其所勝雖善守者或牽而去故孟子謂勇過賁育者誠一作信有旨哉君子之道闇然而日彰而今人求速譽遂得速毀以自損者理之當然一有也字

繫辭說

書不盡言言不盡意然自古聖賢之意萬古得以推而求之者豈非言之傳歟聖人之意所以存者得非書乎然則一無此字書不盡言之煩而盡其要言不盡意之委曲而盡其理謂書不盡言言不盡意者非深明之論也予謂繫辭非聖人之作初若可駭余爲此論迨今二十五年矣稍稍以余言爲然也六經之傳天地之久其爲二十五年者將無窮而不可以數計也予之言久當見信於人矣何必汲汲

較是非於一世哉

論樂說

清濁二聲一作音爲樂之本而今自以爲知樂者猶未能達此安得言其細微之旨

六經簡要說

妙論精言不以多爲貴而人非聰明不能達其義余嘗聽人讀佛書其數十萬言謂可數談一作言而盡而溺其說者以謂欲曉愚下人故如此爾然則六經簡要愚下一有人字獨不得曉耶

余家多文忠公書然比其沒余於篋中得十數帖耳今劉君乃能致此非篤好之不能也元豐二年正月初吉蘇轍子由題

此數十紙皆文忠公銜口而得信手而成初不加意者也其文采字畫皆有自然絕人之姿信天下之奇蹟也元祐四年九月十九日蘇軾書

試筆一卷

樂語　長短句

聖節五方老人祝壽文

東方老人

但某太山老叟東海真仙一有一字溜穿石而曾究初終一有五字松避雨而備知歲月羲氏定三百六日嘗守寅賓之官夷吾紀七十二君盡覩登封之事遇安期而遺棗笑方朔之偷桃風入律而來自巖前斗指春而光臨洞口昔漢武帝嘗懷三島之勝遊有羨門生欲謁巨公於昭代今則紫庭降聖華渚開祥遠離朝日之方來展望雲之懇千八百國咸歸至治之風億萬斯年共禱無疆之壽遙望天庭敢進祝聖之頌

東海蓬萊第一仙遙瞻西北祝堯天願皇長似東君壽與物爲春億萬年

西方老人

但某秦川故老華岳幽人詢仙掌之遺蹤咸知始末戀蓮峯之絕頂不記歲時漱流玉乳之泉枕石雲陽之洞逍遥物外笑傲林間奉王母之蟠桃嘗延漢帝指老聃之仙李永佑唐基掌中五色之丸世上千年之壽欣逢聖代來至塵寰當洪河澄九曲之時是甲觀誕一人之日祥麟遊於泰峙天馬來於大宛景星見而朱草生瑞露降而赤烏集既遇無爲之化宜歌有道之君是以駕青牛而度函關指丹鳳而趨魏闕唯願慶源流遠齊河海以無窮睿筭緜長等乾坤而不老遙望天庭敢進祝聖之頌

華岳峯頭萬葉蓮開花今古世相傳願皇長似蓮峯久結實盤根不記年

中央老人

但某棲心嵩極振迹伊川年高而可等松椿氣粹而嘗飧芝朮洞裏

之煙霞不老壺中之日月偏長當聖主之盛時居天心之奧壤但見璿璣運而寒暑正土圭測而陰陽和冠帶被於百蠻玉帛來於萬國龍在沼而麟在藪河出圖而洛出書民躋壽域之中俗樂春臺之上今則堯眉誕秀舜目開祥遠離王屋之間來入帝畿之內仰瞻天表莫非嶽降之神上祝皇圖豈止山呼之歲遙望天庭敢進祝聖之頌嵩高維嶽鎮中天王氣盤基降壽仙惟願吾皇等嵩嶽三靈齊祝一作壽萬斯年

南方老人

但某託迹炎洲游神衡嶽非海濱之野叟迺星極之老人當火德爲治之朝是離明繼照之日里社鳴而聖人出泰階正而王道平百蠻向風重譯來貢屢覩豐年之上瑞故知百姓之懽心鼓腹而歌治世之音安以樂曲肱而枕化國之日舒以長斯可謂唐虞之民又豈止成康之俗今則流虹誕聖遶電開祥來趨北闕之前上祝南山之永

雲翔霧集旣羅仙籍之班地久天長以禱皇家之祚遙望天庭敢進
祝聖之頌
南極星中一老人南山爲壽祝吾君願君永奏南薰曲當使淳音萬
國聞

北方老人

但某脩真北嶽常傾葵藿之心混俗幽都不避草茅之迹潛神自得味道爲娛易水歌風曾識荆軻於往歲燕山勒石親逢竇憲於當年仙家之景物常春人世之光陰易老華表之鶴未久還來蓮葉之龜於時屢見但處積陰之境每輸就日之誠望千呂之青雲慶流虹於華渚當萬域來王之際是千齡誕聖之初是以歷沙漠而朝宗叩天閽而祝頌惟願慶基不朽永齊金石之堅寶祚無疆更等山河之固
遙望天庭敢進祝聖之頌
北嶽神仙九轉丹特來北闕獻君前願將北極齊君壽萬國陶陶共

戴天

會老堂致語熙寧壬子趙康靖公自南京訪公於潁時呂正

獻公爲守

某聞安車以適四方禮典雖存於往制命駕而之千里交情罕見於今人伏惟致政少師一德元臣三朝宿望挺立始終之節從容進退之宜謂青衫早並於俊遊白首各諧於歸老已釋軒裳之累却尋雞黍之期遠無憚於川塗信不渝於風雨幸會北堂之學士方爲東道之主人遂令潁水之濱復見德星之聚里閭拭目覺陋巷以生光風義聳聞爲一時之盛事敢陳口號上贊清歡

欲知盛集繼荀陳請看當筵主與賓金馬玉堂三學士清風明月兩閑人紅芳已盡鶯猶囀青杏初嘗酒正醇美景難并良會少乘歡舉白莫辭頻

西湖念語

昔者王子猷之愛竹造門不問於主人陶淵明之臥輿遇酒便留於道士況西湖之勝槩擅東潁之佳名雖美景良辰固多於高會而清風明月幸屬於閑人並遊或結於良朋乘興有時而獨往鳴蛙暫聽安問屬官而屬私曲水臨流自可一觴而一詠至歡然而會意亦傍若於無人乃知偶來常勝於特來前言可信所有雖非于己有其得已多因翻舊闋之辭寫以新聲之調敢陳薄伎聊佐清歡

採桑子

一

輕舟短棹西湖好綠水逶迤芳草長堤隱隱笙歌處處隨　無風水面琉璃滑不覺船移微動漣漪驚起沙禽掠岸飛

二

春深雨過西湖好百卉爭妍蝶亂蜂喧晴日催花暖欲然　蘭橈畫舸悠悠去疑是神仙返照波間水闊風高颺管絃

三

畫船載酒西湖好急管繁絃玉盞催傳穩泛平波任醉眠　行雲却在行舟下空水澄鮮俯仰留連疑是湖中別有天

四

羣芳過後西湖好狼籍殘紅飛絮濛濛垂柳欄干盡日風　笙歌散盡遊人去始覺春空垂下簾櫳雙燕歸來細雨中

五

何人解賞西湖好佳景無時飛蓋相追貪向花間醉玉巵　誰知閑凭欄干處芳草斜暉水遠煙微一點滄洲白鷺飛

六

清明上巳西湖好滿目繁華爭道誰家綠柳朱輪走鈿車　遊人日暮相將去醒醉諠譁路轉堤斜直到城頭總是花

七

荷花開後西湖好載酒來時不用旌旗前後紅幢綠蓋隨　畫船撐入花深處香泛金巵煙雨微微一片笙歌醉裏歸

八

天容水色西湖好雲物俱鮮鷗鷺閑眠應慣尋常聽管絃　風清月白偏宜夜一片瓊田誰羨驂鸞人在舟中便是仙

九

殘霞夕照西湖好花塢蘋汀十頃波平野岸無人舟自橫　西南月上浮雲散軒檻涼生蓮芰香清水面風來酒面醒

十

平生爲愛西湖好來擁朱輪富貴浮雲俯仰流年二十春　歸來恰似遼東鶴城郭人民觸目皆新誰識當年舊主人

十一

畫樓鐘動君休唱往事無蹤聚散忽忽今日歡娛幾客同　去年綠

鬢今年白不覺衰容明月清風把酒何人憶謝公

十二

十年一別流光速白首相逢莫話衰翁但鬭樽前語笑同　勸君滿酌君須醉盡日從容畫鷁牽風即去朝天沃舜聰

十三

十年前是樽前客月白風清憂患凋零老去光陰速可驚　鬢華雖改心無改試把金觥舊曲重聽猶似當年醉裏聲

朝中措

平山欄檻倚晴空山色有無中手種堂前垂柳別來幾度春風　文章太守揮毫萬字一飲千鍾行樂直須年少樽前看取衰翁

歸自謠

一

何處笛深夜夢回情脈脈竹風簷雨寒牕隔　離人幾歲無消息今

頭白不眠特地重相憶

二

春艷艷江上晚山三四點柳絲如剪花如染　香閨寂寂門半掩愁眉斂泪珠滴破胭脂臉

三

寒水碧水上何人吹玉笛扁舟遠送瀟湘客　蘆花千里霜月白傷行色來朝便是關山隔

長相思

一

蘋滿溪柳遶堤相送行人溪水西回時隴月低　煙霏霏風凄凄重倚朱門聽馬嘶寒鷗相對飛

二

深畫眉淺畫眉蟬鬢鬅鬙雲滿衣陽臺行雨回　巫山高巫山低暮

雨蕭蕭郎不歸空房獨守時

三

花似伊柳似伊花柳青春人別離低頭雙泪垂　長江東長江西兩岸鴛鴦兩處飛相逢知幾時

四

深花枝淺花枝深淺花枝相並時花枝難似伊　玉如肌柳如眉愛著鵝黃金縷衣啼粧更爲誰

訴衷情眉意

清晨簾幕卷輕霜呵手試梅粧都緣自有離恨故畫作遠山長　思往事惜流芳易成傷擬歌先斂欲笑還顰最斷人腸

踏莎行

一

候館梅殘溪橋柳細草薰一作芳風暖搖征轡離愁漸遠漸無窮迢

迢不斷如春水　寸寸柔腸盈盈粉泪樓高莫近危欄倚平蕪盡處是春山行人更在春山外

二

雨霽風光春分天氣千花百卉爭明媚畫梁新燕一雙雙玉籠鸚鵡愁孤睡　薜荔依墻莓苔滿地青樓幾處歌聲麗驀然舊事上心來無言斂皺眉山翠

望江南

江南蝶斜日一雙雙身似何郎全傅粉心如韓壽愛偷香天賦與輕狂　微雨後薄翅膩煙光纔伴遊蜂來小院又隨飛絮過東墻長是爲花忙

減字木蘭花

一

留春不住燕老鶯慵無覓處說似殘春一老應無却少人　風和月

好辨得黃金須買笑愛惜芳時莫待無花空折枝

二

傷懷離抱天若有情天亦老此意如何細似輕絲渺似波　扁舟岸側楓葉荻花秋索索細想前歡須著人間比夢間

三

樓臺向曉淡月低雲天氣好翠幕風微宛轉梁州入破時　香生舞袂楚女腰肢天與細汗粉重匀酒後輕寒不著人

四

畫堂雅宴一抹朱絃初入遍慢撚輕籠玉指纖纖嫩剝葱　撥頭惚利怨月愁花無限意紅粉輕盈倚暖香檀曲未成

五

歌檀歛袂繚繞雕梁塵暗起柔潤清圓百琲明珠一綫穿　櫻唇玉齒天上仙音心下事留住行雲滿坐迷魂酒半醺

生查子

一

去年元夜時花市燈如畫月到柳梢頭人約黃昏後　今年元夜時月與燈依舊不見去年人淚滿春衫袖

二

含羞整翠鬟得意頻相顧鴈柱十三絃一一春鶯語　嬌雲容易飛夢斷知何處深院鎖黃昏陣陣芭蕉雨

瑞鷓鴣

楚王臺上一神仙眼色相看意已傳見了又休還似夢坐來雖近遠如天　隴禽有恨猶能說江月無情也解圓更被春風送惆悵落花飛絮兩翩翩……

清商怨

關河愁思望處滿漸素秋向晚鴈過南雲行人回淚眼　雙鸞衾裯

悔展夜又永枕孤人遠夢未成歸梅花聞塞管

阮郎歸

一

東風臨水日銜山春來長是閑落花狼籍酒闌珊笙歌醉夢間　春
睡覺晚粧殘無人整翠鬟留連花景惜朱顏黃昏獨倚欄

二

南園春早踏青時風和聞馬嘶青梅如豆柳如眉日長蝴蝶飛　花
露重草煙低人家簾幕垂鞦韆慵困解羅衣畫梁雙燕棲

三

角聲吹斷隴梅枝孤窻月影低塞鴻無限欲驚飛城烏休夜啼　尋
斷夢掩深閨行人去路迷門前楊柳綠陰齊何時聞馬嘶

四

劉郎何日是來時無心雲勝伊行雲猶解傍山扉郎行去不歸　強

勻畫又芳菲春深輕薄衣桃花無語伴相思陰陰月上時

五

落花浮水樹臨池年前心眼期見來無事去還思而今花又飛　淺
螺黛淡臙脂閑粧取次宜隔簾風雨閉門時此情風月知

近體樂府卷第一

長短句

蝶戀花一名鳳棲梧又名鵲踏枝

一

簾幕東風寒料峭雪裏香梅先報春來早紅蠟枝頭雙燕小金刀剪綵呈纖巧　旋暖金爐薰蕙藻酒入橫波困不禁煩惱繡被五更春睡好羅幃不覺紗窗曉

二

南雁依稀回側陣雪霽墻陰迹覺蘭芽嫩中夜夢餘消酒困鑪香卷穗燈生暈　急景流年都一瞬往事前懽未免縈方寸臘後花期知漸近東風已作寒梅信

三

臘雪初銷梅蘂綻梅雪相和喜鵲穿花轉睡起夕陽迷醉眼新愁長

向東風亂　瘦覺玉肌羅帶緩紅杏梢頭二月春猶淺望極不來芳
信斷音書縱有爭如見

四

海鷰雙來歸畫棟簾影無風花影頻移動半醉騰騰春睡重綠鬟堆
枕香雲擁　翠被雙盤金縷鳳憶得前春有箇人人共花裏黃鶯時
一哢日斜驚起相思夢

五

面旋落花風蕩漾柳重煙深雪絮飛來往雨後輕寒猶未放春愁酒
病成惆悵　枕畔屏山圍碧浪翠被華燈夜夜空相向寂寞起來褰
繡幌月明正在梨花上

六

六曲欄干偎碧樹楊柳風輕展盡黃金縷誰把鈿箏移玉柱穿簾海
燕雙飛去　滿眼遊絲兼落絮紅杏開時一處清明雨濃睡覺來鶯

亂語驚殘好夢無尋處

七

遙夜亭皐閑信步乍過清明漸覺傷春暮數點雨聲風約住朦朧淡月雲來去 桃杏一作李依稀香暗度誰上一作在鞦韆笑裏輕輕語一寸相思千萬緒人間沒箇安排處

八

簾幕風輕雙語鷰午後醒來柳絮飛撩亂心事一春猶未見紅英落盡青苔院 百尺朱樓閑倚遍薄雨濃雲抵死遮人面羌管不須吹別怨無腸更爲新聲斷

九

庭院深深深幾許楊柳堆煙簾幕無重數玉勒雕鞍遊冶處樓高不見章臺路 雨橫風狂三月暮門掩黃昏無計留春住淚眼問花花不語亂紅飛過鞦韆去

十

永日環隄乘綵舫煙草蕭疎恰似晴江上水浸碧天風皺浪菱花荇蔓隨雙槳　紅粉佳人翻麗唱驚起鴛鴦兩兩飛相向且把金樽傾美醞休思往事成惆悵

十一

越女採蓮秋水畔窄袖輕羅暗露雙金釧照影摘花花似面芳心只共絲爭亂　鸂鶒灘頭風浪晚霧重煙輕不見來時伴隱隱歌聲歸棹遠離愁引着江南岸

十二

水浸秋天風皺浪縹緲仙舟只似秋天上和露採蓮愁一餉看花卻是啼粧樣　折得蓮莖絲未放蓮斷絲牽特地成惆悵歸棹莫隨花蕩漾江頭有箇人相望

十三

梨葉初紅蟬韻歇銀漢風高玉管聲淒切枕簟乍涼銅漏徹誰教社燕輕離別　草際蟲吟秋露結宿酒醒來不記歸時節多少衷腸猶未說珠簾夜夜朦朧月

十四

獨倚危樓風細細望極離愁黯黯生天際草色山光殘照裏無人會得凭闌意　也擬疏狂圖一醉對酒當歌強飲還無味衣帶漸寬都不悔況伊銷得人憔悴

十五

簾下清歌簾外宴雖愛新聲不見如花面牙板數敲珠一串梁塵暗落琉璃盞　桐樹花深孤鳳怨漸遏遙天不放行雲散坐上少年聽未慣玉山將倒腸先斷

十六

誰道閑情拋弃久每到春來惆悵還依舊日日花前常病酒不辭鏡

裏朱顏瘦　河畔青蕪堤上柳為問新愁何事年年有獨立小橋風滿袖平林新月人歸後

十七

翠苑紅芳晴滿目綺席流鶯上下長相逐紫陌閑隨金轣轆馬蹄踏遍春郊綠　一覺年華春夢促往事悠悠百種尋思足煙雨滿樓山斷續人閑倚遍欄干曲

十八

小院深深門掩亞寂寞珠簾畫閣重重下欲近禁煙微雨罷綠楊深處鞦韆掛　傅粉狂遊猶未捨不念芳時眉黛無人畫薄倖未歸春去也杏花零落香紅謝

十九

幾日行雲何處去忘了歸來不道春將暮百草千花寒食路香車繫在誰家樹　淚眼倚樓頻獨語雙燕來時陌上相逢否撩亂春愁如

柳絮依依夢裏無尋處

二十

欲過清明煙雨細小檻臨窗點點殘花墜梁燕語多驚曉睡銀屏一半堆香被　新歲風光如舊歲所恨征輪漸漸程迢遞縱有遠情難寫寄何妨解有相思淚

二十一

畫閣歸來春又晚燕子雙飛柳軟桃花淺細雨滿天風滿院愁眉斂盡無人見　獨倚欄干心緒亂芳草芊綿尙憶江南岸風月無情人暗換舊遊如夢空腸斷

二十二

嘗愛西湖春色早臘雪方銷已見桃開小頃刻光陰都過了如今綠暗紅英少　且趁餘花謀一笑況有笙歌豔態相縈繞老去風情應不到憑君剩把芳樽倒

漁家傲

一

一派潺湲流碧漲新亭四面山相向翠竹嶺頭明月上迷俯仰月輪正在泉中漾　更待高秋天氣爽菊花香裏開新釀酒美賓嘉真勝賞紅粉唱山深分外歌聲響

二

十月小春梅蘂綻紅爐畫閣新裝遍錦帳美人貪睡暖羞起晚玉壺一夜冰澌滿　樓上四垂簾不卷天寒山色偏宜遠風急鴈行吹字斷紅日短江天雪意雲撩亂

三與趙康靖公

四紀才名天下重三朝搆廈爲梁棟定冊功成身退勇辭榮寵歸來白首笙歌擁　顧我薄才無可用君恩近許歸田壠今日一觴難得共聊對捧官奴爲我高歌送

四

暖日遲遲花裊裊人將紅粉爭花好花不能言惟解笑金壺倒花開未老人年少　車馬九門來擾擾行人莫羨長安道丹禁漏聲衢鼓報催昏曉長安城裏人先老

五

紅粉牆頭花幾樹落花片片和驚絮牆外有樓花有主尋花去隔牆遙見鞦韆侶　綠索紅旗雙綵柱行人只得偷回顧腸斷樓南金鎖戶天欲暮流鶯飛到鞦韆處

六

妾本錢塘蘇小妹芙蓉花共門相對昨日爲逢青傘蓋慵不採今朝陡覺凋零𩕳　愁倚畫樓無計柰亂紅飄過秋塘外料得明年秋色在香可愛其如鏡裏花顏改

七

花底忽聞敲兩槳逡巡女伴來尋一作相訪酒盞旋將荷葉當蓮舟蕩時時盞裏生紅浪　花氣酒香清廝釀花腮酒面紅相向醉倚綠陰眠一晌驚起望船頭閣在沙灘上

八

葉有清風花有露葉籠花罩鴛鴦侶白錦頂絲紅錦羽蓮女妒驚飛不許長相聚　日腳沉紅天色暮青涼傘上微微雨早是水寒無宿處須回步枉教雨裏分飛去

九

荷葉田田青照水孤舟挽在花陰底昨夜蕭蕭疎雨墜愁不寐朝來又覺西風起　雨擺風搖金蕊碎合歡枝上香房翠蓮子與人長廝類無好意年年苦在中心裏

十

葉重如將青玉亞花輕疑是紅綃掛顏色清新香脫灑堪長價牡丹

怎得稱王者　雨筆露牋勻彩畫日爐風炭薰蘭麝天與多情絲一把誰厮惹千條萬縷縈心下

十一

粉蘂丹青描不得金針綫綫功難敵誰傍暗香輕採摘風淅淅船頭觸散雙鸂鶒　夜雨染成天水碧朝陽借出烟脂色欲落又開人共惜秋氣逼盤中已見新荷的

十二

幽鷺謾來窺品格雙魚豈解傳消息綠柄嫩香頻採摘心似織條條不斷誰牽役　珠泪暗和清露滴羅衣染盡秋江色對面不言情脈脈煙水隔無人說似長相憶

十三

楚國細腰元自瘦文君膩臉誰描就日夜皷聲催箭漏昏復晝紅顏豈得長如舊　醉折嫩房紅蘂嗅天絲不斷清香透卻傍小欄凝望

久風滿袖西池月上人歸後

十四七夕

喜鵲填河仙浪淺雲軿早在星橋畔街鼓黃昏霞尾暗炎光斂金鈎側倒天西面　一別經年今始見新歡往恨知何限天上佳期貪眷戀良宵短人間不合催銀箭

十五

乞巧樓頭雲幔卷浮花催洗嚴粧面花上蛛絲尋得遍顰笑淺雙眸望月牽紅綫　奕奕天河光不斷有人正在長生殿暗付金釵清夜半千秋願年年此會長相見

十六

別恨長長歡計短疎鐘促漏真堪怨此會此情都未半星初轉鸞琴鳳樂忽忽卷　河鼓無言西北盼香蛾有恨東南遠脈脈橫波珠泪滿歸心亂離腸便逐星橋斷

十七

九日歡遊何處好黃花萬蘂雕欄遶通體清香無俗調天氣好煙滋露結功多少　日腳清寒高下照寶釘密綴圓斜小落葉西園風嫋嫋催秋老叢邊莫厭金樽倒

十八

青女霜前催得綻金鈿亂散枝頭遍落帽臺高開雅宴芳樽滿挼花吹在流霞面　桃李三春雖可羨鶯來蝶去芳心亂爭似仙潭秋水岸香不斷年年自作茱萸伴

十九

露裛嬌黃風擺翠人間晚秀非無意仙格淡粧天與麗誰可比女真裝束真相似　筵上佳人牽翠袂纖纖玉手挼新蘂美酒一杯花影膩邀客醉紅瓊共作熏熏媚

二十

對酒當歌勞客勸惜花只惜年華晚寒豔冷香秋不管情眷眷凭欄盡日愁無限　思抱芳期隨塞鴈悔無深意傳雙燕悵望一枝難寄遠人不見樓頭望斷相思眼

玉樓春題上林後亭名木蘭花令

一

風遲日媚煙光好綠樹依依芳意早年華容易卽凋零春色只宜長恨少　池塘隱隱驚雷曉柳眼未開梅蕚小樽前貪愛物華新不道物新人漸老

二

西亭飲散清歌闋花外遲遲宮漏發塗金燭引紫騮嘶柳曲西頭歸路別　佳期只恐幽期闊密贈殷勤衣上結翠屏魂夢莫相尋禁斷六街清夜月

三

春山斂黛低歌扇暫解吳鉤登祖宴畫樓鐘動已魂銷何況馬嘶芳草岸 青門柳色隨人遠望欲斷時腸已斷洛城春色待君來莫到落花飛似霰

四

樽前擬把歸期說未語春容先慘咽人生自是有情癡此恨不關風與月 離歌且莫翻新闋一曲能教腸寸結直須看盡洛城花始共春風容易別

五

洛陽正值芳菲節穠豔清香相間發游絲有意苦相縈垂柳無端爭贈別 杏花紅處青山缺山畔行人山下歇今宵誰肯遠相隨惟有寂寥孤館月

六

殘春一夜狂風雨斷送紅飛花落樹人心花意待留春春色無情容

易去　高樓把酒愁獨語借問春歸何處所暮雲空闊不知音惟有
綠楊芳草路

七

常憶洛陽風景媚煙暖風和添酒味鶯啼宴席似留人花出墻頭如
有意　別來已隔千山翠望斷危樓斜日墜關心只爲牡丹紅一片
春愁來夢裏

八

池塘水綠春微暖記得玉真初見面從頭歌韻響錚鏦入破舞腰紅
亂旋　玉鉤簾下香堦畔醉後不知紅日晚當時共我賞花人點檢
如今無一半

九

兩翁相遇逢佳節正值柳綿飛似雪便須豪飲敵青春莫對新花羞
白髮　人生聚散如弦筈老去風情尤惜別大家金盞倒垂蓮一任

西樓低曉月

十

西湖南北煙波闊風裏絲簧聲韻咽舞餘裙帶綠雙垂酒入香腮紅一抹　杯深不覺瑠璃滑貪看六么花十八明朝車馬各西東惆悵畫橋風與月

十一

燕鴻過後春歸去細算浮生千萬緒來如春夢幾多時去似朝雲無覓處　聞琴解珮神仙侶挽斷羅衣留不住勸君莫作獨醒人爛醉花間應有數

十二

蝶飛芳草花飛路把酒已嗟春色暮當時枝上落殘花今日水流何處去　樓前獨遶鳴蟬樹憶把芳條吹暖絮紅蓮綠芰亦芳菲不柰金風兼玉露

十三

別後不知君遠近觸目凄涼多少悶漸行漸遠漸無書水闊魚沉何處問　夜深風竹敲秋韻萬葉千聲皆是恨故攲單枕夢中尋夢又不成燈又燼

十四

紅條約束瓊肌穩拍碎香檀催急袞隴頭嗚咽水聲繁葉下間關鶯語近　美人才子傳芳信明月清風傷別恨未知何處有知音常爲此情留此恨

十五

檀槽碎響金絲撥露濕潯陽江上月不知商婦爲誰愁一曲行人留夜發　畫堂花月新聲別紅藥調長彈未徹暗將深意祝膠絃唯願絃絃無斷絕

十六

春葱指甲輕攏撚五彩垂條雙袖卷雪香濃透紫檀槽胡語急隨紅玉腕　當頭一曲情何限入破錚鏦金鳳戰百分芳酒祝長春再拜斂容擡粉面

十七

金花盞面紅煙透舞急香茵隨步皺青春才子有新詞紅粉佳人重勸酒　也知自爲傷春瘦歸騎休教銀燭候擬將沉醉爲清歡無柰醒來還感舊

十八

雪雲乍變春雲簇漸覺年華堪送目北枝梅蘂犯寒開南浦波紋如酒綠　芳菲次第還相續不柰情多無處足樽前百計得春歸莫爲傷春歌黛蹙

十九柳

黃金弄色輕於粉濯濯春條如水嫩爲緣力薄未禁風不柰多嬌長

似困　腰柔乍怯人相近眉小未知春有恨勸君着意惜芳菲莫待

行人攀折盡

二十

珠簾半下香銷印二月東風催柳信琵琶傍畔且尋思鸚鵡前頭休

借問　驚鴻過後生離恨紅日長時添酒困未知心在阿誰邊滿眼

泪珠言不盡

二十一

沉沉庭院鶯吟弄日暖煙和春氣重綠楊嬌眼爲誰囘芳草深心空

自動　倚欄無語傷離鳳一片風情無處用尋思還有舊家心蝴蝶

時時來役夢

二十二

去時梅萼初凝粉不覺小桃風力損梨花最晚又凋零何事歸期無

定準　欄干倚遍重來凭淚粉偷將紅袖印蜘蛛喜鵲誤人多似此

無憑安足信

二十三

酒美春濃花世界得意人人千萬態莫教辜負豔陽天過了堆金何處買　已去少年無計奈且願芳心長恁在閑愁一點上心來算得東風吹不解

二十四

湖邊柳外樓高處望斷雲山多少路闌干倚遍使人愁又是天涯初日暮　輕無管繫狂無數水畔花飛風裏絮算伊渾似薄情郎去便不來來便去

二十五

南園粉蝶能無數度翠穿紅來復去倡條冶葉恣留連飄蕩輕於花上絮　朱闌夜夜風兼露宿粉棲香無定所多情翻卻似無情贏得百花無限妬

二十六子規

江南三月春光老月落禽啼天未曉露和啼血染花紅恨過千家煙樹杪　雲垂玉枕屏山小夢欲成時驚覺了人心應不似伊心若解思歸歸合早

二十七

東風本是開花信及至花時風更緊吹開吹謝苦怱怱春意到頭無處問　把酒臨風千萬恨欲掃殘紅猶未忍夜來風雨轉離披滿眼淒涼愁不盡

二十八

陰陰樹色籠晴晝清淡園林春過後杏腮輕粉日催紅池面綠羅風卷皺　佳人向晚新粧就圓膩歌喉珠欲溜當筵莫放酒杯遲樂事良辰難入手

二十九

芙蓉鬭暈燕支淺留着晚花開小宴畫船紅日晚風清柳色溪光晴照暖　美人爭勸梨花盞舞困玉腰裙縷慢莫交銀燭促歸期已祝斜陽休更晚

漁家傲續添

正月斗杓初轉勢金刀剪綵功夫異稱慶高堂歡幼稚看柳意偏從東面春風至　十四新蟾圓尚未樓前乍看紅燈試冰散綠池泉細細魚欲戲園林已是花天氣

同前

二月春耕昌杏密百花次第爭先出惟有海棠梨第一深淺拂天生紅粉真無匹　畫棟歸來巢未失雙雙款語憐飛乙留客醉花迎曉日金盞溢卻憂風雨飄零疾

同前

三月清明天婉娩晴川祓禊歸來晚況是踏青來處遠猶不倦鞦韆

別閉深庭院　更值牡丹開欲遍酴醾壓架清香散　誰解
勸增眷戀東風囘晚無情絆

同前

四月園林春去後深深窓幄陰初茂折得花枝猶在手香滿袖葉間
梅子青如豆　風雨時時添氣候成行新筍霜筠厚題就送春詩幾
首聊對酒櫻桃色照銀盤溜

同前

五月榴花妖豔烘綠楊帶雨垂垂重五色新絲纏角粽金盤送生綃
畫扇盤雙鳳　正是浴蘭時節動菖蒲酒美清尊共葉裏黃鸝時一
哢猶鬙鬆等閑驚破紗窗夢

同前

六月炎天時霎雨行雲涌出奇峯露沼上嫩蓮腰束素風兼露梁王
宮闕無煩暑　畏日亭亭殘蕙炷傍簾乳燕雙飛去碧盌敲冰傾玉

處朝與莫故人風快涼輕度

同前

七月新秋風露早渚蓮尚折庭梧老是處瓜華時節好金樽倒人間綵縷爭祈巧　萬葉敲聲涼乍到百蟲啼晚煙如掃箭漏初長天杳杳人語悄那堪夜雨催清曉

同前

八月秋高風歷亂衰蘭敗芷紅蓮岸皓月十分光正滿清光畔年年常願瓊筵看　社近愁看歸去燕江天空闊雲容漫宋玉當時情不淺成幽怨鄉關千里危腸斷

同前

九月霜秋秋已盡烘林敗葉紅相映惟有東籬黃菊盛遺金粉人家簾幕重陽近　曉日陰陰晴未定授衣時節輕寒嫩新鴈一聲風又勁雲欲凝鴈來應有吾鄉信

同前此篇已載本卷但數字不同

十月小春梅蕊綻紅爐畫閣新裝遍鴛帳美人貪睡暖梳洗嬾玉壺一夜輕澌滿　樓上四垂簾不卷天寒山色偏宜遠風急鴈行吹字斷紅日晚江天雪意雲撩亂

同前

十一月新陽排壽宴黃鐘應管添宮綫獵獵寒威雲不卷風頭轉時看雪霰吹人面　南至迎長知漏箭書雲紀候冰生研臘近探春春尚遠閑庭院梅花落盡千千片

同前

十二月嚴凝天地閉莫嫌臺榭無花卉惟有酒能欺雪意增豪氣直教耳熱笙歌沸　隴上雕鞍惟數騎獵圍半合新霜裹霜重鼓聲寒不起千人指馬前一鴈寒空墜

荆公嘗對客誦永叔小闋云五綵新絲纏角粽金盤送生綃畫扇

盤雙鳳曰三十年前見其全篇今才記三句乃丞叔在李大尉端愿席上所作十二月鼓子詞數問人求之不可得嗚呼荆公之沒二紀余自丞平幕召還過武陵始得於州將李君誼追恨荆公之不獲見也誼太尉猶子也

年中秋日金陵　闕其名

政和丙申冬余還自京師過歙州太守濠梁許君頌之席上見許君舉荆公所記三句且云此詞才情有餘它人不能道也後十二年建炎戊申偶得此本於長樂同官方君後四年辛亥紹興二月朔自尤溪避盜宿龍爬以待二弟適無事謾錄於此吏部員外郎朱松喬年

近體樂府卷第二

珍倣宋版印

長短句

南歌子

鳳髻金泥帶，龍紋玉掌梳。走來窗下笑相扶。愛道畫眉深淺入時無。弄筆偎人久，描花試手初。等閑妨了繡功夫。笑問雙鴛鴦字怎生書。

御街行

天非華艷輕非霧。來夜半、天明去。來如春夢不多時，去似朝雲何處。乳鷄酒燕，落星沉月，紞紞城頭鼓。　參差漸辨西池樹。朱閣斜欹戶。綠苔深徑少人行，苔上屐痕無數。遺香餘粉，剩衾閑枕，天把多情賦。

桃源憶故人 一名虞美人影

一

梅梢弄粉香猶嫩。欲寄江南春信一作芳信。別後寸腸縈一作愁損。說

與伊爭穩　小爐獨守寒灰燼忍泪低頭二一字一作無言畫盡眉上

萬重新恨竟日無人問

二

鶯愁燕苦春歸去寂寂花飄紅雨碧草綠楊岐路況是長亭暮　少

年行客情難訴泣對東風無語目斷兩三煙樹翠隔江淹浦

臨江仙

一

柳外輕雷池上雨雨聲滴碎荷聲小樓西角斷虹明欄干倚處待得

月華生　燕子飛來窺畫棟玉鈎垂下簾旌涼波不動簟紋平水精

雙枕傍有墮釵橫

二

記得金鑾同唱第春風上國繁華如今薄宦老天涯十年岐路空負

曲江花　聞說閬山通閬苑樓高不見君家孤城寒日等閑斜離愁

難盡紅樹遠連霞

聖無憂

世路風波險十年一別須臾人生聚散長如此相見且懽娛　好酒能消光景春風不染髭鬚爲公一醉花前倒紅袖莫來扶

浪淘沙

一

把酒祝東風且共從容垂楊紫陌洛城東總是當時攜手處遊遍芳叢　聚散苦悤悤此恨無窮今年花勝去年紅可惜明年花更好知與誰同

二

花外倒金翹飲散無憀柔桑蔽日柳迷條此地年時曾一醉還是春朝　今日舉輕橈帆影飄飄長亭回首短亭遙過盡長亭人更遠特地魂銷

三

五嶺麥秋殘荔子初丹絳紗囊裏水晶丸可惜天教生處遠不近長安　往事憶開元妃子偏怜一從魂散馬嵬關只有紅塵無驛使滿眼驪山

四

萬恨苦綿綿舊約前懽桃花溪畔柳陰間幾度日高春睡重繡戶深關　樓外夕陽閑獨自憑欄一重水隔一重山水闊山高人不見有淚無言

五

今日北池遊漾漾輕舟波光瀲灧柳條柔如此春來春又去白了人頭　好妓好歌喉不醉難休勸君滿滿酌金甌縱使花時常病酒也是風流

定風波

一

把酒花前欲問他對花何恡（一作惜）醉顏酡春到幾人能爛賞何況無情風雨等閑多　艷樹香叢都幾許朝暮惜紅愁粉奈情何好是金船浮玉浪相向十分深送一聲歌

二

把酒花前欲問伊忍嫌金盞負春時紅艷不能旬日看宜算須知開謝只相隨　蝶去蝶來猶解戀難見囘頭還是度年期莫候飲闌花已盡方信無人堪與補殘枝

三

把酒花前欲問公對花何事訴金鍾爲問去年春甚處虛度鶯聲撩亂一場空　今歲春來須愛惜難得須知花面不長紅待得酒醒君不見千片不隨流水卽隨風

四

把酒花前欲問君世間何計可留春縱使青春留得住虛語無情花對有情人　任是好花須落去自古紅顏能得幾時新暗想浮生何事好唯有清歌一曲倒金樽

五

過盡韶華一作光不可添小樓紅日下層簷春睡覺來情緒惡寂寞楊花繚亂拂珠簾　早是閑愁依舊在無奈那堪更被宿酲兼把酒送春惆悵甚長恁年年三月病厭厭

六

對酒追歡莫負春春光歸去可饒人昨日紅芳今綠樹已暮殘花飛絮兩紛紛　粉面麗姝歌窈窕清妙樽前信任醉醺醺不是狂心貪燕樂自覺年來白髮滿頭新

驀山溪

新正初破三五銀蟾滿纖手染香羅剪紅蓮滿城開遍樓臺上下歌

管咽春風駕香輪停寶馬只待金烏晚　帝城今夜羅綺誰爲伴應卜紫姑神問歸期相思望斷天涯情緒對酒且開顏春宵短春寒淺莫待金杯暖

浣溪沙

一

雲曳香綿彩柱高絳旗風颭出花梢一梭紅帶往來抛　束素美人羞不打却嫌裙慢褪纖腰日斜深院影空摇

二

堤上遊人逐畫船拍堤春水四垂天綠楊樓外出鞦韆　白髮戴花君莫笑六么催拍盞頻傳人生何處似樽前

三

湖上朱橋響畫輪溶溶春水浸春雲碧瑠璃滑淨無塵　當路遊絲縈醉客隔花啼鳥喚行人日斜歸去奈何春

四

葉底青青杏子垂枝頭薄薄柳綿飛日高深院晚鶯啼　堪恨風流成薄倖斷無消息道歸期托腮無語翠眉低

五

青杏園林煮酒香佳人初着薄羅裳柳絲搖曳燕飛忙　乍雨乍晴花自落閑愁閑悶晝偏長爲誰消瘦損容光

六

紅粉佳人白玉杯木蘭船穩棹歌催綠荷風裏笑聲來　細雨輕煙籠草樹斜橋曲水遶樓臺夕陽高處畫屏開

七

翠袖嬌鬟舞石州兩行紅粉一時羞新聲難逐管絃愁　白髮主人年未老清時賢相望偏優一樽風月爲公留

八

燈燼垂花月似霜薄簾映月兩交光酒醺紅粉自生香　雙手舞餘拖翠袖一聲歌已釂金觴休回嬌眼斷人腸

九

十載相逢酒一卮故人纔見便開眉老來遊舊更同誰　浮世歌歡真易失宦途離合信難期樽前莫惜醉如泥

御帶花

青春何處風光好帝里偏愛元夕萬里繒綵構一屏峯嶺半空金碧寶藝銀釭耀絳幕龍虎騰擲沙堤遠雕輪繡轂爭走五王宅　雍容熙熙作晝會樂府神姬海洞仙客拽香搖翠稱執手行歌錦街天陌月淡寒輕漸向曉漏聲寂寂當年少狂心未已不醉怎歸得

虞美人

爐香晝永龍煙白風動金鸞額畫屏寒掩小山川睡容初起枕痕圓　墜花鈿　樓高不及煙霄半望盡相思眼艷陽剛愛挫愁人故生芳

草碧連雲怨王孫

鶴沖天

梅謝粉柳拖金香滿舊園林養花天氣半晴陰花好却愁深　花無數愁無數花好却愁春去戴花持酒祝東風千萬莫匆匆

夜行船

一

憶昔西都懽縱自別後有誰能共伊川山水洛川花細尋思舊遊如夢　今日相逢情愈重愁聞唱畫樓鐘動白髮天涯逢此景倒金樽殢誰相送

二

滿眼東風飛絮催行色短亭春暮落花流水草連雲看看是斷腸南浦　檀板未終人去去扁舟在綠楊深處手把金樽難爲別更那聽亂鶯疏雨

洛陽春

紅紗未曉黃鸝語蕙爐銷蘭炷錦屏羅幕護春寒昨夜三更雨 繡簾閑倚吹輕絮斂眉山無緒看花拭泪向歸鴻問來處逢郎否

一叢花此篇世傳張先子野詞

傷春懷遠幾時窮無物似情濃離愁正恁牽絲亂更南陌飛絮濛濛歸騎漸遙征塵不斷何處認郎蹤 雙鴛池沼水溶溶南北小橋通梯橫畫閣黃昏後又還是新月簾櫳沉恨細思不如桃李還解嫁春風

雨中花

千古都門行路能使離歌聲苦送盡行人花殘春晚又到君東去醉藉落花吹暖絮多少曲堤芳樹且攜手留連良辰美景留作相思處

千秋歲

數聲鶗鴂又報芳菲歇惜春更把殘紅折雨輕風色暴梅子青時節
永豐柳無人盡日花飛雪　莫把絲絃撥怨極絃能說天不老情難
絶心似雙絲網終有千千結夜過也東窗未白殘燈滅

越溪春

三月十三寒食日春色遍天涯越溪閬苑繁華地傍禁垣珠翠煙霞
紅粉牆頭鞦韆影裏臨水人家　歸來晚駐香車銀箭透窗紗有時
三點兩點雨霽朱門柳細風斜沉麝不燒金鴨冷籠月照梨花

賀聖朝影

白雪梨花紅粉桃露華高垂楊慢舞綠絲條草如袍　風過小池輕
浪起似江皐千金莫惜買香醪且陶陶

洞天春

鶯啼綠樹聲早檻外殘紅未掃露點真珠遍芳草正簾幃清曉　鞦
韆宅院悄悄又是清明過了燕蝶輕狂柳絲撩亂春心多少

憶漢月

紅艷幾枝輕裊新被東風開了倚煙啼露為誰嬌故惹蝶憐蜂惱
多情遊賞處留戀向綠叢千繞酒闌歡罷不成歸腸斷月斜春老

清平樂

一

雨晴煙晚綠水新池滿雙燕飛來垂柳院小閣畫簾高捲　黄昏獨
倚朱欄西南初月眉彎砌下落花風起羅衣特地春寒

二

小庭春老碧砌紅萱草長憶小欄閑共遶攜手綠叢含笑　別來音
信全乖舊期前事堪猜門掩日斜人靜落花愁點青苔

應天長

一

一彎初月臨鸞鏡雲鬢鳳釵慵不整珠簾淨重樓迥惆悵落月風不

定　綠煙低柳徑何處轆轤金井昨夜更闌酒醒春愁勝却病

二

石城山下桃花綻宿雨初晴雲未散南去棹北飛鴈水闊山遙腸欲斷　倚樓情緒懶惆悵春心無限燕度蒹葭風晚欲歸愁滿面

三

綠槐陰裏黃鶯語深院無人日正午繡簾垂金鳳舞寂寞小屏香一炷　碧雲凝合處空役夢魂來去昨夜綠窗風雨問君知也否

涼州令東堂石榴

翠樹芳條颭的的裙腰初染佳人攜手弄芳菲綠陰紅影共展雙紋簟插花照影窺鸞鑑只恐芳容減不堪零落春晚青苔雨後深紅點一去門閑掩重來却尋朱檻離離秋實弄輕霜嬌紅脈脈似見臙脂臉人非事往眉空斂誰把佳期賺芳心只願長依舊春風更放明年艷

南鄉子

一

翠密紅繁水國涼生未是寒雨打荷花珠不定輕翻冷潑鴛鴦錦翅斑　盡日凭欄弄蘂拈花子細看偷得褭蹄新鑄樣無端藏在紅房艷粉間

二

雨後斜陽細細風來細細香風定波平花映水休藏照出輕盈半面粧　路隔秋江蓮子深深隱翠房意在蓮心無問處難忘淚裛紅腮不記行

鵲橋仙

月波清霽煙容明淡靈漢舊期還至鵲迎橋路接天津映夾岸星榆點綴　雲屏未卷仙鷄催曉腸斷去年情味多應天意不教長恁恐把歡娛容易

芳草渡

梧桐落蓼花秋煙初冷雨纔收蕭條風物正堪愁人去後多少恨在心頭　燕鴻遠羌笛悠渺渺澄波一片山如黛月如鉤笙歌散夢魂斷倚高樓

珠簾捲暮雲愁垂楊暗鎖青樓煙雨濛濛如畫輕風吹旋收　香斷錦屏新別人閑玉簟初秋多少舊懽新恨書杳杳夢悠悠

更漏子

風帶寒枝正好蘭蕙無端先老情悄悄夢依依離人殊未歸　褰羅幕凭朱閣不獨堪悲搖落月東出鴈南飛誰家夜搗衣

摸魚兒

卷繡簾梧桐秋院落一霎雨添新綠對小池閑立殘粧淺向晚水紋如縠凝遠目恨人去寂寂鳳枕孤難宿倚欄不足看燕拂風簷蝶翻

露草兩兩長相逐　雙眉促可惜年華婉娩西風初弄庭菊況伊家年少多情未已難拘束那堪更趁涼景追尋甚處垂楊曲佳期過盡但不說歸來多應忘了雲屏去時祝

少年遊

一

去年秋晚此園中攜手翫芳叢拈花嗅蘂惱煙撩霧拚醉倚西風今年重對芳叢處追往事又成空敲遍欄干向人無語惆悵滿枝紅

二

肉紅圓樣淺心黄枝上巧如裝雨輕煙重無憀天氣啼破曉來粧寒輕貼體風頭冷忍拋棄向秋光不會深心爲誰惆悵回面恨斜陽

三

玉壺冰瑩獸爐灰人起繡簾開春叢一夜六花開盡不待剪刀催洛陽城闕中天起高下遍樓臺絮亂風輕拂鞍霑袖歸路似章街

行香子

舞雪歌雲閑淡粧勻藍溪水染輕裙酒香醺臉粉色生春更雅談話好情性美精神　空江不斷凌波何處向越橋邊青柳朱門斷鍾殘角又送黃昏奈眼中淚心中事意中人

鷓鴣天

學畫宮眉細細長芙蓉出水鬭新粧只知一笑能傾國不信相看有斷腸

雙黃鵠兩鴛鴦迢迢雲水恨難忘早知今日長相憶不及從初莫作雙

近體樂府卷第三

集古錄跋尾卷第一

古敦銘毛伯敦　龔伯彝　伯庶父敦

右毛伯古敦銘嘉祐中原父以翰林侍讀學士出爲永興軍路安撫使其治在長安原父博學好古多藏古奇器物能讀古文一作之銘識考知其人事蹟而長安秦漢故都時時發掘所得原父悉購而藏之以予方集錄古文故每有所得必模其銘文以見遺此敦原父得其蓋於扶風而有此銘原父爲予考按其事云史記武王克商尚父牽牲毛叔鄭奉明水則此銘謂鄭者毛叔鄭也銘稱伯者爵也史稱叔者字也敦乃武王時器也蓋余集錄最後得此銘當作錄目序時但有伯冏銘吉日癸巳字最遠故敘言自周穆王以來敘已刻石始得斯一作此銘乃武王時器也其後二銘一得盩厔曰龔伯尊彝其一亦得扶風曰伯庶父作舟姜尊敦皆不知爲何人也三器銘文皆完可識具列如左右真蹟

毛伯敦銘

釋文

惟二年正月初吉王在周昭宮丁亥王格于宣射毛伯入門位中庭右祝鄭王呼內史冊命鄭王曰鄭昔先王既命女作邑一字未詳五邑祝今余佳亂商乃命錫女赤芾同冕齊黃䜌旂用事鄭拜稽首敢對揚天子休命鄭用作朕皇考龔伯尊敦鄭其鬻壽萬年

無疆子子孫孫永寶用享薛尚功釋云惟二年正月初吉王在周邵宮丁亥王格于宣榭毛伯內門立中廷佑祝鄦王呼內史冊命鄦王曰鄦昔先王既命汝作邑繼五邑祝今余惟疃京乃命錫汝赤芾彤冕齊黃鑾旂用事鄦拜稽首敢對揚天子休命鄦用作朕皇考龔伯尊敦鄦其眉壽萬年無疆子子孫孫永寶用享

龔伯彝銘

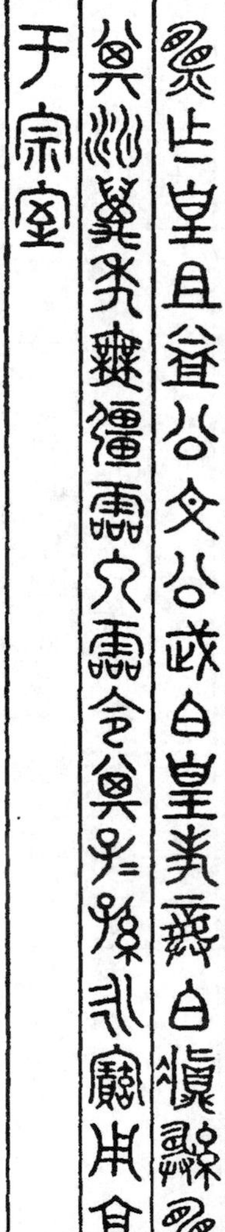

㬎乍皇且益公文公武白皇考龏白尊彝㬎其熙萬年無疆霝冬霝令其子孫永寶用享于宗室

釋文

㬎作皇祖懿公文公武伯皇考龔伯尊彝㬎其熙萬年無疆霝終霝始其子子孫孫永寶用享于宗室薛尚功釋云㬎作皇祖益公文公武伯皇考龔伯𩰫彝㬎其熙萬年無疆令終令命其子子孫

孫永寶用享于宗室

伯庶父敦銘

惟二月戊寅伯庶父作王姑舟姜尊敦其永寶用

釋文

惟二月戊寅伯庶父作王姑舟姜尊敦其永寶用薛尚功釋舟爲

周餘同上

韓城鼎銘

惟王九月乙亥晉姜曰余惟司朕先姑君晉邦余不暇妄寧經雝明德宣卹我猷用召匹辝辟每揚厥光烈虔不墜魯覃京師乂我萬民嘉遣我錫鹵積千兩勿廢文侯顯命俾貫通弘征繁湯原取厥吉金用作寶尊鼎用康

褱遠邦君子晉姜用蘄綽綰眉壽作惠
爲亟萬年無疆用德畯保其孫子三壽
是利

右原甫既得鼎韓城遺余以其銘而太常博士楊南仲能讀古文篆籀爲余以今文寫之而闕其疑者原甫在長安所得古奇器物數十種亦自爲先秦古器記原甫博學無所不通爲余釋其銘以今文而與南仲時有不同故并著二家所解以竢博識君子具之如左右眞蹟

惟王九月乙亥晉姜曰余惟司朕先姑君晉邦余不○安寧巠雝
明德宣○我猷用○所辭辟○○○剸虔不○○○○㠯寵我
萬民嘉遺我錫鹵賚千兩㐱灋文侯○○○○○○征綏○○堅
久吉金用作寶尊鼎用康頣妥懷遠邦君子晉姜用蘄○○麋壽
作惠○亟萬年無疆用德畯保其孫子三壽是利

右原父所寫如此

隹惟王九月乙亥晉姜曰余隹惟司嗣同孚朕先姑君晉邦余不叚敌今作敢者籀文省妄寧巠經𧹑雝朙德宣邲疑邲省隸作卹我猷用𢘓厈辪辟婭疑即毋字鬻攵光剿虔不㒸疑遂字讀爲墜譒諸𠌮覃亯享自帥䜌我萬民亂遣我沪疑易字囟囟或冐字省賣千兩勿灋文侯顥令畢疑畀字𦘒疑毋字讀為貫徧通刖征緐疑緐字湯𩠞叔受攵吉金用乍作寶隮隮鼎用康𩛥疑西夏字妟妥讀為綏褱遯切君子晉姜用旛疑旂字讀為祈綽綰𧷸疑釁字讀為眉壽丩簉𦦧爲亟極萬季無彊疆用亯享用德畯疑允字保囟其孫子三壽是

[illegible]

右嘉祐己亥歲馮掖有得鼎韓城者摹其款識于石樂安公以南仲職典書學命釋其字謹按其銘蓋多古文奇字古文自漢世知者已稀字之傳者賈逵許慎輩多無其說蓋古之事物有不與後世同者故不能盡通其作字之本意也其不傳者今或得於古器

無所依據難以臆斷大抵古字多省偏旁而趣簡易故佳司巠旨𠙴等字皆假借也鄭司農說周禮云古者書儀但爲義又云古者立位同字古文春秋經公即位爲公即立者是也　𣪊者進取也从𠬪故㝵疑爲𣪊㝵毋从女而象乳子形故娒疑爲毋而緐讀爲緐　雝用邕聲邕从巛古文作𡿺今此鸗从水从吕故疑爲雝魯字古作𡊦卽旅字古文旅作㸬而㫓者字用㸬爲聲蓋古文魯旅者二字通用故譜疑爲諸　易者篆文象蜥易形故𠃑疑爲易而讀爲錫爲賜皆以聲假借也𠧪从卤古西字中象鹽形胃胃上象胃中穀形故𠧪胃二字　卑者从𠂇在甲下𠂇今但用左古者尚右故𠂇在甲下爲卑故畢疑爲卑亦恐借爲畢讀毌音冠象穿寶貨形貫字从之毌或卽毋字今毛詩有串夷字俗用爲串穿之串而說文不載豈非毌字之省也故疑毌讀爲貫　通从之凡从之辵之字多通用故𢓊疑爲通　古語二字相屬者多爲一字書

之若秦鍾銘有字小子寿四方之字是也卤古西字故覃疑爲西夏字秦鍾銘亦有此字　妥字說文無之蓋古綏字省系尔其後相承讀如婧故𡚱疑讀爲綏　㫃音偃石鼓文皆作爲古之旌旂悉載於車故疑䡅即旂字而从車借讀爲祈近嘗有得敢藍田者二銘皆有用䡅萬𦳋之文故知然也　釁今幡爲許刃而𩰫芑之𩰫音門用之爲聲詩鳧鷖在釁又省爲亹易繫辭亹又讀如尾釁門尾眉聲相近又古者字音多與今異徐鉉所謂如皀亦音香釁亦音門乃亦音仍它皆倣此是也豈釁眉古亦同音歟秦鍾銘亦有釁𦳋字故釁疑爲眉　爲者毋猴也从爪而象其形故𤔔爲爲皉皉字字書所無而於文埶𡍮爲允蓋用眀省聲也宅字不可識者猶十一二與其偏旁之異者若𠕋𡈼㐬刃𠚍之類皆今所不傳以小篆參求之不能彷彿以今揆之其間或當時書者鑴器者不必無謬誤矣姑盡淺學以塞公命云尔

嘉祐壬寅冬十月大常博士知國子監書學豫章楊南仲識

嘗觀石鼓文愛其古質物象形埶有遺思焉及得原甫鼎器銘又知古之篆字或多或省或移之左右上下惟其意之所欲然亦有工拙秦漢以來裁歸一體故古文所見者止此惜哉治平甲辰正月莆陽蔡襄

商雒鼎銘真蹟

右商雒鼎銘者原甫在長安時得之上雒其銘云惟十有四月既死霸王在下都雒公諴作尊鼎用追享丁于皇且考用气釁壽萬年無疆子子孫孫永寶用雒公不知爲何人原甫謂古丁寧通用蓋古字簡略以意求之則得爾而蔡君謨謂十有四月者何原甫亦不能言也治平元年中伏日書

古器銘鍾銘二　缶器銘一　字疑非缶　甗銘二　寶敦銘一

右古器銘六余嘗見其二曰甗也寶龢鍾也大宗皇帝時長安民有耕地得此甗初無識者其狀下爲鼎三足上爲方甑中設銅箄可以開闔製作甚精有銘在其側學士句中正工於篆籀能識其文曰甗也遂藏于祕閣余爲校勘時常閱于祕閣下景祐中脩大樂冶工給銅更鑄編鐘得古鐘有銘于腹因存而不毁卽寶龢鐘也余知大常禮院時嘗於太常寺按樂命工叩之與王朴夷則清聲合初王朴作編鐘皆不圓至李照等奉詔脩樂皆以朴鐘爲非及得寶龢其狀正與朴鐘同乃知朴爲有法也嘉祐八年六月十八日書右眞蹟

同前綏和鍾　寶盉　寶敦

右古器銘四尙書屯田員外郞楊南仲爲余讀之其一曰綏和林鐘其文磨滅不完而字有南仲不能識者其二曰寶盉其文完可讀曰伯玉般子作寶盉其萬斯年子子孫孫其永寶用其三其四皆曰寶敦其銘文亦同曰惟王四年八月丁亥散季肇作朕王母叔姜寶敦

散季其萬年子子孫孫永寶蓋一敦而二銘余家集錄所藏古器銘多如此也治平元年七月十三日以服藥假家居書右真蹟

自余集錄古文所得三代器銘必問於楊南仲章友直暨集錄成書而南仲友直相繼以死古文奇字世罕識者而三代器銘亦不復得矣治平三年七月二十一有八年日一有以字孟饗攝事太廟齋宮書右真蹟

終南古敦銘

右終南古敦銘大理評事蘇軾爲鳳翔府判官得古器於終南山下其形制與今三禮圖所畫及人家所藏古敦皆不同初莫知爲敦也蓋其銘有寶尊敦之文遂以爲敦爾右集本

叔高父煮簋銘

此蓋銘

叔高父作煑簋其萬年子子孫孫永寶用

此腹銘

右煑簋銘曰叔高父作煑簋其萬年子子孫孫永寶用原父在長安得此簋於扶風原甫曰簋容四升其形外方內圓而小橢之似龜有首有尾有足有甲有腹今禮家作簋亦外方內圓而其形如桶但於其蓋刻爲龜形（一有爾字）與原甫所得真古簋不同（一有也字）君謨以謂禮家傳其說不見其形制故名存實亡原甫所見可以正其繆也故并錄之以見君子之於學貴乎多見而博聞也治平元年六月二十日書（右真蹟）

周穆王刻石

右周穆王刻石曰吉日癸巳在今贊皇壇山上壇山在縣南十三里穆天子傳云穆天子登贊皇（一有山字）以望臨城置壇此山遂以爲名癸巳誌其日也圖經所載如此而又別有四望山者云是穆王所

登者一作山據穆天子傳但云登山不言刻石然字畫亦奇怪土人謂壇山爲馬蹬山以其㔾字形類也慶曆中宋尚書祁在鎮陽遣人於壇山模此字而趙州守將武臣也遽命工鑿山取其字龕于州廨之壁聞者爲之嗟惜也治平甲辰秋分日書右真蹟

敦匜銘周姜寶敦　張伯煮匜

右伯囧敦銘曰伯囧父作周姜寶敦用夙夕享用蘄萬壽尚書囧命序曰穆王命伯囧爲周大僕正則此敦周穆王時器也按史記年表自厲王以上有世次而無年數共和以後接乎春秋年數乃詳蓋自穆王傳共孝懿夷厲五王而至於共和自共和至今蓋千有九百餘年斯敦之作在共和前五世而遠也古之人之欲存乎久遠者必託於金石而後傳其堙沉埋沒顯晦出入不可知其可知者久而不朽也然岐陽石鼓今皆在而文字剝缺者十三四惟古器銘在者皆完則石之堅又不足恃是以古之君子器必用銅取其不爲燥濕寒暑

所變爲可貴者以此也古之賢臣名見詩書者常爲後世想望矧得其器讀其文器古而文奇自可寶而藏之邪其後張伯匜銘曰張伯作賷匜其子子孫孫永寶用張伯不知何人也二銘皆得之原父也

右集本

敦匜銘 伯囧敦　張仲匜

嘉祐六年原父以翰林侍讀學士出爲永興軍路安撫使其治在長安原父博學好古多藏古奇器物而咸鎬周秦故都其荒基破冢耕夫牧兒往往有得必購而藏之以余方集錄古文乃模其銘刻以爲遺故余家集古錄自周武王以來皆有者多得於原父也歸自長安所載盈車而以其二器遺余其一曰伯囧之敦其一曰張仲之匜其形制與今不同而極精巧敦匜皆有銘而云匜獲其二皆有蓋而上下皆銘銘文皆同甚矣古之人慮遠也知夫物必有弊而百世之後埋沒零落幸其一在尚冀或傳爾不然何丁寧重複若此之煩也其

於一用器爲慮猶如此則其操脩施設所以垂後世者必不茍二子名見詩書伯冏周穆王時人張仲宣王時人太史公表次三代以來自共和以後年世乃詳蓋自共和元年逮今千有九百餘年而穆王又共和前五世可謂遠矣而斯器也始獲於吾二人其中間晦顯出入不可知以其無文字以志之也蓋其出或非其時而遇或非其人者物有幸不幸也今出而遭吾二人者可謂幸矣不可以不傳故爲之書且以爲贈我之報歐陽脩記右集本

張仲器銘集本

張 仲 作 寶 医 奉 之 全

金 鏤 銓 其 其

其 光 用 授 熊

用 饗 大 正 商 王

寶 饔 鼎 名 飲 張 仲

受 無 疆 福 飲 飲

鼎 餇 張 仲 萬 壽

医銘雖四而文則一今類轉注偏傍之或異者分注釋文四十一字於其下

張 仲 作 寶 簠 萁 之 金

鈇 銑 欽 [illegible] 其 熏

其 玄 其 黃 用 盛 諸 受

穛 米 用 饗 大 正 音

王 賓 飧 具 召 飼 張

仲 受 無 疆 福 必 友

飧 飼 鼎 寶 張 仲 畀 壽

薛尚功編鼎彝款識有此釋文五十一字附見于此

右張仲器銘四其文皆同而轉注偏傍左右或異蓋古人用字如此

爾嘉祐中原父在長安獲二古器於藍田形制皆同有蓋而上下有銘甚矣古人之爲慮遠也知夫物必有弊而百世之後埋沒零落幸其一在尙冀或傳爾不然何丁寧重複（一作復）若此之煩也詩六月之卒章曰侯誰在矣張仲孝友蓋周宣王時人也距今實千九百餘年而二器始復出原甫藏其器予錄其文蓋仲與吾二人者相期於二千年之間可謂遠矣方仲之作斯器也豈必期吾二人者哉蓋久而必有相得者物之常理爾是以君子之於道不汲汲而志常在於遠大也原甫在長安得古器數十作先秦古器記而張仲之器其銘文五十有一其可識者四十一具之如左其餘以俟博學君子

石鼓文

右石鼓文岐陽石鼓初不見稱於前世至唐人始盛稱之而韋應物以爲周文王之鼓（一有至字）宣王刻詩（一有爾字）韓退之直以爲宣王之鼓在今鳳翔孔子廟中鼓有十先時散棄于野鄭餘慶置于廟

而亡其一皇祐四年向傳師求於民間得之一有十鼓二字迺足其文可見者四百六十五一有磨滅二字不可識者過半余所集錄文之古者莫先於此然其可疑者三四今世所有漢桓靈時碑往往尚在其距今未及千歲大書深刻而磨滅者十猶八九此鼓按太史公年表自宣王共和元年至今嘉祐八年實千有九百一十四年鼓文細而刻淺理豈得存此其可疑者一也其字古而有法其言與雅頌同文而詩書所傳之外三代文章真蹟在者惟此而已然自漢已來博古好奇之士皆略而不道此其可疑者二也隋氏藏書最多其志所錄秦始皇刻石婆羅門外國書皆有而獨無石鼓遺近錄遠不宜如此此其可疑者三也前世傳記所載古遠奇怪之事類多虛誕而難信況傳記不載不知韋韓二君何據而知爲文宣之鼓也隋唐古今書籍粗備豈當時猶有所見而今不見之耶然退之好古不妄者余姑取以爲信爾至於字畫亦非史籀不能作也廬陵歐陽某記嘉

祐八年六月十日書右真蹟

秦度量銘

右秦度量銘二按顏氏家訓隋開皇二年之推與李德林見長安官庫中所藏秦鐵稱權傍有鐫銘二其文正與此二銘同之推因言司馬遷秦始皇帝本紀書丞相隗林當依此銘作隗狀遂錄二銘載之家訓余之得此二銘也迺在秘閣校理文同家同蜀人自言嘗遊長安買得一有此字二物其上刻二銘出以示余其一乃銅鍰不知爲何器其上有銘循環刻之乃前一銘也其一乃銅方版可三四寸許所刻乃後一銘也考其文與家訓所載正同然之推所見是鐵稱權而同所得乃二銅器余意秦時茲二銘刻於器物者非一也及後又於集賢校理陸經家得一銅版所刻與前一銘亦同益知其然也故並錄之云嘉祐八年七月十日書右真蹟

秦昭和鍾銘

右秦昭和鐘銘曰秦公曰不顯朕皇祖受天命奄有下國十有二公按史記秦本紀自非子邑秦而秦仲始爲大夫卒莊公立卒襄公文公寧公出公武公德公宣公成公穆公康公共公桓公景公相次立太史公於本紀云襄公始列爲諸侯於諸侯年表則以秦仲爲始今據年表始秦仲則至康公爲十二公此鐘爲共公時作也據本紀自襄公始則至桓公爲十二公而銘鐘者當爲景公也故並列之以俟博識君子治平元年二月社前一日書 右真蹟

秦祀巫咸神文 一作秦誓文

右秦祀巫咸神文今流俗謂之詛楚文其言首述秦穆公與楚成王事遂及楚王熊相之罪按司馬遷史記世家自成王以後王名有熊艮夫熊適熊槐熊元而無熊相據文言穆公與成王盟好而後云倍十八世之詛盟今以世家考之自成王十八世爲頃襄王而頃襄王名橫不名熊相又以秦本紀與世家參較自楚平王娶婦於秦昭王

時吳伐楚而秦救之其後歷楚惠簡聲悼肅五王皆寂不與秦相接而宣王熊良夫時秦始侵楚至懷王熊槐頃襄王熊橫當秦惠文王及昭襄王時秦楚屢相攻伐則此文所載非懷王則頃襄王也而名皆不同又以十八世數之則當是頃襄然則相之名理不宜繆但史記或失之爾疑相傳寫爲橫也右集本

之罘山秦篆遺文集本

右秦篆遺文纔二十一字曰於久遠也如後嗣焉成功盛德臣去疾御史大夫臣德其文與嶧山碑泰山刻石二世詔語同而字畫皆異惟泰山爲真李斯篆爾此遺者或云麻温故學士於登州海上得片木有此文豈杜甫所謂棗木傳刻肥失真者邪

秦泰山刻石一作書李斯篆後　集本

右秦二世詔李斯篆天下之事固有出於不幸者矣苟有可以用於世者不必皆賢聖之作也蚩尤作五兵紂作漆器不以二人之惡而

廢萬世之利也篆字二字一作小篆之法出於秦李斯斯之相秦焚棄典籍遂欲滅先王之法而獨以己之所作刻石而示萬世何哉十四字一作至己之所作則為萬世不可朽之計何其愚哉按史記秦始皇帝行幸天下凡六刻石及二世立又刻詔書于一作於其旁今皆亡矣獨泰山頂上二世一有此字詔僅在所一無二字存數十字爾今俗傳嶧山碑者史記不載又其字體差大六字一作其字特大不類泰山存者其本出於徐鉉一無此六字又有別本云一無此字出於夏竦家者以今市人所鬻校之無異一無此十一字自唐封演已言嶧山碑非真而杜甫直謂棗木傳刻爾皆不足貴也一無此五字余友江鄰幾一作休復謫官於奉符嘗自至泰山頂上視秦所刻石處云石頑不可鐫鑿不知當時何以刻也然而二字一作其四面皆一有石字無草木而野火不及故能若此之久一有也字然風雨所剝其存者纔此數十字一無此三字而已本鄰幾遺余也比今俗

傳嶧山碑本特爲真者爾一無此十九字只作體復字鄒嶧

秦嶧山刻石

右秦嶧山碑者始皇帝東巡羣臣頌德之辭至二世時丞相李斯始以刻石今嶧山實無此碑而人家多有傳者各有所自來昔徐鉉在江南以小篆馳名鄭文寶其門人也嘗受學於鉉亦見稱於一時此本文寶云是鉉所摸文寶又言嘗親至嶧山訪秦碑莫獲遂以鉉所摸刻石於長安世多傳之余家集錄別藏泰山李斯所書數十字尚存以較摸本則見真僞之相遠也治平元年六月立秋日右真蹟

同前一作秦二世詔

右鄒嶧山秦二世刻石以泰山所刻較之字之存者頗多而磨滅尤甚其趙嬰楊繆姓名以史記考之乃微可辨其文曰大夫趙嬰五大夫楊繆皇帝曰金石刻盡始皇帝所爲也今襲號而金石刻凡二十九字多於泰山存者而泰山之石又滅盛德二字其餘則同而嶧山

字差小又不類泰山存者刻畫完好而附錄于一作於此者古物難得兼資博覽爾蓋集錄成書後八年得此于一作於青州而附之熙寧元年秋九月六日書右真蹟

前漢二器銘林華宮行鐙一蓮勺宮博山爐　歲月見本文

劉原父帖

近又獲一銅器刻其側云林華觀行鐙重一斤十四兩五鳳二年造第一今附墨本上呈

右林華宮行鐙銘一蓮勺宮銅博山爐下槃銘一皆漢五鳳中造林華宮漢書不載宣帝本紀云困於蓮勺鹵中注云縣也亦不云有宮蓋秦漢離宮別館不可勝數非因事見之則史家不能備載也余所集錄古文自周穆王以來莫不有之而獨無前漢時字求之久而不獲每以爲恨嘉祐中友人劉原甫出爲永興守長安秦漢故都多古物奇器埋沒於荒基敗冢往往爲耕夫牧豎得之遂復傳於人間而

原甫又雅喜藏古器由此所獲頗多而以余方集古文故每以其銘刻爲遺既獲此二銘其後又得谷口銅甬銘乃甘露中造由是始有前漢時字以足余之所闕而大償其素願焉余所集錄既博而爲日滋久求之亦勞得於人者頗多而最後成余志者原甫也故特誌之

嘉祐八年歲在癸卯七月二十日書右眞蹟

前漢谷口銅甬銘歲月見本文

右漢谷口銅甬原父在長安時得之其前銘云谷口銅甬容十其下滅兩字始元四年左馮翊造其後銘云谷口銅甬容十斗重四十斤甘露元年十月計掾章平左馮翊府下滅一字原父以今權量校之容三斗重十五斤始元甘露皆宣帝年號一有也字余所集錄千卷前漢時文字惟此與林華行鐙蓮勺博山鑪盤銘爾治平元年六月九日書右眞蹟

前漢鴈足鐙銘此跋本與漢二器銘銅甬銘共爲一卷

裴如晦帖

煜頃嘗謂周秦東漢往往有銘傳於世閒獨西漢無有王原叔言華州片瓦有元光字急使人購得之乃好事者所爲非漢字也侍坐語及公亦謂家集所闕西漢字耳煜守丹陽日蘇氏者出古物有銅鴈足鐙制作精巧因辨其刻則黃龍元年所造其言棨宮二史閒未始概見遂摹之欲寄左右以爲集古錄之一事會悲苦不果昨偶閱篋見之謹以上獻亦聞原甫於秦中得西漢數器不知文字與此類不煜再拜治平元年十二月十四日

後三年余出守亳社而裴如晦以疾卒于京師明年原甫卒于南都二人皆年壯氣盛相次以殁而余獨皤然而存也熙寧壬子四月右真蹟

後漢西嶽華山廟碑歲月見本文

右漢西嶽華山廟碑文字尚完可讀其述自漢以來云高祖初興改

秦淫祀太宗承循各詔有司其山川在諸侯者以時祠之孝武皇帝脩封禪之禮巡省五嶽立宮其下宮曰集靈宮殿曰存僊殿門曰望僊門中宗之世使者持節歲一禱而三祠後不承前至於亡新寖用丘虛建武之元事舉其中禮從其省但使二千石歲時往祠自是以來百有餘年所立碑石文字磨滅延熹四年弘農太守袁逢脩廢起頓易碑飾闕會遷京兆尹孫府君到欽若嘉業遵而成之孫府君諱璆其大略如此所謂集靈宮者他書皆不見惟見此碑一有爾字則余之集錄不爲無益矣一無此十字治平元年閏五月十六日書右真蹟

後漢樊毅華嶽碑 歲月見本文

右漢樊毅華嶽碑云泰華之山削成四方其高五千仞廣十里周禮職方氏華謂之西嶽祭視三公者以能興雲雨産萬物通精氣有益於人則祀之故帝舜受堯親自巡省暨夏殷周未之有改秦違其典

壁遺鄗池二世以亡漢祖應運禮遵陶唐祭則獲福亦世克昌亡新
滔逆鬼神不享建武之初彗掃頑凶光和二年有漢元舅五侯之胄
謝陽之孫曰樊府君諱毅字仲德命守斯邦孟冬十月齋祠西嶽以
傳窄狹不足處尊卑廟舍舊久牆屋傾亞特部行事荀班縣令先讜
以漸補治此其事也又云功曹郭敏等遂刊玄石銘勒鴻勳其字畫
頗完其文彬彬可喜惟以周禮職方氏爲識方氏其字畫分明非訛
缺疑當時周禮之學自如此葢識誌其義皆通也治平元年五月十
日書右真蹟

同前

右漢樊毅脩華嶽廟碑云惟光和元年歲在戊午名曰咸池季冬己
巳弘農太守河南樊君諱毅字仲德下車之初恭肅神祀西嶽至尊
詔書奉祠躬親自往齋室逼窄法齋無所於是與令巴郡朐忍先讜
圖議繕故二年正月己卯興就刻茲碑號吏卒挾路據此碑乃卽時

所立而太守生稱諱者何哉治平元年末伏日書右真蹟

後漢脩西嶽廟復民賦碑歲月見本文

右漢脩西嶽廟復民賦碑云光和二年十二月庚午朔十三日壬午弘農太守臣毅頓首死罪上尚書臣毅頓首頓首死罪死罪謹按文書臣以去元年十一月到官其十二月奉祠西嶽華山省視廟舍及齋衣祭器率皆久遠有垢臣以神嶽至尊宜加恭肅輒遣行事荀班與華陰令先讜以漸繕治成就之又曰讜言縣當孔道加奉尊嶽一歲四祠養牲百日用穀藁三千餘斛或有請雨齋禱役費兼倍小民不堪有饑寒之窘違宗神之敬乞差諸賦復華下十里以內民租田口臣輒聽盡力奉宣詔書思惟惠利增異復上臣毅誠惶誠恐頓首頓首死罪死罪上尚書漢家制度今不復見惟余家集錄漢碑頗多故於磨滅之餘時見一二而此碑粗完故錄其首尾以傳臣毅者樊毅也右集本

後漢北嶽碑歲月見本文　集本

右漢北嶽碑文字殘滅尤甚莫詳其所載何事第其隱隱可見者曰光和四年以此知爲漢碑爾其文斷續不可次序蓋多言珪幣牲酒黍稷豐穰等事似是禱賽之文其後有二人姓名偶可見云南陽冠軍馮巡字季祖甘陵夏方字伯陽其餘則莫可考矣

後漢無極山神廟碑歲月見本文

右漢無極山神廟碑文字磨滅斷續然尋繹次序其可見者尚可成文云太常臣耽丞敏頓首上尚書謹按文書男子常山蓋高上黨范遷爲元氏三公神山去年五月常山相巡詣山請雨山神卽使高傳言白國縣卽與封龍靈山無極山共興雲雨常山相巡元氏令王翊各以一白羊賽復使高與遷俱詣太常爲無極山神索法食臣疑高遷言不實輙移本國今常山相巡書言郡督郵言無極山體可三里所立石爲體長二丈五尺所山周匝二十餘里其三公封龍靈山皆

得法食乞令無極山比三山祠牲出王家以珪璧爲信憑臣如巡言請少府給珪璧故事須報臣躭愚戇頓首頓首上尙書制曰可尙書令忠奏雒陽宮太常承書從事光和四年八月十七日丁酉尙書令忠下太常躭丞敏下常山相其奏章如此其後遂言造廟事而有銘其文多不載按漢奏章首尾皆言臣某頓首頓首死罪死罪上尙書而此碑所載太常一有奏字章首尾不稱死罪而丞敏又不稱臣莫曉其制碑後又列常山官屬云常山相南陽馮巡字季祖元氏令王翊字元輔云治平元年四月二日書右眞蹟

後漢桐柏廟碑歲月見本文

右漢桐柏廟碑磨滅雖不甚而文字斷續粗可考次蓋南陽太守脩廟碑也其辭云延熹六年正月乙酉南陽太守中山盧奴君奴下正闕一字當是其姓又云尊神敬祀立廟桐柏春秋宗禜災異告變水旱請求位比諸侯聖漢所尊一作宗太守奉祀二十餘年不復身至

遺丞行事簡略不敬明神弗歆災害以生五嶽四瀆與天合德仲尼愼祭常若神在君準則大聖親之桐柏來見廟祠崎嶇逼狹開拓神門立闕四望增廣壇場又云執玉以沉爲民祈福靈祇報祐天地清和其大意止於如此其後有頌亦可讀第不見太守姓名爾然不著他事惟修廟祀神爾桐柏淮瀆廟也治平元年六月十三日書右眞蹟

後漢殽阬君神祠碑光和四年

右漢殽阬君神祠碑在鄭縣慶曆中樞密直學士施君爲陝西都轉運使爲余模此本云碑文已磨滅初不可辨以麪填其刻稍尋其點畫命工鐫治之乃可讀漢碑今在者類多磨滅不完故斯碑歷歷可見也惟裴曄姓名爲鄉人鑱去矣殽阬所以畜洩水患據碑文云自亡新以來廢之則前漢時已有之矣光和中曄爲鄭縣令始修復之事見水經及華州圖經殽阬君祠今謂之五部神廟其像有石隄西

戍樹谷五樓先生東臺御史王翦將軍皆莫曉其義施君名昌言今爲涇原路安撫使右集本

集古錄跋尾卷第一

珍倣宋版印

後漢堯母碑 歲月見本文

右漢堯母碑漢建寧五年造其文略曰堯母慶都感赤龍而生堯遂以侯伯恢踐帝下有闕慶都僊沒蓋葬于玆欲人莫知名曰靈臺上立黃屋堯所奉祠三代改易荒廢不脩漢受濡期興滅繼絕如堯爲之遂遭亡新禮祠絕矣故廷尉姓名磨滅不可讀矣深惟大漢堯之苗胄當脩堯祠追遠復舊前後奏上帝納其謀歲以春秋奉大牢祠時濟陰太守魏郡審晃成陽令博陵管遵各遣大掾輔助闕一字若經之營之不日成之此其大概也按皇覽云堯家在濟陰城陽呂氏春秋云堯葬穀林皇甫謐云穀林即城陽然自史記地志及水經諸書無堯母葬處惟見於此碑蓋亦葬城陽也而諸書俗本多爲城陽獨此碑爲成陽當以碑爲正碑後列當時人名氏又云審晃字元讓管遵字君臺又云漢受濡期莫曉其義也右集本

後漢堯祠碑 歲月見本文

右漢堯祠碑在濟陰碑云帝堯者蓋昔世之聖王也又曰聖漢龍興纂堯之緒祠以上犧至于王莽絶漢之業而壇場夷替屏懾 真蹟一作攝 無位大抵文字磨滅字雖可見而不復成文其後有云李樹連理生於堯祠太守河南張寵到官始初出錢二千敬致禮祠其餘不能 一作可 讀也碑後有年月蓋熹平四年建也治平元年五月晦日書右真蹟

後漢堯祠祈雨碑 歲月見本文

右漢堯祠祈雨碑首尾殘滅其僅可識者有云股肱賢良廣祈多福虔虔夙夜又云常以甲子日詔太常陳上古之禮舞先王之樂又云延熹十年仲春二月陽氣侵陰又云享祀羣神仰瞻雲漢又曰嘉澍優霑利茂萬物又云孟府君知堯精靈與天通神脩治大殿以此知爲祈雨於堯祠也堯祠在漢濟陰郡孟府君者當是濟陰郡太守也

其餘隸字完者頗多亦往往成句但斷續不可次序爾右集本

後漢老子銘歲月見本文

右漢老子銘按桓帝本紀云延熹八年正月遣中常侍左悺之苦縣祠老子至十一月又遣中常侍管霸祠之而此碑云八月夢見老子而祠之世言碑銘蔡邕作今檢邕集無此文皆不可知也右真蹟

後漢魯相置孔子廟卒史碑歲月見本文

右漢魯相置孔子廟卒史碑云司徒臣雄司空臣戒稽首言魯前相瑛書言詔書崇聖道孔子作春秋制孝經演易繫辭經緯天地故特立廟褒成侯四時來祠事已即去廟有禮器無常人掌領請置百石卒史一人典主守廟謹問太常祠曹掾馮牟史郭玄辭對故事辟雍祠先聖太宰太祝各一人備爵太常丞監祠河南尹給牛羊豕大司農給米臣愚以爲如瑛言可許臣雄臣戒愚戇誠惶誠恐頓首頓首死罪死罪臣稽首以聞制曰可按漢書元嘉元年吳雄爲司徒二年

趙戒爲司空卽此云臣雄臣戒是也魯相瑛者據碑言姓乙字仲卿漢碑在者多磨滅此幸完可讀錄之以見漢制三公奏事如此與羣臣上尚書者小異也又見漢祠孔子其禮如此治平元年六月二十日書右真蹟

後漢脩孔子廟器碑 一作表　歲月見本文

右漢 一有朝字 韓明府脩孔子廟器碑云永壽二年青龍 二字一作 歲在涒灘霜月之靈皇極之日永壽桓帝年號也按爾雅云歲在申曰涒灘桓帝永興三年正月戊申大赦改元永壽明年 一有歲次二字 丙申曰歲在涒灘是矣云霜月之靈皇極之日莫曉其義疑是九月五日前漢文章之盛庶幾三代之純深自建武以後頓爾衰薄崔蔡之徒擅名當世然其筆力辭氣非出自然與夫楊馬之言醇醨異味矣及其末也不勝其弊霜月皇極是何等語韓明府者名勑字叔節前世見於史傳未有名勑者豈自余學之不博乎春秋左氏傳載

古人命名之說不以爲名者頗多故以勑爲名者少也治平元年二月晦日書右真蹟

後漢魯相晨孔子廟碑歲月見本文

右漢魯相上尚書章其略云建寧二年三月癸卯朔七日己酉魯相臣晨長史臣謙頓首死罪上尚書臣晨頓首頓首死罪死罪臣以元年到官行秋饗飲酒泮宮復禮孔子宅而無公出酒脯之祠臣輒依社稷出王家穀春秋行禮建寧靈帝年號也於此見漢制天子之尊其辭稱頓首死罪而不敢斥至尊因尚書以致達而已余家集錄漢碑頗多亦有奏章患其磨滅獨斯碑首尾完備可見當時之制也又云孔子乾坤所挺西狩獲麟爲漢制作故孝經援神契曰玄丘制命帝卯行又尚書考靈耀曰丘生倉際觸期稽度爲赤制讖緯不經不待論而可知甚矣漢儒之狡陋也孔子作春秋豈區區爲漢而已哉治平元年三月廿五日書右真蹟

後漢碑陰題名歲月未詳

右漢碑陰題名不知爲何人碑余家集錄古文既多或失其所得之自然漢碑存於今者惟華嶽與孔子廟最多其陰往往列脩廟人姓名幷記其所出錢數不過三百至五百今斯碑所題文字缺滅而中間有錢各五百四字則似是脩廟人所記其人可見者有濟陰定陶蔡顯子威山陽金鄉張諺季德河南宛陵趙堂世䕫南陽南鄉鄧升升遠濟陰成武周鳳季節而其餘人姓名邑里多不完又時時有故吏字不知爲何人祠廟第以漢隸難得錄之爾治平元年閏五月八日書右真蹟

同前

右漢碑陰題名不知爲何碑之陰蓋余家集錄既多而或失其所得之處又其文字磨滅莫可考究惟有錢各五百四字似是漢時脩廟人爾漢碑今在者惟華嶽與孔子廟中最多其碑陰題名者往往各

書所出錢數不過三百五百也而此碑所列邑里姓名字完可見者尚十餘人然皆是濟陰山陽彭城汝南陳留人則疑爲脩孔子廟人也今列于後覽者可以察焉濟陰定陶蔡顥子威濟陰張翔季審陳留酸棗季真顯節山陽金鄉張諺季德河南宛陵趙堂世蕘南陽南鄉鄧升升遠濟陰成武周鳳季節山陽昌邑田儱元尊濟陰成武史楞世明彭城朱翔元舉 右真蹟

同前

右漢碑陰題名二皆不知爲何碑陰其人各記所出錢數似是漢時脩廟人題名余家集錄華嶽及孔子廟碑多如此此亦疑是二廟中碑前碑殘滅尤甚第時有門生濟南東郡等字而姓名無復完者後碑則有議曹功曹騎吏有蓮勺左鄉有秩池陽左鄉有秩池陽集丞有秩皆不知是何名號又有闕一字陽侯長殺祤候長則是縣吏之名其隸字不甚精又無事實可考姑錄其名號以俟知者爾 右集本

後漢張公廟碑歲月見本文　真蹟

右漢張公廟碑在黎陽而碑無題首又其文字殘滅不可考究莫知爲何碑第時時得其字之可識而僅成文者曰惟和平元年正月丙寅和平桓帝年號以此知爲漢碑也又曰豐碑廟堂之前又曰於穆張公則又知爲張公廟碑矣又云國無災祲屢獲豐年作歌九章頌公德芳其辭有云公與守相駕蜚魚往來倏忽遠熹娛祐此兆民寧厥居其餘字畫尚完者甚多但不成文爾治平元年閏五月九日書是日奏事垂拱退召赴延和閱謝契丹禮物遂歸休

後漢公昉碑一作仙人唐君碑　歲月未詳

右漢公昉碑者乃漢中太守南陽郭芝爲公昉脩廟記也漢碑今在者類多磨滅而此記文字僅存可讀所謂公昉者初不載其姓名但云君字公昉爾又云耆老相傳以爲王莽居攝二年君爲郡吏啖瓜旁有真人一有居字左右莫察君獨進美瓜又從而敬禮之真人者

遂與期谷口山上乃與君神藥曰服藥以後當移意萬里知鳥獸言語是時府君去家七百餘里休謁往來轉景即至閭郡驚焉白之府君徙爲御史一作吏鼠齧被具君乃畫地爲獄召鼠誅之視其腹中果有被具府君欲從學道頃無所進府君怒勅尉部吏收公昉妻子公昉呼其師告以厄其師以藥飲公昉妻子曰可去矣妻子戀家不忍去於是乃以藥塗屋柱飲牛馬六畜須臾有大風雲來迎公昉妻子屋宅六畜翛然與之俱去其說如此可以爲怪妄矣嗚呼自聖人沒而異端起戰國秦漢以來一作之際奇辭怪說紛然爭出不可勝數久而佛之徒來自西夷老之徒起於中國而二患交攻爲吾儒者往往牽而從之其卓然不惑者僅能自守而已欲排其說而黜之常患乎力不足也如公昉之事以語愚人豎子皆知其妄矣不待有力而後能破其惑也然彼漢人乃刻之金石以傳後世其意惟恐後世之不信然後世之人未必不從而惑也治平元年四月二十三日以

旱開宮寺祈雨五白中一日休務假書右真蹟

後漢析里橋郙閣頌歲月見本文

右漢析里橋郙閣頌建寧五年立云惟斯析里處漢之右溪源漂疾橫注于道涉秋霖漉稽滯商旅休謁往還常失日晷行理咨嗟郡縣所苦斯溪既然郙閣尤甚臨深長淵三百餘丈接木相連號爲萬柱遭遇隤納人物俱隋一作隤沈没洪淵酷烈爲禍於是太守阿陽李君諱會字伯都以建寧三年二月辛巳到官思惟惠利有以綏濟聞此爲難其日久矣乃俾府掾仇審改解危殆卽便求隱析里大橋於爾乃造又醳散關之嶃漯從朝陽之平慘減西高閣就安寧之石道禹導江河以靖四海經紀厥續艾康萬里乃作頌曰頌後又有詩皆磨滅不完其云遭遇隤納又云醳散關之嶃漯從朝陽之平慘刻畫適完非其訛繆而莫詳其義疑當時人語與今異又疑漢人用字簡略假借不同爾故錄之以俟博識君子治平元年六月十日書右真

蹟

後漢人闕銘歲月未詳　眞蹟

右漢人闕銘二其一曰永樂少府賈君闕其一曰雒陽令王君闕二者皆不知爲何人按漢書桓帝母孝崇匽皇后居永樂宮和平元年詔置太僕少府如長樂故事又按顏師古注地里志曰魚豢眞蹟誤作券云漢火行忌水故去洛水加隹師古謂光武以後始改爲雒然則二人者皆後漢時人也又按漢官儀長樂少府以宦者爲之則賈君者蓋亦宦者也治平元年九月十五日書

後漢文翁石柱記歲月見本文

右漢文翁石柱記云漢初平五年倉龍甲戌旻天季月脩舊築周公禮殿始自文翁開建泮宮據顏有意益州學館廟堂記云按一無此字華陽國志文翁爲蜀郡守造講堂作一無此字石室一名玉堂安帝永初閒烈火爲災堂及寺舍並皆焚燎惟石室獨存至獻帝興平

元年太守高眹於玉堂東復造一石室爲周公禮殿有意又謂獻帝無初平五年當是興平四字一作當如華陽志爲興平元年蓋時天下喪亂西蜀僻遠年號不通故仍稱舊號也今檢范曄漢書本紀初平五年正月改爲興平顏說是也治平元年六月十三日書右真蹟

後漢文翁學生題名

右漢文翁學生題名凡一百有八人文學祭酒典學從事各一人司儀主事各二人左生七十三人右生三十人文翁在蜀教學之盛爲漢稱首其弟子著籍者何止於此蓋其磨滅之餘所存者此爾治平元年六月二十日書右真蹟

後漢泰山都尉孔君碑歲月見本文

右漢泰山都尉孔君碑云君諱宙字季將二字一作秀特孔子十九世之孫也年六十一延熹四年正月乙未以疾卒一有于家二字其序官閥甚簡又或殘滅不完但見其舉孝廉爲郎遷元城令遂爲泰

山都尉爾其辭有云躬忠恕以及人兼禹湯之罪己宙人臣而引禹湯以爲比在今人於文爲不類蓋漢世近古簡質猶如此也治平元年閏五月二十一日書右真蹟

後漢孔宙碑陰題名

右漢孔宙碑陰題名漢世公卿多自教授聚徒常數百人其親授業者爲弟子轉相傳授者爲門生今宙碑殘缺其姓名邑里僅可見者纔六十二人其稱弟子者十人門生者四十三人故吏者八人故民者一人宙孔子十九世孫爲泰山都尉自有錄治平元年閏五月二十一日書右真蹟

後漢孔君碑歲月見本文　真蹟

右漢孔君碑其名字磨滅不可見而世次官閥粗可考云孔子十九代孫穎川君之元子也舉孝廉除郎中博昌長遭太守君憂服竟拜尚書侍郎治書御史博陵太守還下邳相河東太守建寧四年十月

卒其餘文字歷歷可讀以其斷絶處多文理難續故不復盡錄然其終始略可見矣惟其名字皆亡爲可惜也治平元年五月十日書

後漢孔德讓碑 一作碣 歲月見本文

右漢孔德讓碑蓋其名已磨滅但云字德讓者宣尼公二十世孫都尉君之子也仕歷郡諸曹史年二十永興二年七月遭疾不祿碑在今兗州孔子墓林中永興孝桓帝年號也 一有都尉者宙也五字 其人二字一作德讓 早卒無事蹟可考余集錄所藏 一有獨闕二字 孔林中漢 一無此字 碑最後得此遂無遺者蓋以其文字簡少無事實故世人遺而不取獨余家有之也治平元年閏正月二十日書右真蹟

後漢劉寬碑 中平二年

右漢大尉車騎將軍特進逯鄉 二字一作封 昭烈侯劉公碑公諱寬有兩碑皆在洛陽余家集錄皆得之其一故吏李謙所 一作等 立而

此碑門生殷包等所一無此字立其所書與李謙等一作碑所載不異惟漢隸難得當錄二字一作故錄之漢公卿一有卒字故吏門生各自立碑以伸感慕惟見於此今人家碑碣非其子孫則他人不爲立也治平元年六月十四日書右真蹟

後漢太尉劉寬碑同前

右漢大尉劉寬碑漢書有傳其官閥始卒與碑多同而傳載遷官次序頗略蓋史之所記善惡大事官次雖小略不足爲失惟其繆誤與闕其大節不可不正碑云大將軍以禮脅命拜侍御史遷梁令三府並用博士徵皆不就司隸校尉舉其有道公車徵拜議郎司徒長史而傳但云大將軍辟五遷司徒長史今據碑止四遷爾博士未嘗拜也碑於長史下遂云入登侍中延熹八年地震有詔詢異而拜尚書遷南陽大守拜太中大夫復拜侍中屯騎尉宗正光祿勳遂授大尉傳至太中大夫始云遷侍中其前自長史入登侍中史闕書也碑又

云固疾遜位拜光祿大夫遷衞尉復作大尉而傳云以日食免拜衞尉以日食免當從傳爲正而不書光祿大夫史闕也其餘皆同故不復錄右集本

後漢大尉劉寬碑陰題名歲月見本文

右漢太尉劉寬碑陰題名寬碑有二其故吏門生各立其一也此題名在故吏所立之碑陰其別列於後者在寬子松之碑陰也寬以漢中平二年卒至唐咸亨元年其裔孫湖一作胡城公爽以碑歲久皆仆于野爲再立之并記其世序嗚呼前世士大夫世家著之譜牒故自中平至咸亨四百餘年而爽能知其世次如此之詳也蓋自黃帝以來子孫分國受姓歷堯舜三代數千歲閒詩書所紀皆一有名字有次序豈非譜繫源流傳之百世而一無此字不絕歟此古人所以爲重也不然則士生於世皆莫自知其所出而昧其世德遠近其所以異於禽獸者僅能識其父祖爾其可忽哉唐世譜牒尤備士大夫

務以世家相高至其弊也或陷輕薄婚姻附託邀求貨賂君子患之然而士子偷飭喜自樹立競競惟恐墜其世業亦以有譜牒而能知其世也今之譜學亡矣雖名臣巨族未嘗有家譜者然而俗習苟簡廢失者非一豈止家譜而已哉嘉祐八年七月二十九日書右真蹟

後漢楊震碑歲月未詳

右漢楊震碑首題云漢故太尉楊公神道碑銘文字殘缺首尾不完其可見而僅成文者云聖漢龍興神祇降祉乃生於公又云窮神知變與聖同符鴻漸衡一作于門羣英雲集又云貽我三魚以章懿德又云大將軍辟舉茂材除襄城令遷荊州刺史東萊涿郡太守又云司徒太尉立朝正色恪勤竭忠其餘字存者多而不復成文矣治平元年六月十日書右真蹟

後漢楊震碑陰題名真蹟

右漢楊震碑陰題名者一百九十人其餘磨滅不完者又十餘人余

家所錄漢碑陰題名頗多或稱故吏門生弟子或稱從事曹掾之類其人皆著州縣邑里名字甚詳獨此碑所書簡略直云河間賈伯錡博陵劉顯祖之類凡百九十人者皆然疑其所書皆是字爾蓋後漢時人見於史傳者未嘗有名兩字者也漢隸世所難得幸而在者多殘滅不完獨此碑刻畫完具而隸法尤精妙甚可喜也治平元年中伏日書

後漢沛相楊君碑　歲月見本文　真蹟

右漢沛相楊君碑在閿鄉楊震墓側碑首尾不完失其名字按後漢書震及中子秉秉子賜賜子彪皆有傳又云震長子牧富波相牧孫奇侍中奇子亮陽成亭侯又云少子奉奉子敷敷子衆務亭侯又有彪彪子脩楊氏子孫載于史傳者止此爾不知沛相爲何人也碑云孝順皇帝西巡以掾史召見拜郎中遷常山長史換犍爲府丞宰司累辟應于司徒州察茂才遷鮦陽侯相後拜議郎五官中郎將沛相

年五十六建寧元年六月癸丑遘疾而卒其終始尚可見而惜其名字亡矣治平元年六月十日書

後漢繁陽令楊君碑熹平中

右漢繁陽令楊君碑首尾不完文字磨滅可識者四百三十字不可識者六十一字碑云君遭叔父大尉薨委榮輕舉吏民攀轅守闕上書運穀萬斛助官賑貧以乞君還又云一作君富波君之子按漢書楊震子牧爲富波相君迺牧子也叔父太尉者秉也出米乞令前史所無惜其名字磨滅不可見矣嘉祐八年十月廿三日書右真蹟

後漢高陽令楊君碑歲月未詳

右漢高陽令楊著碑首尾不完而文字尚可識云司隸從事定頴侯相最後爲善侯相善上一字磨滅不可見蓋其中間嘗爲高陽令而碑首不書最後官者不詳其義也按楊震碑高陽令著震孫也今碑在震墓側一有也字　真蹟

後漢楊君碑陰題名真蹟

右漢楊君碑陰題名首尾不完今可見者四十餘人楊震子孫葬閿鄉者數世碑多殘缺此不知爲何人碑陰其後有云右後公門生又云右沛二字集本作後史君門生沛君疑是沛相者自有碑而亡其名字矣後公亦不知爲何人也治平元年六月十日書

同前真蹟

右漢楊君碑陰題名凡一百三十一人有稱故吏者故民者處士者故功曹史者故門下佐者類例不一似當時人各隨意書之而文字磨滅僅可讀其姓名皆俱完可識者八十三人其餘或在或亡蓋後漢楊震墓域中碑也楊氏墓在閿鄉有碑數片皆漢世所立余家集錄得其四震及沛相繁陽高陽令碑幷得碑陰題名然一有嚮字得時參錯不知爲何碑之陰也其名氏可見者當時皆無所稱述顧其人亦不足究考第以漢隸真蹟金石所傳者至今類多磨滅可惜故

錄之爾治平元年三月晦日書

後漢碑陰題名

右漢碑陰題名在閿鄉楊震墓側文字磨滅不復可考其僅可見者曰候長汾陰趙遺子宣候上滅一字又曰故督郵曹史縣功曹鄉部吏柏昱等人名鄉上又滅一字又曰西鄉亭長柏昱子政又曰鄉亭長翟國相如鄉上又滅一字又曰鱗都亭長陰定安定谷口亭長方丈雅方上又滅一字東門亭長梁忠子孝四望亭長吳鴻子名鱗武亭長常鬗君宣其餘缺裂不完蓋楊氏子孫當時皆葬閿鄉碑碣往往磨滅此不知為誰碑也治平五年五月廿日謝雨致齋于太社書

右真蹟

後漢楊公碑陰題名真蹟

右漢楊公碑陰題名楊氏世葬閿鄉墓側皆有碑今其存者四余家集錄皆得之乃太尉沛相高陽繁陽令也此碑陰者不知為何人碑

文字殘缺其僅存者十五人又滅其一其在者十四人曰懷陵圉令

相蔣禧字武仲宜祿長蕭劉瑞字仲祐孝廉杼秋劉旭字子明太官

曰丞譙曹臻字建國辭曹史鄲公孫銀字山根門下書佐史韓純字

子敬豐畢珮字廣世鄲孟縱字河雒決曹書佐鄲公孫暘字元暘皆

稱故吏又有故吏一無二字贊陳俊字仲顯蘄夏陽字儀公蘄兒銀

字伯玉杼秋劉順字子選沛周儀字帛民凡五人皆不著職一有但

稱故吏四字而孟縱字河雒周儀字帛民文字皆完非訛謬而莫曉

其義也治平元年六月十四日書

後漢殘碑陰歲月未詳

右漢殘碑陰前後二字一作亦磨滅不知爲何人碑其知爲漢碑者

蓋其隸字非漢人莫能爲也其字僅可見者尚數十而姓名完者九

人曰王伯鄉趙仲方賈元周王景陽賈元輔宗石處王仲宣馬安國

王通國皆無官號邑里莫知爲何人惟漢隸在者少爲難得故錄之

治平元年五月十八日書右真蹟

後漢朔方太守碑陰歲月見本文

右漢朔方太守碑陰題名一無此字云永壽二年朔方太守上郡仇君察察下滅一字除郎中大曲長大下又滅一字延熹四年九月乙酉詔書遷衙令五年正月到官奉見明府見下又滅一字立祠刊石表章大聖之遺靈永示來世之未一作末未下又滅一字謹出錢千千下又滅兩字者下行因紀姓名一無七字據此乃當時脩廟出錢人爾今其姓名往往可見云衙鄉三老時勤伯秋上官鳳季方錄事史楊禹孟布衙主記掾楊綬子長門下功曹裴篤伯安倉曹掾任就子優又有集曹掾軍一作召假司馬之類名字多不完其所出錢不過三百至五百蓋漢世物輕幣重今華嶽孔子廟碑陰所列亦皆如此其所立祠蓋不知爲何廟也治平元年夏至日書右真蹟

後漢劉曜碑一有並陰二字　歲月未詳　真蹟

右漢劉曜碑在今鄆州界中文字磨滅僅有存者云諱曜字季尼年七十三其餘爵里官閥卒塟歲月皆不可見字爲漢隸亦不甚工惟其銘云天臨大漢錫以明哲碑首題云漢故光祿勳東平無鹽劉府君之碑以此知爲漢碑也治平元年四月一日書

後漢北海相景君銘 歲月見本文

右漢北海相景君銘其碑首題云漢故益州太守北海相景君銘其餘文字雖往往可讀而漫滅多不成文故君之名氏邑里官閥皆不可考一作見其可見者云惟漢安二年北海相任城府君卒城下一字不可識當爲景也漢功臣景丹封櫟陽侯傳子尚尚傳子苞苞傳子臨以無嗣絶安帝永初中鄧太后紹封苞弟遽爲監亭侯以續丹後自是而後史不復書而他景氏亦無顯者漢安順帝年號也君卒于順帝時蓋與遽同時人也碑銘有云不永麋壽余家集錄三代古器銘有云眉壽者皆爲麋蓋古字簡少通用至漢猶然也治平元年

四月二十九日書右真蹟

後漢謁者景君碑

右漢景君碑尤磨滅惟謁者任城景君數字尚完其餘班班可見者皆不能成文故其年世壽考功行卒葬莫可考也蓋漢隸今尤難得其磨滅之餘可惜爾右集本

後漢景君石郭銘

右景君石郭銘者余既得前景君碑又得此銘皆在任城不知一景君乎將任城景氏之族多耶文字磨滅不可考故附于此熙寧三年正月朔旦山齋記右真蹟

後漢袁良碑歲月見本文

右漢袁良碑云君諱良字卿卿上一字磨滅陳國扶樂人也厥先舜苗世爲封君周興虞閼父自此而滅又云滿爲陳侯至玄孫濤塗以字立姓曰袁自此又滅又云當秦之亂隱居河洛高祖破項實從其

冊天下既定還宅扶樂蓋不知爲何人也又云孝武征和三年曾孫
斬賊先勇拜黄門郎曾孫滅其名賊下亦一作又滅一字又曰封關
內侯食遺鄉六百戶䔍子經嗣經䔍子山嗣傳國三世至王莽而絶
君郎山之曾孫也舉孝廉郎中謁者將作大匠丞相令廣陵太守討
江賊張路等威震徐方謝病歸家孝順初初下數字滅一作滅數字
又云府舉君拜議郎符節令其後又云永建六年二月卒其碑首題
云漢故國三老袁君碑而碑文有使者持節安車又有几杖之尊祖
割之養君實饗之之語以此知良嘗爲三老矣其餘磨滅雖時時可
讀而不能次第也又云帝御九龍殿引對飲宴九龍殿名惟見於此

治平元年五月二十九日夏至假書右真蹟

後漢張平子墓銘永和四年

右漢張平子墓銘世傳崔子玉撰幷書按范曄漢書張衡傳贊云崔
子玉謂衡數術窮天地制作侔造化此銘有之四字一作今銘有此

語則真子玉作也其刻石爲二本一在南陽一在向城天聖中有右班殿直趙球者知南陽縣事因治縣署毀馬臺得一石有文驗之廼斯銘也遂龕于聽事之壁其文至凡百君子而止其後一有半字亡矣其在向城者今尚書屯田員外郎謝景初得其半於向城之野自凡百君子已上則亡矣三字一作其前半亡矣今以二本相補續其文遂復完而闕其最後四字然則昔人爲二本者不爲無意矣據徐方回所記二十一字廼趙球所得南陽石之亡者二十一字一作唐寶應中有徐方回者別得二十一字云是銘最後文疑求所得南陽石之半亡者爾今不復見則又亡矣惜哉嘉祐八年歲在癸卯十月十八日書右真蹟

集古錄跋尾卷第二

珍倣宋版印

後漢費鳳碑歲月見本文

右漢費鳳碑云集本有君諱鳳三字字伯蕭梁相之元子也集本無也字漢安二年舉孝廉拜郎中除陳國新平長又云試守故障長其文班班可見而卒葬年壽皆不載其後悉爲五言韻語其略曰不悟集本作語奄忽終藏形而匿景集本作影耕夫釋耒耜桑女投鉤筥道阻而且長起坐淚如雨其文既非工故不悉錄八字集本作文字工拙古今皆然惟漢隸難得故錄爾熙寧二年十一月十六日山齋書右眞蹟略曰一作云

後漢武班碑歲月見本文

右漢班碑者蓋其字畫殘滅不復成文其氏族州里官閥卒葬皆不可見其僅見者曰君諱班爾其首書云建元年太歲在丁亥而建下一字不可識以漢書考之後漢自光武至獻帝以建名元者七謂建

武建初建光建康建和建寧建安也以歷推之歲在丁亥乃章帝章和元年後六十一年桓帝即位之明年改本初二年爲建和元年又歲在丁亥則此碑所缺一字當爲和字真蹟無此六字迺建和元年也碑文缺滅者十八九惟亡者多而存者少尤爲可惜也故錄之治平元年四月二十日書 右集本

後得別本模搨粗明始辨其一二云武君諱班乃易去前本熙寧二年九月朔日記

後漢中常侍費亭侯曹騰碑 歲月見本文 真蹟

右漢中常侍費亭侯曹騰碑文字磨滅其粗可見者云維建和元年七月二十二日己巳皇帝若曰其遺費亭侯之國其餘不可識也建和桓帝即位之元年也後三十七年獻帝中平元年騰養子操始爲騎都尉 集本有領兵二字 擊黃巾矣治平元年六月十日書

後漢司隸楊君碑 歲月見本文

右漢司隸校尉楊厥碑云惟巛靈定位川澤攸同澤有所注川有所通余谷之川其澤南隆八方所達益城爲充高祖受命興於漢中道由子午出散入秦建定帝位以漢詆焉後以子午塗路澀難更隨圍谷復通堂光凡此四道垓鬲允艱至於永平其有四年詔書開余鑿通石門中遭元二西夷虐殘橋梁斷絕子谷復循於是故司隸校尉犍爲武陽楊厥字孟文深執忠伉數上奏請廢子由斯得其度經至建和二年漢中太守王升字稚紀嘉君明知美其仁賢勒石頌德以明厥勳其辭大略如此其刻畫尚完可讀大抵述厥脩復斜谷路爾但其用字簡省復多舛繆惟以巛爲坤以余爲斜漢人皆爾獨詆字未詳永平明帝建和桓帝年號也右集本

後漢樊常侍碑歲月見本文

右漢樊常侍碑云君諱安字子佑南陽湖陽人也君幼學治韓詩論語孝經歷中黃門拜小黃門小黃門右史遷藏府令中常侍年五十

有六永壽四年四石本作二月甲辰卒其先爲中黃門後爲小黃門又爲小黃門右史蓋漢官之制今不詳其次序也余少家漢東天聖四年舉進士赴尚書禮部道出湖陽一本作間見此碑立道左下馬讀之徘徊碑下者久之後三十年始得而入集錄蓋初不見錄於出自予集錄古文時人稍稍知爲可貴自此古碑漸見收采也右集本

後漢郎中鄭固碑固一本作宣　歲月見本文　集本

右漢郎中鄭固碑文字磨滅其官閥卒葬年月皆莫可考其僅可見者云君諱固字伯堅孝友著于閨門至行立乎鄉黨初授業於歐陽仕郡諸曹掾史主簿督郵五官掾功曹又曰忠以衞上清以自脩其餘殘缺不復成文又云延熹元年二月詔拜而不見其官惟其碑首題云漢故郎中鄭君之碑以此知其官至郎中爾漢隸刻石存於今者少惟余以集錄之勤所得爲獨多然類多殘缺一作滅不完蓋其難得而可喜者其零落之餘尤爲可惜也延熹元年二月之下一本

二云詔拜郎中非其好也以疾錮辭年四十二遭命殞身而中間又有逡遁退讓之語遁當作循錮當作固疑漢人用字多假借又疑以疾錮辭謂疾已堅固若云以疾篤辭覽者詳之

後漢田君碑 歲月見本文 真蹟

右漢田君碑今在沂州其名字皆已磨滅惟云其先出自帝舜之苗裔自完適齊因以爲氏乃知爲姓田爾又云周秦之際家於東平陽君總角脩韓詩京氏易真蹟作易京氏究洞神變窮奧極微爲五官掾功曹州從事辟太尉延熹二年辛亥詔書泰山瑯琊盜賊未息州郡吏有仁惠公清撥煩整化者試守滿歲爲真州言名時牧劉君知君宿操表上試守費自此以後殘缺不可次第而隱隱可見蓋無年壽卒壟月日而有故吏薛咸等立石勒銘之語乃費縣令長德政去思碑爾治平元年六月二十九日書

後漢孫叔敖碑 延熹三年

右漢孫叔敖碑云名饒字叔敖而史記不著其名而見於他書者亦皆曰叔敖　而已微斯碑後世遂不復知其名饒也此集本無此字碑世亦集本作所罕傳余以集錄二十年間求之博且勤乃得之然則世之未見此碑者猶不知爲名饒也謂余集古爲無益可乎集本無此九字　右真蹟

後漢王元賞碑歲月見本文

右漢王元賞碑云君諱某字元賞御史君之孫茂才君之子也歷秦及漢有國有家宰相牧守踵武相襲又曰遭父喪以孝立稱士堦環堵兼業並受門徒雨集盛於洙泗又云郡察孝廉郎中謁者宛陵丞封丘令母憂去官服祥辟司空府延熹四年五月辛酉遭命而終其文字磨滅隱隱可見者如此其名既亡又不序其姓惟其銘云於惟王君以此知其姓王爾右集本

後漢祝睦碑歲月見本文　真蹟

右漢祝睦碑云君諱睦字元其下遂缺滅不能成文惟其官壽年月可見云賓于王庭除北海長史頼川鄢令辟司空府北軍中候拜大尚書尚書僕射遷常山相山陽太守年六十有八延熹七年八月丁巳卒睦有二碑皆在今南京虞城縣此碑不見世次而隱隱有云其先高辛爾其後碑則頗完故錄於次也治平元年六月立秋日書

後漢祝睦後碑延熹七年

右漢祝睦後碑其前碑不知所立人名氏兩碑所載官閥壽考年月悉同而此碑有立碑人名氏及睦世次云故吏王堂等竊聞下有述上之功臣有敘君之德又曰君兆自黎辛祝融苗胄鄭有祝聃君其裔也其餘文字亦完可讀二銘皆以三言爲文而後銘尤完云穆我君邦之陽資五就闡道綱綱下滅一字表微準樞衡稽列宿覽四方德合乾道應皇領二郡曜重光化流洽緄緬昌性天約元用長頌聲作謠令香功烈著遺椒芳存覿榮淪弗忘其後二句磨滅難詳故錄

其成文以見其雅質亦可佳也治平元年六月立秋日書右真蹟

後漢衡方碑歲月見本文

右漢衡方碑云府君諱方字興祖其先伊尹在殷號稱阿衡因而氏焉又曰州舉孝廉除郎中卽丘侯相膠東令州舉尤異遷會稽東部都尉又拜議郎北平太守遷潁川太守又曰拜步兵校尉年六十有三建寧元年二月五日癸丑卒於是海內門生故吏采嘉石樹靈碑鐫茂伐祕將來此其始終之大略其餘歷歷可見而時亦磨滅以其文多不備錄也治平元年六月三日書

後漢冀州從事張表碑歲月見本文　真蹟

右漢冀州從事張表碑云君諱表字元異其碑首題云漢故冀州從事張君碑而文爲韻語敘其官閥不甚詳但云春秋六十四以建寧元年三月癸巳蘉疾而終其辭有云仕郡爲督郵鷹撮盧擊是以狗喻人集本有也字又有畔桓利正之語蓋漢人猶質不嫌取類於鷹

犬畔桓疑是盤桓集本有漢時二字文字簡少假借爾治平元年六月廿九日書

後漢竹邑侯相張壽碑歲月見本文

右漢竹邑侯相張壽碑云君諱壽字仲吾其先晉大夫張老盛德之裔孝友恭懿明允篤信博物多識獵一作略涉傳記臨疑獨照確然不撓有孔甫之風舉孝廉除郎中給事謁者遷竹邑侯相年八十建寧元年五月辛酉卒其大略可見者如此其餘殘缺或在或亡亦班班可讀爾右集本

後漢金鄉守長侯君碑歲月見本文　真蹟

右漢金鄉守長侯君碑云君諱成字伯盛山陽防東人也其先出自豳岐周文之後封于鄭鄭共仲賜氏曰侯厥胤宣多以功佐國漢之興也侯公納策濟太上皇於鴻溝之阨謚曰安國君曾孫輔封明統侯光武中興玄孫霸爲臨淮太守轉拜執法右刺姦五威司命大司

徒公封於陵侯枝葉繁茂或家河淯或邑山濟君卽上黨太守之弟郡請署主簿督郵五官掾功曹守金鄉長建寧二年四月癸酉卒年八十一碑文首尾皆完故得詳其世次其云上黨太守不見其名按漢書執法左右刺姦五威司命皆王莽官名侯霸列傳云霸莽時爲隨令遷執法刺姦而未嘗爲五威司命後事光武代伏湛爲大司徒封關內侯旣薨光武下詔追封則鄉侯而此碑言封於陵侯未知孰是據碑言刺姦司命爲光武時官蓋碑文之繆矣治平元年四月二十九日書

後漢愼令劉君墓碑 建寧四年

右漢愼令劉君墓碑在今南京下邑其名已磨滅其字伯麟少罹艱苦身服田畝舉孝廉除郎中辟從事司徒掾遷愼令卒年六十有二其銘曰於惟君德忠孝正直至行通洞高明柔克鬼神福謙受兹介福知命不延引輿旋歸忽然輕舉志激拔葵人皆有亡貴終譽兮歿

而不朽垂名著兮余家漢碑常患其銘多缺滅而斯銘偶完故錄之

右真蹟

後漢北軍中侯郭君碑 歲月見本文

右漢北軍中侯郭君碑其名字磨滅云元城君第四子也其先蓋周之冑緒枝葉雲布列於州郡自東郡衞國家於河內汲兄竹邑侯相次尚書侍郎次濟北相順弟臨沂長次徐州刺史次中山相次雒陽令君爲五官掾功曹司隸中都官從事三辟將軍府舉廉比陽長復辟司徒拜北軍中侯年六十有六建寧四年九月丙子卒其於兄竹邑侯相上一字缺滅不完疑是惠字其下又云順弟莫曉其義豈漢人謂兄弟爲此語邪故闕其疑以俟知者治平元年六月廿九日書

右真蹟

後漢司隸從事郭君碑 歲月見本文

右漢司隸從事郭君碑云君諱究汲人也元城君之孫雒陽令之適

歷主簿督郵五官掾功曹守令長辟司隸從事部郡都官春秋二十八而卒中平元年歲在甲子三月而壍據北軍中侯碑爲元城君子而弟爲雒陽令考其世次皆同前世碑碣但書子孫而不及兄弟惟郭氏碑載其兄弟甚詳蓋古人譜牒既完而於碑碣又詳如此可見其以世家爲重不若今人之苟簡也治平元年六月廿九日書右真蹟

後漢魯峻碑 歲月見本文 集本

右漢魯峻碑云君諱峻字仲嚴山陽昌邑人監營謁者之孫脩武令之子治魯詩顏氏春秋舉孝廉除郎中謁者河內太守丞辟司徒司空府舉高第御史東郡頓丘令遷九江太守拜議郎太尉長史御史中丞司隸校尉遭母憂自乞拜議郎服竟還拜屯騎校尉以病遜位熹平元年卒門生于商等二百三十人謚曰忠惠父其餘文字亦粗完故得遷拜次序頗詳以見漢官之制如此惟云遭母憂自乞拜議

郎又其最後爲屯騎校尉而碑首題云漢故司隸校尉忠惠父魯君碑二者莫曉其義治平元年四月二十二日

後漢玄儒婁先生碑歲月見本文

右漢玄儒婁先生碑云先生諱壽字元考南陽隆人也祖太常博士父安貧守賤不可營集本作榮以祿先生童孩多奇岐嶷有志好學不猒不飭小行善與人交久而能敬榮沮溺之偶耕甘山林之杳藹又曰有朋自遠冕紳莘莘講習不倦年七十有八熹平三年二月甲子不祿今光化軍乾德縣圖經載此碑景祐中余自夷陵貶所再遷乾德令按圖求碑而壽有墓在穀城界中余率縣學生親拜其墓見此碑在墓側遂據圖經遷碑還縣立於敕書樓下至今在焉治平元年六月十三日書右真蹟

後漢郭先生碑真蹟　歲月未詳

右漢郭先生碑云諱輔字輔成其先出於王季之中子爲文王卿士

食菜於虢後世謂之郭歷戰國秦漢子孫流分來居荆土先生其少也孝友而悅學其長也寬舒如好施是以宗親歸懷鄉鄙高尙年五十有二遇疾而終其以而爲如及用鄉鄙字與婁壽碑同蓋漢人如此爾治平元年六月二十日書

又集本

右不見書撰人名氏碑在襄州穀城縣界中其辭云先生諱輔字輔成其先出自有周王季之中子爲文王卿士食菜於虢至於武王錫而封之後世謂之郭春秋之時爲晉所幷歷戰國秦漢子孫泒分來居荆土氏國立姓焉傳云聖賢之後必有達者先生應焉孝友而說學其長也寬舒如好施是以宗親歸懷鄉鄙高尙年五十有二遇疾而終其文字古質蓋漢之碑也其用鄉鄙字與漢婁壽碑同其曰寬舒如好施蓋以如字爲而也春秋書星隕如雨釋者曰如而也然施於文章以如爲而始見於此也

後漢桂陽太守周府君紀功銘熹平中

此君檢漢書無之今碑石缺不見其名惜乎遂不見於世也南人紀其所脩瀧水即韓文公所謂昌樂瀧者是也至今以爲利祠宇甚嚴云右集本

後漢桂陽周府君碑熹平中

右漢桂陽周府君碑按韶州圖經云後漢桂陽太守周府君碑按廟在樂昌縣西一百一十八里武溪上武溪驚湍激石流數百里昔馬援南征其門人轅寄生善吹笛援爲作歌和之名曰武溪深其辭曰滔滔武溪一何深鳥飛不渡獸不能臨嗟哉武溪何毒淫周使君開此溪下合真水桂陽人便之爲立廟刻石又云碑在廟中郭蒼文今碑文磨滅云府君字君光而名已訛缺不可辨圖經但云周使君亦不著其名後漢書又無傳遂不知爲何人也按武水源出郴州臨武縣鸕鷀石南流三百里入桂陽面桂陽真水一有梨溪二字盧溪曹

溪諸水皆與武水合流其俗謂水湍峻爲瀧韓退之詩云南下昌樂瀧卽此水也碑首題云神漢者如唐人云聖唐爾蓋當時已爲此語而史傳他書無之獨見於此碑也右集本

後漢桂陽周府君碑後本熹平中

右漢桂陽周府君碑余初得前本恨其名遂磨滅後有國子監直講劉仲章者因出其碑而爲余言前爲樂昌令因道府君事云名憬問其何以見之云碑刻雖闕尙可識也乃以此碑幷陰遺余蓋前本特模者不工爾又余初以韓集云昌樂瀧疑其誤乃改從樂昌仲章曰不然縣名樂昌而瀧名昌樂其舊俗所傳如是韓集不誤也乃知古人傳疑而愼於更改者以此右集本

後漢費府君碑歲月未詳 集本

右漢梁相費府君碑其名字若云諱況字仲慮而況疑爲汎慮疑爲寬其官閥可見者爲蕭令九年沛有蝗獨不入其界國以狀聞朝廷

嘉諸拜梁相春秋八十卒其銘頗簡而文字粗完云緜緜顯祖厥德懿鑠播勛於前丕碩基業遺愛於民福流於後胙自此磨滅不可識者八字其卒章云功烈休矣來昆戮力而穆字爲緜古文多然

後漢郎中王君碑 光和元年

右漢郎中王君碑文字磨滅不復成文而僅有存者其名字官閥卒葬年月皆莫可考惟其碑首題云漢故郎中王君之銘知君爲漢人姓王氏而官爲郎中爾蓋夫有形之物必有時而弊是以君子之道無弊而其垂世者與天地而無窮顏回高臥於陋巷而名與舜禹同榮是豈有託於物而後傳邪豈有爲於事而後著邪故曰久而無弊者道隱而終顯者誠此君子之所貴也若漢王君者託有形之物欲垂無窮之名及其弊也金石何異乎瓦礫治平元年四月晦日書右真蹟

後漢太尉陳球碑 歲月見本文

右漢太尉陳球碑云君諱球字伯眞廣漢太守之元子也又云除郎中尙書符節郎愼陵園令換中東城門候遷繁陽令拜侍御史其後又云拜將作大匠其餘磨滅僅存按後漢書球傳云父亹廣漢太守陽嘉中球舉孝廉稍遷繁陽令太尉楊秉表球零陵太守後累拜司空光和元年遷太尉坐日食免復拜光祿大夫與司徒劉郃等謀誅宦官曹節等不果下獄死球在零陵破賊胡蘭朱蓋有功威著南邦今碑破蘭蓋事班班可讀與傳皆合惟不著誅宦官事至其卒時文字磨滅不可識惟云六十有二亦與傳合予所集錄古文與史傳多異惟此碑所載與列傳同也治平元年四月晦日書右眞蹟

後漢敬仲碑 歲月見本文

右漢敬仲碑者其姓名字皆不可見惟其初有敬仲二字尙可識故以寓其名爾蓋疑其人姓田氏也大抵文字磨滅比其他漢碑尤甚字可識者頗多第不成文爾惟云州郡課最臨登大郡又云居喪致

哀又云司隸從事治書侍御史又云光和四年閏月庚申此數句粗可讀爾其餘字畫廑完者以漢隸今爲難得錄之爾治平元年閏五月廿九日書右真蹟

後漢無名碑 此與前跋大槩同

右漢無名碑文字磨滅其姓氏名字皆不可見其僅可見者云州郡課最臨登大郡又云居喪致哀曾參閔損又曰辟司隸從事拜治書侍御史又曰奮乾剛之嚴威揚哮虎之武節又曰年六十三光和四年閏月庚申遭疾而卒其餘字畫尙完者多但不能成文爾夫好古之士所藏之物未必皆一作能適世之用惟其埋沒零落之餘尤以爲可惜此好古之僻也治平元年六月五日書右真蹟

後漢橐長蔡君頌碑 光和四年 真蹟

右漢橐長蔡君頌碑在鎭府故天章閣待制楊畋嘗爲余言漢時隸書在者此爲最佳畋自言平生惟學此字余不甚識隸書因畋言遂

遺人之常山求得之遂入於錄

後漢唐君碑歲月見本文

右漢唐君碑其名已磨滅其字正南云集本作云字正南潁川郾人也其先出自慶都感赤龍生堯王有天下苗胄枝分相土視居因氏唐焉君父孝廉郎中早卒君繼厥緒躭道好古敦書味詩守舞陽丞潁陽令察能治劇遷豫章其後遂復磨滅雖文字班班可見而不能得其次序其後又云換君昌陽令吏民慕戀牽君車輪不得行君臣流涕道路琅玕是故從事郡掾刊石樹頌歌君之美據此蓋縣令去思碑爾其後又云光和六年二月壬午朔二十五日丙午則知唐君爲後漢時人矣治平元年閏五月二十八日右真蹟

後漢朱龜碑歲月見本文

右漢朱龜碑云字伯靈察孝廉除郎中尚書侍郎以將事去官于時幽州州下滅一字夷侵寇以君爲御史中丞討伐其後磨滅又云鮮

卑侵犯障塞復舉君拜幽州刺史年六十四光和六年卒龜之事迹不見史傳其僅見於此碑者如此碑在今亳州界中云將事去官莫曉其語治平元年六月十四日書右真蹟

後余守亳州徙碑置州學中

後漢小黃門譙君碑歲月見本文

右漢小黃門譙君碑云君諱敏字漢達年五十七中平二年卒其文不甚磨滅而官閥無所稱述惟云肅將王命守靜韜光以遠悔咎而已後漢宦者用事靈帝時尤盛敏卒之歲張讓等十二人封侯於斯之時能守靜遠悔是亦可佳然敏以一小黃門而立碑稱頌於此可見宦官之盛也治平元年四月三日書右真蹟

後漢熊君碑歲月見本文

右漢熊君碑云君諱喬字舉舉上滅一字其官閥不可詳考其僅可知者劉表時爲綏民校尉後還騎都尉建安二十一年卒享年七十

有一其云治歐羊尙書其字非訛闕而以陽爲羊蓋古文字少故須假借至漢字已備而猶假用何哉後云大歲在甲申上滅一字以曆推之當是丙申又云碑師春陵福造福上滅一字當是其姓其書顯字皆爲顯按許愼說文顯從㬎聲而轉爲累其失遠矣莫曉其義也

右集本

後漢俞鄉侯季子碑 歲月未詳

右漢俞鄉侯季子碑云君諱熊字孟下闕一字廣陵海西人也厥祖天皇大帝垂精接感篤生聖明子孫享之分源而流枝葉扶疎出王別胤受爵列土封侯載德君光武皇帝之玄廣陵王之孫俞鄉侯之季子也由是而後文字缺滅其稍稍可讀者時得其一二云六籍五典如源如泉既練州郡卷舒委隨化流南城政猶北辰三祀有成來臻我邦仁恩如冬日威猛烈夏日吏民愛若慈父畏如神明其後又云採摭謠言作詩三章據碑文無卒葬年月而其辭若此似是德政

碑按後漢書光武皇帝子曰廣陵思王荆荆子元壽等四人皆封鄉侯史略而不載其名俞鄉侯者不知爲誰也思王荆之第幾子也天皇大帝之語自漢以來有矣右集本

後漢武榮碑歲月未詳

右漢武榮碑云君諱榮字舍集本作含和治魯詩經韋君章句孝經論語漢書史記左氏國語爲州書佐郡曹史集本作文學主簿督郵五官掾功曹年三十六南蔡府君察舉孝廉執金吾丞孝桓大憂屯守玄武闕加遇害氣遭疾殞靈其餘文字殘缺不見其卒葬年月又不著氏族所出惟其碑首題云漢故執金吾丞武君之碑云治平元年五月六日書右真蹟

後漢秦君碑首歲月見本文

漢碑今存者少此篆亦與今文小異勢力勁健可愛蔡君謨題

右漢熹平中碑在南陽界中字已摩或作磨非滅不可識獨其碑首

字大僅存其筆畫頗奇偉蔡君謨甚愛之此君謨過南都所題乃皇祐三年也今一紀矣嘉祐八年九月十七日書右真蹟

又此集本與真蹟頗不同故兩存之

右漢秦君碑首題云漢故南陽太守秦君之碑秦君不知爲何人碑在南陽界中字已磨滅不可識獨其碑首字大僅存其筆畫頗奇偉蔡君謨甚愛之

後漢元節碑 歲月未詳

右漢元節碑文字磨滅不見其氏族其可見者纔數十字爾云君集本無此字諱立字元節其先出自伊尹其餘不復成文其銘云於穆從事疑其姓伊而爲從事也碑無年月而知爲漢人者以其隸體與他漢碑同爾治平元年五月三日書右真蹟

後漢殘碑 歲月未詳 真蹟

右漢殘碑不知爲何人所存者纔三十二字不復成文惟云高字幼

知其名高又云漢一有中字與復知爲後漢時人而隸字在者甚完體質淳勁非漢人莫能爲也故錄之

後漢天祿辟邪字歲月未詳

右漢天祿辟邪四字在宗資墓前石獸膊上按後漢書宗資南陽安衆人也今墓在鄧州南陽界中墓前有二石獸刻其膊上一曰天祿一曰辟邪余自天聖中舉進士往來穰集本作襄鄧間見之道側迨今三十餘年矣其後集錄古文思得此字屢求於人不能致尚書職方員外郎謝景初家於鄧爲余模得之然字畫集本作或訛缺不若余見時完也按黨錮傳云資祖均自有傳今後漢書有宋均傳云南陽安衆人而無宗均傳疑黨錮傳轉集本無此字寫宋爲宗爾蜀志有宗預南陽安衆人豈安衆當漢時有宗宋二族而字與音皆相近遂至訛謬邪史之失傳如此者多矣嘉祐八年臘日書

集古錄跋尾卷第二

魏受禪碑 歲月見本文

右魏受禪碑世傳爲梁鵠書而顏真卿又以爲鍾繇書莫知孰是按漢獻帝紀延康元年十月乙卯皇帝遜位魏王稱天子又集本無此字按魏志是歲十一月葬士卒死亡者猶稱集本有正字令是月丙午集本作寅漢帝使張愔奉璽綬庚午王升壇受禪又是月癸酉奉漢帝爲山陽公而此碑云十月辛未受禪於漢三家之說皆不同今據裴松之注魏志備列漢魏禪代詔冊書令羣臣奏議甚詳蓋漢實以十月乙卯策詔魏王使張愔奉璽綬而魏王辭讓往返三四而後受也又據侍中劉廙奏問大史令許芝今月十七日己未可治壇場又據尚書令桓階等奏云輒下太史令擇元辰今月二十九日可登壇受命蓋自十七日己未至二十九日正得辛未以此推之漢魏二紀皆繆而獨此碑爲是也漢紀乙卯遜位者書其初命而略其辭讓

往返遂失其實爾魏志十一月癸卯猶稱令者當是十月衍一字爾
丙午張愔奉璽綬者辭讓往反容集本作殆有之也惟庚午升壇最
爲繆爾癸卯去癸酉三十一日不得同爲十一月此尤繆也禪代大
事也而二紀所書如此則吏官之失以惑後世者可勝道哉嘉祐八
年九月十七日書右真蹟

魏公卿上尊號表黄初元年

右魏公卿上尊號表唐賢多傳爲梁鵠書今人或謂非鵠也乃鍾繇
書爾未知孰是也嗚呼漢魏之事讀其書者可爲之流涕也其鉅碑
偉字其意惟恐傳之不遠也豈以後世爲可欺歟不然不知恥者無
所不爲乎右真蹟

魏鍾繇表歲月見本文

右鍾繇法帖一字集本作表者曹公破關羽賀捷表也其後書云建
安二十四年閏月九日南蕃東武亭侯鍾繇上集賢校理孫思恭精

於曆學余問孫君建安二十四年閏在何月思恭爲余以漢家所用四分乾象曆推之是歲己亥二曆皆閏十月而陳壽三國志所書時月雖爲簡略然以思恭言考之則合按魏志是歲冬十月軍還洛陽其下遂書孫權請討關羽自効於吳志則書閏月權討羽以魏吳二志參較是閏十月矣吳志又書十二月權獲羽及其子平魏志明年正月乃書權傳羽首至洛陽蓋二志相符乃權以閏十月方征羽至十二月獲之明年正月始傳首至洛理可不疑然則鍾繇安得於閏十月先賀捷也由是此表可疑爲非真而今世盛行復有兩本字大小不同小字差類繇書然不知其果是否姑並存之以俟識者治平元年七月廿六日書右真蹟

又集本

右魏鍾繇書其辭云戎路兼行履險冒寒因述曹仁徐晃破關羽事其後題云建安二十四年閏月九日南蕃東武亭侯臣繇上按建安

二十四年冬曹公軍于摩陂而仁等破羽後未嘗出征履險冒寒之役又古人牋啓不書年此二事可疑又云羽已被手刃據三國志羽圍曹仁於樊爲仁所敗而走後爲孫權兵斬於沮與此帖不同

魏劉熹學生冢碑歲月未詳

右魏劉熹學生冢碑在襄州穀城縣界中余爲乾德令時嘗以公事過穀城見數荒冢在草間傍有古碑傾側半埋土中問其村人爲何人冢皆不能道而碑文磨滅不暇讀而去後數年在河北始集錄古文思嚮所見穀城碑疑爲漢碑求之又數年乃獲按襄州圖經云學生冢在縣東北水經注云魏濟南劉熹字德怡博學好古立碑載生徒百餘人其不終業而卒者葬于集本作於此號學生冢今碑雖殘缺而熹與生徒名字往往尚可見蓋余昔所見乃學生冢而碑魏時碑也熹穀城令也治平元年正月十日書右眞蹟

魏賈逵碑歲月未詳

右魏賈逵碑魏志逵傳云逵爲絳邑長爲賊郭援所攻絳人與援約不害逵乃降而援欲以逵爲將怒逵不肯叩頭欲殺之絳人乘城呼曰負（集本作若）要殺我賢君寧俱死援義之遂不殺又按裴松之注引魏略云援捕得逵怒不肯拜促斬之諸將覆護囚於壺關土窖中守者祝公道釋其械而逸之（集本有已字）與魏志不同而此碑但云爲援所執臨以白刃不屈而已不載絳人約援事如傳所載不獨逵有德於絳人而絳人臨危能與逵生死亦可謂賢矣自古碑碣稱述功德常患過實如逵與絳人德義（集本有俱隆字）碑不應略而不著頗疑陳壽作傳（集本無此二字）好奇而所得非實也松之又注魏書逵年五十五而碑云五十有四亦當以碑爲正嘉祐八年十一月十四日書右真蹟

魏鄧艾碑（歲月未詳）

右鄧艾碑考其事蹟終始卽魏（集本無此字）鄧艾碑也艾嘗爲兗州

刺史據碑云晉初嘗發兗州兵討叛羌艾降巫者傳言授以用兵之法因以破羌兗人神之遂爲艾立廟建碑紀其事艾於三國時爲名將嘗有大功其姓名聞於世甚顯史與兗人皆不應誤而艾乂二名不同如此此君子所以慎於傳疑也余謂古人艾乂常通用漢書曰黎民艾安與懲艾創艾注皆讀爲乂豈非鄧侯名艾音乂而書碑者從之歟後人讀史無音注乃且以爲蒿艾之艾而流俗轉失久而訛繆遂不復正此理或然覽者詳之熙寧壬子正月晦日六一堂書右真蹟

吳九真太守谷府君碑鳳皇九年四月

右谷朗者事吳爲九真公守碑無書撰人名氏其序云府君諱朗字義先桂陽耒陽人豫章府君之曾孫公府君之孫郎中君之子也其先出自顓頊益爲舜虞賜姓嬴氏至於扉子封於秦谷因而氏焉谷氏在吳不顯史傳無所見所謂豫章府君而下三世皆莫知其名字

按秦本紀非子邑於秦而此與朗子永寧侯相碑皆爲扉子莫詳其義也治平元年四月廿六日書 右真蹟

吳國山碑 歲月見本文

右吳國山碑者孫皓天冊元年禪于國山改元天璽因紀其所獲瑞物刊石于山陰是歲晉咸寧元年後五年晉遂滅吳以皓昏虐其國將亡而衆瑞並出不可勝數後世之言祥瑞者可以鑒矣熙寧元年中元後一日書 右真蹟

晉南鄉太守頌 泰始中

右南鄉太守司馬整集本作者南鄉太守頌南鄉太守者司馬整也

按晉書宣帝弟曰安平獻王孚孚次子曰義陽成王望望第三子曰隨穆王整整先望卒後武帝分義陽之隨縣封整爲王謚曰穆整以魏咸熙二年爲南鄉太守是歲晉武受禪改元泰始泰始三年徙整南陽而南鄉人爲整建此碑晉書地理志當魏末荊州分屬三國而

南鄉南陽皆屬魏後晉武改南鄉爲順陽此碑今在光化軍軍即襄州穀城縣之陰城鎮陰城當魏晉時爲南鄉屬縣也余貶乾德縣令時得此碑今二紀矣嘉祐八年九月二十六日書右真蹟

晉南鄉太守碑泰始四年

右南鄉太守碑不著書撰人名氏題曰宣威將軍南鄉太守司馬府君紀德頌碑云君諱整字孔修太宰安平王之孫太尉義陽王之子按晉書宣帝第曰安平獻王孚孚次子曰義陽成王望望第三子隨穆王整整先望卒後武帝分義陽之隨縣封整爲王謚曰穆整以太始三年自南鄉太守徙南陽而南鄉人共立此碑今在光化軍軍即襄州穀城縣之陰城鎮按晉志不列南鄉郡據此碑所載縣令名氏有武陵築陽丹水陰城順陽析六縣此蓋南鄉郡所治也晉志但云南鄉魏時屬荆州武帝平吳改爲順陽郡而不著順陽治所興廢屬縣之名而獨此碑可見也又整傳但云整歷南中郎將封清泉侯薨

贈冠軍將軍亦不言其爲宣威將軍南鄉南陽二郡守皆其所漏略也右集本

南鄉太守碑陰集本

右南鄉太守將吏三百五十人分爲二卷其磨滅者猶有二十餘人人皆有邑姓名字而無次序其名號有令有長有南閤祭酒門下督主簿部督郵監汀督郵部勸農五官掾文學掾營軍掾軍謀掾府門亭長主記史待事掾待事史部曲將部曲督又有賊曹功曹議曹戶曹金曹水曹科曹倉曹鎧曹左右兵曹曹皆有掾又有祭酒有史有書佐有脩行有徙掾位有從史位有史有小史等魏晉之際太守官屬之制蓋如此他書或時見一二不能如此之備也

晉陸喈碑歲月見本文

右晉陸喈碑喈爲宣威內史建武元年卒碑以咸和七年立而碑後題云咸和七年歲在庚辰咸和成帝年號也成帝以泰寧三年八月

即位是歲乙酉明年改元咸和據曆七年當爲壬辰而此爲集本作云庚辰者繆也陸氏有二碑余家集錄皆有之據陸禕碑後題云泰寧三年歲在乙酉與今曆合則當時曆官不應至咸和而頓爾差失然則庚辰時書碑者誤爾治平元年六月二十九日書右真蹟

晉蘭亭脩禊序永和九年　集本

右蘭亭脩禊序世所傳本尤多而皆不同蓋唐數家所臨也其轉相傳模失真彌遠然時時猶有可喜處豈其筆法或得其一二邪想其真蹟宜如何也哉世言真本葬在昭陵唐末之亂昭陵爲温韜所發其所藏書畫皆剔取其裝軸金玉而棄之於是魏晉以來諸賢墨蹟遂復流落於人間太宗皇帝時購募所得集以爲十卷俾模傳之數以分賜近臣今公卿家所有法帖是也然獨蘭亭真本亡矣故不得列於法帖以傳今予所得皆人家舊所藏者雖筆畫不同聊並列之以見其各有所得至於真僞優劣覽者當自擇焉其前本流俗所傳

不記其所得其二得於殿中丞王廣淵其三得於故相王沂公家又有別本在定州民家二家各自有石較其本纖毫不異故不復錄其四得於三司蔡給事君謨世所傳本不出乎此其或尚有所未傳更俟博采

范文度模本蘭亭序附

余嘗集錄前世遺文數千篇因得悉覽諸賢筆蹟比不識書遂稍通其學然則人之於學其可不勉哉今老矣目昏手顫雖不能揮翰而開卷臨几便別精麤若范君所書在余集錄實爲難得也竊幸覽之一作焉爲之忘倦嘉祐七年夏五月二十八日廬陵歐陽脩書右真蹟

書雖列於六藝非如百工之藝也蔡君謨以書名當世其稱范君者如此不爲誤矣滁山醉翁題右真蹟

又

自唐末干戈之亂儒學文章掃地而盡宋興百年之間雄文碩儒比肩而出獨字學久而不振未能比蹤唐之一無此字人余每以爲恨今乃獲見范君筆法信乎時不乏人而患知之不博不然有於中必形於外若范君者筆迹不傳於世而獨傳其家蓋其潛光晦德非止其書闕不傳也右真蹟

又與前跋相類疑是稾本今兩存之

自唐末兵戈之亂儒學文章掃地而盡聖宋興百餘年間雄文碩學之士相繼不絕文章之盛遂追三代之隆獨字書之法寂寞不振未能比蹤唐室余每以爲恨今迺獲見范君之書信乎時不乏人而患聞見之不博也然范君之筆法宜傳於世久闕於家蓋其潛光晦德非獨其書之闕也右集本

晉樂毅論永和四年

右晉樂毅論石在故高紳學士家紳死家人初不知惜好事者往往

就閱或模傳其本其家遂祕藏之漸為難得後其子弟以其石質錢於富人而富人家失火遂焚其石今無復有本矣益為可惜也後有集本有此二字甚妙二字吾亡友聖俞書也論與文選所載時時不同考其文理此本為是惜其不完也右真蹟

晉王獻之法帖歲月未詳　真蹟

右王獻之法帖予嘗喜覽魏晉以來筆墨遺蹟而想前人之高致也所謂法帖者其事率皆弔哀候病敘暌離通訊問施於家人朋友之閒不過數行而已蓋其初非用意而逸筆餘興淋漓揮灑或妍或醜百態橫生披卷發函爛然在目使人驟見驚絶徐而視之其意態集本無此三字愈無窮盡故使後世得之以為奇翫而想見其人也至於高文大冊何嘗用此而今人不然至或棄百事弊精疲力以學書為事業用此終老而窮年者是真可笑也治平甲辰秋社日書

又

獻之帖蓋唐人所臨其筆法類顏魯公更俟識者辨之右真蹟

晉賢法帖真蹟

右晉賢法帖太宗皇帝萬機之餘留精翰墨嘗詔天下購募鍾王真蹟集爲法帖十卷模刻以賜羣臣往時故相劉公沆在長沙以官法帖鏤版遂布於人間後有尚書郎潘師旦者又擇其尤妙者別爲卷第與劉氏本並行至余集錄古文不敢輒以官本參入私集遂於師旦所傳又取其尤者散入錄中俾夫啓帙披卷者時一得之把翫欣然所以忘勸也治平元年五月十日書

晉七賢帖

右晉七賢帖得之李丕緒少卿真蹟無此二字家丕緒多藏古書然不知此爲真否七子書蹟世罕傳故錄之右集本

宋文帝神道碑歲月未詳

右宋文帝神道碑云太祖文皇帝之神道凡八大字而別無文辭惟

以此爲表識爾古人刻碑一作碑刻正當如此而後世鐫刻功德爵里世繫惟恐不詳然自後漢以來門生故吏多相與立碑頌德矣余家集古所錄三代以來鍾鼎彝盤銘刻備有至後漢以後始有碑文欲求前漢時碑碣卒不可得是則冢墓碑自後漢以來始有也此碑無文疑非宋世立蓋自漢以來碑文務載世德宋氏子孫未必能超然獨見復古簡質又南朝士人氣尚卑弱字書工者率以纖勁清媚爲佳未有偉然巨筆如此者益疑後世所書按宋書文帝爲元兇劭所弒初謚曰景廟號中宗孝武立改謚曰文號太祖其墓曰長寧陵也右真蹟

宋宗慤母夫人墓誌歲月見本文

右宗慤母夫人墓誌不著書撰人名氏有誌無銘其後云謹牒子孫男女次第名位婚嫁如左蓋一時之制也按慤本傳與此誌歷官終始不同本傳云宋孝武即位以慤爲左衞將軍累遷豫州刺史監五

州諸軍使討竟陵王誕入爲左衛將軍廢帝卽位爲寧蠻校尉雍州刺史卒此誌乃大明六年作誌云爲右衛將軍監交廣二州湘州之始興冠軍將軍平越中郎將廣州刺史始還豫州監五州軍事又爲散騎常侍左衛將軍領太子中庶子荆州大中正而傳皆略之也懿南陽湼陽人而此誌云湼陽縣都鄉安衆里人又云窆於秣陵縣都鄉石泉里都鄉之制前史不載右集本

齊鎭國大銘像碑天統三年　集本

右齊鎭國大銘像碑銘像文辭固無足取所以錄之者欲知愚民當夷狄亂華之際事佛尤篤爾其字畫頗異雖爲訛謬亦其傳習時有與今不同者其錄之亦以此也

南齊海陵王墓銘歲月未詳

右南齊海陵王墓銘長兼中書侍郎謝朓撰梅陵王昭文者文惠太子次子也初明帝鸞既廢鬱林王昭業而立昭文又廢爲海陵王而

殺之遂自立按謝朓傳朓當海陵王時爲驃騎諮議領記室又掌中書郎後遷尚書吏部郎此誌題云長兼中書侍郎而據傳朓未嘗爲中書侍郎史之闕也按南齊書劉俊爲長兼侍中後魏臨淮王彧爲長兼御史中尉南北史多有此名蓋（集本有長兼者二字）當時兼官之稱如唐檢校官之類也嘉祐八年九月十七日書（右真蹟）

梁智藏法師碑（普通三年）　真蹟

右梁智藏法師碑梁湘東王蕭繹撰銘新安太守蕭幾作敘尚書殿中郎蕭挹書世號三蕭碑法師者姓顧氏幾挹皆稱弟子衰世之弊遂至於斯余於集古錄而不忍遽棄者以其字畫（集本作書）粗可佳捨其所短取其所長斯可矣嘉祐八年五月晦日書

陳張慧湛墓誌銘（貞觀二十二年）

右陳張慧湛墓誌銘不著書撰人名氏陳隋之間字書之法極於精妙而文章頹壞至於鄙俚豈其時俗弊薄士遺其本而逐其末乎子

家集錄所見頗多自開皇仁壽而後至唐高宗已前碑碣所刻往往不減歐虞而多不著名氏如鉗耳君清德頌或有名而其人不顯如丁道護之類不可勝數也慧湛陳人至唐太宗時始改葬爾其銘刻字畫遒勁有法翫之忘勌惜乎不知爲何人書也治平元年四月晦日書右真蹟

陳浮屠智永書千字文歲月未詳

右千字文今流俗多傳此本爲浮屠智永書考其字畫時時有筆法不類者雜於其間疑其石有亡缺後人妄補足之雖識者覽之可以自擇然終汨其真遂去其二百六十五字其文既無所取而世復多有所佳者字爾故輒去其僞者不以文不足爲嫌也蔡君謨今世知書者猶云未能盡去也嘉祐八年十月十八日書右真蹟

又

梁書言武帝得王羲之所書千字命周興嗣以韻次之今官集本作

觀法帖有漢章帝所書百餘字其言有海鹹河淡之類蓋前世學書者多爲此語不獨始於羲之也右真蹟

大代脩華嶽廟碑歲月見本文

右大代脩華嶽廟碑按魏書文成帝興光二年三月己亥改元爲太安故魏書興光無二年而此碑云集本有興光二字二年三月甲午立者蓋立碑後六日始改元也其曰闡皇風於五葉者自道武明元太武至於文成纔四世爾太武之弒南安王余立不踰年亦被弒不得成君集本無此十九字而景穆太子文成父也追尊爲帝立廟稱宗故以爲世世魏自道武天興元年議定國號羣臣欲稱代而道武不許乃仍稱魏自是之後無改國稱代之事今魏碑數數有之碑石當時所刻不應妄但史失其事爾由是言之史家闕繆可勝道哉然予於史家非長故書之以待博學君子也嘉祐八年歲在癸卯七月三十日書昔在南譙自號醉翁晚又更號六一居士右真蹟

又

按魏書文成帝興光二年三月己亥改元太安而此碑書二年三月甲午立蓋立碑後六日乃改元故碑猶得稱二年也其曰闡皇風於五葉者自道武明元太武至於文成纔四世爾太武之弒南安王余立不踰年亦被弒不得成君爲一世而景穆太子文成父也追尊爲帝立廟稱恭宗故以爲世也魏自道武天興元年議定國號羣臣欲稱代而道武不許乃稱魏自是之後無改國稱代之事今魏碑數數有之碑石當時所刻不應妄誤但史失其事爾由是言之史家闕繆多矣右真蹟

後魏孝文北巡碑 歲月見本文

右魏孝文北巡碑云太和二十一年脩省方之典北臨舊京又云涉西河出平陽斜順唐逵指遊咸櫟路邇龍門遂紆雕軒按後魏本紀是歲正月乙巳北巡二月次太原至平城四月幸龍門以太牢祭夏

禹遂幸長安汎渭浮河迺東歸與此碑所書皆合也碑無題首故依本紀爲北巡碑也治平元年三月廿二日書右真蹟

後魏定鼎碑歲月見本文

右魏定鼎碑景明三年建在今懷州流俗謂之定鼎碑也景明魏宣武年號也碑云定鼎遷中之十年按魏孝文以太和十七年遷都洛陽至此景明三年蓋十年矣右集本

後魏石門銘歲月見本文

右魏石門銘云此門蓋漢永平中所穿自晉氏南遷斯路廢矣皇魏正始元年漢中獻地褒斜遂開假節龍驤將軍梁秦二州刺史羊祠開創舊路詔遣左校令賈三德共成其事起四年十月訖永平二年正月畢功其餘文字尙完而其大略如此石門在漢中所謂漢永平中所穿者乃明帝時司隸校尉楊厥所開也厥自有碑述其事甚詳正始永平皆後魏宣武年號也治平元年五月十日書右真蹟

後魏神龜造碑像記歲月見本文

右神龜造碑像記魏神龜三年立余所集錄自隋以前碑誌皆未嘗輒棄者以其時集本無此字有所取於其間也然患其文辭鄙淺又多言浮屠然獨其集本作以字畫往往工妙惟後魏北齊差劣而又字法多異不知其何從而得之遂與諸家相戾亦意其夷狄昧於學問而所傳訛繆爾然錄之以資廣覽也此碑字畫時時遒勁尤可佳也神龜孝明年號按魏書集本有神龜二字三年七月辛卯改元正光而此碑是月十五日立不知辛卯是其月何日也當俟治曆者推之嘉祐八年七月十一日書右集本

東魏任城王造浮圖記歲月見本文

右任城王造浮圖記不著其名云武定四年建武定東魏孝靜年號也按後魏書景穆皇帝子雲雲子澄集本有子彝二字相襲爲任城王其後國絕不封其去孝靜時差遠不知武定四年王任城者爲誰

也治平元年八月八日書右眞蹟

東魏造石像記歲月見本文

右東魏造石像記其碑云大魏武定七年歲次己巳武定孝靜年號也今世所行曆譜惟龔頴運曆圖與今亳州宋退相紀年通譜爲最詳而以頴所書推之武定七年歲當己巳與此碑合而武定止於八年是歲庚午東魏滅其事與東魏北齊書亦合而通譜以七年爲戊辰八年爲己巳又有九年爲庚午而東魏滅按孝靜以後魏大統十六年滅是歲庚午則知宋公所記甲子不繆惟武定不當有九年而七年不得爲戊辰此其失爾蓋孝靜始卽位改元天平盡四年而五年正月改爲元象今通譜天平止於三年以四年爲元象蓋自元象以後遞差一年故以武定七年爲戊辰也苟不見斯碑則運曆圖與通譜二家得失其何以決右集本

魏九級塔像銘歲月見本文　眞蹟

右魏九級塔像銘不見書撰人名氏蓋北齊時人所作也其年號見於文者三曰真君九年者後魏太武號也又曰武定四年者東魏孝靜號也又曰天保三年者北齊文宣號也按高洋以後周大統十六年受東魏禪是歲庚午改元天保三年壬申此碑云歲在涒灘是矣碑文淺陋蓋鄙俚之人所爲惟其字畫多異往往奇怪故錄之以備廣覽集本有二云字治平元年三月二十三日書

北齊常山義七級碑歲月見本文

右不著書撰人名氏文爲聲偶頗奇怪而字畫亦佳往往有古法碑云常山太守六州大都督儀同三司綦連公以天保九年造浮圖天保齊文宣年號也北齊書有綦連猛而不爲常山太守都督儀同等官不知此所謂綦連公者何人也嘉祐八年九月二十日書右真蹟

又

右常山義七級碑不著書撰人名氏文辭聲偶而甚恠書字頗有古

法其碑首題云慕容儀同麴常山石氏諸邑義七級之碑其文云常山太守六州大都督儀同三司綦連公以天保九年爲國敬造七級浮圖一區至天統中使持節都督瓜州諸軍事驃騎大將軍儀同三司瓜州刺史常山太守六州大都督頻陽縣開國子樂平縣開國男慕容樂及散騎常侍郎驃騎大將軍前給事黄門侍郎繕州大中正食新市縣幹新除常山太守麴顯貴與功曹石子和等增成之蓋北齊時碑也綦連公不見其名北齊有綦連猛不爲常山太守不知此何人而慕容樂官兼刺史太守並封兩縣不可詳也食縣幹入官銜蓋當時之制亦不可詳也義者衆成之名猶若今謂義井之類也右集本

永樂十六角題附出

右永樂十六角題名不著年月列名人甚多皆無顯者莫可考究不知爲何時碑其字畫頗怪而不精似是東魏北齊人所書十六角者

庸俗所造佛塔其後又書云造十六角鎮國大浮圖則知為塔矣其謂之十六角只見此碑而後魏時又有常山義七級碑蓋當時俚俗語類皆如此治平元年八月八日書右真蹟

魯孔子廟碑附出　興和三年

右魯孔子廟碑後魏北齊時書多若此筆畫不甚佳然亦不俗而往往相類疑其一時所尚集本作傳當自有法又其點畫多異故錄之以備廣覽右真蹟

北齊石浮圖記歲月見本文

右齊造石浮圖記云河清二年歲在癸未河清北齊高湛年號也碑文鄙俚而鐫刻訛繆時時字有完者筆畫清婉可喜故錄之又其前列題名甚多而名特奇怪如馮戳郎馮貴買之類皆莫曉其義若名野乂伽耶者蓋出於浮圖爾自胡夷亂華以來中國人名如此者多矣最後有馮黑太者予謂太亦音撻意隋末有劉黑闥吳黑闥皆以

此爲名者大闔轉寫不同爾然隋去北齊不遠不知黑闔爲何等語也右集本

後周大像碑大家三年

右周大像碑宇文氏之事迹無足采者惟其字畫不俗亦有取焉翫物以忘憂者惟恠奇變態真僞相雜使覽者自擇則可以忘倦焉故余於集古所錄者博矣嘉祐八年六月二日書右真蹟

集古錄跋尾卷第四

隋老子廟碑開皇二年

右老子廟碑隋薛道衡撰道衡文體卑弱然名重當時余所取者特其字畫近古故錄之唐人二字集本作其碑後所題唐人姓名字皆不俗亦可准也右真蹟

隋尒朱敞碑開皇五年

右尒朱敞碑敞者榮從弟彥伯之子也按敞傳云字乾羅而此碑字天羅傳云爲金州總管而碑又爲徐州總管碑文雖殘闕然斑斑尚可讀其述徐州事頗多事爲史家不取可也不書其官蓋闕繆也其字不同亦當以碑爲是余於集錄正前史之闕繆者多矣治平元年二月十六日書右真蹟

隋龍藏寺碑開皇六年

君齊開府長兼行參軍九門張公禮撰不著書人名氏字畫遒勁有

歐虞之體情開皇六年建在今鎮州碑云大師上柱國大威公之世子左威衛將軍上開府儀同三司使持節恆州諸軍事恆州刺史鄂國公金城王孝僊奉勑勸獎州人一萬共造此寺其述孝僊云世業重於金張器識逾於許郭然北齊周隋諸史不見其父子名氏不詳何人也右集本

又開皇六年

右隋龍藏寺碑齊張公禮撰龍藏集本無此二字寺已廢此碑今在常山府署之集本無此二字門書字頗佳第不見其人姓名爾碑以隋開皇六年立後題二字集本作而張公禮猶稱齊按周武帝建德六年虜齊幼主高常齊遂滅後四年隋建開皇之號至六年齊滅蓋集本有已字十年矣集本有不知二字公禮尙稱齊官集本無此字何也嘉祐八年九月廿九日書右真蹟

隋太平寺碑開皇元年

右太平寺碑不著書撰人名氏南北文章至於陳隋其弊極矣以唐太宗之致治幾乎三王之盛獨於文章不能少變其體豈其積習之勢其來也遠非久而衆勝之則不可以驟革也是以羣賢奮力墾闢芟除至於元和然後蕪穢蕩平嘉禾秀草爭出而葩華蒖實爛然在目矣此碑在隋尤爲文字淺陋者疑其俚巷庸人所爲然視其字畫又非常俗所能蓋當時流弊以爲文章止此爲佳矣文辭既爾無取而浮圖固吾儕所貶集本作鄙所以錄於此者第不忍棄其君爾治平元年三月十六日書右眞蹟

隋李康清德頌開皇十一年

右李康清德頌不著書撰人名氏文爲聲偶而字畫奇古可愛康隴西狄道人也其碑首題云大隋冠軍將軍大中帥都督恆州九門縣令隴西李君清德之頌予在河北時遣人於廢九門縣城中得此碑字多訛闕其後題十一年歲在辛亥大將軍在酉二月癸丑朔十二

日甲子建年上有二字訛闕不可識按隋書開皇十一年歲在辛亥其二字乃開皇也大將軍在酉之說出於陰陽家前史不載而此碑見之右集本

隋梁洋德政碑開皇十一年

右隋梁洋德政碑在今蔡州新息隋開皇十一年行參軍事四字集本作參軍裴玉與州人爲息州刺史梁洋建寶塔表德政碑按隋書志後周於新息州置州至大業中州廢也右真蹟

隋韓擒虎碑開皇十五年

右韓擒虎碑不著書撰人名氏而以隋高祖爲今上乃隋人所撰碑文屢言虎字獨於名下去之若避唐諱此不可知也今以碑文考隋書列傳其家世官勳大略多同惟其在齊爲河長防主大都督車騎大將軍開府儀同三司自超防主轉洪超防主傳皆無之又遷和州刺史而傳爲利州皆史官之闕誤當以碑爲是而傳載閻羅王事甚

怪而碑無之使其實有碑不宜集本作應不書以此見史家之妄也

治平元年六月十日書右真蹟

隋陳茂碑開皇十八年

右陳茂碑不著書撰人名氏而字畫精勁可喜隋書列傳載茂事尤多闕繆傳云高祖爲隋國公引爲寮佐及受禪拜給事黃門侍郎在官十餘年轉益州總管司馬遷太府卿後數載卒而碑歷敘爲高祖寮佐時官傳雖不書可也其自爲黃門侍郎後又爲行軍元帥長孫覽司馬又爲蜀王府長史太僕卿判黃門侍郎上開府儀同三司梁州刺史等官史氏皆不書蓋其闕也又據碑茂爲蜀王長史而傳爲益州總管司馬碑爲太僕卿而傳云太府皆史家之繆也碑云茂字延茂史亦闕治平甲辰秋社日書右真蹟

隋蒙州普光寺碑仁壽元年

右蒙州普光寺碑蒙州者漢南陽郡之育陽縣也應劭曰育水出弘

農盧氏南入于沔故後人於肓加水爲淯陽西魏置蒙州隋仁壽中改爲淯州又爲淯陽郡唐爲縣屬金州碑仁壽元年建猶曰蒙州既而遂改淯州矣碑無書撰人名氏而筆畫遒美翫之亡（集本作忘）倦蓋開皇仁壽以來碑碣字書多妙而往往不著名氏惟丁道護所書常自著之然碑石在者尤少余每與蔡君謨惜之自大業已後率更與虞世南書始盛既接於唐遂大顯矣治平元年正月七日書右真蹟

隋丁道護啓法寺碑仁壽二年

此書兼後魏遺法與楊家本微異隋唐之交善書者衆皆出一法道護所得最多楊本開皇六年去此十七年書當益老亦稍縱也

甲辰治平初月十日莆陽蔡襄記

右啓法寺碑丁道護書蔡君謨博學君子也於書尤稱精鑒余所藏書未有不更其品目者其謂道護所書如此隋之晚年書學尤盛吾

家率更與虞世南皆當時人也後顯於唐遂爲絶筆余所集錄開皇仁壽大業時碑頗多其筆畫率皆精勁而往往不著名氏每執卷惘然爲之歎息惟道護能自著之然碑刻在者尤少余家集錄千卷止有此爾有太學官楊褒者喜收書畫獨得其所書興國寺碑是梁正明中人所藏君謨所謂楊家本者是也欲求其本而不知碑所在然不難得則不足爲佳物古人亦云百不爲多一不爲少者正謂此也

治平元年立春後一日太廟齋宮書右真蹟

隋鉗耳君清德頌大業六年

右不著書撰人名氏其碑首題云大隋恆山郡九門縣令鉗耳君清德之頌大業六年建字畫有非歐虞之學不能至也碑云君名文徹華陰朝邑人也本周王子晉之後避地西戎世爲君長因以地爲姓曾祖靜仕魏爲馮翊太守祖朗成集二州刺史父康周荊安寧鄧四州總管別駕安陸龍門二郡守而前史皆不載碑在今廢九門縣中

余爲河北轉運使時求得之右集本

隋廬山西林道場碑大業十三年

右廬山西林道場碑渤海公撰公爲隋太常博士時作不著書人名氏而字法老勁疑公之書也西林道場者僞趙將竺氏捨俗出家名曇現始居於此晉太和二年光祿卿陶範始爲現弟子慧永造寺而號西林按兩京記隋嘗更名佛寺爲道場此碑大業十三年建也顏魯公寓題碑陰百餘字尤奇偉今附于碑後右集本

又

右西林道場碑渤海公撰公在隋爲太常博士時作不著書人名氏字畫遒勁世或以爲公自書公時年尚少又字法與公書不同不知何人書也按集本有韋述二字兩京記隋改佛寺爲道場此碑大業中建故謂之道場也右真蹟

唐孔子廟堂碑武德九年

右孔子廟堂碑虞世南撰并書余爲童兒時嘗得此碑以學書當時刻畫完好後二十餘年復得斯本則殘缺如此二字集本作矣因感夫物之終弊雖金石之堅不能以自久於是始欲集錄前世之遺文而藏之殆集本作逮今蓋十有八年而得千卷可謂富哉嘉祐八年九月二十九日書右真蹟

千文後虞世南書歲月未詳

右虞世南所書言不成文乃信筆偶然爾其字畫精妙平生所書碑刻多矣皆莫及也豈矜持與不用意便有優劣耶集本作也熙寧辛亥續右真蹟

唐德州長壽寺舍利碑武德六年

右德州長壽寺舍利碑不著書撰人名氏碑武德中建而所述乃隋事也其事迹文辭皆無取獨錄其書爾余屢歎文章至陳隋不勝其弊而怪唐家能臻致治之盛而不能遽革文弊以謂積習成俗難於

驟變及讀斯碑有云浮雲共嶺松張蓋明月與巖桂分叢迺知王勃云落霞與孤鶩齊飛秋水共長天一色當時士無賢愚以爲驚絕豈非其餘習乎

唐幽州昭仁寺碑貞觀三年

右昭仁寺碑在幽州唐太宗與薛舉戰處也唐自起義與羣雄戰處後皆建佛寺云爲陣亡士薦福湯武之敗桀紂殺人固亦多矣而商周享國各集本作皆數百年其荷天之祐者以其心存大公爲民除害也唐之建寺外雖託爲戰亡之士其實自贖殺人之咎爾其撥亂開基有足壯者及區區於此不亦陋哉碑文朱子奢撰而不著書人名氏字畫甚工此余所錄也治平甲辰秋分後一日書右真蹟

唐呂州普濟寺碑貞觀二年許敬宗撰

右呂州普濟寺碑呂州者霍邑也唐高祖義兵起太原始破宋老生於此義寧元年乃以霍邑趙城汾西靈石四縣置霍山郡武德元年

更曰呂州太宗十七年遂廢也右集本

唐衞國公李靖碑顯慶三年當載于後同是許敬宗撰附此

右李靖碑許敬宗撰唐初承陳隋文章衰弊之時作者務以浮巧爲工故多失其事實不若史傳爲詳惟其官封頗備史云爲撫慰使而碑云安撫使其義無異而後世命官多襲古號蓋靖時未嘗有撫慰使也由是言之不可不正又靖爲刑部尚書時以本官行太子左衞率其封衞國公也授濮州刺史蓋太宗以功臣爲世襲刺史後雖不行皆史宜書集本有而不書者闕也六字其餘略之可也故聊志之

治平元年三月二十二日書右真蹟

唐顏師古等慈寺碑貞觀二年

右等慈寺碑顏師古撰其寺在鄭州汜水唐太宗破王世充竇建德乃於其戰處建寺云爲陣亡士薦福唐初用兵破賊處多大抵皆造寺自古創業之君其英豪智略有非常人可及者矣至其卓然信道

而知義則非積學誠明之士不能到也太宗英雄智識不世之主而牽惑習俗之弊猶崇信浮圖豈以其言浩博無窮而好盡物理爲可喜耶蓋自古文姦言以惑聽者雖聰明之主或不能免也惟其可喜乃能惑人故余於集本有其字本紀譏其牽於多愛者謂此也治平元年清明後一日書右真蹟

隋郎茂碑貞觀五年

右隋郎茂碑李百藥撰其弟潁亦有碑在今鎮府北大墓林中余爲都轉運使時得之隋書列傳言茂卒於京師此碑云從幸江都而卒史氏之繆當以碑爲正右集本

又

碑在大墓林中余爲都運使時得之殆今蓋二十年矣嘉祐八年三月二十二日上御延和放進士許將等及第明日歇泊假閑閱遂書隋書列傳言茂卒于京師此碑云從幸江都而卒史氏之謬當以碑

爲正焉右真蹟

唐郎穎碑貞觀五年

右唐郎穎碑李百藥撰宋才書字畫甚偉穎父名基字世業而李百藥書穎世次但云父世業又書穎兄茂碑亦然考其碑文有皇基締構之言則基字當時公私無所諱避而於書世次四字集本作百藥書穎父字而不名不詳其義也是以君子貴乎博學集本有穎事唐爲大理卿隋唐之時屢定律令蓋法吏也一十九字嘉祐八年九月二十四日書右真蹟

唐郎穎碑陰題名歲月未詳

右郎穎碑陰題名柱國府僚佐三十二人常山公府國官一百七人合一百三十九人爲一卷柱國府長史司馬掾屬各一人諮議記室司倉司功司戶司兵司鎧司法司田司士參軍事各一人又有參軍事五人行參軍十人典籤三人常山國官國令大農各一人常侍侍

郎國尉各二人典衛六人舍人四人城局廟長學官各一人食官廐牧各四人典府長一人典府丞二人親事七十五人䚍以正觀四年卒此蓋唐制也右集本

唐九成宮醴泉銘貞觀六年

右九成宮醴泉銘唐秘書監魏徵撰歐陽率更書九成宮即隋仁壽宮也太宗避暑於宮中而乏水以杖琢地得水而甘因名醴泉焉右集本

唐歐陽率更臨帖歲月未詳同是率更書附此

右率更臨帖吾家率更蘭臺世有清德其筆法精妙遒逸其餘事豈止士人模楷雖海外夷狄皆知爲貴而後裔所宜勉旃庶幾不殞其美也右真蹟

唐岑文本三龕記貞觀十五年

右三龕記唐兼中書侍郎岑文本撰起居郎褚遂良書字畫尤奇偉

在河南龍門山山夾伊水東西可愛俗謂其東曰香山其西曰龍門
龍門山壁間鑿石爲佛像大小數百多後魏及唐時所造惟此三龕
像最大乃魏王泰爲長孫皇后造也右集本

唐孟法師碑貞觀十六年

右孟法師碑唐岑文本撰褚遂良書法師名靜素江夏安陸人也少
而好道誓志不嫁隋文帝居之京師至德宮至唐太宗十二年卒年
九十七右集本

唐皇甫忠碑貞觀十四年

右皇甫忠碑著作佐郎李儼撰忠爲泰州龍門令歲滿縣民前左勳
衞裴公隱等一千三百人申省請留八座報云公等請來遲晚縣令
今已替訖好人堪用縣國共須豈一縣士庶獨懷悕或作悵惜所請
不允忠以唐太宗時爲令當時臺省文字如此可愛泰州者義寧元
年以河中之汾陰龍門置治汾陰武德二年徙治龍門太宗十七年

州廢今碑後列縣人姓名有錄事鄉長鄉老里正縣博士助教佐史等今之縣吏惟錄事里正其名在爾右集本

唐辨法師碑顯慶三年當載于後同是李儼撰附此

右辨法師碑李儼撰薛純陀書純陀唐太宗時人集本有也字其書有筆法其遒勁精悍不減吾家蘭臺意其當時必爲知名士而今世人無知者然其所書亦不傳於後世余家集錄可謂博矣所得純陀書秖此而已知其所書必不止此而已也蓋其不幸湮沉泯滅非余偶錄得之則遂不見于世矣迺知士有負絶學高世之名而不幸不傳於後者可勝數哉可勝歎哉治平元年閏五月晦日書右真蹟

唐孔穎達碑貞觀二十二年

右孔穎達碑于志寧撰其文磨滅然尚可讀今以其可見者質於唐書列傳傳所闕者不載穎達卒時年壽其與魏鄭公奉勑其脩隋書亦不著又其字不同傳云字仲達碑云字沖遠碑字多殘缺惟其名

字特完可以正傳之繆不疑以冲遠爲仲達以此知文字轉易失其真者何可勝數幸而因余集錄所得以正其訛舛者亦不爲少也乃知余家所藏非徒翫好而已其益豈不博哉集本無此六字治平元年端午日書右真蹟

唐薛稷書貞觀永徽之間

薛稷書刻石者余家集錄頗多與墨蹟互有不同唐世顔柳諸家刻石者字體時時不類謂由模刻人有工拙昨日見楊褒家所藏薛稷書君謨以爲不類信矣凡世人於事不可一槩有知而好者有好而不知者有不好而不知者有不好而能知者褒於書畫好而不知者也畫之爲物尤難識其精麤真僞非一言可達得者各以其意披圖所賞未必是秉筆之意也昔梅聖俞作詩獨以吾爲知音吾亦自謂舉世之人知梅詩者莫吾若也吾嘗問渠最得意處渠誦數句皆非吾賞者以此知披圖所賞未必得秉筆之人本意也右集本

唐益州學館廟堂記永徽元年顏有意書

高朕之名於義不安頗疑有意得於古碑之訛缺爾存之以俟博學者右集本

唐徐王元禮碑咸亨三年

右徐王元禮碑崔行功撰趙仙客書元禮唐高祖子也以碑考傳年壽官閥悉同而碑云使持節徐譙泗三州諸軍事徐州刺史又云贈太尉使持節大都督冀相貝滄德□魏博等八州諸軍事冀州刺史傳云爲徐州都督又云贈冀州大都督傳既簡略又都無法而碑之所書亦失也蓋刺史非兼州之官都督非一州之號碑云持節徐譙泗三州諸軍而傳獨爲徐一州刺史此其失也當如前史持節秦涼州諸軍事秦涼二州刺史乃爲得爾其書贈官則如碑之書是矣蓋爲一州刺史而兼督八州軍集本有州字事爾都者有所兼總之名也此特小故而余區區辯之者前史失之久矣又國朝自削方鎮之

權而節度使都督無復兼州而舊名不除是節度都督自施於己此不可不正其失也治平甲辰中元日書右真蹟

唐龍興宮碧落碑咸亨元年

右碧落碑在絳州龍興宮宮有碧落尊像篆文刻其背故世傳爲碧落碑據李璿之以爲陳惟玉書李漢以爲黃公譔書莫知孰是洛中紀異云碑文成而未刻有二道士來集本無此字請刻之閉戶三日不聞人聲人怪而破戶有二白鴿飛去而篆刻宛然此說尤怪世多不信也碑文言有唐五十三祀龍集敦牂乃高宗總章三年歲在庚午也又云哀子李訓誼譔諶爲妣妃造石像按唐書韓王元嘉有子訓誼譔而無諶又有幼子訥元嘉以則天垂拱四年見殺在總章三年集本有立碑二字後十八年集本有史字有子訥不足恠而不應無諶蓋史官之闕也嘉祐八年十月四日書右真蹟

唐智乘寺碑咸亨四年

右智乘寺禪院集本有碑字者唐鄭惠王所作也惠王名元懿高祖第十三子也有子十人列于碑後而第五子樂陵公闕其名按唐書宗室世繫表集本作譜樂陵公名球不知集本有碑字何爲獨闕也今唐書元表以嗣王敬爲璥樂平公珪爲樂安公新平公璲爲遂三者皆史家之失當以碑爲正世繫譜牒歲久傳失尤難考正而碑碣皆當時所刻理不得差故集古所錄於前人世次是正頗多也治平元年清明前一日書右真蹟

唐吳廣碑總章二年

右吳廣碑不著書撰人名氏而字畫精勁可喜廣字黑闥唐初與程知節秦叔寶等俱從太宗征伐後與殺建成有功至高宗時爲洪州都督以卒然唐書不見其名氏惟會要列陪葬昭陵人有洪州刺史吳黑闥亦不知其名廣也其名字事蹟幸見於後世者以有斯碑也碑字稍磨滅世亦罕見獨余集錄得之遂以傳者以其筆畫之工也

故余嘗爲蔡君謨言書雖學者之餘事而有助於金石之傳者以此也治平元年八月八日書右真蹟

唐九門縣西浮圖碑上元三年

右九門縣西浮圖碑唐應詔四科舉董行思文清河傅德節書題云九門縣合鄉城人等爲國建浮圖之碑浮圖在智矩寺中寺今亦廢碑上元三年建按唐有兩上元此碑云歲在丙子乃高宗上元三年也肅宗上元三年歲在壬寅爾右集本

唐陶雲德政碑永淳二年

右唐中州錄事張義感撰雲字夫舉河南伊闕人也高宗時爲恆州刺史碑永淳二年立予爲河北轉運使至真定府見碑仆在府門外半埋地中命工掘出立于廡下字爲行書筆蹟遒麗而不著書者姓名惜哉右真蹟

隋汎愛寺碑大業五年　誤寘此

李伯藥集本作樂下同字僅存其下磨滅而書字猶可辨疑此碑伯藥自書字畫老勁可喜秋暑鬱然覽之可以忘勸治平丙午孟饗攝事齋宮書南譙醉翁六一居士右真蹟

集古錄跋尾卷第五

唐八都壇實錄歲月見本文

右八都壇實錄撰人名元質不見其姓又不著書人名氏其字畫亦可愛碑首題云大唐八都壇神君之實錄其文云都望八山之始壇也此地名山封龍之類有八因壇立廟遂爲號焉封龍山在今鎮州其八七山不見其名又云漢光和中有碑而今亡此碑垂拱三年立

右集本

唐魏載墓誌銘歲月見本文

右魏載墓誌銘其序云祖徵謚曰文正父叔玉光祿卿載以弘文生對策高甲授太常寺奉禮郎以疾謝職尋調懷州司兵參軍屬惟集本作維下同揚詭道不戢斯焚譴及宗姻旋加此累以垂拱三年終於嶺外春秋三十有二所謂惟揚詭道者乃徐敬業起兵於揚州誅武后不克也時敬業以前盩厔尉魏思温爲軍師集本作帥所謂譴

及宗姻者疑敬業敗載坐思溫竄死嶺南耳今據新唐書宰相世繫表鄭公諸房都無思溫及載而叔玉但著一子膺爲祕書丞豈載以官卑貶死無後而叕不見耶載死不幸而家譜不錄史官不書八字集本作家譜史官不錄非事載斯誌而誌錄於余其遂泯滅於無聞乎治平元年四月廿三日書右真蹟

唐乙速孤神慶碑 載初元年

右乙速孤神慶碑弘文館學士苗神客撰神慶唐初仕三衞高宗時爲太子右虞候副率以卒乙速孤氏在唐無顯人惟以其姓見於當時者神慶一人而已元和姓纂但云代人隨魏南徙而已其敘神慶世次又多闕繆而此碑所載頗詳云其先王氏太原人有闕文代祖顯爲後魏驃騎大將軍賜姓乙速孤氏遂爲京兆醴泉人曾祖貴隋河州刺史和仁郡公祖安隋益州都督父晟唐驃騎將軍乙速孤氏世無可稱而其姓出夷狄莫究其詳惟見於此碑者可以補姓纂之

略以備考求故特錄之右集本

唐薛仁貴碑天寶二年

右薛仁貴碑苗神客撰云公諱禮字仁貴河東汾陰人也唐書列傳云仁貴絳州龍門人又不云名禮余家集錄薛氏碑尤多據仁貴子楚玉碑亦云父仁貴爾仁貴爲唐名將當時甚顯著往往見於他書未嘗有云薛禮者仁貴本田家子奮身行陣其僅知姓名爾其曰名禮字仁貴者疑後世文士或其子孫爲增之也列傳又載仁貴降九姓事云軍中爲之歌曰將軍三箭定天山戰士長歌入漢關仁貴卒於永淳中碑以天寶中建不載漢關之歌不應遺略疑時未有此歌五字集本作當時無此歌亦爲後人所增爾治平元年端午日書右真蹟

唐尹氏闕文歲月見本文

右尹氏闕文在襄州題云唐孝子尹仁恕闕萬歲通天二年旌表萬

歲通天則天之年號也可謂昏亂之世矣然尹氏猶見旌表孔子以謂忠信可行於蠻貊信矣孝悌見尊於昏亂也

唐尹孝子旌表文歲月闕

唐之致治之意深矣嗚呼不得而見矣此碑尤可惜也右集本

唐孝子張常洧旌表碣貞觀五年誤雕在此

右唐孝子張常洧旌表碣文字磨滅僅可見其髣髴蓋孝悌之爲名人之所甚慕而旌表非爲一世勸也故特錄之者惜其將遂不見於後世也其文辭筆畫亦自可佳然不專取乎此也右集本

唐渭南令李君碑聖曆元年

右鴻州渭南縣令李君清德碑馬吉甫撰按唐書則天天授二年析雍州之渭南慶山置鴻門縣遂以慶山鴻門渭南高陵櫟陽置鴻州大足二年廢治平二年正月十四日書右真蹟

同前

右渭南令李君碑其首題云大周鴻州渭南縣按新唐書則天天授二年析雍州之渭南慶山置鴻門縣遂以渭南慶山鴻門高陵以置鴻州大足二年州廢矣右集本

唐流杯亭侍宴詩歲月見本文

右流杯亭侍宴詩者唐武后久視元年幸臨汝湯留宴羣臣應制詩也李嶠序殷仲容書開元十年汝水壞亭碑遂沉廢至正元中刺史陸長源以爲嶠之文仲容之書絕代之寶也乃復立碑造亭又自爲記刻其碑陰武氏亂唐毒流天下其遺蹟宜爲唐人所棄而長源當時號稱賢者乃獨區區於此何哉然余今又錄之蓋亦以仲容之書可惜是以君子患乎多愛右眞蹟

同前

右流杯亭侍宴詩者唐武后久視元年幸汝州温湯羣臣應制詩也李嶠序殷仲容書開元中汝水壞其碑亭碑亦沉沒貞元中陸長源

爲刺史以爲嶠序仲容書絶代之寶也乃爲之造亭立碑自記其事於碑陰武氏亂唐毒流天下其遺跡宜爲唐人所棄而長源當時賢者區區於此何哉然余今又錄之者特以仲容書爾是以君子患乎多愛右集本

唐司刑寺大脚跡勑長安二年

右司刑寺大脚跡幷碑銘二閻朝隱撰附詩曰匪手攜之言示之事蓋諭昏愚者不可以理曉而決疑惑者難用空言雖示之已驗之事猶懼其不信也此自古聖賢以爲難語曰中人以下不可以語上者聖人非棄之也以其語之難也佛爲中國大患非止中人以下聰明之智一有惑焉有不能解者矣方武氏之時毒被天下而刑獄慘烈不可勝言而彼佛者遂見光蹟於其間果何爲哉自古君臣事佛未有如武氏之時盛也視朝隱等碑銘可見矣然禍及生民毒流王室亦未有若斯之甚也碑銘文辭不足錄錄之者所以有集本無此字

警也俾覽者知無佛之世詩書雅頌之聲斯民蒙福者如彼有佛之盛其金石文章與其人之被禍者如此可以少思焉嘉祐八年重陽後一日書右真蹟

唐韓覃幽林思武后時

右幽林思廬山林藪人韓覃撰余爲西京留守推官時因遊嵩山得此詩愛其辭翰皆不俗後十餘年始集古金石之文發篋得之不勝其喜余在洛陽凡再登嵩嶽其始往也與集本作以梅聖俞楊子聰俱其再往也與謝希深尹師魯王幾道楊子聰俱當發篋見此詩以入集時謝希深楊子聰已死其後師魯幾道聖俞相繼皆死蓋遊嵩在天聖十年是歲改元明道余時年二十六距今嘉祐八年蓋三十一年矣遊嵩六人獨余在爾感物追往不勝二字集本作可爲愴然六月旬休日書右真蹟

唐武盡禮寧照寺鍾銘景龍三年

右武盡禮筆法精勁當時宜自名家而唐人未有稱之見於文字者豈其工書如盡禮者往往皆是特今人罕及爾余每得唐人書未嘗不嘆今人之廢學也右真蹟

唐韋維善政論先天元年

右韋維善政論著作郎楊齊哲撰維先天中爲坊州刺史齊哲所撰其實德政碑也特異其名爾余嘗患文士不能有所發明以警未悟而好爲新奇以自異欲以怪而取名如元結之徒是也至於樊宗師遂不勝其弊矣如齊哲之文初無高致第易碑銘爲論贊爾右集本

唐令長新戒開元中

右令長新戒唐開元之治盛矣玄宗嘗自擇縣令一百六十三人賜以丁寧之戒其後天下爲縣者皆以新戒刻石今猶有存者余之所得者六世人皆忽不以爲貴也玄宗自除內難遂致集本作至太平世徒以爲英豪之主然不知其興治之勤用心如此可謂爲政知本

末矣然鮮克有終明智所不免惜哉新戒凡六其一河內其二虞城其三不知所得之處其四汜水其五穰其六舞陽嘉祐八年六月十日書右真蹟

唐華陽頌天寶九年

右華陽頌唐玄宗詔附玄宗尊號曰聖文神武皇帝可謂威矣而其自稱曰上清弟子者何其陋哉方其肆情奢淫以極富貴之樂蓋窮天下之力不足以贍其欲使神僊道家之事爲不無亦非其所可冀矧其實無可得哉甚矣佛老之爲世惑也佛之徒曰無生者是畏死之論也老之徒曰不死者是貪生之說也彼其所以貪畏之意篤則棄萬事絶人理而爲之然而終於無所得者何哉死生天地之常理畏者不可以苟免貪者不可以苟得也惟積習之久者成其邪妄之心佛之徒有臨死而不懼者妄意乎無生之可樂而以其所樂勝其所可畏也老之徒有死者則相與諱之曰彼超去矣彼解化矣厚自

誣而託之不可詰或曰彼術未至故死爾前者苟以遂其非後者從而惑之以爲誠然也佛老二者同出於貪而所習則異然由必棄萬事絶人理而爲之其貪於彼者厚則捨於此者果若玄宗者方溺於此而又慕於彼不勝其勞是真可笑也右集本

唐有道先生葉公碑開元五年

右有道先生葉公碑李邕撰并書余集古所錄李邕書頗多最後得此碑於蔡君謨君謨善論書爲余言邕之所書此爲最佳也右真蹟

唐李邕嵩嶽寺碑開元二十七年

右嵩嶽寺碑唐淄州刺史李邕撰胡英書英之書世所重也其文云寺後魏孝明帝之離宮初名閑居寺仁壽二年改爲嵩嶽寺也右集本

唐李邕端州石室記開元十五年

右端州石室記唐李邕撰不著書人名氏考其筆蹟似張庭珪書疑

庭珪所書也右集本

唐獨孤府君碑歲月闕

右獨孤府君碑李邕撰蕭誠書誠書世多有而此尤佳碑在峴山亭下余自夷陵徙乾德令嘗登峴山讀此碑碑爲四面而一面字完今人家所傳秖有一面而余所得有二面故其一面頗有訛缺也府君諱冊字伯謀河南人也其文不完故不見其終始右集本

同前歲月闕

右碑在峴山亭下余自夷陵徙乾德令嘗登峴山讀此碑碑爲四面而一面字完人家多有之而余所得蓋二面也故其一面頗有訛缺也蕭誠書世數數有之而此尤佳也右真蹟

唐裴大智碑開元二十九年

右裴大智碑李邕撰蕭誠書誠以書知名當時今碑刻傳於世者頗少余集錄所得纔數本爾以余之博采而得者止此故知其不多也

然字畫筆法多不同疑模刻之有工拙惟此碑及獨孤册碑字體同而最佳册碑在襄陽而不完可惜也二碑皆李邕撰而誠書集本有焉字治平元年清明後一日書右眞蹟

唐張嘉正碑開元二十六年

右張嘉正碑李邕撰蔡有鄰立書集本有按字李絳論事集言吐突承璀欲於安國寺爲憲宗立紀聖德碑乃先立碑建樓請學士撰文絳疏論以爲不可憲宗遽命以牛百頭拽碑倒蓋未撰文而先立碑建樓此碑有鄰又三字集本作文云立書亦應先立石矣今人立碑須鐫刻成文然後建立蓋今昔所爲不同各從其便爾治平元年七月二十日書右眞蹟　已上六碑類李邕所撰不以歲月爲序

唐郭知運碑銘開元十年

右郭知運碑銘蘇頲撰其書知運子四人皆有次第曰英傑英奇英協英彥而張說亦爲集本有郭字知運撰碑其書知運子與頲集本

有此碑二字正同而唐書知運傳書其子二人而無英奇英協英彥但云二子英傑英乂而已十八字集本作英傑英乂而無英奇英協英彥而蘇張三碑又無英乂英奇等三子在唐不顯史家一本作官闕略而或有之英乂嘗爲西川節度集本有使字其事甚著史官不應失集本作差其世家而集本有蘇張二字二公作銘在郭知運卒後不遠亦不應闕其子孫莫可究其孰失也姑志集本作誌之以俟知者嘉祐八年十月十八日書右眞蹟

唐御史臺精舍記開元十一年

右御史臺精舍記崔湜撰梁昇卿書讀其文則湜於佛可爲癡篤信者矣唐書列傳云桓彥範等當國畏武三思使湜陰伺其姦而三思恩寵日盛湜反以彥範等計告之遂勸三思速殺彥範等以絕人望因薦其外兄周利正以害彥範等又云湜貶襄州刺史以譙王事當死賴劉幽求張說救護得免後爲宰相陷幽求嶺表諷周利正殺之

不果又與太平公主逐張說其餘傾邪險惡不可勝紀世言佛之徒能以禍福怖小人使不爲惡又爲虛語矣以斯記之言驗湜所爲可知也故錄之於此其碑首題名多知名士小字頗佳可愛也治平元年三月九日書右真蹟

唐西嶽大洞張尊師碑開元十四年

右西嶽大洞張尊師碑王延齡撰李慈書尊師名敬忠其事迹余無所取所錄者以慈書爾慈之書體兼虞褚而遒麗可喜然不知爲何人以其書當時未必不見稱於世蓋唐人善書者多遂不得獨擅既又無他可稱遂至泯然於後世以余集錄之博慈所書碑秖得此爾尤爲可惜也治平元年七月廿日書右真蹟

唐景陽井銘開元二十一年

右景陽樓下井銘不著撰人名氏述隋滅陳叔寶與張麗華等投井事其後有銘以爲集本作著戒又有唐江寧縣丞王震井記云井在

興嚴寺其石檻銘有序稱余者晉王廣也其文字皆磨滅僅可識其十三叔寶事前集本無此字史書之其詳不必見於此然錄之以見煬帝躬自滅陳目見叔寶事又嘗自銘以爲戒如此及身爲淫亂則又過之豈所謂下愚之不移者哉今其銘文隱隱尚可讀處有云前車已傾負乘將沒者又可歎也嘉祐八年十二月二十六日書右眞蹟

唐華嶽題名歲月見本文

右華嶽題名自唐開元二十三年訖後唐清泰二年實二百一年題名者五百集本有十字一人再題者又三十一人集本有錄爲十卷四字往往當時知名士也或兄弟同遊或子姪並侍或寮屬將佐之咸在或山人處士之相攜或奉使奔命有行役之勞或窮高望遠極登臨之適其富貴貧賤歡樂憂悲非惟人事百端而亦世變多故開元二十三年集本有歲在二字丙午集本作子是歲天子集本有躬

字耕籍田肆大赦羣臣方頌太平請封禪蓋有唐極盛之時也清泰二年集本有歲在二字乙未廢帝篡立之明年也是歲石敬塘以太原反召契丹入自鴈門廢帝自焚於洛陽而晉高祖入立蓋二字集本作自太原五代極亂之時也始終二百年間或治或亂或盛或衰而往者來者先者後者雖窮達壽夭參差不齊而斯五百人者卒歸於其盡也其姓名歲月風霜剝裂亦或在或亡其存者獨五集本作有千仞之山石爾故特錄其題刻每撫卷慨然何異臨長川而歎逝者也治平元年清明後一日書右真蹟

唐石臺道德經歲月見本文

右老子道德經唐玄宗注開元二十三年道門威儀司馬秀等請於兩京及天下應脩官齋等州皆立石臺刊勒其經文御書其注皆諸王所書此本在懷州右集本

唐羣臣請立道德經臺奏答歲月見本文

右羣臣請立道德經臺奏答幷書注諸王列名附唐玄宗諸子三十人其一是爲肅宗其七不及得封而早夭唐書列傳所載二十二人以注經列名於此者十八人按(集本有明皇旣書道德經七字)道士尹愔奏請懷州依京樣摹勒石臺乃開元二十五年也皇太子瑛以二十五年廢二十六年始立忠王璵爲皇太子二十七年始更名紹則當書注時不得有皇太子紹也信王珵義王玭豐王珙陳王珪涼王璿汴王璥皆以二十一年封當書注時皆年尙幼(集本有疑字)未能書而(集本作又)今經注字皆一體疑非諸王所書而後人追寫其名爾舊唐書以信王珵爲瑝濟王環爲瓌壽王琩爲瑁瑁名(集本有)别字見於武惠妃碑爲琩與此同當爲琩也(集本無也字有不疑而二字)此碑列名既可疑則環瑝二名未知孰是也嘉祐八年癸卯九月十日書右真蹟

唐陝州盧奐廳事讚開元二十四年

右盧奐廳事讚唐玄宗撰幷書奐爲陝州刺史玄宗行幸過陝州書其廳壁而刻之右集本

唐鶺鴒頌歲月闕

當皇祐至和之間余在廣陵有勅使黃元吉者以唐明皇自書鶺鴒頌本示余把玩久之後二十年獲此石本於國子博士楊褒又三年來守青州始知刻石在故相沂公宅熙寧三年五月二十八日書右集本

唐玄宗謁玄元廟詩歲月闕

右謁玄元廟詩唐玄宗撰幷書余嘗見世有玄宗所書鶺鴒頌與此字法正同碑在北邙山上洛陽人謂之老君廟也右集本

唐裴光庭碑歲月見本文

右裴光庭碑張九齡撰玄宗御書按唐書列傳云光庭素與蕭嵩不平及卒博士孫琬希嵩意以其用循資格非獎勸之誼謚曰克平帝

間特賜謚曰忠憲今碑及題額皆爲忠獻傳云撰搖集本作瑶山往則而碑云往記光庭以開元二十一年薨二十四年建此碑玄宗自書不應誤皆當以碑爲是集本有也字治平元年三月二十日書右真蹟

唐萬回神迹記碑開元二十五年

右萬回集本有神迹記三字碑徐彥伯撰其事固已集本作可怪矣玄宗英偉之主彥伯當時名臣也而君臣相與尊寵稱述之如此欲使愚庸之人不信不惑其可得乎世傳道士罵老子云佛以神怪禍福恐動世人俾皆信嚮集本有故僧尼得享豐饒七字而爾徒二字集本作喜老於高談清淨遂使我曹寂寞此雖鄙語有足采也治平元年三月八日書右真蹟

唐安公美政頌開元二十九年

右安公美政頌房璘妻高氏書安公者名庭堅其事蹟非奇而文辭

亦匪佳作惟其筆畫遒麗不類婦人所書余所（集本無此字）集錄亦已博矣而婦人之筆（二字集本作筆畫）著於金石者高氏一人而已然余常與蔡君謨論書以謂書之盛莫盛於唐書之廢莫廢（集本作甚）於今余之所錄如于頔高駢下至（集本有楷書手三字）陳游瓌等書皆有蓋（集本有唐之二字）武夫悍將暨楷書手輩字皆可愛今文儒之盛其書屈指可數者無三四人非皆不能蓋忽不爲爾唐人書見於今而名不知於當時者如張師丘繆師愈之類蓋（集本有又字）不可勝數也非余錄之則將遂泯然於後世矣余於集古不爲無益也夫治平元年正月十三日書（右眞蹟）

唐石壁寺鐵彌勒像頌（開元二十九年）

右太原府交城縣石壁寺鐵彌勒像頌者（集本有林諤撰三字）參軍房璘妻高氏書余所集錄古文自周秦以下訖于顯德凡爲千卷唐居其十七八其名臣顯達下至山林幽隱之士所書莫不皆有而婦

人之書惟此高氏一人爾然其所書刻石存於今者惟此頌與安公美政頌爾二碑筆畫字體遠不相類殆非一人之書疑模刻不同亦不應相遠如此又疑好事者寓名以爲奇也識者當爲辨之治平元年端午日書右真蹟

唐郎官石記歲月闕

右唐右司員外郎陳九言撰張旭書旭以草書知名此字真楷可愛記云自開元二十九年已後郎官姓名列于次而此本止其序爾右集本

唐開元聖像碑天寶元年

右開元聖像碑陳知温書唐開元之治盛矣至於天寶而溢焉方其盛時人主意氣之驕超然遂欲追其僊於雲表其夢寐恍忽集本作惚云有見焉者雖是非真僞難明於杳藹亦其注心於物精神會通集本作通會志苟至焉無不獲也唐書著集本作紀玄宗事至於神

仙道家頗集本作類不詳悉而此碑所集本無此字載夢真容事最備故特錄之以見其集本作當時君臣吁俞相與言語者止於如集本無此字此俾覽者得以迹其盛衰治亂云右真蹟

唐大照禪師碑歲月見本文

右大照禪師碑唐吏部員外郎盧僎撰伊闕縣尉集賢院待制兼校理史惟則書碑天寶元年立唐世分書名家者四人而已韓擇木李潮蔡有鄰及惟則也右集本

唐舞陽侯祠堂碑歲月見本文

右舞陽侯祠堂碑唐王利器撰史惟則八分徐浩篆額天寶二年縣令張紫陽脩樊噲廟文及書篆皆可愛也右集本

唐崔潭龜詩天寶五年

右崔潭龜詩蔡有鄰書唐世以八分名家者四人韓擇木蔡有鄰李潮史惟則也韓史二家傳於世者多矣李潮僅有存者有鄰之書亦

頗難得而小字尤佳若石經藏讚崔潭龜詩與三代彝鼎銘何異右真蹟

唐興唐寺石經藏讚開元中

右興唐寺石經藏讚皆其作者自書而八分者數家惟蔡有鄰著其姓氏有鄰名重當時杜甫嘗稱之於詩其爲苑咸所書小字與三代器銘何異可謂名實相稱也余家集錄有鄰書頗多皆不若此讚故尤寶之余初不識書因集古著錄所閱既多遂稍識之然則人其可不勉彊於學也治平元年三月晦日書右真蹟

唐蔡有鄰盧舍那珉像碑開元十六年

右盧舍那珉像碑蔡有鄰書在定州唐世名能八分者四家韓擇木史惟則世傳頗多而李潮及十七字集本作韓擇木等四家爲最而有鄰特爲難得慶曆中今昭文韓集本作相公在定州爲余得此本余所集錄自非衆君子共成之不能若此之多也右真蹟

唐植栢頌天寶元年

唐世八分四家而已韓擇木史惟則之書見於世者頗多蔡有鄰甚難得而李潮僅有亦或作爾皆後人莫及也不惟筆法難工亦近時學者罕復專精如前輩也右集本

唐美原夫子廟碑天寶八年

右美原夫子廟碑縣令王嵒字山甫撰幷書碑不知在何縣嵒天寶時人字畫奇怪初無筆法而老逸不羈時有可愛故不忍棄之蓋書流之狂士也文字之學傳自三代以來其體隨時變易轉相祖習遂以名家亦烏有集本有定字去耶至魏晉以後漸分真草而羲獻父子爲一時所尚後世言書者非此二人集本有則字皆不爲法其藝誠爲精絶然謂必爲法則初何所據所謂集本無此二字天下孰知夫正法哉嵒書固自放於怪逸矣聊存之以備博覽治平元年八月十一日書右真蹟

唐鄭預注多心經天寶元年

右鄭預注多心經不著書人名氏疑預自書蓋開元天寶之間書體類此者數家如摶練石韓公井記洛祠志皆一體而皆不見名氏此經字體不減三記而注尤精勁蓋他處未嘗有故錄之而不忍棄矧釋氏之書因字而見錄者多矣余每著其所以錄之意覽者可以察也治平元年夏至日大熱翫此以忘暑因書右真蹟

集古錄跋尾卷第六

唐開元金籙齋頌天寶九年衞包書撰

右開元金籙齋頌雖不著書人姓氏而字爲古文實爲包書也唐世華山碑刻爲古文者皆包所書包以古文見稱當時甚盛蓋古文世俗罕通徒見其字畫多奇而不知其筆法非工也余以集錄所見三代以來古字尤多遂識之爾右集本

唐龍興七祖堂頌天寶十年

右龍興寺七祖堂頌陳章甫撰胡霈然書霈然筆法雖未至而媚熟可喜今上黨佛寺畫壁有霈然所書多爲流俗取去匣而藏之以爲奇翫余數數於人家見之其墨蹟尤工非石刻比也右真蹟

唐明禪師碑天寶十年　鄭靈之撰徐浩書

秋暑困甚覽之醒然治平丙午孟饗致齋東閤書右真蹟

唐徐浩玄隱塔銘天寶十一年

右玄隱塔銘徐浩撰并書嗚呼物有幸不幸者視其所託與其所遭如何爾詩書遭秦不免煨燼而浮圖老子以託於字畫之善遂見珍藏余於集錄屢誌此言蓋慮後世以余爲惑於邪說者八字集本作之疑余也比見當世知名士方少壯時力排異說及老病畏死則歸心釋老反恨得之晚者往往如此也可勝歎哉右真蹟

唐顏眞卿書東方朔畫贊天寶十三年

右東方朔畫贊晉夏侯湛撰唐顏眞卿書贊在文選中今較選本二字不同而義無異也選本曰棄俗登仙而此云棄世選本曰神交造化而此云神友右集本

唐畫贊碑陰歲月見本文

右畫贊碑陰唐顏眞卿撰并書湛贊開元八年德州刺史韓思復刻于廟天寶十三年眞卿始別書之右集本

唐顏魯公題名歲月見本文

右靖居寺題名唐顏真卿題按唐書紀傳真卿當代宗時爲檢校刑部尚書爲宰相元載所惡坐論祭器不修爲誹謗貶硤州員外別駕撫州湖州刺史載誅復爲刑部尚書而此題名云永泰二年真卿以罪佐吉州與史不同據真卿湖州放生池碑陰所序云貶硤州旬餘再貶吉州蓋真卿未嘗至硤遂貶吉而史氏但據初貶書于紀傳耳真卿大曆三年始移撫州當遊靖居時猶在吉也右集本

同前

右魯公題名言五字集本作顏魯公華嶽靖居寺東西二林題名靖居寺在吉州據魯公言永泰二年真卿以罪貶佐吉州據舊二字集本作按唐書列傳云真卿代宗時爲刑部尚書爲宰相元載所惡貶硤州員外別駕撫州湖州刺史載誅復爲刑部尚書不書其貶吉州也按真卿湖州放生池碑陰自敘云貶硤州旬餘再貶吉州蓋真卿未嘗至硤遂貶吉州集本無此四字而史官闕漏但書其初貶爾嘉

祐八年十月廿三日書右真蹟

唐顔真卿麻姑壇記大曆六年

右麻姑壇記顔真卿撰并書顔公忠義之節皎如日月其爲人尊嚴剛勁象其筆畫而不免惑於神僊之說釋老之爲斯民患也深矣右集本

唐顔真卿小字麻姑壇記歲月闕

右小字麻姑壇記顔真卿撰并書或疑非魯公書魯公喜書大字余家所藏顔氏碑最多未嘗有小字者惟干祿字書注最爲小字而其體法與此記不同葢干祿之注持重舒和而不局蹙此記遒峻緊結尤爲集本無此字精悍此所以或者疑之也余初亦頗以爲惑及把翫久之筆畫巨細皆有法愈看愈佳然後知非魯公不能書也故聊誌之以釋疑者治平元年二月六日書右真蹟

唐中興頌大曆六年

右大唐中興頌元結撰顏真卿書書字尤奇偉而文辭古雅世多模以黃絹爲圖障碑在永州磨崖石而刻之模打既多石亦殘缺今世人所傳字畫完好者多是傳模補足非其真者此本得自故西京留臺御史李建中家蓋四十年前崖石真本也尤爲難得爾右集本

又

右中興頌世傳顏氏書中興頌多矣然其崖石歲久剝裂故字多訛缺近時人家所有往往爲好事者嫌其剝缺以墨增補之多失其真余此本得自故西臺李建中家蓋四十年前舊本最爲真爾右真蹟

唐干祿字樣大曆九年

右干祿字樣別有模本文注完全可備檢用此本刻石殘缺處多直以魯公所書真本而錄之爾魯公書刻石者多而絕少小字惟此注最小而筆力精勁可法尤宜愛惜而世俗多傳模本此以殘缺不傳獨余家藏之治平丙午九月二十九日書右集本

唐干祿字樣模本歲月見本文

右干祿字樣模本顏真卿書楊漢公模真卿所書乃大曆九年刻石至開成中遽已訛缺漢公以謂一二工人用爲衣食之業故摹多而速損者非也蓋公筆法爲世楷模而字書辨正僞繆尤爲學者所資故當時盛傳於世所以模多爾豈止工人爲衣食業邪今世人所傳乃漢公模本而大曆真本以不完遂不復傳若顏公真蹟今世在者得其零落之餘藏之足以爲寶豈問其完不完也故余并錄二本並藏之亦欲俾覽者知模本之多失真也右集本

又

右顏魯公干祿字書乃大曆九年刻石至開成中遽已訛缺蓋由公筆法爲世楷模而字書辨正僞繆尤爲學者所資而當時盛傳於世爾漢公謂一二工人用爲衣食之業者惜其傳模多而早損然豈止爲工人爲衣食業也今世人多傳漢公模本而大曆真本以不完遂

不復傳若顏公真蹟今世在者得其零落之餘藏之尤足爲寶豈問其完不完也故余并錄二本並藏之亦欲俾覽者知模本之多失真也治平元年正月五日錫慶院賜壽聖節宴歸書右真蹟

唐歐陽琟碑大曆十年

右歐陽琟碑顏真卿撰并書余自皇祐至和以來頗求歐陽氏之遺文以續家譜之闕既得顏魯公歐陽琟碑又得鄭真義歐陽諶墓銘以與家所傳舊譜及陳書元和姓纂諸書參較又問於呂學士夏卿夏卿世稱博學精於史傳因爲余考正訛舛而家譜遂爲定本然獨琟碑所失者四顏公書穆公封山陽郡公呂學士云陳無山陽郡山陽今楚州是也當梁陳時自爲南兗州而以連州爲陽山郡然則陳書及舊譜皆云穆公封陽山公爲是而顏公所失者一也舊譜皆云堅石子質南奔長沙顏公云自景達始南遷其所失者二也歐陽生自前漢以來諸史皆云字和伯而顏公獨云字伯和二字義雖不異

然當從衆又顏氏獨異初無所據蓋其繆爾其所失者三也元和姓纂及諶銘皆云徹約之子而顏公獨以為紇子其所失者四也琟之世次不應舛亂如此蓋諶之卒葬在咸亨上元之間去率更未遠真義所誌宜得其實琟卒大曆中唐之士族遭天寶之亂失其譜繫者多顏公之失當時所傳如此不足怪也治平元年夏至日書銘闕其末數句不補右真蹟

唐杜濟神道碑大曆十二年

右杜濟神道碑顏真卿撰并書藝之至者如庖丁之刀輪扁之斲無不中也顏魯公之書刻於石者多矣而有精有粗雖他人皆莫可及然在其一家自有優劣余意傳模鐫刻之有工拙也而此碑字畫遒勁豈傳刻不失其真者皆若是歟碑已殘缺銓次不能成集本有其字文第錄其字法爾嘉祐八年中元假日書右真蹟

唐杜濟墓誌銘大曆十二年

右杜濟墓誌銘但云顏真卿撰而不云書然其筆法非魯公不能為也蓋世頗以為非顏氏書更俟識者辨之右真蹟

唐顏真卿射堂記大曆十二年

右射堂記顏真卿書魯公在湖州所書刻於石者余家集錄多得之惟放生池碑字畫完好如干祿字書之類今已殘闕每為之歎惜若射堂記者最後得之今僕射相公筆法精妙為余稱顏氏書射堂記最佳遂以此本遺余以余家素所藏諸書較之惟張敬因碑與斯記為尤精勁惜其皆殘闕也右集本

唐張敬因碑大曆十四年

右張敬因碑顏真卿撰并書碑在許州臨潁縣民田中慶曆初有知此碑者稍稍往模之民家患其踐田稼遂擊碎之余在滁陽聞而遣人往求之得其殘闕者為七段矣其文不可次第獨其名氏存焉曰君諱敬因南陽人也乃祖乃父曰澄曰運其字畫尤奇甚可惜也右

右魯公之碑世所奇重此尤可珍賞也廬陵歐陽脩書右續添

又

唐顏勤禮神道碑 大曆十四年

右顏勤禮神道碑顏真卿撰并書序顏温二家之盛云思魯大雅在隋俱仕東宮愍楚彥博同直內史省遊秦彥將皆典祕閣按唐書云温大雅字彥弘弟彥博字大臨弟大有字彥將兄弟義當一體而名大者字彥名彥者字大不應如此蓋唐世諸賢名字可疑者多封德彝云名倫房玄齡云名喬高士廉云名儉顏師古云名籀而皆云以字行倫喬儉籀在唐無所諱不知何避而行字余於中書見顏氏裔孫有獻其家世所藏告身三卷以求官者其一思魯除儀同制其一勤禮除詹事府主簿制其一師古加正議大夫制思魯制云內史令臣瑀宣者蕭瑀也侍郎臣封德彝奉舍人臣彥將行不應內史令書

名而侍郎舍人書字又必不稱臣而書字則德彝彥將皆當爲名師古制有尚書左僕射梁國公玄齡右僕射申國公士廉又有吏部尚書君集者侯君集也侍郎纂者楊纂也四人並列於後不應二人書名二人書字也則玄齡士廉亦皆當爲名矣又師古與令狐德棻同制不應德棻書名而師古書字則師古亦當爲名也然余家集錄有申文獻公塋兆記是高宗時許敬宗撰云公諱儉字士廉敬宗與士廉同時人而爲其家作記必不繆誤則士廉又當爲字也然告身書字在理豈安今新唐書雖云房玄齡字喬顏師古字籀以高儉塋兆記爲名則喬籀果爲字乎又按元和姓纂封氏脩人隋通州刺史繡生四子曰德潤德輿德如德彝又云德彝更名倫亦不知果是否唐去今未遠事載文字者未甚訛舛殘缺尚可考求而紛亂如此故余嘗謂君子之學有所不知雖聖人猶闕其疑以待來者蓋慎之至也

右集本

唐顏氏家廟碑建中元年

右顏氏家廟碑顏真卿撰幷書真卿父名惟貞仕至薛王友真卿其第七子也述其祖禰羣從官爵甚詳右集本

唐顏魯公書殘碑歲月闕

右顏氏殘碑以家廟碑考之是顏允南碑也家廟碑云允南歷殿中膳部司封郎中司業金鄉男此碑云肅宗入中京遷司封尋封金鄉縣男又云遷國子司業此碑云二子頵頵頵好爲五言詩授校書郎早卒家廟碑亦云頵好五言校書而此碑又云與弟允臧同時臺省則爲允南可知不疑惟書頵事家廟碑云侍郎蔣冽賞其判此碑云爲崔器所賞小不同爾治平元年寒食日書右真蹟

又

余謂顏公書如忠臣烈士道德君子其端嚴尊重人初見而畏之然愈久而愈可愛也其見寶於世者不必多然雖多而不厭也故雖其

殘缺不忍棄之右集本

唐湖州石記歲月闕

右湖州石記文字殘缺其存者僅可識讀考其所記不可詳也惟其筆畫奇偉非顏魯公不能書也公忠義之節明若日月而堅若金石自可以光後世傳無窮不待其書然後不朽然公所至必有遺蹟故今處處有之唐人筆蹟見於今者惟公爲最多視其鉅書深刻或託於山崖其用意未嘗不爲無窮計也蓋亦有趣好所樂爾其在湖州所書爲世所傳者惟干祿字放生池碑尚多見於人家而干祿字書乃楊漢公摹本其真本以訛缺遂不復傳獨余集錄有之惟好古之士知前人用意之深則其堙沉磨滅之餘尤爲可惜者也右集本

唐顏魯公帖歲月闕

右蔡明遠帖寒食帖附皆顏魯公書魯公後帖流俗多傳謂之寒食帖集本無此十三字其集本有後字印文曰忠孝之家者錢文僖公

自號也希聖錢公字也又曰化鶴之系者丁崖相印也潤州觀察使者錢惟濟也右真蹟

唐顏魯公二十二字帖歲月闕

斯人忠義出於天性故其字畫剛勁獨立不襲前蹟挺然奇偉有似其爲人右真蹟

唐顏魯公法帖虞世南帖附　歲月闕

右顏真卿書二帖幷虞世南一帖合爲一卷顏帖爲刑部尚書時乞米於李大夫云拙於生事舉家食粥來已數月今又罄乏實用憂煎蓋其貧如此此本墨蹟在予亡友王子野家子野出於相家而清苦甚於寒士嘗模帖刻石以遺朋友故人云魯公爲尚書其貧如此吾徒安得不思守約世南書七十八字尤可愛在智永千字文後今附於此右集本

唐元次山銘歲月闕

右元次山銘顏真卿撰并書唐自太宗致治之盛幾乎三代之隆而惟文章獨不能革五國二字集本作陳隋之弊既久而集本有其字後韓柳之徒出蓋習俗難變而文章變體集本作之又難也次山當開元天寶時獨作古文其筆力雄健意氣超拔不減韓之徒也十二字集本作雖少雄健而意氣不俗亦可謂特立之士哉右真蹟

唐呂諲表上元二年

右呂諲表元結撰顧戒奢八分書景祐三年余謫夷陵過荆南謁呂公祠堂見此碑立廡下碑無趺石埋地中勢若將踣惜其文翰遂得斯本而入于地處字多缺滅今世傳元子文編亦有此文以碑考之集本首尾不完中間時時小異當以石本爲是然石本亦自多亡缺可不惜哉右集本

又

景祐三年余謫夷陵過荆南謁呂公祠堂見此碑立廡下碑無趺石

埋地中勢若將踣惜其文翰遂得斯本而入於地處字多缺滅今世傳元子文編所載首尾不完中間時時小異當以石本爲是集錄實不爲無益矣然石本亦自多亡缺可不惜哉書者顧戒奢也余得此碑三十年矣暇日因偶題之嘉祐八年五月中旬休日書右真蹟

唐元結窪罇銘永泰二年

右窪罇銘元結撰瞿令問書次山喜名之士也其所有爲惟恐不異於人所以自傳於後世者亦惟恐不奇而無以動人之耳目也視其辭翰可以知矣古之君子誠恥於無聞然不如是集本有人字之汲汲也右真蹟

唐元結陽華巖銘永泰二年

右陽華巖銘元結撰瞿令問書元結好奇之士也其所居山水必自名之惟恐不奇而其文章用意亦然而氣力不足故少遺韻集本無此九字君子之欲著于不朽者有諸其內而見於外者必得於自然

顏子蕭然臥於陋巷人莫見其所爲而名高萬世所謂得之自然（集本有者字）也結之汲汲於後世之名亦已勞矣嘉祐八年十二月二十六日書右真蹟

唐元結峿臺銘（大曆二年）

右斯人之作非好古者不知爲可愛也然來者安知無同好也邪右真蹟

唐張中丞傳（歲月闕）

右張中丞傳李翰撰嗚呼（集本無此二字）張巡許遠之事壯矣秉筆之士皆喜爲之稱述也然以翰所記考唐書列傳及韓退之所書皆互有得失而列傳最爲疎略雖云史家當記大節然其大小數百戰屢敗賊兵其智謀材力亦有過人可以示後者史家皆滅而不著甚可惜也翰之所書誠爲大繁然廣記備言所以備史官之采也右真蹟

唐李陽冰城隍神記乾元二年

右城隍神記唐李陽冰撰并書陽冰爲縉雲令遭旱禱雨約以七日不雨將焚其祠既而雨遂徙廟于西山陽冰所記云城隍神祀典無之吳越有爾然今非止吳越天下皆有而縣則少也右集本

唐李陽冰忘歸臺銘乾元二年

右忘歸臺銘唐李陽冰撰并書銘及孔子廟城隍神記三碑並在縉雲其篆刻比陽冰平生所篆最細瘦世言此三石皆活歲久漸生刻處幾合故細爾然時有數字筆畫特偉勁者乃真蹟也右集本

唐縉雲孔子廟記上元二年

右縉雲孔子廟記李陽冰撰并書孔子廟像之制前史不載開元八年國子司業郭瓘奏云先聖孔宣父以先師顏子配其像爲立侍配享宜坐弟子十哲雖得列像而不在祀享之位按祠令何休范甯等二十二賢猶蒙從祀十哲請列享在何休等上於是詔十哲皆爲坐

像據陽冰記云換夫子之容貌增侍立者九人蓋獨顏回配坐而閔損等九人爲立像矣陽冰脩廟在肅宗上元二年其不用開元之詔何也右集本

唐裴虬怡亭銘永泰元年

右怡亭在武昌江水中小島上武昌人謂其地爲吳王散花灘亭裴鶡造李陽冰名而篆之裴虬銘李莒八分書刻於島石四十六字集本作怡亭銘李陽冰篆裴虬撰李莒書銘在武昌江水中有小島亭在其上人謂其地爲吳王散花灘銘刻于島石常爲江水所沒故世亦罕傳鶡集本以鶡字作亭裴公作不知何人虬代宗時集本有爲字道州刺史韓愈集本作退之爲其子復墓志云虬爲諫議大夫有寵代宗朝屢諫諍數命以官多辭不拜然唐史不見其事李莒華弟也治平二年正月十日孟春薦饗攝事致齋中書東閤書右真蹟

唐李陽冰庶子泉銘大曆六年

右庶子泉銘李陽冰撰幷書慶曆五年余自河北都轉運使貶滁陽屢至陽冰刻石處未嘗不裴回其下庶子泉昔爲流谿今爲山僧塡爲平地起屋于其上問其泉則指一大井示余（集本無此二字）曰此庶子泉也可不惜哉（右眞蹟）

唐李陽冰阮客舊居詩（歲月闕）

右李陽冰阮客舊居詩云阮客身何在僊雲洞口橫人閒不到處今日此中行阮客者不見其名氏蓋縉雲之隱者也彼以遁俗爲高而終以無名於後世可謂獲其志矣然聖人有所不取也陽冰欲稱其人而不顯其名字何哉豈阮客見稱於當時而陽冰不慮於後世邪夫士固有顯聞於一時而泯沒於萬（集本作後）世者矣顧其道何如（集本作如何）也陽冰篆字世傳多矣此磨滅而僅存尤可惜也治平元年四月二十有六日書（右眞蹟）

唐裴公紀德碣銘（歲月見本文）

右裴公紀德碣銘唐越州刺史王密撰國子監丞集賢院學士李陽冰篆裴公儆爲明州刺史密代之爲作此文其文云皇唐御神器一百四十二年天下大康海隅小寇結亂甌越因言明州當出兵之衝民物殘弊儆撫綏有惠愛而人思之爾按唐自戊寅武德元年受命至己亥乾元二年乃一百四十二年是時肅宗新起靈武上皇自蜀初還史思明僭號于河北是歲洛陽汝鄭等州皆陷于賊不得云天下大康而海隅小寇也考于史傳又不見其事惟台州賊袁晁攻陷浙東州郡乃寶應元年當云一百四十五年又據密代儆爲明州刺史至大曆十四年移湖州則儆密相繼爲刺史宜在代宗時然密當時人推次唐年不應有失余友王回深父曰唐自武德至大曆八年實一百五十六年中間除則天稱周十四年則正得一百四十二年是時天下粗定文人著辭以爲大康理亦可通是歲廣州哥舒晃作亂海隅小寇豈謂此歟余以謂晃之亂唐命江西路嗣恭討平之不

當自明州出兵深父曰然兵家出奇明州海道去廣不遠亦或然也故并著之右集本

又

右裴公紀德碣王密撰裴公名儆代宗時爲明州刺史密代之碣文云皇唐御神器一百四十二載天下大康而海隅小寇結亂甌越按唐自武德元年至乾元二年實一百四十二年是時肅宗新起靈武上皇自蜀初還史思明僭號于河北是歲洛陽汝鄭等州皆陷于賊不得云天下大康而海隅小寇考于史傳又不見其事然密當時人推次唐年不宜有失王回曰大曆八年廣州哥舒晃作亂此所謂海隅小寇者也自武德元年至是歲實一百五十六年中間則天稱周者十四年去之正得一百四十二年矣豈謂此歟以事考驗理宜如此又不知密意爲如何也姑志其語以俟知者嘉祐八年十月三十日書右真蹟

唐玄靜先生碑大曆七年

右玄靜先生碑柳識撰張從申書李陽冰篆額唐世工書之士多故以書知名者難自非有以過人者不能也然而張從申以書得名於當時者何也從申每所書碑李陽冰多爲之篆額時人必稱爲二絶其爲世所重如此余以集錄古文閱書既多故雖不能書而稍識字法從申所書棄者多矣而時錄其一二者以名取之也夫非衆人之所稱任獨見以自信君子於是愼之故特錄之必待知者右真蹟

唐龍興寺四絶碑首大曆八年

右四絶碑首者李陽冰篆法愼律師碑額也在揚州龍興寺唐李華文張從申書李陽冰篆額律師者淮南愚俗素信重之謂此碑爲四絶碑律師非余所知華文與從申書余亦不甚好故獨錄此篆爾右集本

唐滑州新驛記大曆九年

右新驛記李陽冰篆碑在今滑州驛中其陰有銘曰斯去千載冰生唐時冰今又去後來者誰後千年有人吾不知之後千年無人當盡於斯嗚呼郡人爲吾寶之不知作者爲誰然賈躭嘗爲李騰序說文字源咸稱陽冰此記躭爲滑州刺史因見斯記而稱之耳陽冰所書世固多有可愛者不獨斯記也嘉祐八年十二月廿六日書右真蹟

唐王師乾神道碑大曆十三年

右王師乾神道碑張從申書余初不甚以爲佳但怪唐人多稱之第錄此碑以俟識者前歲在亳社因與秦玠郎中論書玠學書於李西臺建中而西臺之名重於當世余因問玠西臺學何人書云學張從申也問玠識從申書否云未嘗見也因以此碑示之玠大驚曰西臺未能至也以此知世以鑒書爲難者誠然也從申所書碑今絕不行於世惟予集錄有之者吳季子碑陰記崔圓頌德碑并此纔三爾熙寧三年十月二十七日書右真蹟

集古錄跋尾卷第七

唐徐方回西墉記寶應　年

右西墉記唐徐方回撰方回云寶應中爲南陽令得崔子玉所作平子銘末二十一字陷于廳之西墉按今西鄂石本末句見在方回所得乃南陽半石之末也今又亡矣惜哉右集本

唐禹廟碑大曆三年段季展書

崔巨文傳於今者絶少皆不及此碑季展他所書亦不偉於此治平二年上元日書右真蹟

唐崇徽公主手痕詩大曆四年

右崇徽公主手痕詩李山甫撰崇徽公主者僕固懷恩女也懷恩在肅宗時先以二女嫁回紇其一嫁毗伽可汗少子後號登里可汗者是也其一不知所嫁何人唐書懷恩傳及回紇傳皆不載惟懷恩所上書自陳六罪有云二女遠嫁爲國和親以此知其又嘗嫁一女爾

此所謂崇徽公主者懷恩幼女也懷恩既反引羌渾奴刺爲邊患永泰中病死於靈武其從子名臣以千騎降唐大曆四年始以懷恩幼女爲（集本有崇徽二字）公主又嫁回紇即此（集本有公主二字）也治平元年三月八日書右真蹟

唐僧懷素法帖（大曆十二年）

右懷素唐僧字藏真特以草書擅名當時而尤見珍於今世予嘗謂法帖者乃魏晉時人施於家人朋友其逸筆餘興初非用意而自然可喜後人乃棄百事而以學書爲事業至終老而（集本無此字）窮年疲斃精神而不以爲苦者是真可笑也懷素之徒是已治平元年八月八日書右真蹟

唐重摹吳季子墓銘（大曆十四年）

右吳季子墓銘自前世相傳以爲孔子所書據張從紳疑記云舊石堙滅開元中玄宗命殷仲容模搭其書以傳然則開元之前自有真

本至大曆中蕭定又刊于石則轉相傳模失其真遠矣按孔子平生未嘗至吳以史記世家考之其歷聘諸侯南不踰楚推其歲月蹤跡未嘗過吳不得親銘季子之墓又其字特大非古簡牘所容第以其名傳之久不可遽廢故錄之以俟博識君子右集本

又

右古篆文曰嗚呼有吳延陵季子之墓自前世相傳以爲孔子所書據張從紳㲃記云舊石堙滅開元中玄宗命殷仲容榻本遂傳於世然則開元以前已有刻石矣其後正元中鄭播又爲記盧國遷建堂樹碑則今本又非仲容所模者字亦奇偉莫知何人所書按孔子未嘗至吳以史記世家考之其歷聘諸侯南不逾楚推其歲月蹤跡無過吳之理不得親銘季子之墓又其字特大非簡牘所容惟博物君子必能辨之右真蹟

唐竇叔蒙海濤誌大曆中

右海濤誌竇叔蒙撰其書六篇一曰海濤誌二曰濤曆三曰濤日時四曰濤期五曰朔望體象六曰春秋仲月漲濤解余嚮在揚州得此誌甚愛之張于座右之壁冀於朝夕見也已而夜爲風雨所壞其後求之凡十五年而復得斯本以示京師好事者皆云未嘗見也右集本

唐鹽宗神祠記 大曆中

右鹽宗神祠記錢義方撰近時有尚書郎張席自言家寓解州爲余言安邑解縣兩池鹽事云夏月鹽南風來池面紫色須臾凝結如雪土人謂之漫生鹽而兩池歲役畦夫數百種鹽公私耗弊而州縣吏緣以爲姦利棄漫生鹽不取誣其苦不可食席博學能言漢唐事尤詳爲余復言前世鹽皆自生開元中姜師度爲河中尹而鹽池涸始置鹽屯故唐格自開元後遂有畦夫營種之課席因上書論鹽漫生之利官遂罷畦夫而公私皆以爲然而議者或害其事乃云漫生鹽

味苦不可食或云暫結復銷不可畜聽者方惑其事余因讀義方所記乃云若陰陽調和鬼神驅造不勞人而擅其利與夫鬻泉煮海不相爲謀由是知唐世鹽非營種爲決可信義方大曆時爲榷鹽使余家集錄古文不獨爲傳記正訛繆亦可爲朝廷決疑議也右集本

唐鴈門王田氏神道碑代宗時

右唐魏博節度使鴈門郡王田承嗣碑營田副使裴抗撰子緒碑節度判官丘絳撰按唐書列傳承嗣十一子維朝華繹綸綰緒繪純紳縉而緒次當第七此二碑皆以緒爲第六子而無綰自緒而下有繪純紛縉與史不同二碑當時故吏所作必不誤蓋史之繆也其文與字皆不嘉故余特錄其世次而已右真蹟

唐李憕碑大曆四年

右李憕碑李紓撰新唐書列傳云憕十餘子江涵渢瀛等同被害惟源彭免據李紓載憕子見於碑者寔十二人曰右補闕彭汝州刺史

深華陰丞渢左驍衛兵曹瀛硤石丞沆洪州別駕瀣洛陽尉渭司農主簿汶又云公之薨也彭從玄宗南狩次公而歿深授任他郡其在洛陽者長子江第三子涵與華陰驍衛又兩少子合六人皆從公殲於虜刃硤石而下與衆孫之在者僅以孩提免如紓所記愷子盡於是矣未嘗有源也紓但言衆孫孩亦不云有未名子也然則源者史家何從而得之據史言源爲司農主簿以碑考之源當爲汶也又據碑方愷歿於賊也彭深沆瀣渭汶六子獲免而史惟云源彭此當以碑爲正紓當代宗時爲愷作碑自云與愷有通家之好幼奉升堂之慶宜知愷事不繆也右集本

唐甘棠館題名歲月見本文

右甘棠館題名自唐德宗貞元以來止於會昌文字多已磨滅惟高元裕韋夏卿所書尚可讀甚矣人之好名也其功德之盛固已書竹帛刻金石以垂不朽矣至於登高遠望行旅往來慨然寓興於一時

亦必勒其姓名留於山石非徒徘徊俯仰以自悲其身世亦欲來者想見其風流夏卿所記留連感愴意不淺也如高韋二子皆當時知名士也史傳載之詳矣昔杜預沉碑漢水謂萬世之後谷或爲陵庶幾復出以見於世其爲慮深矣然預之功業不待碑而自傳其區區於此者好名之弊也故士或勤一生以自苦或餓死空山之中甚者蹈水火赴刀鋸以就後世之名爲莊生所笑者有矣故余於集古每得前世題名未嘗不錄者閔夫人之甚好名也右集本

唐汾陽王廟碑 貞元二年

右郭子儀廟碑高參文其敘子儀功業不甚詳而載破墨姓處木討沙陁處密事則唐書列傳無之蓋子儀微時所歷集本作立其後遂立大勳宜乎史略不書也然唐書有處密處月朱耶孤注等皆是西突厥薛延陁別部名號余於五代史爲李克用求沙陁種類卒不見其本末而參謂處密爲沙陁不知其何所據也按陳翃子儀家傳亦

云討沙陁處蜜十二姓與參所書頗同唐書轉蜜爲窑當以碑爲正

右真蹟

唐郭忠武公將佐略貞元十二年

右忠武公將佐略陳翃撰忠武公者郭子儀也翃之所書亦爲盛矣猶言得其六七蓋其官至宰相者七人爲節度使者二十八人尚書丞郎京尹者十人廉察使者五人據翃所得而書者實六十人而顯名於世者蓋五十人雖喬琳周智光李懷光僕固懷恩等陷於禍敗然杜鴻漸黃裳李光弼光進之徒偉然名見於當時而垂稱於後世者亦不爲少豈惟得失相當而已哉雖汾陽功業士多喜附以成名然其亦自有以得之也其忠信之厚固出其天性至於處富貴保功名古人之所難者謀謨之際宜亦得其助也治平甲辰秋社前一日書右真蹟

唐濟瀆廟祭器銘貞元十三年

右濟瀆廟祭器銘張洗撰碑云置齋郎六人唐自高宗以後官不勝其濫矣洗之所記乃開元時事州縣祠廟置齋郎六人可知其濫官之弊然史家不能詳載惟於碑刻偶見其一二爾治平甲辰秋分後一日中書東閣雨中書 右真蹟

唐神女廟詩貞元十四年

右神女廟詩李吉甫丘玄素李貽孫敬騫等作余貶夷陵令時嘗泛舟黃牛峽至其祠下又飲蝦蟇碚水覽其江山巉絕窮僻獨恨不得見巫山之奇秀每讀數子之詩愛其辭翰遂錄之 一有遂爲佳玩字

右集本

唐馬寔墓誌銘貞元十四年

右馬寔墓誌銘唐歐陽詹撰并書其文辭不工而字法不俗故錄之寔之事迹亦無足紀也 右集本

又

詹之文爲韓退之所稱遂傳于世然其不幸早死故其傳者不多刻石之文秪有此與福州佛記耳尤可惜也右真蹟

唐石洪鍾山林下集序貞元二十年

右鍾山林下集序者石洪爲浮圖總悟作也石洪爲處士而名重當集本作一時者以常爲韓退之稱道也唐世號處士者爲不少矣洪終始無佗可稱於人者而至今其名獨在人耳目由韓文盛行於世也而洪之所爲與韓道不同而勢不相容也然韓常歎籍湜輩叛己而不絕之也豈諸子駁雜不能入於聖賢之域而韓子集本有獨字區區誨誘思援而出於所溺歟此孔孟之用心也治平元年八月八日書是日上以霖雨不止分命羣臣祈禱余祈於太社既歸而雨遂止某謹記右真蹟

唐房太尉遺愛碑陰記元和六年同是石洪撰附此

石洪文字罕見於後世故特錄之右見緜本拾遺

唐賀蘭夫人墓誌貞元七年

右賀蘭夫人墓誌唐陸贄撰或云贄書也題曰祕書監陸公夫人墓誌銘而贄自稱姪曾孫此石在常州一有陸監名齊望五字　右集本

唐陸文學傳咸通十五年

右陸文學傳鴻漸自撰茶之見前史蓋自魏晉以來有之而後世言茶者必本陸鴻漸蓋爲茶著書自其始也至今俚俗賣茶肆中嘗置一甆偶人於竈側云此號陸鴻漸鴻漸以茶自名於世久矣考其傳著書頗多曰君臣契三卷源解三十卷江表四姓譜十卷南北人物志十卷吳興歷官記三卷潮州刺史記一卷茶經三卷占夢三卷其多如此豈止茶經而已哉然其他書皆不傳右集本

唐辨正禪師塔院記貞元中

右辨正禪師塔院記徐峴書誠能行筆而少意思也往時石曼卿屢

稱峴書曼卿多得顏柳筆法其書與峴不類而遠過之不知何故喜峴書也余當曼卿在時猶未見峴書但聞其所稱曼卿歿已久始得此書遂錄之爾 右真蹟

唐韓愈盤谷詩序貞元中

右送李愿歸盤谷序韓愈撰盤谷在孟州濟源縣正元中縣令刻石于其側令姓崔其名浹今已磨滅其後書云昌黎韓愈知名士也當時退之官尚未顯其道未爲當世所宗師故但云知名士也然當時送愿者爲不少而獨刻此序蓋其文章已重於時也以余家集本校之或小不同疑刻石誤集本世已大行刻石乃當時物存之以爲佳翫爾其小失不足較也 右真蹟

唐韓退之題名元和四年已下七篇皆韓文公撰故不與別碑歲月爲敘

右韓退之題名二皆在洛陽其一在嵩山天封宮石柱上刻之 集本

有記龍潭遇雷事六字天聖中余爲西京留守推官與梅聖俞遊嵩山入天封宮裴回柱下而去遂登山頂至武后封禪處有石記戒人遊龍潭者毋妄語笑以黷神龍龍怒則有雷恐因念退之記遇雷意其有所試也其一在福先寺塔下當時所見墨蹟不知其後何人模刻于石也治平元年三月廿二日書 右真蹟

唐田弘正家廟碑 元和八年

右田弘正家廟碑昌黎先生撰余家所藏書萬卷惟昌黎集是余爲進士時所有最爲舊物自天聖以來古學漸盛學者多讀韓文而患集本訛舛惟余家本屢更校正時人共傳號爲善本及後集錄古文得韓文之刻石者如羅池神黃陵廟碑之類以校 集本有余家二字 集本舛繆猶多若田弘正碑則又尤甚蓋由諸本不同往往妄加改易集本有今字以碑校集印本與刻石多同當以爲正 九字集本作初未必誤多爲校讎者妄改之 乃知文字之傳久而轉失其真者多

矣則校讎之際決於取捨不可不愼也

印本云銜訓事嗣朝夕不怠往時用他本改云銜訓嗣事今碑文云銜訓事嗣與印本同知其妄改也

印本云以降命書用他本改爲降以命書今碑文云以降命書與印本同知爲妄改也

印本云奉我天明用他本改云奉我王明今碑文云奉我天明與印本同知爲妄改也此類甚多略舉三事要知改字當愼也　治平元年三月八日書右眞蹟

唐韓愈南海神廟碑元和十五年

右南海神廟碑韓愈撰陳諫書以余家舊藏集本校之皆同惟集本云蜿蜿蜒蜒而碑爲集本作二云蜿蜿虵虵小異當以碑爲正今世所行昌黎集類多訛舛惟南海碑不舛者以此刻石人家多有故也其妄意改易者頗多亦賴刻石爲正也治平元年七月二十日書右眞

蹟

唐韓愈羅池廟碑長慶中

右羅池廟碑唐尙書吏部侍郎韓愈撰中書舍人史館脩撰沈傳師書碑後題云長慶元年正月建按穆宗實錄長慶二年二月傳師自尙書兵部郎中翰林學士罷爲中書舍人史館脩撰其九月愈自兵部侍郎遷吏部（集本有然則據建碑時愈未爲吏部沈亦未爲舍人字）碑言柳侯死後三年廟成明年愈爲柳人書羅池事子厚以元和十四年卒至（集本有後三年字）愈作碑時當是長慶三年考二君官與此碑亦同但不應在元年正月蓋後人傳模者（二十三字集本作則二君官當與此碑同其書元年正月蓋傳模者）誤刻之爾今世傳昌黎先生集載此碑文多同惟集本以步有新船爲涉荔子丹兮蕉黃蕉下加子（二十五字集本作此文與碑多同惟集本云涉有新船而碑以涉爲步荔子丹兮蕉子黃碑蕉下無子字）當以碑爲是而碑

云春與猿吟而集本作兮秋鶴與飛則疑碑之誤也嘉祐八年六月二日書右真蹟

唐韓愈黃陵廟碑長慶元年

右黃陵廟碑韓愈撰沈傳師書昌黎二字集本作韓集今大行於世而患本不真余家所藏最號善本世多取以爲正然時時得刻石校之猶不勝其舛繆是知刻石之文可貴也不獨爲翫好而已黃陵碑以家本校之不同者二十餘事如家本言降小君爲夫人而碑云降小水之類皆當以碑爲正也嘉祐八年十月十八日書右真蹟

唐胡良公碑長慶三年

右唐胡良公碑韓愈撰良公者名珦韓之門人張籍妻父也今以碑校余家所藏昌黎集本號爲最精者文字猶多不同皆當以碑爲正茲不復紀碑云珦子逞迺巡遇述還造而集本無巡他流俗所傳本集本有又字有云遇或爲巡者皆非集本有也字當以碑爲正治平

九年七月晦日書右真蹟

唐韓文公與顛師書歲月未詳

右韓文公與顛師書世所罕傳余以集錄古文其求之既勤且博七字集本只作其求之博蓋久而後獲其以易集本無此字繫辭爲大傳謂著山林與著城郭無異等語宜爲退之之言其後書吏部侍郎潮州刺史則非也蓋退之自刑部侍郎貶潮州後移袁州召爲國子祭酒遷兵部侍郎久之始遷吏部而流俗相傳但知爲韓吏部爾顛師遺記雖云長慶中立蓋并韓書皆國初重刻故繆爲附益爾治平元年三月十三日書右真蹟

唐高閑草書歲月未詳

高閑草書審如此則韓子之言爲實錄矣廬陵歐陽脩右見綿本別集二十三卷

唐武侯碑陰記開成二年

右武侯碑陰記崔備撰唐劍南西川節度使武元衡及其將佐題名者二十九人楊嗣復再題及其僚屬又六人幷嗣復汝士詩兩首合爲一卷唐諸方鎭以辟士相高故當時布衣韋帶之士或行著鄉閭或名聞場屋者莫不爲方鎭所取至登朝廷位將相爲時偉人者亦皆出諸侯之幕如元衡所記裴度柳公綽楊嗣復皆相繼去爲本朝名將相亦可謂盛矣哉治平元年初伏休假雨中書右眞蹟

唐盧頊禱聽明山記元和二年

右禱聽明山記盧頊撰乃盧從史禱山神之記也閱從史官屬題名見孔戡與烏重胤俱列于後而感集本作覽韓退之記戡事云戡屢諫從史不聽卒爲重胤所縛掩卷歎息者久之嗚呼禍福成敗之理甚明而先事而言則罕見從事至而言則不及矣自古敗亂之國未始不如此也右眞蹟

唐侯喜復黃陂記歲月見本文

右復黃陂記唐侯喜撰黃陂在汝州汝州有三十六陂黃陂最大溉田千頃始作于隋記云至貞元辛未刺史盧虔始復之辛未貞元七年也碑元和三年建喜之文辭嘗爲韓退之所稱而世罕傳者余之所得此碑而已 右集本

又

昌黎先生甚稱侯喜其文罕傳於今余之所見止此一篇爾 右眞蹟

唐柳宗元般舟和尙碑 元和二年

右般舟和尙碑柳宗元撰并書子厚所書碑世頗多有書既非工而字畫多不同疑喜子厚者竊借其名以爲重子厚與退之皆以文章知名一時而後世稱爲韓柳者蓋流俗之相傳也其爲道不同猶夷夏也然退之於文章每極稱子厚者豈以其名並顯於世不欲有所貶毀以避争名之嫌而其爲道不同雖不言顧後世當自知歟不然退之以力排釋老爲己任於子厚不得無言也治平元年三月廿二

日書右真蹟

唐南嶽彌陁和尚碑元和五年

右南嶽彌陁和尚碑柳宗元撰幷書自唐以來言文章者惟韓柳柳豈韓之徒哉真韓門之罪人也葢世俗不知其所學之非第以當時輩流言之爾今余又多錄其文懼益後人之惑也故書以見余意右集本

唐元稹脩桐柏宮碑大和四年

右唐元稹撰文幷書其題云脩桐柏宮碑又其文以四言爲韻語既牽聲韻有述事不能詳者則自爲法以解之爲文自注非作者之法且碑者石柱爾古者刻石爲碑謂之碑銘碑文之類可也後世伐石刻文既非因柱石不宜謂之碑文然習俗相傳理猶可考今特題云脩桐柏宮碑者甚無謂也此在文章誠爲小瑕病前人時有忽略然而後之學者不可不知自漢以來墓碑多題云某人之碑者此乃無

害蓋目此石爲某人之墓柱非謂自題其文目也今稹云脩桐柏宮碑則於理何稽也 右集本

唐虞城李令去思頌 元和四年

右虞城李令去思頌李白撰文王遹篆唐世以書自名者多而小篆之學不 集本作十 數家自陽冰獨擅後無繼者其前惟有碧落碑而不見名氏遹開元天寶時人在陽冰前而相去不遠 集本有亦工八分四字 然當時不甚知名雖字畫不爲工而一時未有及者所書篆字惟有此爾世亦罕傳余以 集本無此字 集錄求 集本無此字 之勤且博僅得此爾今世以小篆名家如邵不疑楊南仲章友直問之皆云未嘗見也治平元年二月七日書 右真蹟

唐陽公舊隱碣 元和中

右陽公舊隱碣胡証撰黎焆書李靈省篆額唐世篆法自李陽冰後寂然未有顯於當世而能自名家者靈省所書陽公碣筆畫甚可佳

旣不顯聞於時亦不見於他處以余家所藏之博而見於錄者惟此雖未爲絕筆亦可惜哉嗚呼士有負其能而不爲人所知者可勝道哉右真蹟

唐于頔神道碑元和中

右于頔神道碑盧景亮撰其文辭雖不甚雅而書事能不沒其實頔之爲人如其所書蓋篤於信道者也碑云司馬遷儒之外五家班固儒之外八流其語雖拙蓋言其集本作頔學不駁雜也然則非徒貶去釋老而已自儒術之外餘皆不學爾碑又云其弟可封好釋氏頔每非之頔于頔父也然可封之後不大顯而頔之後甚盛以此見釋氏之教信嚮者未必獲福毀貶者未必有禍也碑言頔篤於孝悌守節安貧不可動以勢利其所履如此足以興其後世矣治平元年八月十一日書右真蹟

唐昭懿公主碑元和中

右昭懿公主碑孟簡撰皇甫鏄書公主代宗女也號昇平公主嫁郭氏公主之號自漢以來始有謂天子之女禮不自主婚集本作昏以公主之因以爲名爾後世號某國公主者雖實不以國公爲主而名猶不失其義唐世始別擇佳名以加之如昇平之類是也已失其本義矣今此碑乃云諱昇平公主字昇平公主集本無此五字斯莫可曉也已治平元年八月八日書右眞蹟

唐李光進碑元和中

右李光進碑楊炎撰韓秀實書唐有兩李光進其一光顏之兄其一光弼之兄弟也此碑乃光弼弟也唐史書此兩人事多誤新書各爲傳以附顏弼遂得其正右集本

集古錄跋尾卷第八

集古錄跋尾卷第九　

唐樊宗師絳守居園池記長慶三年

右絳守居園池記唐樊宗師撰或云此石宗師自書嗚呼元和之際文章之敝極矣其怪奇至於如此右集本

唐張九齡碑長慶三年

右張九齡碑按唐書列傳所載大節多同而時時小異傳云壽六十八而碑云六十三傳自左補闕改司勳員外郎而碑云還禮部傳言集本作云張說卒召爲祕書少監集賢院學士知院事碑云副知至後作相遷中書令始云知院事其載張守珪請誅安祿山事集本無此字傳云九齡判守珪狀碑云守珪所請留中不行而公以狀諫然其爲語則略同碑長慶中立而公薨在開元二十八年至長慶三年實八十四年所傳或有同異而至於年壽官爵其子孫宜不繆當以碑爲是也治平元年二月十日書右眞蹟

唐田布碑長慶四年

右田布碑庾承宣撰布之事壯矣承宣不能發於文也蓋其力不足爾布之風烈非得左丘明司馬遷筆不能書也故士有不顧其死以成後世之名者集本有猶字有幸不幸集本有焉字各視其所遭如何爾今有道史漢時事者其人偉然甚著而市兒俚嫗猶能道之自魏晉以下不爲無人而其顯赫不及於前者無左丘明司馬遷之筆以起其文也治平甲辰秋社日書右真蹟

唐沈傳師游道林嶽麓寺詩長慶中

右嶽麓寺詩沈傳師撰幷書題云酬唐侍御姚員外而二人之詩不見不知爲何人也獨此詩以字畫傳於世而詩亦自佳傳師書非一體此尤放逸可愛也右集本

唐崔能神道碑長慶三年

右崔能神道碑李宗閔撰能弟從書碑云拜御史中丞持節觀察黔

中仍賜紫衣金印按唐世無賜金印者官制古今集本作古今官制沿革不同而其名號尙或相襲自漢以來有銀青金紫之號當時所謂青紫者綬也金銀者乃其所佩印章爾綬所以繫印者也後世官不佩印此名虛設矣隋唐以來有隨身魚而青紫爲服色所謂金紫者乃服紫衣而佩金魚爾宗閔謂賜金印者繆也今世自以賜緋銀魚袋賜紫金魚袋結入官銜集本有矣字而集本作今有階至金紫光祿大夫者遂於結銜去賜紫金魚袋皆流俗相承不復討集本作討正久矣故因宗閔之失并記之治平元年七月二十日書右真蹟

唐李德裕茅山三像記寶曆二年

右茅山三像記李德裕撰德裕自號上清玄都大洞三景弟子上爲九廟聖主次爲七代先靈下爲一切含識敬造老君孔子尹真人像三軀此固俚巷庸鄙人之所常爲德裕爲之有不足恠然以孔子與老君爲伍而又居其下此豈止德裕之獨可罪耶今史記載孔子問

禮於老耼集本作聃下同耼戒孔子去其驕氣多慾而孔子歎其道集本無此字猶龍之語著于耳目自漢以來學者未有以爲非者豈止德裕之罪哉治平元年八月八日書右真蹟

唐李德裕平泉草木記開成五年

已下三篇同是李衛公撰故不與别碑歲月爲叙

右平泉草木記李德裕撰余嘗讀鬼谷子書見其馳說諸侯之國必視其爲人材性賢愚剛柔緩急而因其好惡喜懼憂樂而捭闔之陽開陰塞變化無窮顧天下諸侯無不在其術中者惟不見其所好者不可得而說也以此知君子宜慎其所好葢泊然無欲而禍福不能動其利害不能誘此鬼谷之術所不能爲者聖賢之高致也其次節其所欲不溺於所好斯可矣若德裕者處富貴招權利而好奇貪得之心不已至或疲弊精神於草木斯其所以敗也其遺戒有云壞一草一木者非吾子孫此又近乎愚矣右集本

唐李文饒平泉山居詩開成五年

讀山居詩見文饒夢寐不忘於平泉而終不得少償其志者人事固多如此也余聞釋子有云出家是大丈夫事蓋勇決者人之所難也而文饒詩亦云自是功高臨盡處禍來名滅不由人者誠哉是言也熙寧壬子正月二十九日書右真蹟

唐李德裕大孤山賦會昌五年

贊皇文辭甚可愛也其所及禍或責其不能自免然古今聰明賢智之士不能免者多矣豈獨斯人也歟右集本

唐大孤山賦歲月未詳

右字畫頗佳而傷於柔媚世傳墀工小篆此豈其筆耶右見綿本拾遺

唐辨石鍾山記大和元年

右辨石鍾山記并善權寺詩遊靈巖記附覽三子之文皆有幽人之

思蹟其風尚想見其人至於書畫亦皆可喜蓋自唐以前賢傑之士莫不工於字書其殘篇斷稾爲世所寶傳於今者何可勝數彼其事業超然高爽不當留精於此小藝豈其習俗承流家爲常事抑學者猶有師法而後世偷薄漸趣苟簡久而遂至於廢絶歟今士大夫務以遠自高忽書爲不足學往往僅能執筆而閒有以書自名者世亦不甚知爲貴也至於荒林敗塚時得埋沒之餘皆前世碌碌無名子然其筆畫有法往往今人不及茲甚可歎也右石鍾山記字畫在二者閒頗爲劣而亦不爲俗態皆忘憂之佳玩也右真蹟

唐法華寺詩大和八年

右法華寺詩唐越州刺史李紳撰其後自序題云大和甲寅歲遊寺刻詩於壁詳自序所言似紳自書然以端州題名較之字體殊不類甲寅大和八年也右集本

唐薛苹唱和詩大和中

右薛苹唱和詩其間馬宿馮定李紳皆唐顯人靈澈以詩名後世皆人所想見者集本有而宿尤有詩名六字然詩皆不及苹豈唱者得於自然和者牽於強作耶右真蹟

唐僧靈澈詩元和四年

右靈澈詩云相逢盡道休官去林下何曾見一人世俗相傳以爲俚諺慶曆中天章閣待制許元爲江淮發運使因脩江岸得斯石於池陽江水中始知爲靈澈詩也澈以詩稱於唐故其與相唱和者皆當時知名之士包侍郎者佶也徐廣州者浩也代宗時爲嶺南節度使右集本

唐李藏用碑大和四年

右李藏用碑王源中撰唐玄度書玄度以書自名于一時其筆法柔弱非復前人之體而流俗妄稱借之爾故存之以俟識者右真蹟

唐玄度十體書歲月未詳

右唐玄度十體書前本得於蘇氏後本得於李丕緒少卿丕緒長安人名家子喜收碑文二家之本大體則同而文有得失故並存之覽者得以自擇焉右集本

唐鄭澣陰符經序開成二年

右陰符經序鄭澣撰柳公權書唐世碑碣顏柳二家書最多而筆法往往不同雖其意趣或出於臨時而模勒鐫刻亦有工拙集本無此十八字公權書高重碑余特愛模者不失其真而鋒鋩皆在至集本有於字陰符經序則蔡君謨以爲柳書之最精者云善藏筆鋒與余之說正相反然君謨書擅當世其論必精故爲誌之治平元年二月六日書右真蹟

又已下七篇同是柳誠懸書或撰故不與別碑歲月爲敘

余自皇祐中得公權所書陰符經序遂求其經云石已亡矣常意必有藏於人間者求之十餘年莫可得治平三年有鐫工張景儒忽以

此遺余家小吏遽錄之信乎余所謂物常聚於所好也右真蹟

唐山南西道驛路記開成四年

公權書往往以模刻失其真雖然其體骨終在也右見綿本拾遺

唐何進滔德政碑開成五年

右何進滔德政碑唐翰林學士承旨兼侍書柳公權撰幷書進滔唐書有傳開成五年立其高數丈制度甚閎偉在今河北都轉運使公廨園中右集本

唐李聽神道碑開成五年柳公權書

右李聽神道碑李石撰聽父子爲唐名將其勳業昭彰故以碑考傳少所差異而史家嘗著其大節其微時所歷官多不書於體宜然惟其自安州刺史遷神武將軍史不宜略而不書者蓋闕也右集本

唐李石碑道碑會昌二年

右李石碑柳公權書余家集錄顏柳書尤多惟碑石不完者則其字

尤佳非字之然也譬夫金玉埋沒於泥滓時時發見其一二則粲然

在目特爲可喜爾熙寧三年季夏旣望書右真蹟

唐高重碑會昌四年

右高重碑元裕撰柳公權書唐世碑刻顏柳二公書尤多而字體筆

畫往往不同雖其意趣或出於臨時而亦繫於模勒之工拙然其大

法則常在也此碑字畫鋒力俱完故特爲佳矧其墨蹟想宜如何也

治平元年正月廿五日書右真蹟

唐康約言碑大中七年

右康約言碑柳公權撰幷書約言宦者爲河東監軍唐自開元以後

職官益濫始有置使之名歷五代迄今多因而不廢世徒知今之使

額非古官襲唐舊號而不知皆唐宦者之職集本有也字約言在大

和開成間嘗爲鴻臚禮賓使又爲內外客省使以此見今之使名自

樞密宣徽而下皆唐宦官職也又以見鴻臚卿寺亦以宦者爲使於

其間約言又爲宣徽北院副使又見當時南北院宣徽皆有副使也

治平甲辰秋社前一日書 右真蹟

唐復東林寺碑 大中十一年

右唐湖州觀察使崔黯撰柳公權書東林寺會昌中廢之大中初黯爲江州刺史而復之黯之文辭甚遒麗可愛而世罕有之 右集本

唐王質神道碑 開成四年

右王質神道碑唐太子賓客劉禹錫撰幷書質字華卿王通之後也開成中爲宣歙池等州觀察使 右集本

唐會昌投龍文 會昌五年

右會昌投龍文余脩唐本紀至武宗以謂奮然除去浮圖銳矣而躬受道家之籙服藥以求長年以此知其非明智之不惑者特其好惡有所不同爾及得會昌投龍文見其自稱承道繼玄昭明三光弟子南嶽炎上真人則又益以前言爲不繆矣蓋其所自稱號者與夫所

謂菩薩戒弟子者亦何以異余嘗謂佛言無生老言不死二者同出於貪信矣會昌之政臨事明果有足過人者至其心有所貪則其所爲與庸夫何異治平元年五月五日書右真蹟

唐俞珣書陳果仁告身幷捨宅造寺疏大中八年

右陳果仁告身幷妻軫靜緣捨宅造寺疏附疏後題云明政二年按隋書煬帝本紀大業十一年十月東海賊帥李子通擁衆渡淮僭稱楚王建元明政則明政二年乃大業十二年也唐高祖實錄武德二年四月隋禦衛將軍陳稜以江都降卽以稜爲總管九月李子通敗稜陷江都國號吳建元明政則明政二年是武德三年矣二說不同如此呂夏卿爲余言若以大業十二年爲子通僭號之二年則江都方亂煬帝安得南幸而唐實錄陳稜事可據則明政二年當爲武德三年也隋書繆矣果仁終始事迹不顯略見於隋書云唐初爲隋大僕丞元祐將煬帝已遇弑沈法興果仁共殺祐起兵據江表法興自

稱總管大司馬錄尚書事承制置百官以果仁爲司徒其事止見此爾開元中僧德宜爲果仁記捨宅造寺載其世家頗詳而其功閥官爵歲月多繆德宜言中壽以死而宅疏言見屠戮當以宅疏爲是德宜文辭不足錄獨採其世次事蹟終始著之俾覽者覈其眞僞而少益於廣聞煬帝本紀高祖實錄皆唐初人所撰而不同如此何哉右集本

唐圭峯禪師碑 大中九年

右圭峯禪師碑唐相裴休撰幷書其文辭事迹無足採而其字法世所重也故錄之云右集本

唐濠州勸民栽桑勑碑 大中十年

余得劉莒脩兗州文宣王廟碑見大中時中書門下牒又得此碑見大中時勑乃知平章事非署勑之官今世止見中書門下牒便呼爲勑惟告身之制僅存焉右集本

唐閩遷新社記歲月見本文

右閩遷新社記唐濮陽宁撰其辭云大中十年夏六月關西公命遷社于州坤或作城凡築四壇壇社稷其廣倍丈有五尺其高倍尺有五寸主以石壇風師廣丈有五尺高尺有五寸壇雨師廣丈而高尺云文字古雅甚可愛嗚呼唐之禮樂盛矣其遺文有足采焉州縣社稷有主見於此記蓋大中時其禮猶在也按唐書楊發自蘇州刺史爲福建觀察使至大中十二年遷嶺南節度以歲月推之關西公者楊發也右集本

又

唐時州縣社稷有主獨此碑見之開元定禮至大中時猶僅存也禮樂廢壞久矣故錄此記以著之右真蹟

唐令狐楚登白樓賦咸通二年

右登白樓賦令狐楚撰白樓在河中至楚子綯爲河中節度使乃刻

于石綯父子爲唐顯人仍世宰相而楚尤以文章見稱世傳綯爲文喜以語簡爲工常飯僧僧判齋綯於佛前跪爐諦聽而僧倡言曰令狐綯設齋佛知蓋以此譏其好簡楚之此賦文無他意而至千有六百餘言何其繁也其父子之性相反如此信乎堯朱之善惡異也右集本

唐百巖大師懷暉碑歲月未詳

右百巖大師懷暉碑權德輿撰文鄭餘慶書歸登篆額又有別碑令狐楚撰文鄭絪書懷暉者吾不知爲何人而彼五君者皆唐世名臣其喜爲之傳道如此欲使愚庸之人不信不惑其可得乎民之無知惟上所好惡是從是以君子之所愼者在乎所學楚之文曰大師泥洹荼毗之六年余以門下侍郎平章事攝大尉泥洹荼毗是何等語宰相坐廟堂之上而口爲斯言集本有邪字皐夔稷契居堯舜之朝其語言尚書載之矣異乎此也治平元年七月十三日雨中書右真

蹟

唐孔府君神道碑 咸通十二年

右孔岑父碑鄭絪撰柳知微書其碑云有子五人載戣戡戢戳按新唐書宰相世系表岑父六子戳之下又有威表據孔氏譜譜其家所藏碑文鄭絪撰絪自言與孔氏有世舊作碑文時戣等尚在然則譜與碑文皆不宜有失而不同者何也余所集錄與史傳不同者多其功過難以碑碣爲正者銘誌所稱有褒有諱疑其不實至於世繫子孫官封名字無情增損故每據碑以正史惟岑父碑文及其家譜二者皆爲可據故並存之以俟來者治平元年三月廿二日侍上御崇政殿決繫囚退遂家居謝客因書 右真蹟

唐白敏中碑 咸通三年

右白敏中碑畢誠撰其事與唐書列傳多同而傳載敏中碑李德裕薦進以獲用及德裕貶抵之甚力以此爲甚惡而碑云會昌中德裕

起刑獄陷五宰相竄之嶺外公承是之後一年寃者皆復其位以此爲能其爲毀譽難信葢如此故余於碑誌惟取其世次官壽鄉里爲正至於功過善惡未嘗爲據者以此也碑又言桑道茂事云桑道慕不知孰是治平元年七月二十日右真蹟

唐于僧翰尊勝經咸通五年

右尊勝經于僧翰書僧翰筆畫雖遒勁然失分隸之法遠矣所以錄者亦自成一家而爲流俗所貴故聊著集本作述之庶知博採之不遺爾右真蹟

唐張將軍新廟記龍紀元年

右張將軍新廟記李巨川撰唐彥謙書張魯事史傳詳矣巨川文辭匪工所錄者彥謙書爾彥謙書頗知名於世故略存其筆蹟也右集本

唐王重榮德政碑中和四年同是唐彥謙書附此

右王重榮德政碑歸仁澤撰唐彥謙書重榮當唐之末再逐其帥遂據河中雖破黃巢平朱玫之叛有功於一時而阻兵召亂爲唐患者多矣碑文辭非工而事實無可采所以錄者俾世知求名莫如自脩善譽不能掩惡也考重榮之碑豈不欲垂美名於千載而其惡終暴於集本作于後世者毀譽善惡不可誣故也彥謙以詩知名而詩鄙俚字畫不甚工皆非余所取也治平元年清明前一日書右真蹟

唐磻集本作盤溪廟咸通二年

右磻溪廟記張翔撰高駢書駢爲將嘗立戰功威惠著於蠻蜀筆研固非其所事然書雖非工字亦不俗蓋其明爽豪儁終異庸人至其惑妖人呂用之諸葛殷等信其左道以冀長年乃騎木鶴而習淩虛僊去之勢此至愚下品皆知爲可笑而駢爲之惟恐不至者何哉蓋其貪心已動集本作薰於內故邪說可誘於外內貪外誘則亦何所集本增有而二字不爲哉右真蹟

唐梁公儒碑 天祐中

右梁公儒碑于廣撰王說書公儒者世爲成德軍將公儒當王鎔時爲冀州刺史以卒其碑首題云唐故成德軍內中門樞密使特進檢校太保使持節冀州諸軍事冀州刺史團練守捉等使軍器作坊使其餘所領事職甚多皆當時方鎮常事不足書惟樞密使唐之末年內官之職其後方鎮遂亦僭置於此見之軍器作坊五代之際號內諸司使皆朝廷官然不見其始置集本有之字時而今見於此豈方鎮之職朝廷因而用之耶將方鎮之盛亦僭置也公儒事迹無所取特以此錄之治平元年五月十八日書 右真蹟

唐花林宴別記 歲月未詳

右花林宴別記唐竇常撰花林寺在滁州全椒縣余在滁陽遣推官陳詵以事至縣見寺旁石澗岸土崩出石崖隱隱有字亟命模得之

右集本

唐陽武復縣記貞元十九年

唐衢文世罕傳者余家集錄千卷唐賢之文十居七八而衢文秖獲此爾然其氣格不俗亦足佳也右真蹟

唐崔敬嗣碑景龍二年

右唐崔敬嗣碑胡皓撰郭謙光書崔氏爲唐名族而敬嗣不顯皓爲昭文館學士然亦無聞三字集本作觀其事實文辭皆不足多采而余錄之者以謙光書也其字畫筆法不減韓蔡李史四家而名獨不著此余屢以爲歎也治平元年七月三十日右真蹟

唐潤州陁羅尼經幢歲月未詳

右陁羅尼經幢今在潤州寶墨亭中唐雲陽野夫王奐之書字畫頗爲世俗所重故錄之以備廣採右集本

唐夔州都督府記會昌五年

余嘗謂唐世人人工書故其名埋沒者不可勝數每與君謨嘆息于

斯也如具靈該繆師愈今人尚不知其姓名況其書乎余以集錄之博僅各得其一爾右見綿本拾遺

唐鄭權碑寶曆二年

右姚向書筆力精勁雖唐人工於書者多而及此者亦少惜其不傳於世而今人莫有知者惟余以集錄之博得此而已熙寧辛亥孟夏清心堂書右見綿本拾遺

唐王褒詩沈傳師李德裕唱和歲月未詳

惠泉在今荆門軍余貶夷陵道荆門裴回泉上得二子之詩佳其詞翰遂錄之逮今蓋三十年矣嘉祐八年十一月二十日書右見綿本拾遺

唐人書楊公史傳記歲月未詳

右楊公史傳記文字訛缺原作者之意所以刻之金石者欲爲公不朽計也碑無年月不知何時然其字畫之法迺遒唐人所書爾今纔幾

時而磨滅若此然則金石果能傳不朽邪楊公之所以不朽者八字集本作楊公者震也其所不朽者果待金石之傳邪凡物有形必有終弊自古聖賢之傳也非皆託於物固能無窮也迺知爲善之堅堅於金石也集本無也字嘉祐八年十一月廿日書右真蹟

唐放生池碑天寶十年

右放生池碑不著書撰人名氏放生池唐世處處有之王者仁澤及於草木昆蟲使一物必遂其生而不爲私惠也惟天地生萬物所以資於人集本有也字然代天而治物者常爲之節使其足用而取之不過故集本作萬物得遂其生而不夭三代之政如斯而已易大傳曰庖犧氏之王也能通神明之德以類萬物之情作結繩而爲網罟以佃以漁蓋言其始教民取物資生而爲萬世之利此所以爲聖人也浮圖氏之說乃謂殺物者有罪而放生者得福苟如其言則庖犧氏遂爲集本有人間之聖人五字地下之罪人矣治平元年八月十

日書右眞蹟

集古錄跋尾卷第九

瘞鶴銘歲月未詳　瘞鶴銘黃庭遺教經雖傳自晉而公疑

唐人所書故附此

右瘞鶴銘題云華陽真逸撰刻於焦山之足常爲江水所沒好事者伺水落時模而傳之往往秪得其數字云鶴壽不知其幾而已世以其難得尤以爲奇惟余所得六百餘字獨爲多也按潤州圖經以爲王羲之書字亦奇特然不類羲之筆法而類顏魯公不知何人書也華陽真逸是顧況道號今不敢遂以爲況者碑無年月不知何時疑前後有人同斯號者也右集本

又

右在焦山之足常爲江水所沒好事者伺水落時摸而傳之往往秪得其數字云鶴壽不知其幾而止世以其難得尤以爲奇惟余所得獨若此之多也潤州圖經以爲王羲之書字亦奇放然不類羲之筆

法而類顔魯公不知何人書也或云華陽真逸是顧況道號銘其所作也右真蹟

黃庭經永和十二年

右黃庭經一篇晉永和中刻石世傳王羲之書書雖可喜而筆法非羲之所爲黃庭經者魏晉時道士養生之書也今道藏別有三十六章者名曰內景而謂此一篇爲外景又分爲上中下三部者皆非也蓋內景者乃此一篇之義疏爾流俗又有一篇名曰中景者尤爲繁雜鄙俚之所傳也余嘗患世人不識其真多以內景三十六章爲本經因取永和刻石一篇爲之注解余非學異說者哀世人之惑於繆妄爾右真蹟

又

今道藏別有三十六章曰黃庭內景而謂此一篇者爲外景又有分爲上中下三部者流俗所行又別有中景者皆非也所謂內景者乃

此經之義疏爾中景一篇尤爲繁雜蓋妄人之所作也此本晉永和中刻石文字時亦脫繆然比今世俗所傳頗爲精也右見綿本拾遺

又

右黃庭別本一作刻續得之京師書肆不知此石刻在何處其字畫頗類顏魯公甚可愛而不完更俟求訪以足之治平丁未閏月三日書右見綿本拾遺

又

右黃庭經二篇皆不著書人姓名余初得後本已愛其字不俗遂錄之既而又得前本於殿中丞裴造造好古君子也自言家藏此本數世矣與其藏於家不若附見余之集錄可以傳之不朽也余因以舊本較其優劣而並存之使覽者得以自擇焉世傳王羲之嘗寫黃庭經此豈其遺法歟右集本

遺教經

右遺教經相傳云羲之書僞也蓋唐世寫經手所書（集本有爾字）唐時佛書今在者大抵書體皆類此第其精麤不同爾近有得唐人所書經題其一云薛稷一云僧行敦書者皆與二人他所書不類而與此頗同卽知寫經手所書也然其字亦可愛故錄之蓋今士大夫筆畫能髣髴乎此者鮮矣（右真蹟）

小字道德經開元二十七年

右小字八分道德經不著書人名氏亦不知其所自來或云在明州其石今亡矣問今藏書之家皆云未嘗見也其字畫精妙見者多疑爲明皇書而知非者以其（集本有首字）但題御注而不云御書也右真蹟

唐人臨帖

右唐人所臨諸家法帖一卷其前數帖類真卿所書蓋其筆畫精勁他人未易臻此按唐書言褚無量嘗請以當時所藏奇書名畫命宰

相以下跋尾而玄宗不許此乃有宋璟等列名于後又頗多訛繆豈後人妄增加之也然要爲可翫何必窮較其真僞今流俗所傳鍾王遺迹多不同然時時各有所得故雖小小轉寫失真不害爲佳物由是悉取前後所得諸家法帖分入集錄蓋以資博覽云右集本

小字法帖　此下皆跋法帖蓋模本也故類於唐人臨帖之後

右小字法帖者近時有尚書郎潘師旦者以官法帖私自模刻于家爲別本以行於世余因分以爲類散入集錄諸袟而程邈衞夫人鍾繇王廙宋儋皆以小字爲一類於此余嘗辨鍾繇賀捷表爲非真而此帖字畫筆法皆不同傳模不能不失本體以此真僞尤爲難辨也治平元年七月三十日書右真蹟

又

近時有尚書郎潘師旦者竊取官法帖中數十帖別自刻石以遺人

而傳寫字多轉失然亦時有可佳者因又擇其可錄者分爲十餘卷以入集目聊爲一時之翫爾其小字尤精故錄於此右集本

十八家法帖

右世傳十八帖者實二十五帖蓋書者十八家爾而流俗又自集本無此字有義之十八帖然皆出於官法帖也太宗皇帝時嘗遣使者天下購募前賢真蹟集以爲法帖十卷鏤板而藏之每有大臣進登二府者則賜以一本其後不賜或傳板本在御書院往時禁中火災板被焚遂不復賜或云板今在但不賜爾故人間尤以官法帖爲難得此十八家者蓋官法帖之尤精者也余得自薛公期云是家藏舊本頗真今世人所有皆轉相傳模者也右真蹟

雜法帖六

嚮於薛十三處得法帖一部闕其第一久而始獲　南朝諸帝筆法雖不同大率意思不遠眇然都不復有豪氣但清婉若可佳耳

二

學書不必憊精疲神於筆硯多閱古人遺蹟求其用意所得宜多

三

羲獻世以書自名而筆法相去遠甚父子之間不同如此然皆有足喜也

四

吾有集古錄一千卷晚又得此法帖歸老之計足矣寓心於此其樂可涯嘉祐壬寅大雩攝事致齋閑題

五

古今事異一時人語亦多不同傳模之際又多轉失時有難識處惟當以意求之爾嘉祐七年大饗明堂致齋于中書東閣偶題

六

老年病目不能讀書又艱於執筆惟此與集古錄可以把玩而不欲

屢閱者留爲歸穎銷日之樂也蓋物維不足然後其樂無窮使其力至於勞則有時而猒爾然內樂猶有待於外物則退之所謂着山林與着城郭何異宜爲有道者所笑也熙寧辛亥清心堂書右見綿本別集二十三卷

懷州孔子廟記後魏太和中誤寘於此

右宣尼廟記文辭事實皆不足采其書亦非佳獨其字畫多異故特錄之以備博覽右見綿本拾遺

景福遺文

余在夷陵時得之民家見當時縣有驅使官銜直典然云米一作來不　者莫詳其語嘉祐七年五月二十六日右見綿本別集二十二卷

浮槎寺八記詩

右浮槎寺八紀詩者自云鴈門釋僧皎字廣明作集本無此字詩雖

非工而所載事蹟皆圖經所無可以資博覽浮槎山在今廬州愼縣其上有泉其味與無錫惠山水相上下而鴻漸茶經及張又新等水記皆不載嘉祐中李留後端愿守廬州以其水遺余因爲之記其事余甚愛山泉而浮槎水特佳頗怪前世遺而不錄及得僧皎紀浮槎八事亦無之乃知物之晦顯有時也治平元年七月三十日書右眞蹟

福州永泰縣無名篆

右在福州永泰縣觀音院後山上世俗多傳以爲偎篆太常博士黃孝立閩人也嘗爲余言其山無名上多頑石無復鐫刻之蹟如人以手指畫泥而成文文隨圓石之形環布之如車輪循環莫知其首尾又言孝立嘗至廣州見南蕃人以夷法事天日夕焚香拜金書字號爲天篆者正類此然不能曉也今人亦有以道家之言譯之者曰勤道守三一中有不死術亦莫知其是非也右眞蹟

又

右在福州永泰縣觀音院後山上太常博士黄孝立閩人也爲余說曰山無名而甚高峻石皆頑無復鐫刻之迹如人以手指畫泥而成文文隨圓石之形環布之又曰孝立嘗至廣州見南蕃人以夷法事天日夕拜金書字圖號天篆者視其字與此篆正同然不能考也今世人亦有以道家之言譯之者曰勤道守三一中有不死術亦莫得而詳焉右集本

謝仙火

右謝仙火字在今岳州華容縣廢玉真宮柱上倒書而刻之不知何人書也傳云大中祥符中玉真宮爲天火所焚惟留一柱有此字好事者遂模于石慶曆中衡山女子號何僊姑者絶粒輕身人皆以爲僊也有以此字問之者輒曰謝僊者靁部中鬼也夫婦皆長三尺其色如玉掌行火於世間後有聞其說者於道藏中檢之云實有謝僊

名字主行火而餘說則無之由是益以僊姑爲眞僊矣近見衡州奏云僊姑死矣都無神異客有自衡來者云僊姑晚年羸瘦面皮皺黑第一衰媪也嚮時蘇州有一丐者臥道中相傳云是得僊者也自天聖中余已聞之後二十餘年尙在其人姓沈舉世皆傳爲沈臥僊云臥而飲食不漏州縣吏屢使人監守或潛伺察之皆實臥而不起亦不漏遂相傳以爲神旣而亦以病死雖素信惑其事喜爲之稱說者亦不云死時有異也斯二人者皆今世人以爲僊者如此故幷載之

右集本

張龍公碑乾寧元年

右張龍公碑趙耕撰云君諱路斯穎上百社人也隋初明經登第景龍中爲宣城令夫人關州石氏生九子公罷令歸每夕出自戌至丑歸常體冷且濕石氏異而詢之公曰吾龍也蓼人鄭祥遠亦龍也騎白牛據吾池自謂鄭公池吾屢與戰未勝明日取決可令吾子挾弓

矢射之繫鬣以青綃者鄭也絳綃者吾也子遂射中青綃鄭怒東北去投合肥西山死今龍穴山是也由是公與九子俱復爲龍亦可謂怪矣余嘗以事至百社村過其祠下見其林樹陰蔚池水窈然誠異物之所託歲時禱雨屢獲其應汝陰人尤以爲神也右集本

又

龍公之事怪哉余嘗以事至百社村過其祠下見其林樹陰蔚池水窈然誠異物之所託歲時禱雨屢獲其應汝陰人尤以爲神也右真蹟

周伯著碑

右周伯著碑者在今宿州出於近歲葢官部春夫開汴渠於泥沙中掘得之其文字古怪而磨滅無首尾了不可讀伯著不知爲何人其僅可見者云渤海君玄孫季景長子也其事蹟不可考文辭莫曉而字畫不工徒以其古怪而錄之此誠好古之弊也治平元年七月三

十日書右真蹟

衛秀書梁思楚碑上元元年

秀筆工之善模者也其自謂集書信矣無足多取也書譬君子皆學乎聖人而其所施爲未必同也右集本

裴夫人誌天寶四年

右裴夫人誌辭翰瀟洒固多清思惜乎不見其名氏石在長安之萬年矮槐文亦佳在亳州法相寺二者皆後得故續附于此熙寧二年六月二十有八日青州山齋書右見綿本拾遺

五代時人署字

右五代時帝王將相等署字合一卷前人遺蹟往往因人家告身莊宅券契故後世傳之猶在此署字乃北京人家好事者類而模傳之爾右集本

楊凝式題名李西臺詩附

右楊凝式題名并李西臺詩附自唐亡道喪四海困於兵戎及聖宋興天下復歸於治蓋百有五十餘年而五代之際有楊少師建隆以集本改已後稱李西臺二人者筆法不同而書名皆爲一時之絕故並錄于此右真蹟

徐鉉雙溪院記

右雙溪院記徐鉉書鉉與其弟鍇皆能八分小篆而筆法頗少力其在江南皆以文翰知名號二徐爲學者所宗蓋五代干戈之亂儒學道喪而二君能自奮然爲當時名臣而中國既苦於兵四方僭僞割裂皆褊迫擾攘不暇獨江南粗有文物而二君者優遊其間及宋興違命侯來朝二徐得爲王臣中朝人士皆傾慕其風采蓋亦有以過人者故特錄其書爾若小篆則與鉉同時有王文秉者其筆甚精勁然其人無足稱二字集本作所聞也治平元年上元日書右真蹟

王文秉小篆千字文紫陽石磬銘附

右小篆千字文者江南人王文秉書其後題云大唐庚申歲者建隆元年也僞唐李煜自周師取淮南畫江爲界以稱臣遂削去年號奉周正朔然世宗特許其稱帝故文秉猶稱唐而不書年號直云庚申歲也文秉在江南篆書遠過徐鉉而鉉以文學名重當時文秉人罕知者學者皆云鉉筆雖未工而有字學一點一畫皆有法也文秉所書獨余集錄屢得之此本得於太學楊南仲紫陽石磬銘者張獻撰亦文秉書也右集本

王文秉紫陽石磬銘

右紫陽石磬銘余獨錄於此而不附他書者文秉之書罕見於今也小篆自李陽冰後未見工者文秉江南人其字畫之精遠過徐鉉而中朝之士不知文秉但稱徐常侍者鉉以文章有重名於當時故也歲在辛酉晉天福六年李昪之昪元五年也五代干戈之際士之藝有至於斯者太平之世學者可不勉哉 右見綿本拾遺

郭忠恕小字說文字源

右小字說文字源郭忠恕書忠恕者集本有五代漢周之際爲湘陰公從事十二字及事皇朝其事見實錄頗奇怪世人但知小篆而不知其楷法尤精然其楷字亦不見刻石者蓋惟有此耳故尤可惜也五代干戈之際學校廢是謂集本作爲君子道消之時然猶有如忠恕者國家爲國百年天下無事儒學盛矣獨於字書忽廢幾於中絕令求如忠恕小楷不可得也故余每與君謨歎息於此也石在徐州集本無此四字嘉祐八年十二月廿日書右眞蹟

郭忠恕書陰符經

右陰符經郭忠恕書篆法自唐李陽冰後未有臻於斯者近時頗有學者曾未得其髣髴也實錄言忠恕死時甚怪豈亦異人乎其楷書尤精也嘉祐六年九月十五日宴後歇泊假閑覽因題右眞蹟

太清石集本作西闕題名

余自至亳始得悉閱太清之碑其佳者皆集本作悉已入余集古錄矣乃知余之集錄所得多矣惟兩石闕題名集本無二字未有今集本無此字續錄于此熙寧元年二月十九日書右真蹟

太清東闕題名

熙寧元年二月十八日余率僚屬謁太清諸殿裴回兩闕之下周視八檜之異窺九井禹步之奇酌其水以烹茶而歸十九日書右見綿本拾遺

賽陽山文太和九年誤寘于此

右跋尾者六人皆知名士也時余在翰林以孟饗致齋唐書局中六人者相與飲弈歡然終日而去蓋一時之盛集也明年夏鄰幾聖俞卒又九年而原甫長文卒自嘉祐己亥至今熙寧辛亥一紀之間亡者四存者二而擇之遭酷吏以罪廢景仁亦以言事得罪獨余頑然蒙上保全貪冒寵榮不知休止然筋骸憊矣尚此勉強而交遊零落

無復情悰其盛衰之際可以悲夫是時同脩書者七人今亡者五宋子京王景彝呂縉叔劉仲更與聖俞也存者二余與次道爾次道去年爲知制誥亦以封還李定詞頭奪職因感夫存亡今昔之可歎者遂并書之熙寧四年二月十五日病告中書右見綿本拾遺

集古錄跋尾卷第十

書簡卷第一　集一百四十四

與韓忠獻王稚圭　慶曆二年

脩頓首再拜啓仲秋漸涼伏惟觀察太尉尊候動止萬福脩至愚極陋不足以獻思慮於聰明至於脩記以問起居則當大君子憂國之時又非宜輒一作以干視聽是以書牘之禮曠絕一作而逾年然而千里之外威譽之聲日至京師如在耳目可以見作鎮方面懾動羌戎撫循之間優有餘裕此脩不勝西首企望拳拳之誠私自爲慰者也伏念脩材薄力弱不堪世用徒能少一無此字以文字之樂爲事而國家久安於無爲儒學之士莫知形容幸今剪除叛羌開拓西域紀功耀德茲也爲時惟侯凱歌東來函馘獻廟執筆吮墨作爲詩頌以述大賢之功業以揚聖宋之威靈雖曰懦焉亦區區之鄙志也謹奉手啓咨問伏惟俯賜鑒察謹啓八月日太子中允集賢校理歐陽修啓上

又慶曆五年

某頓首啓冬序極寒不審資政諫議尊候動止何若昨者偶趨府下過煩主禮自到郡踰月尙稽候問豈勝愧悚某孤拙多累蒙朝廷保全之恩得此郡地僻事簡飲食之物奉親頗便終日尸祿未知論報之方用此不遑爾瞻望戚府數程之近時得通訊下執謹因請絹人行附此以道萬一新歲甫邇伏乞爲國自重下情禱詠之至

又同前

某頓首啓近因州吏詣府請絹曾拜狀急足至時辱手書爲誨伏審履此凝寒台候萬福豈勝慰忭之誠某此藏拙幸今歲淮甸大雪來春二麥有望若人不爲盜而郡素無事何幸如之惟尸祿端居未能報國此爲愧爾瞻望旌棨惟願爲國自重以副禱頌

又慶曆六年

某再拜啓山州窮絶比乏水泉昨夏秋之初偶得一泉於州城之西

南豐山之谷中水味甘冷因愛其山勢囘抱構小亭於泉側又理其傍爲教場時集州兵弓手閱其習射以警饑年之盜間亦與郡官宴集於其中方惜此幽致思得佳木美草植之忽辱寵示芍藥十種豈勝欣荷山民雖陋亦喜遨遊今春寒食見州人靚裝盛服但於城上巡行便爲春遊自此得與郡人共樂實出厚賜也愧刻愧刻

又同前

某頓首啓季冬極寒伏惟某官尊體動止萬福某幸守僻陋咫尺大府常闕修問左右然幸尸祿奉親職事日益簡少養拙自便遂成習性但時自警而已冬深少雪氣候已春和伏惟爲國自重以副瞻頌之誠

又同前

某啓近急足還嘗略拜問歲暮晴和伏惟台候動止萬福本州張推官欲造棨戟云舊出門下此人涖官廉善謹守其職亦可自了恐不

見多年要知本官行止謹此拜聞

又慶曆八年

某頓首仲春下旬到郡領職疎簡之性久習安閑當此孔道動須勉彊但日詢故老去思之言遵範遺政謹守而已其餘廨舍城池數世之利無復增修完小小斯不敢廢壞爾今年蝗蝻稍稍生長二麥雖豐雨損其半民間極不易猶賴盜賊不作伏恐要知齪齪之才已難開展又值罷絶厄易諸事裁損日憂不濟此尤苦爾南北遼遠音信難頻輒此忉忉以煩視聽慙悚慙悚

又皇祐元年

某頓首啓自去春初到維揚嘗因蔡中孚人行奉狀自後區區不覺踰歲即日春暄不審尊候動止何似某昨以目疾爲苦因少私便求得汝陰仲春初旬已趨官所廣陵嘗得明公鎮撫民俗去思未遠幸遵遺矩莫敢有踰獨平山堂占勝蜀岡江南諸山一目千里以至大

明井瓊花二亭此三者拾公之遺以繼盛美爾大明井曰美泉亭瓊花曰無雙亭汝陰西湖天下勝絕養愚自便誠得其宜然尸祿苟安何以報國感愧感愧邊防之事動繫安危伏惟經略之餘爲國自重

又皇祐二年

某頓首啟冬寒伏惟台候萬福修前在潁曾一拜狀尋以移守南都苦於當道頗闕脩問徒切瞻思專使枉道手書爲賜佩服感慰何可勝言北俗蒙惠邊防有條宜歸大用以及天下不勝禱望之至謹奉狀敘謝

又皇祐二年

修啟辱示諭邊備有倫此已得之傳者久矣閱古事蹟尤見大君子之用心動必有益於人也盛製記文并孔子廟嶽廟等記並於杜公處竊覽已獲祕傳然私怪明公見遺獨不見寄謂於庸鄙有所惜者何邪見索亂道敢不勉彊苟得附方尺之木於梁棟間寓名諸公之

後爲幸多矣所恨文字汙公好屋爾前在頴承示碑文甚多愧荷之
懇已嘗附狀今者人至又惠宋公碑二本事蹟辭翰可令人想慕張
迪碑并八關齋記此之所有聊答厚賜某皇恐

又同前

某啓冬候凝寒伏惟某官尊體動止萬福十二日所遣人至伏承賜
書誨諭勤勤且榮且感嗣以近製石本俾之拭目信所謂未有不求
而得之者則前之干請誠不爲非也惶恐惶恐公之德業固已偉然
於當世矣而今又以文章筆札垂示不朽伏讀展玩之際因思窮邊
武俗耳目乍此炤耀其喧傳驚動宜如何哉後世之見者想公爲人
魁傑雄偉又宜如何哉說者謂天不以全美賦人某不信也某自夏
入秋苦於親疾以故久不修問謹因人還附此爲謝伏惟幸察

又皇祐三年

某頓首啓自夏迄今以老母臥疾營求醫藥加以京東盜賊縱橫朝

廷督責甚急公私多故遂闕拜狀中間伏承陞職留任亦以無由馳賀但深悚仄而已專人至辱書爲賜具審爲朝自重日膺多福邊隅已熟恩信兵民已安衣食當還廟堂以副公議此非小子之私祝真切真切富公移蔡亦便親而請也恐卻以親疾難於移動未嘗求徐然此歲滿得徙亦其幸也某再拜

又皇祐四年

某叩頭泣血罪逆哀苦無所告訴特蒙台念遠賜誨言雖在哀迷實知感咽昨大禍倉卒不知所歸遽來居潁苟存殘喘承賜恤問敢此勉述其諸孤苦不能具道秋序已冷伏冀順時爲國自重哀誠所望

又至和元年

某啓伏蒙寵示閱古堂碑三本豈勝榮幸公之德業當施本朝耀青史而刻金石淹留邊郡閑暇之餘尚足以爲一方故事煥赫塞上竊顧小子亦得列於衆作之間既足爲榮亦可愧也感悚感悚范公文

正云亡天下歎息昨其家以銘見責雖在哀苦義所難辭然極難爲
文也伏恐要知

又同前

某啓近范純仁寺丞見過得覩所製奏議集序豈勝榮幸文正遺忠
獲存於不朽亦勸善之道也某亦爲其子迫令作神道碑不獲辭然
惟范公道大材闊非拙辭所能述富公墓刻直筆不隱所紀已詳而
羣賢各有撰述實難措手於其間近自服除雖勉牽課百不述一二
今遠馳以干視聽惟公於文正契至深厚出入同於盡瘁竊慮有紀
述未詳及所差誤敢乞指諭教之此繫國家天下公議故敢以請死
罪死罪

又同前

某啓昨日居憂服除便得召乃敢離潁至都見日便乞蒲同朝旨俾
留遂領銓筦尋以引人事遽出同州入辭之際恩旨又留且領殘書

既而遂被茲命孤拙多艱無所補報屢招論議常黷上聰寵祿難忝若何為效恐終碌碌以為知己之羞久不拜狀出處多滯故敢略序范公碑如所教悉已改正但候橋川檢得希文奏議實在賊界恐知之某又上

又同前

修啓昨自服除召還闕出處不定皆由蹇拙使然諒惟悉察自忝此職嘗於遞附啓為謝某衰病鬚鬢悉白兩目昏花豈復更有榮進之望而天下責望過重恨無所為進不能補益朝廷退不能一作得決去恐碌碌遂為庸人以貽知己之羞爾夙夜愧懼不知何以見教願聞誨勤之言真切真切

師魯及其兄子漸皆以今年十二月葬某昨為他作墓誌事有不備知公為作表甚詳使其不泯於後大幸大幸范公表已依所教改正只是大順時檢得希文當初奏議是在賊地中伏恐要知

又嘉祐元年

某頓首啓秋暑尚繁不審三司尚書尊體動止何似伏覩制書以天下之計資天下之才雖未足以施夔稷一作契之業致堯舜之道以興至治以副具瞻而天災水旱之時民困國貧之際上有以寬旰食之憂下有以救饑寒之急此縉紳之君子閭巷之愚民所以聞命之日欣歡鼓舞而引首北望惟恐來朝之緩也修言不足信於人才不足用於世事有不得已而未能引去徒與衆人同其喜慰伏計大旆郎日在塗伏惟爲國自重謹奉啓咨候不宣修頓首再拜

又嘉祐三年

某頓首啓自明公進用雖愚拙有以竭其思慮效萬一裨補之而久無一言甚可責也今竊見國子監直講梅堯臣以文行知名以梅之名而公之樂善宜不待某言固已知之久矣其人窮困於時亦不待某言而可知也中外士大夫之議皆願公薦之館閣梅得出公之門

一美事也公之薦梅一美事也朝廷得此舉亦美事也某不敢以一言而讓三美故言之雖公而不敢洩公賜擇焉惶恐惶恐

又嘉祐治平間

某啓兩日不奉宴言豈勝瞻系伏承台候稍爾愆和不審晚來起居何似氣脈小小留滯微行必遂清康旦夕拜見且此拜聞

又同前

某頓首啓數日不奉餘論伏承台候微傷風冷喜已康和秋暑尚有殘歊更冀時加精攝無由咨候賓次謹勒此馳啓上問過旬休必獲瞻奉茲不盡區區

又治平元年

某啓不奉顏色忽已經旬霜寒伏惟台候動履清福竊承表啓累上聖意决不少疑量斯勢也似非辯說可入莫且當勉屈高誼兼副中外人情否某衰病最宜先去者尙此遲疑矧公繫國體重豈可輕議

昔人歎好事難必成皆此類也旦夕瞻近姑此以道悃見幸高明裁

察也惶恐惶恐

又治平元年

某啓晚來伏承台候萬福辱簡誨俾撰先令公真贊前世文人喜爲

聖賢記述蓋欲自託以垂名矧盛德清芬借載史牒但恐衰病久廢

筆硯不能稱道萬一嘗試勉彊以應嘉命值夜草草

又同前

某啓承教俾作魏國令公真贊屢日抒思不勝艱訥蓋以鉅德難名

非委曲莫究萬一而滯於簡拙遂至窘窮實辱嘉命惟負慚恐勉自

錄呈

又治平　年

某啓某以私門薄祐少苦終鮮惟存二姪又喪其一衰晚感痛情實

難勝仰煩台慈特賜慰卹豈任哀感之至酷暑復盛伏承台候萬福

來日參假當奉言侍謹且附此敘謝

又治平　年

某頓首啓不獲瞻奉忽復數日秋暑伏承台候萬福某以餘毒所攻頸頰間又爲腫核第以不入咽喉比前所苦差輕旦夕欲且勉出重煩台念特賜存問不勝感愧區區謹奉此敘謝

又治平　年

某啓不獲瞻見等閑數日餘暑尙繁不審台候動履何似竊承有外訃之戚方此炎熾伏冀節損悲悼爲朝自愛無由馳謁門屏謹奉此陳慰

又治平　年

某啓至日不獲展慶不勝馳情伏惟履長納吉爲國耆老承副中外之具瞻某所苦悉已平蓋得節假中飽於將理尙煩憂恤手筆存問其爲感激併留面敘人還粗布萬一

又治平　年

某啓日夕風凜伏喜台候萬福重辱手誨仰認意愛之深某所以欲速出者蓋家居不遑安爾謹當更與醫工審議昨亦有一劄乞更寬數日皆寂然所以尤難安處或因方便特爲略言及豈勝大幸承諭曾見與叔平簡拙疾更不復云惟乞不賜憂軫皇恐皇恐

又治平四年

某啓不侍台席忽復彌旬經節伏承動履清福杜門俟命已上三表便值休假方欲旦夕馳布懇誠于左右忽辱惠（一作誨）翰感慰兼深某去就之際不惟果於自決而相知者皆勉以必去不疑亮公見愛素深意必不殊也此來賴君相之明爲之辨別皎然明白中外無所疑惑矣則某之引去不嫌稍速所推恩禮不必過優使災難中遂逃禍咎而保安全於始終蒙德不淺矣區區所欲述者此爾伏惟幸察

又治平四年

某啓早暮遂涼伏承台候萬福昨日辱以相臺園池記爲貺俾得拭目辭翰之雄粲然如見衆製高下映發之麗而樂然如與都人士女遊嬉於其間也榮幸榮幸晝錦書刻精好但以衰退之文不稱爲慚而又以得託名於後爲幸也衆篇一時盛事往往佳作咸得珍藏豈勝感愧昨夕偶數客坐中不時布謝皇恐皇恐謹奉此咨啓

又嘉祐八年誤寘此

某頓首啓板橋忽遽攀違忽復旬浹氣節遂爾寒凝伏惟台候萬福龍旌即路幸此晴明然而跋履之勞事務叢委竊計倍煩神用更乞爲朝自重以副傾依下情區區

又治平四年

某啓冬序始寒不審台候動止何似竊承懇請之堅遂解機政處大位居成功古人之所難公保榮名被殊寵進退之際從容有餘德業兩全讒謗自止過於周公遠矣然而朝廷慮則元老遂去私自計則

孤危失恃此不能不惘然爾其他區區非筆墨所可旣惶恐惶恐

又同前

某啓自承遂解政機出鎭便郡尋奉拙記計已通呈遽審殊命優禮悉已懇辭又當馳賀也某藏拙於此幸亦優閑而衰病侵攻略無寧日歸心愈切然素計亦稍有緒也竊計大旆非晚啓行無由瞻望寒中伏冀爲國自重區區不宣

又熙寧元年

某啓東州難得酒村郡醞不堪爲信惟羔羊新得法造又以傷生不能多作然謂一無此字其味尙可少薦樽俎輕瀆台嚴惶恐惶恐

又熙寧二年

某頓首嚮嘗以拙惡應命深愧唐突乃蒙不鄙以之刻石得子履鉅筆錯之佳處因公勝迹託附之傳其爲榮幸多矣感惕感惕某近秋冬以來目病尤苦遂不復近筆硯小詩亦不曾作心志蕭條但思歸

爾承諭臟腹多不調更乞節慎飲食酒能少戒尤佳某一向不飲遂不復思無由少侍談席區區不布萬一

又熙寧二年

某啓專使至獲捧台翰伏承經寒動止萬福下情欣慰某以病目艱於執筆稍闕拜問其爲傾嚮之勤則未始少怠也某幸東州歲豐事簡居已踰年已再削乞壽陽蓋陳蔡勢難乞惟壽近穎亦便於歸計爾益遠旌棨新春伏惟爲國保重

又熙寧三年

某頓首啓近昨過鄆瞻望留都纔三四驛因假急足拜問粗布區區不謂遠顧專介直走淮濱誨諭勤勤仰認意愛兼審秋寒台候動止萬福下情豈勝感慰修過穎少留以足疾爲苦不久勉之官守情悰索然素志未遂其餘鄙冗莫道萬一惟乞爲國自重以慰具瞻

又同前

某啓某去秋留賴月餘嘗因急足還府附狀自爾勉力病軀祗赴官所忽忽遂見窮臘卽日凝凜伏惟鎮撫之餘台候動止萬福某昨蒙上恩察其實爲病瘁得蔡如請土俗淳厚本自閑僻日生新事條目固繁然上下官吏畏罰趨賞不患不及而老病昏然不復敢措意於其間若郡縣平日常事則絶爲稀少足以養獨偷安俟日而去爾甚幸甚幸荷公見愛之深欲知其如此爾歲暮雪寒伏乞爲國加愛

又同前

某啓立朝雖久忝冒實多而未有卓然可稱於人者蒙公愛念贈以嘉篇語重文雄過形褒惜何以當克但祕藏榮感而已拙句唐突大匠出於勉彊慙恐慙恐某自至蔡遂不會作詩老年力盡兼亦憂畏頗多冀靜默以安退藏爾

又熙寧四年

某啓近嘗奉記粗布區區竊計已投几格專使忽至特枉親翰伏承

經寒鎮撫之餘台候動履萬福豈勝感慰之極某衰病如昨年老憂
畏旦暮未去間俛默苟偷如前書所述爾忽忽又見新春惟乞爲國
愛重以副中外瞻倚之望

又同前

某啓辱貺齋醖尤爲醇美第小邦鮮嘉客老病少歡意不得如待台
席時豪飲之量爾可歎可歎近以序傳拜呈塵浼聽覽蓋嚮在潁因
欲遂留而當權者猜忌聊以自解爾進退之間其難如此可懼也千
萬保重以慰勤企

又同前

某頓首再拜近急足還府奉狀粗布謝懇新正令節限以官守無由
一厠賀賓之列元勳柱石神明所相百福來臻春氣尚寒伏惟爲朝
愛重上副眷倚下情祝頌之至

又同前

某啓昨承寵示歸榮等五篇刻石俾遂拭目豈勝榮幸唐世勳德鉅公爲不少而雄文逸翰兼美獨擅孰能臻於斯也某以朽病之餘事事衰退然猶不量力不覺勉彊者竊冀附託以爲榮爾見索拙惡不能藏默謹以錄呈慙罪慙罪某又上

又同前

某啓向嘗輒以拙詩塵涴台聽尋蒙特賜寵和不惟以慰寂寥而雄文大句固已警動人之耳目屬閑居杜門難偶信便遂稽布謝豈勝感幸愧恐之至也因王郎中詣府的便少道萬一

與富文忠公彥國　天聖明道間

某頓首白彥國自西歸於今已踰月無由一致書蓋相別後患一大疽爲苦久之不暇求西人行者然亦時時有客自西來獨怪彥國了無一書又疑其人不的於段氏僕夫來致幾道書此人最的宜有書又無然後果可怪也始與足下相別時屢一作累邀聖俞語謂書

者雖於交朋間不以疏數爲厚薄然既不得羣居相笑語盡心有此猶足以通相思知動靜是不可忽苟不能具寸紙數行亦可易致則可頻致猶勝都不致也當時相顧切切用要約如此謂今別後宜馬朝西而書夕東也不意足下自執牛耳登壇先歃降壇而吐之何邪平生與足下語思欲力行者事何限此尺寸紙爲俗累牽之不能勉強嚮所云云使僕何望哉洛陽去京爲僻遠孰與絳之去京師也今尙爾至絳又可知矣自相別後非見聖俞無一可語者思得足下一書不啻饑渴故不能不忉忉也秋暑差慼千萬自愛

又嘉祐元年

某啓暑雨不審台候何似有蜀人蘇洵者文學之士也自云奔走德望思一見而無所求然洵遠人以謂某能取信於公者求爲先容既不可卻亦不忍欺輒以冒聞可否進退則在公命也

又嘉祐七年

某啓慰疏已具如別春候暄冷不常不審孝履何似伏惟以時順變徇禮節哀上副人主之眷懷下爲士民自重某自承乏東府忽已半歲碌碌無稱厚顏俯仰尚思一有論報而去然勉強庸拙不知所爲苟終止若斯顧亦安能遲久不待彈劾當自爲計也未知尚有可教否無由瞻近豈勝下懷時事多端伊洛過客相踵必有能道其大槩者其他委細亦非筆墨可殫也謹因遣人萬不布一某又拜

又嘉祐八年

某頓首啓近馳賀懇少布私誠伏承大旆已及近郊道路盛暑竊審台候萬福實慰區區瞻跂之勤朝廷新有大故時事多艱舊德元臣與國同體馳騎奔走不惟出處之節得宜與來者爲法康時濟物愚智所同有望於馬首之來也餘如前書所述也旦夕當得瞻見顏色第因張師遠行不可無書謹奉手啓咨問

又同前

某啓忽承手誨以屢辭新命未得請俾有所開陳敢不如教然愚竊以公自元宰還首西樞懇請而從則恩典未見其過但公以避災爲意思欲深自退抑此與上待元老之意本不相爲謀也亦竊見初一劄自後更不降出上亦未嘗語及豈非事已決定無可商量邪若德音有所詢當具道如所教也秋涼喜承台候萬福謹奉此不宣

又治平二年

某啓餘暑未祛伏承台候動履清福人至辱賜簡豈勝感服自公在告爲常制所拘不得時伸候見固以爲恨今者大旆當西不一造門下竊意不近人情兼料諸公意必同此所以雖承誨勤未敢聞命也皇恐皇恐人還謹此不宣

書簡卷第一

與晏元獻公同叔慶曆七年

某啓孟春猶寒伏惟判府相公尊體動止萬福前急足自府還伏蒙賜書爲報且承臨鎮之餘日有林湖閒燕之樂此乃大君子以道出處之方而元老明哲所以爲國自重之意也幸甚幸甚有魏廣者好古守道之士也其爲人外柔而內剛一作內剛而外柔新以進士及第爲滎陽主簿今因吏役至府下非有宅求一有也字直以卑賤不能自達欲一趨門仞而已伏惟幸賜察焉不備某再拜

又皇祐六年

某叩首孟春猶寒伏惟留守相公大學士動止萬福某罪逆不孝不自死滅猶存喘息自齒人曹近者輒以哀誠具之號疏台慈軫惻憐念孤窮亟遣府兵賜以慰答有以見厚德載物無所不容求舊拾遺雖弊不棄捧讀感涕不知自已內惟孤賤受賜有年豈獨茲時乃爾

切怛蓋以感激臨紙發於其誠而不能止也留務清閑伏惟上爲邦家精調寢饍下情區區謹因人還附以敘謝某再拜

與杜正獻公世昌慶曆五年

某頓首啓仲夏毒熱伏惟相公閤下尊候動止萬福某蒙國厚恩任責尤重殆此朞歲曠無所聞不惟上辜陶鈞實亦慚愧知己瞻望門館豈勝區區然自東藩下車已累月而尙稽修問左右之禮蓋其進不能爲朝廷辨邪正而使讒言勝於公議退亦何所述其私焉用此彷徨非懈怠也伏以大臣出處自繫時事惟望爲國自重以享多福卑情不任禱頌懇切之至謹奉啓起居伏惟幸察

又慶曆八年

某啓仲夏毒熱不審相公閣下尊體動止何如某昨蒙恩自滁徙楊楊古名都嘗多鉅公臨治憶爲進士時從故胥公自南還舟次郡下遊里市中但見郡人稱頌太守之政愛之如父母某時尙未登公之

門然始聞公之盛德矣因竊歎慕不已以爲君子爲政使人愛之如此足矣然不知公以何道而能使人如此又不知使己他日爲之亦能使人如此否是時天聖六年冬也去今幾二十年而幸得繼公爲政於此以償夙昔歎慕之心而其材薄力劣復何能爲徒有志爾相公道德材業著于天下一郡之政不足多述因小生之幸遂以及之聊陳始末不覺言繁恐悚恐悚拜見未由伏惟爲國自重

又皇祐元年

某啓孟秋猶熱伏惟致政相公閤下尊體動止萬福昨者某以目疾爲苦自楊州來潁至此經時闕於奉狀蓋以目疾一作目病無悰私門多故然其企望門館何日而忘頃自去冬子美之逝賢人不幸天下所哀伏計台慈倍深痛悼某年方四十有三而鬢鬚皆白眼目昏暗慈母垂老羸病厭厭身世若斯國恩未報每以自念慨然興嗟知遇至深敢茲瑣碎皇恐皇恐秋暑未退霖雨爲災伏惟順時倍加保

重卑情所望不任區區謹奉啓起居

又同前

某頓首啓季冬極寒伏惟相公閣下尊候動止萬福某幸得守官近郡當時欲奔走候問起居而自秋以來老母臥病郡既僻小絕無醫藥逮冬至之後方得漸安由此踰月曠闕書啓之禮蕞爾小子蒙德有年瞻望門墻何日而已伏願順時自重以迎遐福以隆壽考卑情不勝區區謹奉啓咨問

又皇祐四年

某啓前月初專於郡中借人拜問不謂至今不達必以大水爲阻急足至伏喜秋來台候萬福得賛善書承頗多故亦云微恙今必已平康諒煩台慮也寵示寄君謨唱和詩并梅書豈勝珍荷梅君困窮晚遇真知不爲否也某此苟活但葬事未有涯大事惟此固難容易自秋來忽患腰脚醫者云脾元冷氣下攻遂勉從教誨食肉古人三年

不食鹽酪誠有愧也不孝不孝延陵葬子孔子猶往觀之蓋君子於哀樂喜怒必有可觀以爲人法也今世士人居喪不及處多風俗久弊恬不爲怪心常患之不意自犯名教然存身亦以奉後此蒙寵誨之意也荷見憂愛至深不覺言多死罪死罪某上

與曾宣靖公明仲 慶曆五年

某啓山郡僻寂習閑成懶凡於人事幾廢絕前者送起居院文字人回特沐手誨違別茲久伏承德履甚休可勝慰浣某居此雖僻陋然奉親尸祿優幸至多愚拙之心本貪報國招仇取禍勢自當然然裨補未有一分而緣某之故事起多端有損無益可爲媿歎今而冒寵名飽食自便何以爲顏也未期良會冬冷保重

與呂正獻公晦叔 皇祐二年

某啓別後人還兩辱書暑中喜承寢味多福某十三日受命與孫公易地此月下旬當行効官不憚宣力苟爲公家何所不可若區區應

接人事以避往來之謗秖恐違其天性難久處也西湖宛然再來之計不難圖而與賢者共樂知其不可得也秋涼惟冀保重

又熙寧　年

某啓某以衰病之質幸此優閑中性易習遂成懶墮嚮審召還禁林固與士大夫同其慶抃而久闕馳誠恃知之厚必不罪其疎慢也辱書重增感愧未涯瞻覿漸寒爲國自重

又熙寧三年

某啓養拙東州久自藏縮加之病苦廢事遂闕拜問比者得請淮西道出治下方俟及疆奉狀行次南郡一作都遽辱賜教其爲感愧何可勝言仍審坐鎮之餘動履多福某衰晚之年蒙上信其實病不以避事爲責而從其所欲恩出萬幸何感如之餘不復云皆留面布

又熙寧五年

某啓晴陰不常不審動履何似前日四望一賞羣芳之盛已而遂雨

古人謂四樂難并信矣十三日欲枉軒騎顧訪蓋以草堂僅成幸一光飾之爾謹此咨布餘留面敘

又同前

某啓昨晚辱教答承齒疾尚未平若苦不敢勸酒莫可略枉顧否蓋欲少接清論不主於酒食物亦令減滋味也矧茲疾某亦嘗苦每蒙寬假也更此咨啓

與程文簡公天球 皇祐 年

某啓哀誠迫塞不敢時通記問蒙存錄過厚荷知有素不當煩述也賤累往來鎮下特承差人送至及勞賜稠重秖以愧感佳釀拜惠甚頻增醜增醜衰病咫尺未由號一作就見依戀依戀

又至和元年

某頓首啓依戀之懇略布具前大暑中特煩眷接累日連夕不見勸色私懷感著非一二所可陳舟行病酒累日不解府人屢還皆不能

奉啓纔過長平遂苦大熱比及都下俗狀益勞瞻想清宴其可再得

餘當續具咨目茲少敘依依不悉

又至和二年

蒙頒寄佳醞感愧非一京師日苦俗狀無復清思臨觴之樂未始有之思去歲留奉清歡不覺已朞年矣柳湖陳之甘棠思有所頌述以遺陳人為他日故事以彰公之雅志不惟拙訥直以多事忽忽殊所不暇秋涼必償素願得次詩榜之末亦大幸矣

又同前

某啓昨得請淮西方作書乞舟謀出府下莫得一奉言色私懷喜幸何可勝言而改職未謝恩旨復留孤拙無庸於時何報進退遑遽莫知所為重以屢煩朝聽未敢輕有所陳靦顏周行碌碌而已荷公愛顧非比他人出處之節不敢自默時事日新未知如何區區非紙墨所布也秋熱惟乞以時為國自重

又同前

某啓忽忽久疎奉問近以被命出疆初緣持送御容須一學士同列五人皆以曾往遂不敢辭繼以虜中凶訃義益難免然冒風霜衣皮毛附火食麵皆於目疾有損亦無如之何比者當馳問示諭柳湖嘉致誠願有所述以姓名附見爲榮北行馬上當得抒思偶祕書歸省顧治行計隨分牽率鄙懷不能盡萬一

又至和元年

某頓首伏承台誨欲使撰述先公神道碑豈勝愧恐某才識卑近豈足以鋪列世德之清芬然蒙顧有年義不得辭其如大懼不稱所使以辱執事是用進退惕然餘當詣節下受教舟船荷德無已

又同前

某啓辱賜問幷錄到贈告屢煩台聽悚仄可知所要碑文今已牽課衰病無悰言無倫理不足以揚先烈愧汗而已某自病起益疲不能

復舊豈遂衰邪碌碌處此思去未果但思明公柳湖春色不得陪俊

騎爲恨爾大用猶稽時事多端思見舊德物論如此非諛也未間樽

俎爲適亦有嘉趣臨紙區區不能盡惟冀爲國珍重

與孫威敏公元規　皇祐四年

某僻居西郊苟活無求於世號奉几筵而已諸事無便不便也幸無

恤秖如卜葬茫然未有涯然汲汲須於明年了却某邇來目昏略辨

黑白耳復加重恐知之西行漸相遠哀苦中瞻望依依范杜二家之

子不歸京西此不足怪人事就易爾仕宦子孫多在北古賢亦皆如

此不以去就爲輕重也某亦不忍以先妣有歸子孫以遠不得時省

墳墓也哀切哀切

又同前

某叩首急足自徐還辱書承以七月首塗大旆遂西即日秋暑伏惟

台候萬福昨日范公宅得書以埋銘見託哀苦中無心緒作文字然

范公之德之才豈易稱述至於辨讒謗判忠邪上不損朝廷事體下不避怨仇側目如此下筆抑又艱哉某平生孤拙荷范公知獎最深適此哀迷別無展力將此文字是其職業當勉力爲之更須諸公共力商榷須要穩當承公許作行狀甚善便將請諡議官文書有司據以爲議大是一重公據請早揮筆秪見行狀亦當牽率爲之也入對少留應當西邁殘暑千萬保攝時乞惠問以慰孤窮

與蘇丞相子容同前

某啓哀窮苟活奄及仲秋孤苦之心何以自處昨急足還府嘗奉號疏必達秋涼寢味如何昨聞入京今必歸府某此幸幼賤如常相見未涯嚮寒保愛因人奉此不次某再拜推官郎學士執事八月五日狀

昨大禍倉卒離南都來不記料錢券曆何在後來須繳納省中不知省中曾催否是王仲文手分託與問之

又同前

某啓近急腳子還嘗奉訊專人至辱書審秋寒以來體況佳福修苟自存活諸況前書具之此不繁述職租極荷掛意前者爲料錢曆子承封送王仲文等狀蓋當時作書誤寫本爲添支曆爾更說與問看記得當時離南都時似繳納了恐未曾繳時須要見歸着也此中尋來並不見故也更爲王渭州織紗如何亦告因書批及見解牓喜賢弟被薦歲杪多愛某再拜職田絲十二兩有公文卻送還府

又皇祐五年

某啓近累累辱書承夏熱幕中清勝某居此以來事緒累次書內應悉但卜葬心欲速了而事未有涯絕無人相助又無弟姪可使者茫然中心未知所措吾弟替期應亦不遠公租極小事煩挂意悚悚苟圖存活所須至鮮然有不得已處也窮居危坐病目眊然無以度日又爲一妹喪夫惸然無依居處相遠力未相及添此一重煩惱爾人

還作書回謝事多未能子細思渴思渴

又疑

某啓晴色可佳必遂出城之行泥濘竊惟勞頓清明之約幸率唐公見過喫一椀不托爾餘無可以爲禮也專此不宣

又疑

某啓雨晴便苦客多牽強攀和感篇已不能如韻實愧於詩老也早來承見問所聞再三疑惑不審何事彼有所傳幸以爲示也爲客在門前守定寫簡不成悉之

又疑

某啓拙詩趂韻有梅二之業病無其工也早來許行香後見過何爲復輟所欲示者何事來日能見顧否行香後乘涼枉駕作一盂飯奉待却有絶品茶數種可試若所說事不妨時幸就近約介甫同來爲幸惟以方上號請告不敢聚飲爾其他並無害批示某再拜

又治平四年

某啓近嘗奉狀急足還幷遞中併捧惠問所以慰誨存恤之甚厚兼審經暑動履多福乃誠瞻嚮欣感可量汴流駛激承使舟卽日東下得與民吏奔走道左豈勝馳情謹先奉此攀迎伏惟幸察不宣

又同前

某啓某以孤拙蒙上恩憐予之一州俾養衰朽又得在使部遂依公庇頓安危心豈勝天幸某至此已數月幸歲豐盜息民事亦稀蝗蝻不多隨時撲滅承齋舲下汴首及弊封當得親受約束面布懇誠謹因迎迓人行姑此上問尊候不宣

余皇祐庚寅歲爲南都從事會樂安公來守留司以余乃昔所舉送進士待遇特厚府中之務皆以見屬嘗謂余曰愛君至誠喜得共事故事事奉諉必不憚煩也又嘗親書余考牒曰才可適時識能慮遠珪璋粹美是爲邦國之珍文學純深當備朝廷之用又其

所遺書簡往往指事詰難盡其底處余亦荷其知照於論議間纖悉無隱前後諸帖雖祕藏之或爲親識攜去者多矣今聞公薨謝感舊愴懷不能已已因索巾褚尙得數十紙命工裝背庶幾藏於久遠爾熙寧五年十月廿五日東陽郡思堂丹揚蘇頌子容題

予在樂安幙府二年日接論議聞所未聞府事之外則章奏書疏悉以見託至於私家細故亦多詢其何如故其簡札丁寧委曲雖至親亦不過如此自公之薨予每與親舊語言未嘗不及之抑其風尙之可懷故彌久而不能忘也蘇頌子容題

與王文公介甫　嘉祐　年

某再拜相別忽焉遂見新歲中間嘗一得附書其如忽遽不盡鄙懷於今猶以爲恨雖然遂使不忽遽區區之懷亦不能盡也賢弟來得相見備審動止卽日春寒奉大夫人萬福喜慰無限賢者不能留之朝衰病者不得放去皆失其分歸咎何所某自新春來目益昏耳亦

不聽大懼難久於筆硯平生所懷有所未畢遂恐爲庸人以死爾其他細故不足道惟奉親自愛

又嘉祐三年

某啓近託揚州附書必達自拜別無日不瞻企秋氣稍涼伏惟尊候萬福毗陵名郡下車之始民其受賜然及侍親爲道之樂日益無涯矣某怏怏於此素志都違諸公特以外議爲畏勉相留古之君子去就乃若是也呂惠卿學者罕能及更與切磨之無所不至也因其行謹附此咨起居

又嘉祐元年

近得揚州書言介甫有平山詩尚未得見因信幸乞爲示此地在廣陵爲佳處得諸公錄於文字甚幸也賢弟平甫秀才不及別書愚意同此前亦承惠詩多感多感

與韓獻肅公子華　嘉祐六年

某啓多日思致問近見發遣使臣來請公用物呼渠欲附書待之終不至遂以稽滯不審秋涼所履何似某碌碌無所稱遂爲朋友之羞第以體難輕發當更小忍慙爾君謨自南歸皤然一翁但喜其病渴且止遂當安也仲儀頑健如故惟不能屢相見交游索漠子華豈當久外何時來歸未間因風時枉數字猶足以慰衰病之懷竊冒寵榮不知爲樂但覺其勞與負愧爾茶三二種託賢弟致達勿罪少邊州早寒惟爲時自愛　公儀云謝禮闈唱和已失二梅可歎可歎

與韓門下持國　至和二年

承已受命未克馳賀蓋以治行徙居日併牽率也陰雨體況佳否小詩幸同作以送介甫因出見過思仰思仰某再拜十二日何時可入史院幸先示諭爲望

與吳正獻公沖卿　嘉祐六年

某啓奉別忽見新歲辱書承經寒動履休勝某以孤拙之姿不求合

世加以衰病心在江湖久矣此友親所共亮之也玆者遽叨誤選實出意外任責已重而無素蘊不敗何待見愛深者但可弔也不然何以教之惶恐惶恐新春保愛以副瞻祝某再拜

又嘉祐八年

某啓公私多故久闕奉狀辱書承經暑動履清和併深慰戀近審將漕京西但欣按部過都當遂瞻見亦承曾有章奏必難遂高懷莫且勉就否某自春涉夏以小兒女多病不無憂撓加以待罪碌碌不知所爲情緒蕭索無復前日惟握手一笑庶幾尚慰衰殘豈勝企望也未間盛暑爲時自重人還草率爲謝不宣

又同前

某啓公私多故稍闕致問自因山赴役事非素料每見奏削足知勞慮也亦承邇來頗有倫緒諒非精敏不能濟也某以衰朽謬膺器使當此多艱未知何以免於罪戾也即此衰病之餘與兒婦輩各安恐

知

又治平四年

某啓違遠台席忽復更時秋暑尙繁不審動履何似某向以孤危之迹當羣論洶湧之時獨賴至公遏以清議保全至此恩德可量赴職以來日享安逸玆爲受賜不淺矣乃情傾嚮豈勝區區惟冀以時爲

國自重

又熙寧四年

某啓感激之誠已具前幅某十七日受命行裝素具適值久雨積水爲阻三五日始遂東歸某此來恩數出於望外然猶有私門合乞恩澤上煩朝廷幸乞留念一作意蓋他門不敢言恃以親契皇恐皇恐

某又上

又治平元年

某啓多故稍闕致問辱書感愧新正竊承動履休福貴眷各安某與

兒婦等幸如宜第苦殘衰齒牙搖脫飲食艱難殊無情況爾京西忽已踰年承見諭謹當誌在下懷也過年賓客書題坌集日益區區修報草率不以爲罪春和惟以時慎愛

又熙寧五年

某頓首啓某田野之人自宜屏縮而況機政方繁猶蒙曲記其生日貺之厚禮仰佩眷意之篤感懼交幷某以衰病退藏人事或不能勉力交親必賜容恕謹此以代布謝之萬一

又熙寧五年

竊承懇章屢上而中外瞻矚方切恐未能遽遂高懷也近叔平自南都惠然見訪此事古人所重近世絶稀始知風月屬閑人也呵呵有會老堂三篇方刻石續納兒子在宅叨聒感愧感愧

與吳正肅公長文 嘉祐二年

某啓前日齋所却成叨聒累日宿齋不易承手教存問兩勢不減去

年弊居上漏下浸壓溺是憂更三數日如此當須奔避皇皇不知何適爲可居京師其況如此奈何奈何承惠奇物遠來更要新如何可得也呵呵感著感著人還謹此不宣

又同前

某再拜累日不瞻奉渴仰可勝酷暑中承氣體清適某自初旬內嘗冒熱赴宿爲暑毒所傷絶然飲不得加以腹疾時時作遂在告數日前下牓子欲見以虛羸未任遂復中止更三五日當出承手教存問感慰感慰謹此奉謝

又同前

某啓在告累日不獲瞻見尤所企渴辱教承餘寒體氣清佳衰病極不自勝左臂疼痛繫衣揞笏皆不得懇告諸公幾乎乞骸也何暇復顧外論如何哉承見諭感仰感仰乍出事叢草草不悉

又嘉祐四年

某啓承奉祠齋宿喜體候清休某參假方三日左眼瞼上生一瘡疼痛牽連右目不可忍旦夕未止又須在告屢廢職事豈得安穩諸公不諒未肯令罷奈何奈何承惠佳篇甚釋病思和得納上目痛甚書不得勿訝

又同前

某病中聞得解府事如釋籠縛交朋聞之應亦爲愚喜也請外又須更作一節般挈上下重以爲勞數日卜居稍定遂得從公游矣拙詩取笑

又此帖乃是嘉祐三年二月誤寘於此

某啓一兩日不奉見伏惟體候清佳孫明復春秋文字知在彼傳錄欲告借一兩冊或彼中已寫了者若或未寫到者皆得此中一二筆吏閑坐必不久滯某遂赴班判忽忽五七日不相見謹此不宣

又同前

某啓昨日聖俞處見一篇又辱寵示其鋒豈易當也然自此極有工夫却歸人道上也呵呵云百司者尚未見報來不知的否某已有祕閣唐書便更無兼局亦情願臉瘡未愈未得奉見區區不悉

又同前

某啓昨日奉見偶忘咨聞爲親戚喬孝本避嫌當易局乞早與施行況武平郎君例甚近幸冀留念前時亂道數篇必已寵和專令咨請望付人也忙不詳悉

又同前

某啓在告久不瞻顏采頓涼伏計德履康裕某病體得涼漸愈思欲朝參以奉言宴而假故須初三日方可出昨見新制京朝官不自下文字令審官舉行磨勘朝士喞喞皆爲不便某亦思之有數節未便蓋爲害甚廣然不知長文曾留意否始初莫與建議否欲有所陳未敢先此咨問幸思而見教

又嘉祐六年

某啓自大旆東出忽復踰時春氣猶寒竊承動履清勝前約臨行少留會話終不克遂至今爲恨東土雨雪不愆年豐俗阜爲郡之樂想亦無涯某衰病日增勉強碌碌卒無毫分以塞咎責奈何奈何前日賞花釣魚獲侍清宴自景祐三年逮今二十六年獲見盛事獨恨長文不在爾嚮暑政暇惟以時自愛因風惠問以慰瞻渴

又治平二年

某啓以公私多故久不奉疏秋暑伏承孝履支福賢郎來因得聞動靜粗慰瞻企然而倚廬遠去城邑飲食非便亦承臟腑不調諒出蔬食所致某向居憂於穎每每因食素生疾遂且食肉然服除半歲猶未平復此在典禮亦當從權前時傳侍講還朝尤病甚有羸色久之方復公奉侍慈顏尤當勉彊間食少葷味以養助真氣交舊奉祝惟此爲切餘不煩言也亦知室居稍亦完緝嚮寒更冀節哀慎護以副

瞻祝

又治平元年

某自春末家中疫疾深夏甫定遽此水災驚奔不暇僅有餘生入今年來兩目昏甚屯滯百端直以京師饑疫復此水患上心憂勞正當竭力未敢請外其如無所裨補其責愈深奈何奈何賜茶數餅表信然亦不宜多飲也

又熙寧元年

某啓暑伏已深不審台候動履何似修赴職已旬餘幸歲豐盜賊衰息地僻人事稀簡蹇拙之迹臨禍獲全荷德已多而又假以寬閑之處俾養衰病之餘其受賜亦不淺矣昨過潁尾蓋十五六年不到矣而風氣之變物產益佳巨蟹鮮鰕肥魚香稻不異江湖之富故亳雖名郡而歸思不可遏也固不待巢成而歛翼矣公方上副聖君眷委之重下爲善人良士所賴惟爲國自重以副區區不宣某再拜

與蘇丞相子容　皇祐　年　已下續添

誠如所諭甚善早來所聞是生開者河道云太淺卻高如西面三尺已來更請子細看過或果如此卽更須那工開令深峻方可行水仍云大抵近東河底漸高恐流水不快千萬且與掛意某兩日拖病來日方可到城外恐知之某白子容足下

又至和元年

某自去秋扶護南歸水陸往還四千餘里幸無風水之恐得遂安祔哀苦中獨力粗如私願其如水往陸還奔馳勞苦故自春多病僅有餘生中間承改秩召試帖職未遑爲賀亦以哀苦杜門少見人便故也卽日供職奉親外氣體休佳某六月當勉從人事未知所向何方相見未可期企仰企仰因人不惜垂問此外珍重某又問　哀苦中

又嘉祐七年

承示啓事相知何必更如是未禫除稽於復謝諒可情恕也

某啓中間辱書承爲政外體履安和近又沐惠問適以合宮大禮前後事叢不時致謝第深感愧也潁城佳郡足以優賢然當舒發遠大則難久留也未間湖園亦少資清興某衰病碌碌厚顏已多有名即得引去矣未果談款初寒以時慎愛不宣某再拜知郡子容學士足下十一月一日

與杜正獻公慶曆　年　見英辭類藁

某頓首啓仲秋漸涼伏惟致政相公尊體起居萬福前者所遣人還伏蒙寵賜書答因得備問起居之節進退之宜私心喜幸何可勝道淮南歲旱飛蝗羣下來自淮泗至秋暑毒不解不審治沐如何更望順時倍保尊重

又慶曆　年　見英辭類藁

某頓首山僻少便闕於修問伏惟台候萬福進士曾鞏者好古爲文知道理不類鄉閭少年舉子所爲近年文稍與，疑後進中如此人者

不過一二閤下志樂天下之英材如肇者進於門下宜不遺之恐未知其實故敢以告伏惟矜察

書簡卷第二

與趙康靖公叔平　至和三年

某啓辱教并高郵二書不勝感刻足以仰見仁人之心惻物垂憫之深也方欲專馳人去請時暑重煩揮翰來旦併伸面謝人還姑此

又至和三年七月

某啓累日阻拜見不審尊候何似某爲水所渰倉皇中般家來唐書局又爲皇城司所逐一家惶惶不知所之欲卻且還舊居白日屋下夜間上栰子露宿人生之窮一至於此人馬隨多少借般賤累幸不阻

又嘉祐四年

某頓首啓初夏已熱不審動止何似鄆去京師不爲遠而叔平在外宜日走訊問候興居而動輒逾時雖云人事區區實亦可責也某昨衰病屢陳蒙恩許解府事雖江西之請未獲素心而疲懶得以少休

豈勝感幸卜居城南粗亦自便自在府中數月以几按之勞凭損左臂積氣留滯疼痛不可忍命醫理之迄今未愈天府孰不爲之獨衰病者如此爾東平風物甚佳爲政之暇想多清趣更冀爲朝自重以俟嚴召遞中謹奉此有懇如別幅

焦千之秀才久相從篤行之士也昨來科場偶不會入其人專心學古不習治生妻子寄食婦家遑遑無所之往時聞鄆學可居所資差厚可以託食而焦君以郡守貴侯難以屈迹今遇賢主人思欲往託竊計高明必亦聞此但恐鄆學難居今已有人爾若見今無人則焦君不止自託其於教導必有補益亦資爲政之一端也更在高明詳擇可否俟有寵報決其去就也謹於遞中布此懇

又同前

某啓久不奉狀乃以今夏暑毒非常歲之比壯者皆苦不堪況早衰多病者可知自感暑中忽得喘疾在告數十日近方入趨而疾又作

動輒伏枕情緒無悰深思外補以遂初心而唐書不久終篇用是更少盤桓侍祠既畢當卽決去形容心志皆難勉強矣焦秀才事荷挂念方走淮南欲挈家而其婦翁作省判遂被留連勢不能去然渠感愧非一也某久欲作書屬病今猶居告自叔平兄去後子華作憲遂鮮歡

又同前

某啓近嘗奉狀秋雨早寒不審尊候何似昨辱書言郡封不安勞慮醫藥數日前聞果不起伏惟哀悼之懷何以堪處無由陳慰徒用瞻仰叔平素喜浮圖之說死生之際固已深達茲顧未能頓至無念諒用此可以少寬哀苦之情爾交游無以爲言聊以此塞悲奈何奈何更希爲國自重也謹於遞中附此

又嘉祐五年

某頓首啓伏承榮被制書入司天憲中外欣愜以謂肅政綱以重朝

廷於茲有望焉至於朋舊又喜來歸獨不得親款宴言以爲恨爾竊計旌旆已及郊畿無由瞻迎溽暑惟爲國自重

又熙寧二年

某再拜自承榮遂挂冠之請日欲馳賀而病悴無堪事多稽廢其如不勝欣慕瞻仰之誠也即日隆暑伏惟台候動止康福竊惟宴閒之樂大愜雅懷回視塵瑣必深閔歎也某衰病日增尙此遷延爲愧不淺然亦不晚必能勉追高躅也瞻見未涯惟冀順時加重

又熙寧三年

某衰病退藏人事曠廢理無足怪然亦不承問不勝傾馳屢得君貺書及見唱和新篇粗審動靜喜承台候萬福嚮嘗辱許枉顧雖日企竚乃出於乘輿不敢坐邀然又思賴之請決在此春若得自乘一鹿車造門求見亦未爲晚未間春暖惟冀以時衛重

又熙寧四年

某啓自退居杜門人事幾絶養成疎慵稍闊拜問塗中忽辱書頓慰岑寂兼審經寒尊候萬福某衰病如昨目足尤苦殊不少損茲亦老年常態爾閑居之樂無待於外而自足處多惟朋舊相從爲難得自安道得請南臺竊思二公物外得朋之樂不勝羨慕所承寵諭春首命駕見訪此自山陰訪戴之後數百年間未有此盛事一日公能發於乘興遂振高風使衰病翁因得附託垂名後世以繼前賢其幸其榮可勝道哉在公勉強而成之爾餘具別紙

與馮章靖公當世 嘉祐二年

某頓首區區久闕致問中間辱書爲感何已冬寒伏惟台候萬福某以衰病期一作思得一小郡養拙三二年間謀一歸老之地此此願未獲遽被責以吏事精力耗竭何止彊勉不出歲末春初當有江西之行矣辭親幹敏河東風土民間事緒可以詢問得佐幕府甚幸甚幸某爲目病爲梗臨紙草率惟冀鎮撫外以時爲國自重

又嘉祐四年

某啓自承移鎮合肥嘗一得奉狀其後區區更闕附問不審酷暑以來尊候何似廬在淮南爲劇郡竊惟下車布治之初當少煩條教既而可樂之趣則有多於他邦也伏惟視政之暇爲時自重佇俟來歸以慰士大夫朋友之望

又嘉祐五年

某啓伏自移鎮肥上嘗一奉書忽已踰歲續雖乏馳問然瞻企之勤則未嘗懈也即日春寒不審尊候何似某以衰病無堪自解秩天府於今一朞正以唐史殘編爲累今幸成書不久進御遂當南去世事老來益有可厭者矣自當世治肥然大率諸相知皆云不得書某亦以地僻少有來使得詢動止朝廷公議與交親私望皆願還歸未間向暖惟冀爲國自重

又同前

某啓昨自罷煩劇卜居城南少獲休息然猶此盤桓未遂決去正以唐史將遂終篇然亦不過秋末時事爾廬去京師不遠計可備聞難於紙筆具道也當世據名藩優游文史自足爲樂其餘一付公議但朝多賢士而獨在外與相知之私立欲公來歸之速爾某衰病俱攻去心甚速諸公察其實然而未肯決然放去奈何奈何原父雖歸子華作憲朋友益蕭索當世尚壯及時讀書行樂此外稍隙時當得數奉問大熱更冀自重

又同前

某啓自承移鎮金陵遂疎奉問經暑竊惟體履多福江山之勝實足以資清興而賢者久居於外豈朝廷之意哉朋友區區之私又可知也某衰病迫於歸計唐史奏御遽陳危懇而未蒙聽允進無所補退不獲志負愧周行不知所措一作處相見益無涯惟爲時自愛以副瞻望

又同前

某啓自成書請外所陳哀切蕲以危誠有以感動而二三公過爲顧慮曲以見留在意實厚於計則非便也奈何奈何本欲爲郡下客少溷主人復未可得然使少遷延終當必償夙志也濟叔窮居得當世在鎮必以慰意不久當應稍起此公議久所鬱鬱也前承惠碑多佳者甚濟編錄感幸感幸聞金陵有數廳梁陳碑及蔣山題名甚多境內所有幸爲博采以爲惠實寡陋之益也病暑草率

又同前

某啓承惠寄碑刻既博而精多所未見寡陋蒙益而私藏頓富矣中年早衰世好漸薄獨於玆物厥嗜尤篤而俗尚乖殊每患不獲同好凡如所惠僅得二三固已爲難而驟獲如是之多宜其如何爲喜幸也濟叔公議猶屈乃吾徒之責未嘗少忘于懷而造物者第與衆人同爲嗟歎而已豈賢人君子亨否有命殆非人力能致邪雖然敢不

竭力辱諭感愧感愧承專遣人至數召問其還期每云有故未歸遂且於郵中附此俟渠行別當奉狀也

又嘉祐六年

某啓衰病碌碌無所稱徒負愧恥區區强顔人事廢曠久闕致問但深瞻企昨承進寵經筵而尚留居外未足以慰士大夫之望實非交游之私論也辱惠書承經暑涉秋動履清安江山英勝聊助公餘之興未嚴召間希爲國自重

與王副樞景彝 嘉祐五年

某啓自承軒騎歸止屬以多故未克祗謁暄和竊審氣體清安適辱簡誨兼示鄭州書信等偶在院中定題不時爲答深所感愧謹馳此爲謝幸加恕察不宣某再拜景彝舍人閤下 八日

與王懿敏公仲儀 嘉祐二年

某啓數日之間併承寄惠蟹栗雖不得書亦喜尊候萬福某居此如

魚鳥之池籠歲律忽已遒盡衰病日復侵攻交游多在外塊然處此情緒可知今日得蔡大書言久病近方就安人生聚散憂患百端相見何時況閑年決求南去遂益為胡越也惟以時自重臨紙區區

又嘉祐二年

某啓稍不附問新春尚寒不審尊體何似歲月不覺又添一歲目日益昏聽日益重其情悰則又可知嚮者公廨錢事知已息就令不息徒喧噪人耳何足恤也邊州無事誠為可樂然俗吏亦不能也近來班著蕭條羣賢在外皆當召歸而議者不及衰病思去又亦未得守常不變其弊乃爾其他時事不能悉具惟過年益區區但時與韓三吳大相從爾燈夕卻在李端愨家為會諸君皆奉思也數數附回州人書皆不親付常意不達今偶此人取書適在家湖柑閑寄數十箇去到彼得三四不損尚可表意若遂無可入口亦無如之何也不罪不罪因人幸時惠問

又嘉祐二年

某啓昨日自貢院出得所寄書伏承春暄氣體清福兼知深樂北土之善爲郡處處皆佳況此帥府雄盛邊鄙無事固足以優游也某昨被差入省便知不靜緣累舉科場極弊既痛革之而上位不主權貴人家與浮薄子弟多一作爲在京師易爲搖動一旦喧然初不能遏然所得頗當實材既而稍稍遂定去冬求洪井未得便差主文今既喧嘷漸息遂復理前請期於必得也中年衰病尤甚自出試院痛不能飲人生聚散安能區區於此進無所補退又不能自遂荏苒歲月有甚了期其他非筆墨可述惟爲國自重因人時枉問以慰無憀

又嘉祐三年

某啓自承有益都之命必謂來朝當得相見不意遂爾西行實增快快又聞闕遠卻於沿路盤桓深欲奉狀以莫知旌旆所止不審即日春寒尊候如何計以仲春至鎮在路亦不久留成都風物非老者所

宜仲儀雖爲同甲然心意壯銳諒可爲樂難以病夫忖度也諸賢在外者爲復來歸獨公遠去相見何時某非久於此者然素志未遂心往形留因指使來辭得附書新春爲國自重

又嘉祐四年

某啓自去歲秋冬以來益多病加以目疾復左臂舉動不得三削請洪諸公畏物議不敢放去意謂寧俾爾不便而無爲我累奈何奈何然且告他秪解府事必可得不過月十日且得作閑人爾少緩湯火煎熬有無限鄙懷不能具述薛婆老亦多病於錦繡無用秪是兒婦輩或恐有所要臨時奉煩爾土宜歸日惟好且當正如寬厚之說也呵呵酒絶喫不得聞仲儀日飲十數杯既健羨又不能奉信蜀中碑文雖古碑斷缺僅有字者皆打取來如今秪見此等物粗有心爾餘皆不入眼也遞中續得來書京師自立春泥雪至今凍屍橫路遂罷放燈經節不敢過諸人皆云寂寞恐知恐知疎拙無佳物表意不怪

不怪

又同前

某啓昨在府中區區不時奉問理不爲怪自罷去益忽忽度日不能爲一事公私俱廢此所以日夢南歸視居此如桎梏之思脫也自仲儀到蜀未嘗承問但時見宅中子弟問動靜云起居甚安異方下車必煩條教計今人情習安粗可以爲樂矣因書幸示某昨在府几案之勞氣血極滯左臂疼痛强不能舉罷居城南粗得安養迄今病目尚未復差厭苦人事實不能支秖候夏秋唐書了成䘏卻梅二遂決南去未閒時得奉問夏熱爲國自重

又同前

某啓區區多故久不附問不審尊體何似自春中曾一奉狀尋於遞中見答昨見公謹云得仲儀書怪某久無信蓋亦未嘗得仲儀書也但聞蜀人與自西歸者言善政日新兩川蒙賜聞之竊喜大用之有

期也某益多病目昏手顫腳膝行履艱難衆疾並攻唐書已了秖候
寫了進本遂決南昌之請自此可圖一作壟處矣京師事體亦迫促
動有嫌忌無復縱適歲暮索然殊鮮歡意惟希公外多愛因暇時作
數字以慰瞻企

又嘉祐五年

某啓久不奉狀亦久不辱書惟見諸賢姪得聞動靜前日郵中忽承
惠問喜涉夏秋體履休勝深以爲慰也某自罷府又一歲有餘方得
唐書了當遽申前請懇乞江西前後累削辭極危苦而二三公若不
聞近年眼目尤昏又卻送在經筵事與心違無一是處未知何日遂
得釋然一償素志於江湖之上然後歸老汝陰爾昨蒙詔諭俾請假
既以地遠暫歸不能辦事又一請假後難更請郡以此不敢但更少
盤桓會當有時得歸爾承見問所以略道一二終日區區不會勾當
得公私一事人事殆廢以此不時作書應不爲怪嚮寒爲國自重

又嘉祐六年

某啓近嘗於遞中拜問辱書承春寒動履佳安兼蒙遠惠佳篇衰病之人豈敢萌心至於自顧惟知憂畏而衆論實可多懼獨見愛之深至於歌詠感愧感愧數十日來茫然未知所爲答問後遂如此其何以免於罪戾老退之心不敢望有所立以希名譽但厚恩當報爾仲儀何以見教寶臣雖不久當發其如遠甚計須夏方得到闕鄙懷千萬不能具述惟期握手爲一笑爾感作少暇當勉強爲答次因書略道區區餘寒爲國自重

又同前

某啓自春以來私門多故遂闕致問兼承歸騎已東但日冀相見也碌碌於此忽焉半歲思去之心雖切而未有以發近外處相知多見問以求罷太速不知何以傳此豈中外人情已欲其去耶不相見數年人事百變前夕清卿之室已與擇之共牢而食士夫聞之莫不竊

歎富貴浮名何可久恃至於妻子亦不能保然盛衰之理固常如此
奚足爲之悲也君謨已歸皤然一翁病勢自到京來頓減前日與余
廣州在弊齋閑會坐中相顧歷道諫院中語笑但奉思爾衰病索然
百事俱懶惟故人相見庶幾有少清況爾瞻近匪遐跋履之勞更宜
避暑愼攝

又同前

某啓人至辱惠以佳篇豈勝珍誦益見治煩餘暇猶能及此弊齋有
菊數叢去歲自閑便邀諸公比過重陽凡作數會今秋無復一賞軒
裳外物爲累於人細較其得失何用區區自仲儀與數公自外歸甚
思少奉從容殊未有暇今有會亦不放曠可歎可歎值夜且奉此爲
謝

又同前

某啓區區不得數奉言宴可勝瞻勤昨日以疾病發動請告家居不

知賢郎寵過今日見二公言請許此實仲儀附就秉鈞者當以爲慚

爾然佳郡不遠且少盤桓聊爲偃息也某衰病漸不能支更見楊樂

道長往同甲勾落太半矣深思一作覊處未有去端爾客多偷隙作

此簡鄙懷欲述者多不覺忉忉

又同前

某啓近以口齒淹延遂作孽兩頰俱腫飲食言語皆不能呼咽醫工

並來未有纖効聞仲儀有蜀中真山豆根乞一二兩病苦加以餓損

薾然疲臥不暇及他不罪不罪

又嘉祐七年

某啓少別忽已更月秋氣漸清竊惟動履勝常受暑方初宜少煩條

教吏民既已蒙惠則湖上清曠浩然放懷可以遺外世俗區區可惛

之態至於憂悲煩惱亦自以理遣之某竊位於此不能明辨是非默

默苟且負抱愧恥何可勝言獨於朋友之閒常懷區區之願如此而

已謹奉啓咨問

又同前

某啓自別日欲致問而公私多故賢郎訪及得聞動靜則云甚安昨日公謹相過迺云近少違和豈非追感悲戚使然耶此事實難遽遣其如無可奈何當推以至理不得不少自寬釋也竊計卽日悉已平愈如常不勝瞻想之誠也某至今猶爲風毒所苦情緒蕭然不知名宦何處爲好合宮禮近日益牽忙不勝勉強也其他區區臨別亦嘗少道秖得如公西湖之樂一二歲比謀成歸計遂爲田畝之人矣難信之言不敢爲踈者道也相見未期但增引領因風枉問以慰勤企

又治平元年

某啓公私悤悤久闕奉狀蓋以衰病交攻心力疲耗而憂責無涯日苟一日是以百事皆廢於因循然亦久不承惠問但屢見賢姪賢郎得聞動靜新歲晴和不審尊體何似湖園清曠春物繁榮然尚在遏

音必未欲會聚其如閑適之趣幽靜尤佳每苦紛勞但深傾羡也老年相知無幾尺書相問略亦無嫌餘暇何惜數字少慰病翁然以自久無書不敢奉恠也嚮暖千萬加愛

又同前

某啓久不蒙惠問方積瞻思指使來忽辱書可勝欣慰兼審靜鎮安閑放懷取適自非嚮用全福何由及此固健羡之久矣某疲病不支憂責無際自匪獲罪譴困廢不能薄展微効捨是三者未有偷安之計自齒牙浮動飲食艱難切於身者惟此一事既已如此其他復何所得然則勉強於茲顧何戀也因仲儀有見憫之言乃略及此經春潤澤稍足相去不遠必同和暖更希爲時自重

與王懿格公君貺 至和二年

某啓日思奉問別後人事益多端倪但見邸報知已禮上秋冷道塗貴眷各安某幸如常昨受命使北初欲辭免蓋以目疾畏風寒兼多

著綿毳衣服不得其如受勑之日北人訃音已至由此更不敢辭因改爲賀使行期頗緩正在嚴凝與君貺行時無異也家中少人照管且移高橋去薛家稍近然公期管勾往來須及百餘日但得回來耳靜便是幸也呵呵自大旆西行羣議遂息請無過慮也佳時美景臨觴之樂不可涯得失外物可置而勿問其餘達識以道消息故不待言也

又嘉祐元年

某啓急足至辱書伏承履茲新正台候萬福少慰翹企之素也某尸竊於此思逃罪戾未知其所年齒日增心意日耗歸洛之興何可遏承示許以卜鄰亦一時盛事但須公功業成爾否泰常理亦難稽久豈止交親之願也陽侯嚮和惟冀以時自愛

又嘉祐四年

某啓太祝來得詢動靜甚詳尋又辱惠書承經寒尊候萬福門內諸

貴愛康安深浣瞻想居秦久議者皆謂當還不然還鎮近甸應在朝夕浮議多端惟靜安可以銷弭修唐史已寫進本然卷秩多須數月方了南去有期心欲飛動過年衰病益侵見諭辯欲加收錄此子庸駑詎可出明公門下不奈何為誤聽但與家人大咍爾徐當議未晚賢郎在都下殊乏祗迎悚愧悚愧漸暖為時自重因賢郎行謹布區區

又嘉祐五年

某啓近因急足還府略布謝懇即日春寒仰惟鎮撫外台候萬福某尚此遷延又見春花益盛第以目病眩晃不勝飲酒鮮悰爾不審大府花時如何憶曩在彼不甚盛也前承問及石硏今且致二枚續當更求佳者咫尺瞻企惟以時自重

又嘉祐六年

某以衰病碌碌無稱莫塞咎責徒自為勞區區久不奉記屢見家人

得書承夫人尊候微有違和兼知來召夏醫方欲馳問太祝遽至得聞子細喜已漸安兼見過客言花時名園數有家會聞之益用爲慰某自過年兒女多病小女子患目殆今未較日頗憂煎前日太清賞花省自入館惟景祐之會以選人獨不與殆今二十五年始遇茲盛事是日兼承見寄絕品雖有已凋者然所存不勝其麗見之病目開豁勉強飲數酌以當佳惠閑恐知也見太祝言來擇壻茲事難於倉卒宜精慎也多日欲作書適聞有專人立草此其他諸懇俟太祝歸時致狀

又同前

某頓首近於遞中嘗獻拙句急足遽至承賜手書兼惠新筝併增感愧竊審春和體況清福普明寺卅年前亂道宜爲削去以藏醜拙迺蒙刊著何以堪之春旱差遠京洛飢民亮煩賑卹計亦不廢行春也某忽忽少暇真蹟如此寫第未能遂去餘無可言爾薛司勳過府下

事有可詢當得其詳惟以時爲朝自重不宜某手啓上留守尚書學士清明日京醖二器聊表意但患人力難致偶薛君有卒擔之爾

又同前

某頓首啓自薛司勳行後更闕奉狀見家人得十四姨夫人書竊知近苦牙痛道家修養先於固下不宜有此病然此患中年以後人皆有之患者醫方亦多難得效某數年來頗以爲苦用藥多殊未有驗近於張唐公處得一方他言親用有効然亦未曾合今粗錄呈可試用也春旱甚闊遠以貽上心焦勞之慮近躬禱太一遂獲嘉澤河洛間應已霑足民歲當有望不審邇日爲政外尊體何如更希慎攝因附藥方遞中謹此咨問

又同前

某啓謝懇已具如右秋寒台候萬福某衰病忝冒以寵爲憂自省蹇拙曷嘗敢萌此望人亦曷嘗期此然事出意外猶竊叨據君貺材望

德業三十餘年一日歸副具瞻以快士大夫之願老朽之人當在汝陰田畝與農夫野叟相賀人事固常如此所示排擯曾何之恤矧洛政善譽初無間言也恐知之以新忝命人事紛紛致謝稽晚皇恐皇恐

又同前

某啓自叨竊非望嘗於鄆中致謝懇即日冬候遂爾凝寒仰惟動履清福某勉強衰病才薄寵益損必隨之親朋見愛何以爲教有望有望見家人言十四姨夫人昨夕違和喜已平愈公期由此專去省候鄙懷區區因話一可詢問凡諸委瑣不復煩言歲晚𧇿慄惟以時爲國自重

又治平元年

某啓鄉自遭國卹公私事緒既多而衰病之年憂哀並集餘生朽質殆弗能支顧於人事曠闕交親宜以相寬自春不常拜問然昆弟多

在京師薛九與二夫人書信時時獲聞動止即日秋暑猶盛不審寢味如何朝家方恃羣賢共此康濟邊寄雖重難恐淹留未候見間惟以時爲國保重

又治平二年

某啓專人至辱手書承履此春和台候萬福某衰病眊然思一藏拙之地未能遂心日夕勉強不勝其勞其餘幸悉如常承示諭請覲尚未見奏削安道特地以親爲辭必留滯旌車然辭官亦當俟報爾適以私家少故牽忙作書不周謹惟爲朝自重以副區區

又治平三年

某啓近併捧遞中專人所惠二書竊承經暑台候萬福貴眷康寧粗慰瞻企諭以請洛之意甚詳自公留滯於外士大夫之論鬱然而當職者負慚與責久矣今茲所請在理何疑諸公諒不煩丁寧某又可知也有欲知者私門所便備問及爾亦已盡諭但奏削尚未至爾某

瘠病薾然昨屢乞懇以經此詆辱於國體非便第顧勢未得遽去以此強顏成何情況事有所激實如來諭其諸多端匪遠可以面敘本末餘當續報惟酷暑爲時自愛

與執政熙寧三年

某再拜啓仲夏炎毒伏惟台候萬福某以官守一作守官居外具瞻之地非時不敢通問今迫以懇悃不能自默某衰病累年中外具察不待煩言自去冬漸難勉強遂有壽陽之請而朝恩未許間以接奉春陽攻注眼目服藥過度渴淋復作遂不能支自三月下旬在假亦兩會奏知不期於病告中忽蒙此恩選事出意外莫不驚憂竊意朝廷必以居東逾歲別無大過遂以爲可委爾其如東州秪是尋常一大郡無兵馬無邊事又幸豐熟其如老病諸事曠廢處自知極多而過往不察其詳反以廢職爲少事此其可笑者也并晉一路外鄰二敵使某不病亦不敢當況尫悴不能策勵已具劄子細陳乞免此誤

恩敢望台造察其誠實其餘區區常談難信之語更不復云惟早賜

允俞免再三煩瀆則大造也不宣

書簡卷第三

與余襄公安道　慶曆元年

某頓首再拜啓爲別五六歲未嘗一日不企而南望然某攜老幼浮水奔陸風波霧毒周行萬三四千里侍母幸無恙其如頑然學不益進道不益加而年齒益長血氣益衰遂至碌碌隨世而無稱邪安道又不幸丁家艱窮居極一有處字起居安否不通於朋友況欲施於他邪嗚呼天果欲窮吾人乎承不久服除當早治裝以少解積歲區區之思廣文曾生文識可駭云嘗學於君子略能道動靜因其行聊書此爲問

與王文恪公樂道　慶曆八年

某啓至節方欲拜狀遽辱惠問感愧感愧新陽納慶奮發賢蘊以澤斯民不勝祝願也某近以上熱太盛有見教云水火未濟當行內視之術行未逾月雙眼注痛如割不惟書字艱難遇物亦不能正視但

恐由此遂爲廢人所憂者少撰次文字未了爾恃相知敢布深寒保重

又皇祐初

某頓首啓昨日州吏行嘗奉訊徐君來具道相見甚慰所懷某此幸郡小事稀苟見惡者稍息心此亦安然矣自到此公私未嘗發尺牘惟有書來卽荅餘外惟自藏於密但時有一二文字此事吾徒斷不得爾進取不可干大禍患當避自餘愛惡豈能周卹也到此極無事所恨漸老益懶惰空過日月不曾成頭段著得些文字五代史近方求得少許所闕書亦未能了人生多因循已十三年矣足下幕中苟有著述無惜寄示李習之文字序附上冬冷保重

又嘉祐四年

某啓區區久不附問人至辱書具承動靜康和姑以爲慰某衰病處此數月不爲住計遇事在目前者遣之以自免過其他如在郵傳也

自期以半歲求解復尋江西前請比可得亦須來春矣此外毀譽都不曾問十年不曾燈下看一字書自入府來夜夜燈下閱數十紙目疾大作一月之內已在告如此安能久於此乎承書果亦以此見憂眼稍開得纔兩日猶在告中惜目力又不可不自書草率保愛

又熙寧元年

某啓自承大旆臨許更闕拜問蓋以衰病無悰人事多廢恃賴相知不以書信疎散爲意爾人至惠教益荷勤眷兼審經秋尊候康寧并增感慰氣節嚮寒未召用間惟冀爲時自愛以副區區

又同前

某啓病目艱於書字咫尺闕奉狀蒲支使者過府下云得請見顏色尚覺清瘦辱書承手足遂已輕安其慰可量公之功在朝廷不淺所蘊未施萬一頼田謾置之爲他日計亦無害累嘗具此獻說爾某以決計止在來春亮可奉爲徐求也人事日新閑處尚有所聞然益覺

靜勝爾日夕欲奉狀續當馳啓茲不具悉餘乞慎藥食以自輔也

又同前

某拜啓近急足自府回辱書承此初涼動履清福甚慰慰勤企兼審中間小疾爲苦喜已平和仁政清簡歲豐民樂亮足頤神某衰病難名凡老患或耳或目不過一二諸老之疾併在一身所以歸心不得不速也蒙惠藥方益荷意愛已依方合和也咫尺未涯瞻款惟時自愛

又熙寧三年

某啓某以閑僻養成懶慢久闕拜問專人辱書感慰曷已某此幸藏拙極遂優安其如衰病侵淩加以私門煩惱無復情悰亮由福過災生致此爾所以量分知止切於思歸也咫尺莫奉宴言歲暮隆寒伏冀爲時自重

又同前

某年齒日加衰殘日甚理所宜然不足多怪昨者蒙上哀憐信其實

病免并得蔡恩出萬幸兼去穎數程便於歸計再尋前請不遠朝夕承樂道亦有卜居許下之意柴車藜杖歲時往來此自一段好事古人難遂蓋公素蘊未施盛年方壯也若某則實難策勵爾

又熙寧四年

某啓昨蒙上恩閔其衰老許遂退休自杜門里巷人事幾廢以是久闕致誠而雅眷不忘惠然垂問誨諭稠重以慰寂寞於交情乃見之時以勵俗風義所及其利博矣非止病夫之荷德也感愧感愧兼審經寒台候萬福閑中優幸實多但交親益難會見此爲區區歲晚凝冽惟宴居頤養以需復用

與滕待制子京慶曆五年

某頓首自夷陵之貶獲見於江寧逮今十年而執事謫守湖濱某亦再逐淮上音塵靡接會遇無期則人事之多端勞生之自困可爲歎息何所勝言急步忽來惠音見及伏承求卹民瘼宣布詔條去宿弊

以便人興無窮之長利非獨見哲人明達之量不以進退爲心而竊喜遠方凋瘵之民獲被愷悌之化亦及新堤之作俾之紀一作記次其事舊學荒蕪文思衰落旣無曩昔少壯之心氣而有患禍難測之憂慮是以言澀意窘不足盡載君子規模闊達之志而無以稱岳人所欲稱揚歌頌之勤勉強不能以副來意媿悚媿悚秋序方杪洞庭早寒嚴召未間千萬自重

與章伯鎮慶曆五年

某頓首山郡僻絶不與人通每辱誨問何勝感愧某材薄寵過得禍甚輕獲此優安至爲天幸伯鎮尚淹江郡忽已踰年大亨有時先以小抑亦通否之理然也惟冀自愛以副瞻禱

又慶曆六年

某頓首州幹至蒙問以書承此新春福履休裕詩文新作金石交奏某處窮僻不接先生長者之論久矣忽然得之開發鄙滯況得見其

人接其道其樂宜如何哉此志未諧惟用瞻企保重保重

又同前

某頓首急足至郡辱誨以書承臨郡之暇寢味休適可勝瞻慰也示及傳記三本文偉意嚴記詳語簡而賞罰善惡勸戒丁寧述作之功正爲此爾欽服欽服某幸閑僻甚可尋繹然獨懶於撰述爾嘉話未卜冬冷千萬保重偃虹隄記滕侯牽強不意敢煩餘暇特與揮翰荒惡之文假飾傳久感媿感媿

又皇祐元年

某昨以目病爲梗求頼自便養慵藏拙深得其宜泛舟長淮翛然其樂急足遠至辱書爲别且承春暄寢味多福相去益遠瞻望徒勞千萬保重

又同前

某自聞子美之亡使人無復生意友朋淪落殆盡存者不老即病不

然困於世路愁人愁人就中子美尤甚哀哉祭文讀之重增其悲爾戚作俟至西湖方快吟味淮陽若區區到彼必少袪俗慮尚可勉強以攀作者惠茗正爲所少之物多荷多荷自病來絶不飲酒尤爲無聊正藉此物以增清興爾

與王郎中道損　慶曆八年

某啓向在河朔嘗辱書爲誨人事多故未暇復問尋而又聞子野之訃值某遷郡淮南扶挈老幼凡再登舟再出陸始至弊邑用此亦未暇與交游相弔子野之賢難得此天下公議共惜之若相知之難二字一作與相得則某私恨亦有萬萬不窮之意苦事苦事自古賢者無不死惟令名不朽則爲永存矣凡朋友爲子野痛惜者惟可以此一事自寬而已范公誌文詳悉而實錄甚善甚善新歲伊一作甫始千萬保重以慰瞻詠

又嘉祐三年

某啓專人至辱書承經寒爲政外福履清康實慰瞻企某衰病不支遽蒙以煩冗驅策不敢固辭其實非所能亦非所樂又非所堪也居華已逾年當别有美用承見諭敢不如教某病目十年遽爲几案所苦冬至後自當請麾南去矣嚮寒保攝

又嘉祐五年

某啓辱見諭碑文及拙詩續當遞中奉寄蓋以唐書甫了初謂遂得休息而却送本局寫印本一字之誤遂傳四方以此須自校對其勞苦牽迫甚於書未成時由是未遑及他事以屢失信於長者不避忉忉承首塗有日旦夕當詣謁人還且此不能盡所懷

與杜大夫慶曆八年

某再拜久不聞問經夏涉秋榮侍外體履多福近爲澶魏河決淮南例令勸誘人戶進納稍草淮人既貧而道遠期促絶無應命者朝旨勸誘使人傳宣又令差定莫知所從南京亦必須有指揮不知本府

如何壁畫見勸到人戶多少如何誘之孰是差定某才薄能劣受恩厚甚聞朝廷以河事爲急正當竭力補報然苦於事無益而爲國斂怨於淮人則重爲可罪也爲遠方不知事體急走此奉咨或有勸誘之術願乞餘矩稍濟其急忙中不子細秋涼保重

又皇祐四年

某啓閑居之人久不奉問得遞中書承榮侍多福又知有悼嬰之戚斯事無可柰何惟當日寬上慰慈顏也臨政之始勞慮想多前曾託姚教授奉問實錄蓋自居憂日苦閑坐無由度景又近日有一閑人頗能裝裁諒彼視事閑決却少暇時以此欲於閑中銷日也不訝不訝及聞近有悲戚則猶不可以閑事干聒深悔前言之容易也悚惕悚惕方欲奉疏偶姚教授介來聊述此冬深保重

與張職方皇祐二年

某啓相聚逾年別來豈勝思戀道塗無阻行已及陳時時得兩舟中

不熱自過界溝地土卑薄桑柘蕭條始知頴真樂土益令人眷眷爾小兒輩望見萬壽塔尚指以爲臺頭聞其語不覺愴然爾過陳恐難附書秋暑多愛

又皇祐三年

某啓自承遷秩嘗辱惠書廹以多故尋疎奉問近得康一作唐下同屯田信方知已授蘄春日居頴上郎日寒凛寢味多福某自至此以親疾厭厭無暇外事欲求一僻地以便侍養而遠處不可迎侍側近又多爲清要所居不敢陳乞區區於此無復情悰非復湖上之時也未涯相見千萬自重因康屯田人回附此相次專馳狀也

又皇祐六年

某啓久不聞問人至得書爲慰不已六月一日從吉得郡必南正值大熱應須秋初方可離頴章真病與懶者所宜珍荷珍荷丁太博却有書一封幸爲致達斯人文章君子不幸遭此在憂患中難得信問

往來早爲達（一作送）之已縣境有好碑試爲訪之別後所收必多也閑中無物爲信慚悚慚悚

與劉學士湜字子正　皇祐四年

某叩頭言罪逆餘生護喪假道乃勞台旆枉顧孤窮感愧之誠何以云諭限茲凶斬無由詣見斯又重以爲恨也乍遠爲邦自重謹附手疏敘謝

又同前

某啓哀苦中幸得相見辱眷甚厚行計所迫不勝依戀嗣沐手誨併深感怍乍遠珍重行次草草爲謝

與知縣寺丞皇祐五年

某啓自相別後至王回秀才來始一得所惠書承居京師無恙某哀苦如昨近擇得葬地在潁西四十里土厚水深略依山水向背其餘陰陽家說皆莫能一一如法也卜用今秋恐知恐知示及杜漳州有

事令人感涕不已與之同甲內顧身世可爲凜凜此人有材能而氣儁宜其與監司違戾然怒者秖能言其率意行事是保無他過矣某閑居無人又不知其所止無處附書信恐知其家屬所居因信切言及千萬千萬徐謝高科今必已決俟見春牓附書也因見伸意某以妻母病家人兒子輩入京相看因得附此不悉已暄多愛不次某再拜

與臨池院主皇祐五年

某啓小姪人還曾附問邇來暑毒安和某今謀奉太君神柩南歸將遂相見因小姪先行奉此不次某書白七月十六日　小師等各安建茶二角表信

與吳給事名中復　皇祐末

某啓罪逆餘生遠屏郊外特承顧訪感咽何勝仍沐寵惠雄編俾遂榮覽雖在哀迷亦知開警如嘉州湇井之作有以見仁言之利博而

非文字之空言也欽執一作仰材譽固已有日粗窺高蘊益用歎服

限以衣制不能謁謝聊敘此不次某再拜仲庶太博執事二月二十

八日

又嘉祐三年

某啓思奉清論不可得徒用企想夏熱承體氣佳裕某此者忽有君

命殊出意外不惟才非所長加以他慮不淺昨已懇辭庶可得免如

其不獲恐難堅避辱命誌文鄙拙豈足當之第以欣慕忠義樂於紀

次因得附名於石末遂不敢辭爾惶悚惶悚鄙懷區區不能具道某

頓首諫院舍人執事

又同前

某啓新令雖許往還尚以職事牽冗未皇祗謁計寒凜體氣清康前

承要墓碣久稽應命近因病目在告始得牽強衰朽無意思僅能成

文不足以發揚令德慚恐慚恐昬眩不能多書謹此

與李留後公謹　至和元年

某啓昨自居穎服除久俟外補既而召見尋乞蒲同出處倉皇諒聞於外也前日入拜恩旨復留孤生多難釁髮蕭然心形兩衰豈有榮進之望但區區未能即去爾承坐鎮餘閑甚有清趣然想非久外留當被嚴召老朽或未出都尙得一相見則爲幸矣瞻仰瞻仰

又嘉祐二年

某啓嚮以僑寄僧坊公私多故忽忽爲別豈勝馳情使至惠書竊承下車經寒動履清福粗慰瞻仰某一守經愚儒爾豈堪適時之用加以衰病勉強實難過禮慶得遂一麾爲幸矣公謹爲郡誠可樂然賢者遠外於今之時勢必難久目疾得靜安息慮當益清明某昏花日甚書字如隔雲霧亦冀一閑處將養爾深寒惟望爲時自重

又同前

某啓自旌旆之南數於他書中承見問中間寄惠八功德水又辱手

書及今者人至又辱書感慰何已兼審經寒爲政外體履清康某自
過年如陡一作頓添十數歲人但覺心意衰耗世味都無可樂百事
強勉而已請外決在今春惟不知相見何時爾鄙懷千萬莫能具述
惟以時爲國自愛瞻仰瞻仰

又嘉祐二年

某再拜近因人還嘗得附狀茲者寄水人至又辱書審春寒體況清
康兼惠清泉亟飲甚甘實如不疑所品物固有處於幽晦而發於賢
哲者茲鄙夫欣慕樂於紀述也適值館伴契丹人使旦夕到闕頗區
區須事畢當馳上也人還謹奉此

又同前

某啓自春氣候不常伏惟攝理清康前承惠浮槎山水俾之作記又
於遞中辱書久不爲報蓋牽強拙記未成爾某中年多病文思衰落
所記非工殊不堪應命文辭已如此不欲更自繆書亮不爲罪然得

子履一揮尤幸蓋不敢煩公謹眞翰也皇恐皇恐

又同前

某頓首急足至辱書一有惠字承此初暑尊候萬福浮槎拙記託賢弟附去多日疑其未至間此急足發來也初深欲自書屢試書數本皆自嫌不過意遂已前書具道必可亮也向時竊見議科場奏甚佳然欲必行其言尤難也論外計刻剝此非守道守官君子孰肯奮然發憤前賴人已受此賜矣若使常人用心皆如君子生民豈有弊病天下豈有不治哉鄆州還闕方一相見京師久雨近方晴乾不審江淮如何向熱以時自重人還謹此不宣某再拜

又同前

某啓自附浮槎拙記去後捧遞中所惠書尋以修報茲者人至又辱賜教某昨承恩俾侍經席輒以近歲員多濫選官以人輕遂至學士例爲兼職用此爲說得以懇辭聖恩矜察特許寢停甚幸也承示啓

更不修答也感愧感愧某苦風眩甚劇若遂不止當成大疾作書未竟已數眩轉屢停筆瞑目鄙懷區區不可盡惟爲國慎夏自重

又同前

某啓承誨示至於勤勤所寄浮槎水味尤佳然豈減惠山之品久居京師絶難得佳山水頓食此如飲甘醴所患遠難多致不得猒飫爾此山前世粗有名然皆因僧居以爲勝今所記者特水爾故不及其他也張又新水記與陸羽不同考於二家之書可見矣今更錄往時所作大明井記奉呈庶可知其詳也因人入都小缾時爲致一兩器千里致水恐涉好奇之弊然若不勞煩則亦無害更裁之

與向觀察嘉祐五年

某啓中間辱書承經暑德履清佳深浣遐想足下留遊河朔忽已數年保塞邊要朝廷寄任之重行第嘉績別膺峻用某衰病無堪待罪西府深愧碌碌秋涼珍愛

又至和元年冬

某啓伏自使旆之西及此兩辱書承祁寒爲政外體履清福深慰企渴某居此區區近又領三班坐曹牽冗久闕拜狀仍思舊同局言笑之樂不可復得也請外閑春決可去未知款奉何日新正以時自愛

書簡卷第四

珍倣宋版

與劉侍讀原父　嘉祐二年

某啓專介辱書承此嚴寒爲政外尊體休裕實慰企想某以衰病當此煩冗已三請江西要在正初必可得檥舟亭次寓目平山奉賢主人清論豈不豁然哉伏冀爲時自愛

又嘉祐四年

某啓愚家所藏集古錄嘗得故許子春爲余言集聚多且久無不散亡此物理也不若舉取其要著爲一書謂可傳久余深以其言爲然昨在汝陰居閑遂爲集古錄目方得八九十篇不徒如許之說又因得與史傳相參驗證見史家闕失甚多其後來京師遂不復作適因尋檢少書籍發篋得其故本謹以奉呈庶知所謂黑鬼者雖老鈍之人媚着然亦不爲無益也家無他本幸看畢見付某再拜

又

某啓區區久疎謁奉辱誨承示千文甚佳多感多感或云此是李靖字唐人集爲千文不知如何也

又嘉祐二年

某啓前承示以蜀素俾寫孝經一章書之墨不能染蕁將家所有者試之亦然遽命工匠治之終不堪用豈其未得其法耶幸令善工精治之使受墨可書當爲汙以惡書也糾察題名不罪以閑事聒耳皇恐皇恐

又此帖綿吉本誤作與蘇子容

某啓暖甚果復作陰嘉節豈遂爲雨耶建寧物論益喧當制之人必被收理後日之遊且不欲往幸爲致意人事之難乃爾烏絲欄依前書不染墨今納還當以澄心紙試書一章塞命也金櫻煎謹送却乞真牛膝一二束爲聖俞處所得不多爾

又此帖綿吉本誤作與蘇子容

某啓時色可愛不廢佳節之會謂當得同一笑而原父獨不往人事
難得如意固常如此邪得介甫新詩數十篇皆奇絕喜此道不寂寞
以相告詩軸俟看了馳上適因悶睡起奉答不謹

又此帖綿吉本誤作與蘇子容

某啓時日辱寵和惡詩豈勝感服屬上馬赴西園不時爲答前偶拜
聞家居未必不佳此語復何所疑蓋爲泥濘中遠赴官會未必若家
居清淨然而郊外少車馬雖雨無泥甚不爲勞而物色晴妍深可愛
雖病夫亦動念又思家居未必佳也昨日頗歡飲酒差多今日病適
方睡起謹此咨報

又嘉祐四年

某啓昨日奉見後遂之北李園池見木陰葱翠節物已移而原父獨
不在但終席奉思加以風沙益可憎爾輒此奉報前承要介甫詩謹
以咨呈其一二篇不當傳者特爲剪去之矣恐知

又同前

某啓數日不奉見餘暑頗甚伏惟起居佳勝昨日羣牧特會以熱中飲冷過多偶爲腹疾兼以少幹故遂且在告秪三兩日當卽出參特煩問念感愧曷已乾燥非常何時可飲未嘗如此寥落也人還謹啓爲謝

又同前

某啓承出城勞頓晚來喜佳裕拙疾特辱問念感愧曷已自夜來益注洩今日薾然遂召張康診云熱中傷冷當和陰陽偏用熱藥所以難効遂以黃連乾薑之類爲散服之近午差定亦戲家人云近日人脆事須過防昨日得聖俞簡云小小傷冷然用徐青乃俚巷庸工爾此公多艱滯更當慎攝今須馳問之也精神稍復承見問不覺書多聊代面話

又同前

某啓特辱問念感愧曷已某腹疾猶未平衰年已覺難支以不敢常食遂且在告熱藥不敢多服惟晨起一服爾蓋自家常服者已頑無效冀新功爾承教當節之也亦聞梅二不安方欲致問

又嘉祐五年

某啓辱問以嬰兒未安勞神然當更審愼藥食有張萬同太保者其術又精第難呼爾不憚慇勤召之也某今日不入正爲凌晨稍涼爲江氏作誌幸語其家勿相煎兹事安敢奉誤旦夕當得以方牽強不能悉

又同前

某啓承見諭某爲之翰家遣僕坐門下要誌銘所以兩日不能至局大熱如此又家中小兒女多不安更爲人家驅逼作文字何時免此老業東齋雖狹若心無事可以坐致清涼健羨華事十六日定力當奉見併得敘盡所聞也人還謹此

又嘉祐四年

某啓熇然炎燎中方不知所以逃生忽辱寵示佳作強起疾讀其爲清快難以言傳然賦無屬和之理但當臥誦以代飲冰咀雪爾某兩日爲伯庸趁了誌文蓋其葬日實近恐悮他事然其爲苦不可勝言閑思宜爲劉乂所誚然自此當絶筆雖不能如俚俗斷指刺環邀於鬼神以自誓然當痛自懲艾茲時之勞也方執筆得少風稍清故能恖恖不宣某再拜

又嘉祐五年

某啓適歸自外捧惠佳篇豈勝欣感偶然之會雖草率而縛於文字遂爲他時故事茲敢不勉也然西齋素患寂寞近方稍葺而原父去此稍遠此俗所謂事無恰好也

又同前

某啓自原甫旣西雖不爲官制所拘朋遊亦自寂寞況遂當憂責履

畏塗其爲情況可知偶思春物將動故都多佳致爲樂豈復可涯汨沒聲利惟溺惑者不勝其勞而但見其樂粗有識知兼以衰病此事難爲他人道獨不知原甫諒之否因風幸數垂問以慰瞻企

又嘉祐六年

某啓自春首以來兒女輩疾病日益憂煎自顧無補於時而衰病日增咎責四至其何以堪之惟思春物爛然故都遺勝不可勝覽而公專有之猶恐厭飫所見不以難得爲惜也須知有不可得之者也賢弟亦稀相見蓋難得盡從容之適爾公自至鎮一嘗辱問遂絶惠音不知何嫌遽爾見疎也西齋塵土無復人迹偶因連日假故試尋筆研略布此誠以此亦可見其爲貺真蹟用此貺字也其他俗事可憎不復多道但布瞻企之勤爾氣候猶未和暢不知西路如何惟爲國自愛某祗拜　初望西物甚衆今寸紙一字不可得況南山竹萌之類耶至於新詩醉墨並棄前約無乃太甚乎

又與前帖相類疑是稾本今兩存之

某啓自春以來苦兒女輩疾病憂煎百端遂闕馳問然亦怪久不承惠音不審何嫌遽見斥外始望西州之物甚衆今一言寸紙猶不可得況於其他乎某老拙無堪自顧恐終無所爲以補萬一而衰病日增咎責四至其將奈何春物爛發故都遺蹟不可勝覽但恐猒飲朝夕不以難得爲可惜須知有羨而不可得者爾賢弟亦稀相見蓋不能得如往日與諸賢忘形取適爾西齋塵土無復人迹幸連日假故略得少布區區然公方享清閑之樂不宜無暇於故人也其他俗事薄惡可不挂耳惟向暖多受以慰傾企頃得子華書言西去當於陜雍留連果能如此否手指拘攣又添左手兩目僅辨物其餘可知

又同前

某頓首啓近寬卹王職方行嘗得附狀然亦久不承惠問春候猶寒不審動履何似但深瞻詠前日崇政賜進士第見賢郎在高等伏惟

喜慰某已衰病三四小子未有能獲薦于有司者見之尤所羨慕賢郎程文甚工爲都人傳誦及第等雖高而人猶以爲未稱然少年微抑于此未必不爲遠大之本也謹專致此爲賀不宣某再拜原父安撫侍讀閣下三月十一日

又同前

某啓久不奉狀蓋欲俟賢郎歸而賢郎未歸遂以稽緩然亦未嘗辱書不審經暑動履何如但西州人士之來者日載政聲盈于都下使嫉善之言不勝公議聊俾下交快釋其餘存之遠大竊計高明必不校計於屑屑也餘復何言盛熱爲時自重謹因賢郎歸奉此咨問不宣某再拜六月廿一日謹狀

又同前

某區區於此忽復半歲思有所爲則方以妄作紛紜爲戒循安常理又顧碌碌可羞不知何以教之哀其不逮實有望於公爲多也至於

常檢拘攣野率之性尤以爲苦然勢難輕動甫及年歲得去爲幸也蔡君謨自南歸皤然一叟相見惟互相驚歎而已西齋自去冬逮今遂不復啓其他可知也故都多登臨之勝新詩醉墨時以爲惠以忘俗惡之態於理似未爲害不知何避而何嫌鄙懷千萬居常思欲鉅細布之臨紙則復茫然惟愼夏愛護

又同前

某承見教以用快大過此誠中其病然平日所常患衆君子多以爲言者也若任責至重未知所爲此有望於公者初未蒙賜也至於簡事爲實爲政之大要此西人所以蒙惠也若曰外名迹自古聖賢所難莊生之名卓然見於後世若使無迹後世學者何從而師法之蓋莊生之名以彼周孔之名以此皆不能出名迹之外者第不當汲汲以求之爾不相見久聊此當握手一笑不罪不罪前日餞聖從與景仁介甫清坐終日奉思之外惟以鮮歡相顧屢歎而已恐知其近況

故輒及之公來歸未期惟時得數字猶足以爲慰豈以無事爲煩邪

又同前

某啓薛金部自西來辱惠以書承經寒體履清安兼得詳問動止併以爲慰今歲京師寒甚衰病之軀尤所不堪承諭閑闇無爲豈亦苦於寒耶春物將動竊思登臨之樂何有窮涯因人時枉問宜道一二偶薛人還聊奉此不宣某再拜十一月二十日

又嘉祐七年

某啓春氣暄和伏惟鎭撫之餘履況清適某以衰殘勉強有勞無益公職曠廢私事不脩不獨於書記爲闕也緬懷故都風物之佳當此陽春暢發之盛臨觴覽勝宜不爲猒蓋以賢人在外公議難安一日來歸遂不復得爾此外惟以時爲國自愛謹奉狀不宣某手狀上二月十二日

又同前

某啓自過年便欲奉狀只俟薛司勳歸薛既以事滯留遂成稽殆但時見賢弟詢問動靜以慰懷爾薛君留此屢相見粗悉疲病區區所爲及其耳目所得歸必能具道更不煩言惟的便無佳物表信蓋西州所鬭惟南味得春多壞不堪寄遠當俟新茶馳獻爾春旱極闊知陝西尤甚奈何奈何保重保重某頓首

又同前

某啓賈常行嘗附狀辱書承經暑動履康和兼蒙惠以韓城鼎銘及漢博山槃記二者實爲奇物某集錄前古遺文往往得人之難得自三代以來莫不皆有然獨無前漢字每以爲恨今遽獲斯銘遂大償其素願其爲感幸自宜如何屬患膝瘡家居絕客無人爲識古文故第於鄆中粗報已受二銘之賜篆畫當徐訪博識尋繹續得附致其餘區區萬不述一大熱愼護以副瞻勤清水安能久滯耶實負愧也

又同前

某啓昨賢弟行嘗奉狀屬合宮大禮前後事叢遂闕致問昨日進奏院送九月十五日所寄書竊承動履清勝兼復惠以古器銘文發書驚喜失聲羣兒曹走問迺翁夜獲何物其喜若斯信吾二人好惡之異如此安得不爲世俗所憎邪其窮達有命爾求合世人以取悅則難矣自公之西集古屢獲異文幷來書集入錄中以爲子孫之藏也幸甚幸甚歲律漸寒惟爲時自重

又同前

某啓近嘗兩奉狀專人至辱書竊審經寒體履安和兼沐寄惠蘇梨新筍豈勝珍荷自去冬以來親舊私信一皆謝絕獨思公有所惠理可無嫌又聞近申貢餘之禁則應少費宅庫如此屢寄益無疑也節中人事紛紛使還爲謝不謹不宣某再拜原甫經略侍讀執事十一月一日

與蔡忠惠公君謨

某啓辱惠攖寧翁墨多荷多荷佳物誠爲難得然比他人尚少其二幽齋隙寂時點弄筆硯殊賴於斯雖多無厭也煩聒計不爲嫌矣諸留面敘

又嘉祐八年八月

某啓前夕承惠紅絲硯誠發墨若謂勝端石則恐過論然其製作甚精真爲几格間佳物也昨日以有文書不敢致簡爲謝李勴還又承惠水清泉香餅數十枚聊報厚貺吾儕日以此等物爲事更老應當澹死租庸遂更作一程無由頻面聊當一咲歐陽脩頓首白三司給事廿九日謹狀

又治平二年二月

某啓遂爾大暄不審氣體何似承已對謝應已漸治裝無由詣前日劚瞻企荔枝圖已令崔慤傳寫自是一段佳事碑文好者前已倒篋今又於東退中得此數十本勒李勴送上因出過門爲幸不宣某頓

首君謨端明侍郎二十六日

致范忠文公景仁　治平四年

某啓專人辱書伏承春暄體候清福某蒙恩許解重任得毫便私其爲優幸不可勝述其他諠譤中外所聞大略秖如此故不待煩言惟繫舟府下一見主人而過粗釋瞻思之懇爲足矣人還姑此布謝

與常待制夷甫　嘉祐治平間

某啓相别之久書問雖闕而思慕盛德未嘗少忘于心不審卽日體候何似向蒙寵示盛文一編究味意趣殊發蒙陋珍翫祕藏未曾暫釋續更有新作苟賜不鄙無外開示至幸至幸深冬爲道自愛

又

某相别累年書問雖闕而思慕盛德未嘗一日而忘于心不審卽日體履何似某碌碌於此國恩未報而衰病日侵進無少補於時退未得幅巾閭巷以從有道君子豈勝區區深寒爲道外自愛因小姪行

附此

又

某前日承枉顧少接餘論殊不從容朝夕人事稍閒當獲款奉未間略布區區茶少許聊助待賓輕浼皇恐

又同前

某啓嚮在頴區區僅得一二聞餘論雖未厭于心而仁人之言獲益已多矣自藏拙于此習成懶慢遂踈奉問亮須幅巾閭巷杖屨往還始償夙素傾嚮之心爾未間以時爲道自重因負㯮人行謹奉手狀

又熙寧元年

某啓少便久踈致問經寒仰惟德履多福某衰病如昨已再請壽陽旦夕有命西歸漸謀休息必得幅巾衡巷以從長者之遊償其素願然後已也未間惟爲道自愛

又同前

某啓到官忽忽已復窮冬老病疎慵闕於致問雪後清冽體況想佳某幸居僻事簡足以養拙歸心雖切尚少盤桓款悟未期深寒加愛

又熙寧二年

某啓近小史許充行奉狀粗布區區窮臘陰雪忽復新春竊惟養道燕居動履清福某此忽忽已數月開春遂尋前請竊謂理盡而無嫌至於幅巾閭巷以從先生長者之遊此實無窮難得之樂爾未間保重以副瞻勤因家兵還謹奉啓

又同前

某啓守官東州僻在海涘久疎致問徒積傾馳氣候已寒不審燕居動履何如某勉強衰病遷延榮祿又將及朞歲物豐盛盜訟稀簡粗足偷安冬春之交得遂西首獲親長者之遊不勝至樂未閒爲道愛重

又熙寧三年

某啓多病疎懶稍闕致問近兒子自穎還云嘗侍杖屨喜承經暑寢興萬福兼審尙以足疾未副召命朝廷禮賢之意甚篤而士大夫延首之望益勤然君子出處有道足以鎮止奔競敦厚時俗其功利亦多矣某尙未得請未遂相從閭巷之間然亦不過一兩月之頃爾時暑爲道愛重

又同前

某啓霜氣清冷不審燕居動履何似竊承朝旨尙復敦迫出處之際遂爲世法必有以果於自信者某累牘懇至而上恩未俞素願雖稽終當如志瞻仰盛德惟日增勞嚮寒珍重

與沈待制遘字子山　慶曆二年

某啓素日不奉問苦暑非常歲之比少壯者自不能當衰病之人不問可知焉辱教承體氣清安甚慰俗以立秋日卜秋暑多少據今日之勢猶當更猖狂爾然世言春寒秋熱老健爲此三者終是不久長

之物也介甫詩甚佳和韻尤精看了却希示下

又慶曆四年

某頓首啓自承拜命欣喜無量而不時馳問者誠以奔走事下吏承叢委遲鈍不能迎解非敢有懈幸諒幸諒知二十四日出京計日必已受事某自保塞回及中山已三日猶須并一作併旬方得拜見他悉面賦也冬寒千萬保育

與王龍圖益柔字勝之　嘉祐元年

某啓中間辱書承冬凜外體氣清康深慰瞻渴益州張侍郎不久當至衰病區區猶須更旬浹始遂休息因欲請補江西爾前蒙示諭京東事備悉早出暮歸臨紙忙迫無暇及他惟新陽自愛前削殊不聞有議論奈何奈何

又嘉祐二年

某啓急足至辱書承此初暑體氣清和差慰瞻想所云少朋儔宴處

爲樂此乃在處皆然何獨濟也京師固多相識然人事區區病患憂煎亦無暇於從容料得常態秖如此也求移能少安之爲善會要深欲續送上爲付一書吏裝褫遂取不得京師吏人頑慢不言可知勿怪勿怪爲兒子久病羸弱非常人還且此爲謝

又嘉祐二年

某啓專介辱書承涉夏秋體氣清適暑雨爲孽古所未聞救災卹患事匪一端某言不足爲人信才不足爲時用徒耗廩祿每自咄嗟而已承見諭實當今之實患也其如言之不見信何他非相見莫盡所懷稍寒惟當以時保嗇

又嘉祐二年

某啓人至辱書承尚留兗寒凝喜體況清佳杜公清節篤行每恨文字不稱不意勝之見愛如此近亦有一二家作誌裴少監家當自寄去明復當歸葬于故里亦可就得之原叔誌續當錄去會要爲此中

書吏稽遲又且送五冊去不憚頻來取也新詩因人乞數篇亂道亦當錄呈深寒公外加愛人還草草

又嘉祐五年

某再拜昨日已入省且喜尊候勝常脚瘡遂愈此正是治內之時亦猶冦賊過後講脩武備雖非先見亦所以禦後來之患也吾儕相戒言難取信蓋各自須有少病痛爾呵呵然非此無以獻忠幸深思也無由相見聊奉此咨悶大熱遂如此衰病不能支入夏便患口齒昨日食數大杏今日腮頰腫痛針刺出血不能常食若此是將柰何柰何

又嘉祐八年

某啓前日辱訪别但多愧荷以昭陵虞主未還在禮不當飲酒無由會話少時益以爲恨承已登舟節氣遂爾寒凝惟希加愛爲禱集古錄序鄙文無足采第君謨筆法精妙近時石刻罕有也薄酒四器聊

助待賓不罪輕浼皇恐皇恐

又治平二年

某啓公私忽忽久闕致誠辱書感慰兼審經寒動履清勝京東物俗比二浙殊絶必稍爲便然久淹于外此在位者之責而朋友蔽善之罪其何敢逃某竊位于此已六七年白首碌碌初無補報而罪責無量謗咎獨歸自春首已來得淋渴疾癯瘠昏秏僅不自支他人視之若不堪處况以殘骸勉強情緒可知久不通問因書輒敢自道勝之知我必見哀憐深寒事外惟冀以時自愛

又

某啓辱示二詩誦讀數四意趣深遠所謂朋友講習之益正當佩服何謂迂邪然謂賢而能書爲不幸又似過之正宜謂不幸與工同其垂名可也因所示乃知平日論議猶有形迹愚拙所短固多幸當賜教可也苟有未然却當相難正如此然後爲友益矣姑話及此不罪

忉忉

又熙寧四年

某承見諭詩義晚年迫以多病不能精意苟欲成其素志僅且了卻頗多疎謬若得一經商榷何幸如之閑居少人力俟錄一二拜呈但慮方居禁職無暇及此也某目足爲苦秋深尤劇尚賴休閑足以安養餘生之幸

與宋龍圖敏求字次道

某啓漸暄竊承體履安和旬休日略邀枉顧家飡蕈接清話少時必不以容易見罪悚悚

又

某啓伏承遽有子婦之戚莫遑奉慰豈勝馳情暑鬱方熾更冀爲國自重少節悲悼區區瞻祝謹奉手啓咨問

又

某啓多日不奉見秋冷竊承體氣佳裕嘗託裴如晦致懇欲告借少書籍承不爲難今先欲借九國史或逐時得三兩國亦善庶不久滯也先假通錄謹先歸納煩聒豈勝惶悚

與梅龍圖摯字公儀　嘉祐二年

某啓累日瞻渴不審尊體何似唱和詩編次得成三卷共一百七十三首亦有三兩首不齊整者且刪去其存者皆子細看來衆作極精可以傳也感哉感哉然其中亦有一時乘興之作或未盡善處各白諸公脩換也內刑部竹詩欲告公儀更脩改令簡少爲幸緣五篇各不長故也拙序續呈乞改抹來日拜見

與石舍人楊休字昌言

某頓首啓自到公私冗迫未得一詣門宇乃辱雅意先以顧臨猶未克敘謝其爲感愧何以勝顏手翰見貽副之古刻無限珍佩人還遽此餘當面盡

與祖龍學無擇字擇之 嘉祐四年

某啓自擇之使還未嘗一得款奉書局之會幸出偶爾遂成鄙句兼邀坐客同賦雖老拙非工而諸君感作亦聊紀一時之事謹以附遞致誠當擇之西行猶在齋禁不得瞻違實深爲恨暑熱道路不審尊候如何惟冀以時自愛

與沈內翰文通 治平元年

某啓辱書承祁寒動履清休少慰瞻企餘杭德政民俗方期歸厚而遽此嚴召然去思遺惠亦足以在人亮須春水方可還朝會見尚遙更冀爲時珍嗇

答李內翰疑

某皇恐頓首再拜啓孟冬漸寒伏惟尊候動止萬福進奏院遞角今日到州伏蒙十八日所賜手書審奉聖恩暫臨近服雖朝廷重違勤請不得已而驟闕左右資訪之助其如凋弊之俗爲幸何多某以門

下生爲幕中吏私願以釋不勝榮輝惟慮車馬未飾已被堅留暫此
郡齋即膺召命使下吏愚民徒有企躍依芘之心而不得終蒙大惠
爾伏承涓日有期限以職守一無此十七字不獲躬詣界首候迎卑
情瞻望激切之至

書簡卷第五

與梅聖俞明道元年

某再拜聖俞二哥昨日賢弟至辱寄書幷前所寄二書及夢中詩又五百言詩頻於學士處見手迹每一覩之便如相對別後雖尹氏弟兄王三並至然幕中事比聖俞在此時差多蓋東都興造日有須求倉卒供辦未嘗暫休息職此未始得從容聚首獨游嵩事一勝爾然而歷覽中春之遊山水之狀皆如故獨昔之青林翠壑今爲槁葉又目前不見聖俞回憶當時之事未一歲間再至尋見前迹已若夢中又河陽咫尺顧足下若萬千里又曩日恨不得同者尹十二王三今反俱遊而聖俞獨不至人生不一歲參差遂如此因思百年中升沈生死離合異同不知後會復幾人得同不得同也自足下去後未嘗作詩前枉製未及和尹十二去應能盡說此中事故略不論知與師魯相見少酒爲歡值無酒寄去奈何漸寒千萬自愛不宣某白

又明道元年

某啓樂簡再至兩承示諭八老之名誠一時美事然某本以寒鄉下流後進初學諸君子不知其駑下業已致之交遊一旦坐評賢否欲求純雅沉實之名終不可得而乃特以輕儁裁之是知善譽者不能美無鹽矣子之評人正如是矣夫大雅之稱老成人重於典刑而仲尼謂三十而立某年二十有六尚未能立敢當老耶又今日不在會中自可削也夫人之美惡待其自然之譽乃見其實今縱求而得之是諸君待我素淺可知也所以孜孜不能默受者諸君當世名流爲人所重一言之出取信將來使後世知諸君子以輕逸名我復自苦求方以美稱借之益重某之不可也削之益便某再拜七老

又同前

某啓捧來簡釋所以名老之義甚詳某常仰希儁游所望正在規益豈敢求辯博文才之過美哉前承以逸名之自量素行少岸檢直欲

使當此稱然伏內思平日脫冠散髮傲臥笑談乃是交情已照外遺形骸而然爾諸君便以輕逸待我故不能無言今若以才辯不窘爲逸又不足以當之也師魯之辯亦仲尼孟子之功也子聰之俊詩所謂譽髦之士乎公慥之慧亦大雅之明哲幾道之循有顏子之中庸堯夫之晦子野之默得易之君子晦明語默之道聖俞之懿是尤爲全德之稱矣必欲不遺達字敢不聞命然宜盡焚往來問答之簡使後之人以諸君自以達名我而非苦求而得也

又明道元年

某啓承惠詩并序開闔數四紙弊墨渝不能釋手緣文尋意益究益深清池茂林俯仰觴詠宅腸蘊此欲寫未能聖俞所得文出人外昔之山陽竹林以高標自遇推今較古何下彼哉但恐荒淫不及而文雅過之也公操諸君詩未至今當以盛作遍呈因督之爾

又明道二年

某頓首再拜初四日陳秀才來自河橋喜聆動靜歲暮僇慄履況清佳甚慰甚慰又知府公已發薦章聖俞在洛時常言親老南方思一歸侍今應獲素志亦朋友之共榮也然作宰江浙山水秀麗益爲康樂詩助誰與敵哉某自奉别以來未嘗作詩亦無文酒之會所謂三日不談道德則舌本強也初六日有少吏事至彭婆約子聰應之宿香山獨恨不得與聖俞同爾逢彥國行聊寓此草草

又同前

某頓首再拜聖俞足下去月王侍禁者送及所惠書販傘船至又得書并鮀魚及問傘客知動靜備詳甚慰甚慰僕來京師已及歲矣未與足下别時每相見惟道無憀賴憶洛中詩以爲感況爾南北一異雖鬱鬱復誰道邪年來但不病爾往在臨清恨無舊歡今思臨清又不可得事事漸不如初人生秖爾大可歎也足下素善南方今居之樂否比比得書甚略不能究所懷訝久不作詩亦疑清興頓損也京

師侍親簷衣食欲飲酒錢不可得悶甚時與師會一高論爾子漸在此每相見欲酤酒飲亦不可得校勘者非好官但士子得之假以營進爾余既與世疎闊人所能爲皆不能正賴閑曠以自適若爾奚所適哉販傘者回來索書聊寫區區捨足下欲語誰邪臨紙徘徊不免忉忉

又景祐五年

某頓首啓去歲西陵會拜狀今春量移此邑得子聰書知已在京尋得所示書伏承榮改京秩伏惟慶慰聖俞久滯州縣今而泰矣下交欣慰何可勝言脩昨在夷陵郡將故人幕席皆前名縣有江山之勝雖在天涯聊可自樂此邑雖便於飲食醫藥然官屬無雅士軍牧虞曹此況不言可知也所幸老幼無病恙而已不知聖俞美任何處囚拘之迹相見未涯思渴思渴自拜別將五歲矣友益日疎俗狀日增篇詠之興略無清思聖俞新作雖京師多事不惜錄示以開昏鈍而

慰相思故人之惠莫越於此也至禱至禱賢弟云亡必深痛悲前得謝丈書已知之不勝歎悼也因人行速聊拜此冬寒希保愛不宣某頓首○有亂道一兩首在謝丈處爲無人寫錄得也聖俞略與臧否之某有少吏事告謝丈望聖俞與咨啓之略語伊法官少爲庇隱某自作令每日區區不敢似西都時放縱此來事亦得正但爲上官見怒曲有駁議然亦終無可駁縱有亦非大罰其如危辱之跡不欲使有小過也或聖俞問得謝丈一言乞批數字送與附書人也千萬千萬某又上

又寶元二年

某頓首啓前者見邸報有襄城之命乃知當與謝公偕行然竊料舊尹當徙蜀聖俞卽留領縣事襄城居孔道音信自此可日置疑是以慢然未能作書及縣走接太守還得手書乃知前至南陽南陽去邑其間一驛爾某當請見直以公新下車方布條教伸威信門生故人

未宜往累於其間須其旬浹少定爾又恐聖俞莫能久留或略命駕見過此大幸也爲别五六歲貶徙三年水陸走一萬二千里乃於此處得見故人所以不避百餘里勞君子而坐邀也顒俟顒俟相見旦夕爾他不復道

又同前

某啓承九月一日就道雖爲遲留然清風自牛久雨泥淖尤須大晴然後不阻某自解官觸事不快至今幾五十日未能脫去豈其屯蹇未極邪所幸親老漸安更三五日可以卜行南陽之居依賢主人實佳事但恨聖俞不在爾昨夏中雖喜會於清風然猶未盡區區之懷今兹寓居方欲悉屏他事爲聖俞極數日之歡而先後參差若相避然又見聖俞書中言有事欲相見以不克爲恨者益令人快快爾到官必有日南陽人便無惜寄音一作意相及秋寒自愛

又同前

某頓首前遣公幹馳信迎候蓋初約然亦頗疑酷暑如此非乘輿之時人還得書果爾及急足至又沐榮問承暑中起居無恙甚慰甚慰前累求新作今者書尾有自厭之說豈可疾淫哇而欲廢置律呂百花洲唱和必多欲一讀以袪俗累之心何可得也孫書注說日夕浸見已經奏御敢借示否蒙索亂道恰來盡呵呵講席所說何書因信乞示及晝寢之樂當輸閑者聖俞不得獨擅也謝氏詩昨忘附去今又却尋不見候見納去矣旱熱可畏千萬保重

又同前

某頓首啓谷正來得所示書及見與謝家書甚詳云買洪氏莊與卜葬市屋業皆其所急者也又云減俸爲助此時聖俞患於力弱不能厚報知己而然爾恐於謝氏無益而於聖俞有損爾聖俞若此月減三五千如失萬錢謝氏族大資多得之未覺甚助謝家亦自有書必言幸思之也洪氏莊極佳爾不須聖俞竭囊橐此固親朋好事然幸

其可以自辦爾望聖俞力爲幹之某行必爲帶錢去塋地已就此營卜及市屋業差有緒然此不可倉卒爾他細故盡諭谷正可詢之鄧氏醵賻已止皆如雅意某年盡必到襄城祭文挽辭極佳冬冷保重

又康定元年

某頓首再拜啓自八月一日至京師及今已兩辱詩幷在東都凡三辱詩皆未還答非惟恃聖俞不以書之疏數爲親疎又以將遣專人而多事未能便遣故也前知爲水災所苦此常事不足置胸中親老求官南方此理當然安撫見辟不行非惟奉親避嫌而已從軍常事何害奉親朋黨蓋當世俗見指吾徒寧有黨耶直以見召掌牋奏遂不去矣文雅處家事方於薛氏求一屋爲貯之勿慮也某於此幸老幼無恙但尤貧不可住京師非久亦却求外補日一作日夕相識多牀不暇作詩足下必不憚見寄閑吟者皆錄示千萬冬冷保重

又同前

某頓首啓前謝監簿行附書問差遣書去後兩日知審官擬定湖州城中監稅不勝喜慰然不即走書專報者意謂勑下自當知及弓手至得書尚云云始怪何處稽留至今未到然今必至矣不爾當爲督也俟春入京尤便但不知何處少留某自還館日夕怱怱筆硏非答書簡寫門刺未嘗視昨夕子履偶來會宿聯句數十韻奉寄且以爲謔又有前奉答長句併錄附去可笑可笑歲陽以來風日慘然土霧雜下氣候不常萬萬自重

又慶曆四年

某頓首累辱書爲慰何已然久不致問者勞逸不同於理宜然諒不爲罪經城楊宰來備詢動止承久困輦下何時可赴任所示盛編云已了甚於飢渴也此人回望一信容專令人去取使今致來恐麋費銘文不煩見督不久納上秖爲須索要好者恐未盡爾呵呵昨在真定有詩七八首今錄去班門弄斧可笑可笑然相別久無以爲娛爾

前有水谷詩見祁公云子美祕不令人見畏時譏謗吾徒廓然以文義爲交豈避此輩子美豪邁何乃如此世塗萬態善惡由己所謂禍福有非人力而致者一一畏避怎生過日月也其他非面不盡近書見教審聽敢不佩服咫尺更有所聞不惜一一示及有酒少人致去柰何柰何夏熱千萬保重

又慶曆六年

某頓首貶所僻遠特煩遣人至此幷得陳留書新集詩見寄詩見和詩外雜詩一卷碑文數本千字文等豈勝慰喜瑯琊泉石篆詩秖候子美詩來已招子美自來書而刻之遊山六詩等卽欲更立一石不惜早見寄也詩序謹如命附去蓋述大手作者之美難爲言不知稱意否其他事谷正在此數日備見所爲可知居此之況不煩述也閉戶飽齏之句怎生諱得呵呵相次奉和見寄詩別拜狀次春暖千萬保重

又慶曆七年

某又啓去年夏中因飲滁水甚甘問之有一土泉在城東百步許遂往訪之乃一山谷中山勢一面高峯三面竹嶺回抱泉上舊有佳木一二十株乃天生一好景也遂引其泉爲石池甚清甘作亭其上號豐樂亭亦宏麗又於州東五里許菱溪上有二怪石乃馮延魯家舊物因移在亭前廣陵韓公聞之以細芍藥十株見遺亦植於其側其他花竹不可勝紀山下一徑穿入竹篠蒙密中豁然路盡遂得幽谷泉名幽谷已作一紀未曾刻石亦有詩託王仲儀寄去不知達否告乞一篇留亭中因便望示及千萬千萬

又慶曆七年

某頓首谷僕來捧書得詢動靜又見詩中所道有相遊從唱和之樂備詳平日幕中所爲可勝慰也某此愈久愈樂不獨爲學之外有山水琴酒之適而已小邦爲政期年粗有所成固知古人不忽小官有

以也示及飲酒今春來頗覺風壅亦不能劇飲如往時然自作主人

後從己便承見戒多荷多荷他事非獨不挂口亦不關心固無淺深可示人也某母老多病而身纔過四十頓爾心闌出處君子大節有所未果不敢効俗夫妄言爾春暄千萬保重

又慶曆六年

某頓首啓自谷正去後更不曾上狀蓋以經夏大暑秋來或聞移南京或云來與刁氏成親一向因循遂成踈懶然中間却得聖俞所寄六詠及桐花啼鳥等詩近又得刁十六所寄詩書卽日必已還許冬冷尊候萬福某居此久日漸有趣郡齋靜如僧舍讀書倦卽飲射酒味甲於淮南而州僚亦雅親老一二年多病今歲夏秋已來安樂飲食充悅省自洛陽別後始有今日之樂詩頗多不能一一錄去未相見間惟冀保愛多時欲作書無便今託提刑趙學士謹附此不宣

又慶曆初

某啓爲親老久疾乍進乍退醫工不可用日夕憂迫不知所爲蓋京師近上醫官皆有職局不可請他兼亦傲然請他不得近下者又不知誰可用親疾如此無醫人下藥爲人子何以爲心京師相知少不敢託他告吾兄與問當看有不繫官醫人或秀才處士之類善醫者得一人垂報待差人賫書帛去請他幸爲博訪之聖俞聞此必挂意更不奉禱也如有所得亦速遣此人回其他不暇忉忉

又

某啓近君謨學士行曾奉狀尋得邸報承有出身之命士大夫公議未厭皆爲聖俞嗟惋獨某不然未知高明自以爲如何也聖俞卓卓於後世者不以名位爲輕重取重於今世者亦豈以此小得失哉苟以寵辱爲意則布衣之樂有優於華衮之憂畏也老兄應能自達不忉忉也已寒保愛

又皇祐五年

某啓見謝亶言新生小息不安甚撓懷然書中不言難以為信聖俞居京師宜其不樂然業已至此當少安之某哀告苦殊無生理閑中靜思處世有好處惟當職者自遣之爾云欲來此深荷厚意然恐差遣理當難得遂止為佳已熱慎疾寬中為禱

又皇祐五年

某啓徐先輩人至辱書果承有小嬰之念時暑益當自寬爾某孤苦中中外多事偷閑便思一得故人為會某不可往聖俞不可來柰何柰何惟當一讀新篇若會面而聖俞惜不寄又將柰何柰何陳碑不可增矣斯人不曉文義有三兩處是行狀所無出米脩路等意若果有當書何故而略切丁寧喻之此輩不向道亦終不知近併作書此不一一某再拜 四月十九日 賜茶賜醫常事爾謚前面官銜中已有贈官亦然散侍郎作相不足為榮但問人如何爾若材堪則自胥靡亦作相如不堪則乃是僥倖但如是向道無妨

又同前

某啓謀葬事未得恐遂後時日極撓悶蓋以術者太精自家又全不會祇信他人道不好便疑惑不敢使非效俗流求吉地圖官國山高也夏侍中父葬于虜契丹必不與你擇官國山地葬也閑中不曾作文字秪整頓了五代史成七十四卷不敢多令人知深思吾兒一看如何可得極有義類須要好人商量此書不可使俗人見不可使好人不見柰何柰何失音可救曾記得一方秪用新好槐花尋常市中買來染物者於新瓦上慢火炒令熟置懷袖中隨行隨坐臥譬如閑送一二粒置口中咀嚼咽之使喉中常有氣味久之聲自通病愈新篇幸多爲寄此小簡立焚勿漏史成之語惟道意於君謨同此也失音脚氣皆是下虛吾徒老矣省些斟酌斟酌某此居哀獨宿然以憂惱亦自多病恐知

又皇祐五年

某頓首聖俞博士兄徐無黨人回奉狀陰雪不止體氣若何某爲近得君貺家書報薛家夫人不安老妻日夕憂撓尊年久患誠亦可憂但薛宅書來止云無大段疾苦奉煩吾兄因見公期爲與問一的信因便相報吾兄書家人不見略要知其增減又爲妻子要去歸省其母亦欲過中祥遣他去貴先知彼中遠近爾某自要知謝氏有人還幸批數字逼節哀苦中立偶人行草此

又皇祐五年

某啓近謝秀才人行嘗奉狀日來起居清勝某哀苦如昨私門日益多事又爲妻母近病須令家人一往省之前嘗奉託詢問久候來報也近爲子美編成文集十五卷凡述作中人可及者已削去之留其警絕者尚得數百篇後世視之爲如何人也朋友之間可以爲慰爾某益衰病庶事不耐煩惟常守書冊危坐爾聖俞數許新詩不見寄似近日頗以爲難何也因兒子輩行奉此春暄保重

又同前

某啓寄惠鴨脚子甚奇趙三書信已領聖俞詩屢見許甚渴見何必自寫小兒輩可錄某亦厭書字因思學書各有分限殆天之稟賦有人力不可彊者往年學弓箭銳意三四年不成遂止後又見君謨言學書最樂又銳意爲之寫來寫去却轉不如舊日似逆風行船著盡氣力秖在舊處不能少進力竭心勸遂已身老矣安能自苦如此耶乃知古今好筆一作書蹟真可貴重也今後秖看他人書亦可爲樂不能生受得也數日陰悶昏然因作聖俞書頓覺豁然如有所釋若遂一握手可勝爲慰也謝景平文字下筆便佳他日當有立於世何止取一科第而已吾徒可爲希深喜也胥太祝且爲伸意某卜葬地尚未買得相次決定當有書報他也忽忽不宣

又皇祐五年

某啓前日謝氏人還辱書承尊候已復康佳新正必倍清勝某孤苦

如昨爲有二小姪一在象州久不得信一在袁州欲乞渠來賴以辦葬今劄其官位姓名託與問一消息恐難得便但却因謝氏人見示可也吾兄清一作情懷不樂俗事某寡相識煩聒甚悚甚悚

又皇祐五年

某啓忽忽度日無生意銜前行曾奉狀徐生人至辱書承春寒尊體清勝爲慰無已某哀苦中尋得葬地欲趁八月十月襄事但庶事少人辦集小姪煩爲問當已有削必得請師魯文字俗本妄傳殊不知昨范公已爲作序李厚編次爲十卷甚有條理厚約春末見過當與之議定別謀鏤本也自春陰寒少晴明病體不勝疲勞勸於書字不能周悉

又嘉祐三年

某啓動輒旬浹不奉顏采雪寒如此無復清思區區可知亦怪聖俞未嘗見顧得簡示乃云不登權門若以此見格何望於老兄某每日

晚多在家因出望見過幸甚如晦所欲已起奏難於更奏蔡州亦應須得簿書煩擁走此爲答殘雪可愛能見顧尤望

又嘉祐二年

某啓大熱甚於湯火之烈兩日差涼粗若有生意然以家人病患飲食不能自給區區煎迫殊亂情悰久不承問不審尊體何似二十二日欲就浴室或定力餞介甫子固望聖俞見顧閑話恐别許人請故先拜聞禮部詩納上

又嘉祐二年

某啓承惠答蘇軾書甚佳今却納上農具詩不曾見恐是忘却將來今再令去取讀軾書不覺汗出快哉快哉老夫當避路放他出一頭地也可喜可喜罰金未下何害不必居家俟命因出頻見過某居常在家吾徒爲天下所慕如軾所言是也柰何動輒逾月不相見軾所言樂乃某所得深者爾不意後生達斯理也

又同前

某啓以小兒子傷寒已較因勞復發今日錫慶齋會亦去不得愁坐忽得所示爲之豁然憂煎病患常以爲苦思劾榴花之飲不可得也三兩日兒子安聖俞過不惜頻相訪借馬若脩家又何厭也三十年前事信如前生憂樂不同可歎可歎亦約子固子履當奉白也祗候兒子稍安爾人還謹此

又嘉祐二年

某啓經節伏惟以時納祜昨日早至薛二家空心飲十數杯遂醉歸家却與諸薛飲承見過仍留刺何乃煩老兄如此既酲不遑無以自處也節下外處送酒頗多往時介甫在此每助他爲壽昨秖送王樂道及吾兄爾愚性疎簡人事不能周然意之所至實發於誠心蒙惠簡云有所答則非也恐不知鄙懷故略自陳述二十二日欲同子履和叔閑話少時先白恐他有所適也

又同前

某啓陰雨累旬不審體氣如何北州人有致達頭魚者素未嘗聞其名蓋海魚也其味差可食謹送少許不足助盤飱聊知異物爾稍晴便當書局奉見

又同前

某啓中前在范家坐中已覺不佳所以都無情緒數日勉強有事相役既歸遂倒臥以出汗頗多亦利動臟腑頓覺體虛幸連日不朝免得請告更三兩日不知可出未承問念感愧亦審中酒吾輩年高不獨他事至於飲酒亦不能如故時也更希愼愛

又嘉祐二年

某啓谷正來承惠詩老重深粹不似頃刻間成何其敏妙至此也早來得筆絕佳不圖若此之精其精如此豈常有耶然久無稱手者乍得甚快意多感多感暑中絕近文字不得無以度日時因作書𤔡得

一揮毫尚可銷憂爾人還姑此奉謝

又同前

某啓兩日不出方爲杜公作銘承惠詩絶高恐不可繼且留款曲試和待稍髣髴則將出兩久作柰何天災斯人豈惡之也其亦有以邪昨夜暫止頗緩奔走之計然遑遑何時得遂安居漸涼思奉言笑何可得人還姑此

又同前

某啓自入夏閭巷相傳以謂今秋水當不減去年初以爲訛言今乃信然兩夜家人皆戽水并迺翁達旦不寐街衢浩渺出入不得更三數日不止遂復謀逃避之處住京況味其實如此柰何柰何方以爲苦不意公家亦然且須少忍特承惠問存卹多感多感蔡君謨寄茶來否悶中喜見慰人還怱怱

又嘉祐四年

某啓適至書局承自釋奠處方歸困倦不敢坐邀忽辱惠教兼得唐子方家行狀謹當牽課然少寬數日爲幸其如行狀中泛言行己殊不列事迹或有記得者幸更得數件則甚善又云有尹師魯所作墓誌亦得一本尤幸也尋常人家送行狀來内有不備處再三去問蓋不避一時忉忉所以垂永久也乞以此意達之

又嘉祐三年

某啓旦夕寒色尤慼衰病者殆不能勝矣不知吾兄尊候如何昨夜再讀和景仁雪詩甚妙兼以韻難如何可和且秖和得歳日書事一篇其元所示遂留之過節更送他處告別寫去也手筆凍縮書字不得韓范二公詩看了示下印卷子何日了因出見過陰寒公事頗少甚閑恐知

又嘉祐三年

某啓累日不奉見不審體氣如何兼以俗事無由奉詣理固當然聖

兪遂以權門見薄無乃太僭也前承惠白兔詩偶尋不見欲別求一本兼爲諸君所作皆以常（一作贈）娥月宮爲說頗願吾兄以他意別作一篇庶幾高出羣類然非老筆不可亦聞有與如晦一篇甚佳皆乞取蘇大挽辭一首閑寫助一笑今日偶在家謹奉此

又嘉祐四年

某啓前日承見過偶他客多不遂款曲快晴意體想佳梅公儀來要杭州一亭記述游覽景物非要務閑辭長說已是難工兼以目所不見勉彊而成幸未寄去試爲看過有甚俗惡幸不形迹也程碑當便下手秪如唐書亦須了爾

又嘉祐二年

某啓雨不止情意沈鬱泥深不能至書局體候想佳某以手指爲苦旦夕來書字甚難恐遂廢其一支豈天苦其勞於筆硏而欲息之邪悶中謹白

又嘉祐三年

某啓經節陰雨猶幸且晴不審尊候何似閑作歸田樂四首秪作得二篇後遂無意思欲告聖俞續成之亦一時盛事來日食後早訪及爲望

又同前

某啓承寵惠二篇欽誦感愧思之正如雜劇人上名下韻不來須勾副末接續爾呵呵家人見誚好時節將詩去人家廝攪不知吾輩用以爲樂爾後日絶早過喫不托適簡誤云食後這回不是聽子誤也

又嘉祐四年

某啓自承在式告兼以假故多遂阻奉見秋氣稍涼喜承體候清安辱惠建茗此誠近所難得特爲珍貺也然莫妨待客否恐彼闕當却分納一半也原甫高論少抑亦當不復較難來日朝中當面敘人還謹此爲謝某再拜

書簡卷第六

與謝舍人絳字希深　寶元元年

某頓首再拜兵部學士三丈久以多故少便不果拜狀春暄尊候萬福省牓至獨遺聖俞豈勝嗟惋任適呂澄可過人邪堪怪聖俞失此虛名雖不害爲才士奈何平昔並游之間有以處下者今反得之覩此何由不痛恨欲作一書與胥親及李舍人宋學士論理之又恐自有失誤不欲輕發不爾何故見遺可駭可駭由是而較科場果得士乎登進士第者果可貴乎日日與師魯相對驚歎不已伏承殿試考校今必已了某替人猶未至拜見未間伏惟保重因人謹附狀不宣

又寶元二年

某頓首百拜知府舍人三丈三兩日毒暑尤甚不審尊候何似某昨走鈴下久溷賓館旱暑交作晏陰方興當君子定心靜事休息之時暑夕屢煩長者其如乘餘閑奉罇俎泛覽水竹登臨高明歡然之適

無異京洛之舊其小別者聖俞差老而脩爲窮人主人腰雖金魚而鬢亦白矣其清興則皆未減也臨別之際感戀何勝西禪竹林又辱餞送自夜出南城凡再宿始至弊邑私門老幼往往病暑正如所慮此所以眷眷門下而不候久留者也自鄧至汝陰道出田間由鉅欣橋而西秋稼甚盛時雨已足問之乃覽秀所望而脚正在陋邦然鄧州界二字一作則莫及也豈騎立之神一作邪憎家雞而愛野雉乎自還縣便苦一作繫俗事書記未能詳悉謹拜此敘謝伏惟幸察不宣從表姪歐陽脩頓首再拜

與王待制質字子野　慶曆三年

某頓首再拜運使學士子野兄春暄伏惟尊候萬福自去年閏月來東郡以就祿養幸如所欲惟僻陋日益愚鄙爾在都下時子野兄舟行不克攀別其後送者還頗知留客甚歡而飲酒差多親族皆以素羸奉憂不知其後復飲否子野善自攝猶能絕葷血甘淡薄況於酒

邪一別頓爾南北闕於候問惟冀自重以慰區區不宣某頓首

與李賢良覯字泰伯　嘉祐初

某啓冗事牽迫久疎奉長者之論不知兩辱過門甚媿甚媿某來日有少事須出卽今幸家居可以拂席奉俟軒蓋顒企顒企不然當別拜聞貴不失約也某頓首賢良先生

與曾舍人鞏字子固　慶曆六年

某啓雖久不相見而屢辱書及示新文甚慰瞻企今歲科場偶滯遐舉畜德養志愈期遠到此鄙劣之望也某此幸自如山州少朋友之遊日逾昏塞加之老退於舊學已爲廢失而韓子所謂終於小人之歸乎因風不惜遠垂見教未良會間自重自重

又治平四年夏

某啓奉別忽忽暑候已深不審動履何似某昨假道於穎者本以歸休之計初未有涯故須躬往及至則弊廬地勢喧靜得中仍不至狹

險但易故而新稍增廣之可以自足矣以是功可速就朞年掛冠之約必不愆期也甚幸甚幸昨在潁無所營爲所以少留者蓋避五月上官未能免俗爾毫之佳處人所素稱者往往過實其餘不及陳潁遠甚然俯仰年歲間如傳郵爾初亦不以爲佳蓋自便其近潁爾至此便值酷暑未能多作書相知或有見問者幸略道此意惟愼夏自愛

與蘇編禮洵字明允　嘉祐二年

某啓自足下西歸承有家問忽遽而行時一小子臥病方憂悶中不得相見中間得還蜀後所惠書及今者賢郎人至得書承尊履休康併以爲慰足下文行見推於時豈久窮居於遠方者未相會間千萬自愛

又治平間

某啓承示表本甚佳前所借謚法三卷值公私多事近方徧得披閱

文字更不待愚陋稱述第新法增損今別爲一書則無不可矣成一家之言吾儕喜若已出爾謚錄卷秩既多秖欲借草本

又治平三年

某啓多日不奉見承遷居不易初聞風氣不和謂小小爾昨日賢郎學士見過始知尚未康平旦夕來體中何似更冀調慎藥食無由馳候專奉此

又治平三年

某啓自以拙疾數日闕於致問不審體中何如必遂平愈孫兆藥多涼古方難用於今更且參以他醫爲善也專此不宣

又同前

某啓數日來奪候必更痊安單藥得效應且專服千萬精審無求速功不欲頻去咨問恐煩勸也亦不煩答簡或賢郎批數字可矣

與費縣蘇殿丞皇祐　年

某啓特承書問兼惠篆碑滁陽山泉誠爲勝絶而率然之作文鄙意近乃煩儁筆以傳於遠既喜斯亭之不朽又愧陋文莫掩感仰之抱寧復宣陳專人還謹此敘謝　舊用龍尾硯一枚鳳茶一斤聊表意

又

某啓前者辱見顧屬苦多事不得少伸款曲比奉詞則承已歸縣矣但深怏怏也辱惠書竊審經春體氣清裕某衰病疲憊日自彊勉未知報効不敢言勞咫尺阻闊惟多愛

與澠池徐宰無黨　皇祐五年

某啓久不得書自聞省試日望一信人至忽得所示大慰鄙懷兼喜春寒所履無恙程試賦詩極工矣策贍博而辯論偉然皆當在高等人力所可爲者止於如此耳其他有命然俗言運亨者臨事不惑揮翰之際能至此其亦奮發於茲時乎計此書至已在高第故不子細不次脩書白

又至和元年

某啓真陽相別忽以及茲日月不居大祥奄及攀號擗踊五內分崩不孝罪逆蒼天莫訴哀苦哀苦久不得書日與無逸弟想望忽捧來示承在道曾感疾喜今復常又知淮水淺澀雖深欲相見但恐阻滯遂失赴官之期若於事有妨則不若且就汴流西上如淮水可行與汴不爭遠近即茲來爲善賢弟在此寂寞中相伴大幸某秋涼方卜離此南北未知何適五代史昨見曾子固議今却重頭改換未有了期仍作注有難傳之處蓋傳本固未可不傳本則下注尤難此須相見可論改服哀苦中忙迫偶奉接人行聊此

又至和二年

某啓專人至辱書承官下無恙深慰示及誌文甚佳無逸弟又有煩惱可哀適值有人在此誌文當附去又知且權河南繩池本邑自可讀書爲政何必求來府中所云冬末當至京師暫來甚善一作喜無

欲第居監中時相見焦秀才亦在太學補監生恐知某碌碌於此士大夫有所論當悉以見告庶助其不及實有望也未相見多愛

又同前

某啓人至辱書承官下無恙深慰深慰所云進取之道能具達其如此夫復何患諭及富公言范文正公神道碑事當時在潁已共詳定如此爲允述呂公事於范公見德量包宇宙忠義先國家於呂公事各紀實則萬世取信非如兩仇相訟各過其實使後世不信以爲偏辭也大抵某之碑無情之語平富之誌嫉惡之心勝後世得此二文雖不同以此推之亦不足怪也某官序非差但略爾其後已自解云居官之次第不書則後人不於此求官次也幸爲一一白富公如必要換則請他別命人作爾

又嘉祐元年

某啓縣人來得書承寒凝公外體氣無恙深慰深慰所寄近著尤佳

論議正宜如此然著撰苟多他日更自精擇少去其繁則峻潔矣然不必勉強勉強簡節之則不流暢須待自然之至其如常宜在心也代天論既各有篇目不必謂之代天可也某近權省得罷稍閑已有削乞洪井若果得則私便尤多況非要任求之必可得也無欲弟在太學見兒子云甚安某一向多事少暇他亦疎及門恐知銓中新制破考之事稍緩若在本州無妨亦可已新年多愛

又嘉祐二年

某啓人至辱書承治官進學無恙甚以爲慰所寄文字大佳然作文之體初欲奔馳久當收節使簡重嚴正或時肆放以自舒勿爲一體則盡善矣某此待兾誠碌碌然期必有爲而自効士大夫見責者深是待我厚而愛之過爾敢不佩服冬寒自愛在致齋處草草

與焦殿丞千之　皇祐五年

某啓自相別無日不奉思急足辱書深所浣慰然聞不遂解名在於

俗情豈不怏怏若足下素所自待與某所以奉待者豈在一得失之間但以科場文字不得專意經術而某亦有人事今足下三數年間且可棄去科場文字而僕亦端居無一事惟於此時可以講訓素所聞未舉者過此恐彼此難得工夫也足下爲人明果以此思之亮可決然北首深恨閑居無人既不能專遣人去奉招當正初南歸亦不爲久別計但仰首傾望也某於哀苦中奉思諸君子此又不可言已寒多愛

又至和二年

陰雨泥甚不欲頻奉邀蓋知請假甚艱也某恐不久出疆欲且奉託與照管三數小子某來日遂移過高橋宅中俟稍定疊便去般出學恐先要知仍請具此白胡先生知爲妙至時恐要人般挈請示及待令去晚間可出即見過閑話某再拜

又嘉祐元年

某啓知昨日已差試官庶事便當牽率稍涼體中佳否近晚或能見過閑話少時恐遂難得暇也麤細米各二斛聊飼僮僕輩必不以輕鮮爲恠有無相通亦鄰里之常事慚仄慚仄

又同前

某啓以數日齋祠今早方歸知曾來取藥體中佳否見解牓張壽秀才已獲薦不知肯且來此過冬否秖恐他要冬課嫌小兒喧聒不然蒙益則多矣某今日在家隨早晚見過閑話少時

又嘉祐元年

某啓今日見解牓尙疑脫漏姓名然初以得失委命而進則臨事自應不動於懷此孟子之勇也適歸家偶早幸略見過閑話某頓首

又同前

某啓數日大熱不審意思如何適令發至羣牧司云已却歸西岡不審何謂此中西位頗寬涼多南風甚可居至於飲食亦可取性固無

形迹矣兼時得閑話請更思之勿以爲疑也謹此咨啓候報某啓

又同前

某啓見兒子言尊候違和豈非患腹臟邪秋後慎生冷爲佳以數日不相見甚思渴某一出參假便有人事區區加以兩日復熱恐彼中窄狹無事且來書院取涼無形迹也前時奉白鄉有策題彼中收得者幸爲錄示或秖檢得本子此中亦有人寫蓋人事易因循也

又嘉祐元年

某數日不承問不審體中如何當漸平和但怪不見過故此奉問凡疾病不欲滯鬱頗須消息有以散釋其效多於服藥若能出入幸相過要人馬來取至於藥物亦當商確乃盡其理謹此咨啓某再拜

又同前

某啓稍寒想益佳裕數日人事忙迫非常前夕至學舍中見狠籍可憎所以未敢便請他張秀才更俟一二日大太祝歸略令灑掃兼庶

事有所備緣某多故不能躬視也兩日欲去報此意亦無暇作簡衮衮度日公私不濟一事此京師之態也某奉白

又嘉祐二年

某啓昨日以客多饑疲風眩發作卧不能起承示簡不及時答所言張先輩但怪其登第後絶不相過餘非所聞也亦欲旦夕召渠相見但以多事匆匆未暇爾今日知聞喜宴來日約其見過也

又嘉祐六年

某啓有無相通蓋爲常理更不存形迹也船不必白省主自遣人問當亦可得蘇氏昆仲連名並中自前未有盛事盛事姚闢詩說請試看有長處僉出示及爲無工夫細看故也

又嘉祐六年

承惠胡公銘茲人美德固樂爲之紀述第以文字傳遠須少儲思蓋尋常意思未及爲人強作多不佳也自來日已往併無假故直至旬

休如所諭行期甚迫當且前之續可附致潤州諒不爲晚也人還謹此白知小兒不安且慎調護大熱難將息也

又同前

某啓自相别後方欲作書遽承不疑學士有來歸之命自後更欲附書則思舟行必已在道無處可附亦以不久相見不必爲書也適得信喜來甚速且承酷熱中體氣清安其他皆可盡於相見也某爲今夏病暑不可勝任又得喘疾遂且在告蓋衰老之態自然如此也略留來人附此草草

又嘉祐六年

某啓自相别更不聞問近得邵學士書云已到家方喜知動靜兼承所履安和實以爲慰某病衰如昨不惟任責愈難常至於勞苦亦筋骸不能支持爲可責惟早自知止猶勝彊顔以貪寵利自計非不熟但恐未得如志遂爲君子之棄而小人之歸爾南方宜多有聞見不

惜垂諭猶勝不知也有望有望前者胡公墓表誤書陵州人嘗問其家爲改正歲晚寒凜以時自愛因人惠問

又嘉祐末

遽爾大熱病軀殊不可當數日不相見體中佳否知已授樂清果如何來日見過家飧幸早枉步乘午前稍涼庶幾可坐也無宅客姚祕校劉真蹟至此止

又治平　年

某啓范氏子書來幷獲所寄書自承赴樂清後方拜此一書審此居官下安和稍釋傾想陋巷之士得以自高於王侯者以道自貴也一從吏事便爲禮法所繩若居人下而欲有設施則世事難如人意更當屈伸取捨要於濟務此非獨小官自古聖賢尙以爲難所以前世一節之士以貧賤爲易守也自臨縣治今將及朞諒深諳此態也某嘗再爲縣令然遂得周達民事兼知官情未必不爲益某愈覺衰殘

齒牙搖動飲食艱難食物十常忌八九情懷益蕭索物外浮榮信乎不爲吾儕得失也有名卽去矣未相見間公餘慎愛因人時惠問不宣某書白

與王主簿回字深甫

某啓嚮者深甫在京師則以俗冗不常得相見既去又不時爲信問視其外豈非疎且慢哉然求諸中則不然也人至惠問承奉太夫人萬福下情瞻慰某衰病日增殊無世間意趣近買田頴上思幅巾與二三君往來田閭閒其樂尚可終此餘年爾而其勢未能速去非爲之不果猶須晚獲也深甫以謂如何賢弟昨西略見爾祁寒更乞自愛

又

某啓累日以聖節諸事區區未得祗候大熱不審體氣如何來日見過家殽庶得接清論少時幸早垂訪也專此咨啓不宣某再拜深甫

先輩　常君未及作書續得馳問因見爲伸意千萬千萬

又

某啓人至辱示借書並領昨日少奉清論開沃無限嗽亙減否師魯文略讀一二篇令人感涕碑幷集錄皆納去某又上

與姚編禮闢字子張　皇祐五年

某頓首閑居絕無人使又不欲頻煩郡中借人所以久不作書上杜公然哀苦中無限瞻依也因請見爲多道哀懇希文得美諡雖無墓誌亦可況是富公作必不泯昧脩亦續後爲他作神道碑中懷亦自有千萬端事待要舒寫極不憚作也只是劣性剛褊平生喫人一句言語不得居喪犯禮名教所重況更有纖毫譬如閑事亦常不欲人擬議況此乎然而不失爲他紀述只是遲着十五箇月爾此文出來任他姦邪謗議近我不得也要得挺然自立徹頭須步步作把道理事任人道過當方得恰好杜公愛賢樂善急欲范公事迹彰著耳因

侍坐亦略道其所以但言所以遲作者本要言語無屈準備仇家爭理爾如此須先自執道理也餘事不必云云背碑子極奉煩多荷多荷因見杜贊善託問實錄不必封但只憑寄來此中程判官亦爲伸謝將書來後信有書去某再拜

又

某啓專人辱書承守道爲學自如甚善見諭紹嚴事止於如此則又何言君子之言必誠誠久必見凡有諸中未有不形於外者惟當以久見吾子之誠爾禮記雜亂之書能如此指擿其繆其功施後世無窮非止効俗儒著述求一時之名也然其中好語合於聖人者多但當去其泰甚者爾更宜慎重如坊記一篇難破請更思之然遇所見但且論次不惜錄示

與王幾道復 景祐元年

某頓首白幾道先輩足下段氏家人至蒙示書及詩并子聰聖俞書

與詩後於東山處又見詩何其勤而周也聖俞得詩大喜自謂黨助漸熾又得一豪者然微有饑態幾道未嘗爲此詩落意便爾清遠自古善吟者益精益窮何不戒也呵呵閒別後事自彥國去後患一腫疽二十餘日不能步履甚苦之時惟聖俞一來相問臨清之歡何可得耶師魯已有召不宜更俟嫁女幾道與彥國宜督以來走明日就試恐要知之惠詩未暇答以此也

答孔嗣宗字伯紹河南人　皇祐元年

某啓辱書甚善尹君誌文前所辨釋詳矣某於師魯豈有所惜而待門生親友勤勤然以書之邪幸無他疑也餘俟他時相見可道不欲忉忉於筆墨加察加察某再拜

又同前

東方學生皆自石守道誘倡此人專以教學爲己任於東諸生有大功與師魯同時人也亦負謗而死若言師魯倡道則當舉天下言之

石遂見掩於義可乎若分限方域而言之則不苟故此事難言之也

察之

與尹材慶曆八年

墓銘刻石時首尾更不要留官銜題目及撰人書人刻字人等姓名

秪依此寫晉以前碑皆不著撰人姓名此古人有深意況久遠自知

篆蓋秪著尹師魯墓四字

與蔡交皇祐五年

某啓人至辱書感慰何已且承春序履況清休范公襄事脩以孤苦衰困中杜門郊外殊不知端息情禮都闕但得淮西寄到誌銘豈任感涕文正平生忠義道德之光見於誌謚為信萬世亦足慰也神刻謹如所諭敢不盡心某忝以拙訥獲銘當世仁賢多矣如此文復何所讓但以禮制為重亦不遲年歲中貴萬全無他議也悉察悉察述夢後序更當斟尋史傳續報然亦當慎文正所慮至深某亦疑其有

意不用此篇果如所料矣試期不遠佇奉賀加愛加愛某再拜

答曾舍人鞏字子固 熙寧四年續添

某自歸里舍以杜門罕接人事少便奉書中間嘗見運鹽王郎中得問動靜兼承傳誨近又聞曾少違和急足至辱書喜遂已康裕甚慰甚慰某秋冬來目足粗可勉強第渴淋不少減老年衰病常理不足怪也餘在別紙某白　見諭乞頴且止亦佳此時尤宜安靜爲得理也惠碑文皆佳多荷多荷常筆百枚表信不罪不罪

又同前

辱示爲人後議筆力雄贍固不待稱贊而引經據古明白詳盡雖使聾盲者得之可以釋然矣父子三綱人道之大學者久廢而不講縉紳士大夫安於習見閭閻俚巷過房養子乞丐異姓之類遂欲諱其父母方羣口諠譁之際雖有正論人不暇聽非著之文章以要於久遠謂難以口舌一日爭也斯文所期者遠而所補者大固不當以示

常人皆知來諭也某亦有一二論述未能若斯文之曲盡然亦非有識之士未嘗出也閑居乏人寫錄須相見可揚推而論也自去年至蔡遂絕不作詩中間惟有答韓邵二公應用之作不足采惟續思頼十餘篇是青州以前者并傳記皆石本今納上自歸頼宅文字亦絕筆不作恐知恐知　青州十餘篇亂道爲說道上石彼近必見矣

書簡卷第七

與丁學士寶臣字元珍　皇祐四年

某啓自聞南方冦梗思欲附問凶禍閑居難求的便雖在哀殯翹想之心不可道也元珍學行憂深才當遠用遘一作罹此不幸古人多然在處之有道爾古之君子所以異於常人者能安常人之所不能安也所恨某居此際不能奔走耳某衰病無復生理今秋欲扶護歸鄉恐趁葬期不及則且權厝鄉寺俟宅年耳忽偶黃莘先輩過云賢兄在舒州因得附此草草不能盡鄙懷當續馳訊也秋熱寬中自愛

某再拜

又嘉祐四年

元珍淹屈於外交游所宜出力既默無所爲而至於書問亦不能時致其勤其爲慚罪不待言矣某自蒙恩歸院雖稍清閑而忽忽度日公私無所益此處京師者汨汨之常態也幸非甚愚頗知脫此而遠

去然事有不得遂去者古人所謂不如意十常八九者殆此類也今歲廷試得人之盛中外共慶況在佳壻此豈非久滯中一可喜事哉今因胡推官行謹奉狀相次陸君行當別布懇

又嘉祐四年

某向在府中困於煩冗久不奉狀徒用瞻思專人遽來特辱嘉問承涉夏已來體氣清福深所欣慰元珍才行並高而困蹇如此吾徒之責也某昨被煩使初不敢辭然几案之才素非所長加以早衰多病筋力不支屢自陳乞蒙恩得解去實出天幸然請外之志尚未獲素心又以殘史終篇有期夏秋之交可決南去相見未涯千萬鄙懷臨紙不能悉布惟慎重自愛以順休復

答郭刑部輔

某啓方欲因兒子行奉狀遞中忽辱書可量欣慰兼審春寒動履清勝承諭以嵩少之游豈勝歧羡此樂常爲山人處士得之衣冠仕宦

比其汲汲得如其志不老則病矣雖有登臨之興勉彊而爲之已不勝其勞也若神完氣銳惟意所適如公之樂者百無一二人也如某者目固不能遠望足亦不任登高矣可歎可歎相見未涯嚮暖加愛

與朱職方處約　嘉祐五年

某啓久不奉狀夏熱公外竊惟體履休勝陳詵寺丞佳士也曾在滁州同官今其南歸願拜識幸希留念也屬唐史終篇忙迫作書不謹備恕之方暑慎愛

與蔡省副

某頓首公私忽忽久闕致誠辱教字承已登舟遂不復一得敘別可勝瞻戀短景日暮還家客已盈室寢食殆廢習以爲常以此久不奉問慙罪慙罪汝陰君子久處疾少間當來歸未見惟寬中自愛審用藥餌不盡區區

與王發運鼎字寶臣　嘉祐二年

某啓中春嘗辱惠問不審涉夏暑毒體氣如何某自出貢院爲羣士誼詬尋而入夏京師旱疫家人類染時氣區區中復有病患憂煎以此久不附狀寶臣治漕南方雖久淹于外然振綱革弊公私所賴者不細比於碌碌於此無所云補者所得多矣某再請洪井未得屢罄所懷期於必得也未相見間惟爲時自重謹於遞中奉此不宣某再拜

又嘉祐二年

某啓衰病無悰難久於此加以私計日思南去未可得者無他近時內外制請便例不得從爾奈何奈何自之翰有事故人零落所存者幾更復何心追後生於紛華某將入貢院時之翰疾已甚比出遂不見遽失斯人爲恨何勝與同年相知尤甚遂及之愁人愁人中間承惠金櫻煎近方開而服之其製一作煎得尤精多荷中年衰病太甚世情已去但猶藉藥力且扶旦夕爾遽中不子細

與馬運判遵 皇祐二年

某啓久別欣此瞻候陰寒道中尊候休勝河役動衆疲民利害繫公處置之耳他俟握手不能具述因人走此不宣某再拜運判裏行執事十二月七日

答韓欽聖宗彥 嘉祐二年

某啓昨使舟行日不及攀別深以爲恨人至辱書伏承署事以來當此祁寒體況清福實以爲慰也外補之樂得之有素伏讀佳作益以起予無用之質衰病颯然造物者畏浮議以見縻奈何奈何歲晚以時自重人還謹奉此爲謝不宣某再拜欽聖提刑學士十一月二日

辱寵惠佳篇欽誦不已旦夕和得遞中附上新甘奇味珍荷也珍荷也部頭事藝稍進得賢者齒問更增勉勵也呵呵劉守到必還使司當復清談也嘗說襄陽山水一經真賞果如鄙言否

答李學士嘉祐八年

某啓自遭罹國卹哀摧殆無以生伏惟感慕攀號何以堪處伏承遠賜存慰豈勝感咽孤拙遭遇昔與安道皆奉清光今茲衰晚才薄責重未知死所何以論報嚮秋更冀以時加愛

與王學士

某頓首京師區區自朝及夕無益於公私而思接賢者之論亦不時得近兩辱見顧皆不獲迎候豈勝爲恨寒陰不審氣體何似旦夕當卜至門未間先此爲謝冀有以亮之而已

又熙寧三年　此帖又載第九卷却云與薛少卿

某啓急足至辱書喜承尊候萬福貴眷各安甚慰企想近入京銜校過賴捧手教尋於遞中奉狀必達視聽某到此以弊止未完固少留以葺然欲遂爲掛冠之請遠近相知皆相督以蔡是自乞須且勉赴到任徐請歸休未遲今遂治行二十一二間上道三四日至蔡別拜狀恐久滯急足怱中作書不悉

答張學士嘉祐　年

某啓中間辱惠書未遑脩答又辱惠書意愛勤勤重增感愧某以嘗患兩手中指攣搐爲醫者俾服四生丸手指雖不搐而藥毒爲孽攻注頭頷閼結核咽喉腫塞盛暑中殆不聊生近方銷釋衰朽百病交攻難堪久處茲地漸欲謀爲退縮得免罪戾以疾爲名而去猶是幸人使騎巡歷何時一過都下少遂握手未間以時自愛仲儀喪子應滯行期許事猶煩餘暇沖卿恐猶未歸未及作書爲懇

又嘉祐　年

某啓區區久不馳問豈勝瞻勤暑毒羈惟體履清福兼承權留務都邑孔道諒少勞神中間嘗辱惠問不時脩報亦可知其冗率也慚感慚感某唐史終篇遂當復尋江西之請衰病無堪爲歸老之謀爾未由握手莫罄鄙懷惟冀爲時自愛以副企詠

又

某啓前日專詣舟次值不在略見賢郎比欲旦夕再祗候而大雨連綿無由出門兼恐已行忽辱手教乃知卽今方行不獲面别惟以時自愛瞻企何已東南應亦有所欲但倉卒不暇續當有信咨煩也蔣同年千萬爲伸意近得書亦當作書也南郡近有書去矣人立待草草

又

某啓衰病無堪叨竊過分方深愧懼遽辱誨存兼承惠寄佳篇豈勝珍誦湖園野趣近郡所無夢寐在焉何嘗忘也若得偶逃罪責歸老其間遂養慵拙何勝幸也歲晚寒凜款言未期惟冀以時自重

答陸學士經字子履　至和二年

某啓使北往返六千里早衰多病不勝其勞使者輩往凡七八獨疲劣者尤覺其苦也還家人事日益區區浮生何處得少休息承子履在洛甚安又知來鄭書碑咫尺莫得奉見獨見勝之備知動止辱書

益用爲慰漸暄珍愛人還謹此

又熙寧四年

某啓久闕奉問忽枉以書奚勝感慰兼審經寒履況沖裕某衰病餘生得請歸老而還官兼職皆出特恩榮幸之愧無以爲諭第久疾累年頓難減損然得此閑適足以安養又其幸也遂復田畝無期會見企仰而已千萬加愛

又治平四年

某啓早來辱枉使車重增媿感過午遂熱承動履清和方苦昏乏忽被手教兼惠以藥并方尤荷意愛之厚第藥性差熱當漸漸服之也竊承代歸有期依依之意憑當與賴民同也餘留面布人還少奉此

與刁學士約

某啓前日承寵訪秋暑計尊候康和以居處狹陋欲卜定力約數君奉同閑話一日既稍寬涼又佳水烹一兩盃茶幸告月初約一日恐

爲會處多故先次一作此咨啓

答連職方庶字君錫　天聖中

某惶悚頓首上黨三哥㒰執少一作久別伏想體中佳好近者兄長行獲奉短札懇悃之素具之如昨洎任進來得三兄信伏知軒車猶未歸仙墅某自返黨閭邈然塊處日以賤事相逼魚鱗左右至於筆硯之具視同長物而已前承寵示佳句久欲爲答奈六情底滯不能叩課加之對雷門之前非布皷之能過也但効曹生游揚季布之名日得傳播於漢東士流之間諷誦傳寫者迨使中山兔悲而洛陽紙貴也今勉成一首以報來賜小生學非師授性且冥㥶仰賴㒰交時賜教誘若不爲索其病疵而姑効司馬生言好字則三哥顧我之厚薄可由斯而見矣崢嶸歲且晏平居寡徒想望故人能不愴恨時因北風幸無忘德音之惠某頓首

又嘉祐五年

某啓近嘗辱惠問不審寒來體履如何京師區區幸時與元禮相見然衰病鮮悰無復壯年游從之樂也殘史已終篇南歸之思如欲飛爾君錫決然遂獲閑居之適應知此趣真老者之所便也況竊祿甚厚於國無補豈堪碌碌久此乎握手未期聊爲君錫道此盛寒多愛

又熙寧　年

某啓令姪過郡辱書粗慰積年思企之勤兼得一詢起居康福外絶世欲內養天真宜其極方外之樂享眉壽於無涯某寵祿盈溢心志衰零尚此盤桓未償夙願然亦不出新春歸計可決第思塲屋之游四十年之舊零落之餘所存者幾而吾二人者邈焉各在一方未知握手之期用此不勝區區爾歲律遒盡寒色嚮深惟以時加愛

又熙寧四年二月

某啓守蔡忽已半歲老年百病交攻賴此閑僻偷安然猶經春在告人事曠廢咫尺相去闕於馳問使至辱書既慚且感喜承尊候康裕

某以衰殘未遂一丘之願勉彊憂畏惟思高賢遠識早能超出塵累宜享福壽於無涯也企慕企慕相見未期初暄保愛

又熙寧四年四月

某啓相去不遠惠然之顧出於乘輿古賢佳事有望於故人但不敢坐邀爾某入新年陡更衰殘昨三月中欲遂伸前請決計歸休封遞角次得闕報陝兵爲孽遠近驚懼朝廷方有西顧之憂遂且少止今已寧息作晚必期得請也若遂還潁則相去益遠至時或一就蔡枉顧可否千里命駕近世未聞亦是一時奇事有望有望亂道思潁詩一卷粗以見志閑中可資一噱

答連郎中庠字元禮

某啓才薄力劣任非其稱初無報効徒自爲勞人事都廢恃親舊見哀而不責小故湖外風土如何嚮承體中亦小不佳今喜清康君錫兄亦久不承問多事怱怱不曾作得一書慙悚慙悚惠柑甚佳遠地

難致尤爲珍感鳳團數餅聊表信而已歲律遽窮新春多愛

又

某啓承賢郎小娘子見過故人有佳兒女朋友所當共慶也兼辱簡字惠以熊白并蟠鮓等皆飲酒具獨患累日苦目昏未能近盃杓也朝暮乘閑道話

答丘寺丞

某頓首今日食後就寢方覺擁被臥讀太白集忽辱惠佳篇豈勝感愧當亦牽強爲報恐滯使人且此爲謝

答韓宗彥嘉祐四年　本卷前有答韓欽聖一幅即宗彥也

誤寘此

某啓專人辱書承此初暑體履清勝實慰瞻勤前在府中嘗辱惠問牽以俗冗不時布款昨以衰病屢自乞蒙恩俾解煩劇雖江西前請未獲素心而疲憊計不能久粗得休息亦不勝其幸方得復從諸公

之遊而子華遽還執憲然命出中外稱愜某既得閑適遂且盤桓過夏秋冬當遂前請相見未涯但聞風采行被嚴召未間暑熱以時自愛因人還謹此爲謝

答黎宗孟醇 熙寧二年

某啓近遣家兵至萬壽奉迎有書計達專人惠教乃承路中得疾問來人不能詳言即日必惟已獲痊安旅中有疾亮難久也辱諭尋醫細思皆小小外事不足動懷豈宜輕爲去就許昌避疑介至毫又陳曹爲梗今又復然足驗世人常態處處如此然則尋醫所至未必見容但當寬度包之爾富丞相奉知必不淺已教他舉留再任莫且隱忍終之否某性自少容老年磨難多漸能忍事前後蒙見教者豈非欲某寬中以忍事耶却敢以此意奉規不怪不怪未敢奉邀必且徑還家也嚮暖加愛不宣某再拜

與裴如晦煜 嘉祐五年

某啓酷暑阻奉見竊惟體氣佳和新事頗動人耳目惟靜處聽鬧益覺其喧也聖俞賻助遂獲幾何苟有所得幸且勿送其家也望略批示或約相見爲佳謹此咨啓某再拜如晦學士廿四日

答杜植嘉祐五年

某啓公私多故久闕馳誠然亦久不承問忽於遞中辱書喜慰無量兼審經寒動履清勝不相見數年間親舊零落所有無幾在者衰殘老病於理宜然其間不能量力決然早去而留連祿仕任過其分勉強碌碌迄無可稱以取責於一時而貽譏於後世則鄙人於數老叟中又獨負此若寵利紛華不惟非素心所溺就令心有所好大抵晚年實能享者於身所得幾何由是言之得失不較可知自去夏迨今病恙交攻尤苦齒牙飲食艱難則嚮所謂於身所得者無復有爾可歎可歎不相見久因書及此聊當一笑爾聖俞家賴諸故人力得不失所漳州兒子輩更在教育他事應在雅懷有以處之不待言也新

歲千萬加愛因風不惜惠問以慰瞻仰不宣某再拜

答陸伸

某啓人至辱示長書及古今雜文十軸其研窮六經之旨究切當世之務與其辨論文辭之際如決壅塞闢通衢以瀉浩渺之無窮御騏駿而馳騁然則吾子之所能與其所用心者不待相見而可知矣某衰病廢學多難於時常幸得空閑之處苟樂於自棄而吾子獨不棄之惠然見及何以當之欣慕感愧聊兹爲謝幸察其區區

與丁學士見英辭類稾　已下續添

元珍屈處冗務士夫所歎清議尙存自當奮滯惟通塞有時少須之耳某碌碌於此爲庸人出處之計前以屢陳矣

又

冗務誠非賢者所處然屈伸之際又非賢者不能安也凡在交舊莫不以此爲慮而未知所以爲之奈何自古賢達之士固嘗有所屈伸

其所以處之者乃其平生所學者耳足下所存遠大故知必能及此敢道之

與蔡省副嘉祐元年　見名賢簡啓

某啓昨日無以爲禮深用慙靦宿來動履想佳然中席遽起遂不可留變此新例他時東齋之會敢不遵用故事也適得沖卿簡言原父已送詩云某殊未有一句欲借一拭目以發衰鈍三日欲去出城送沖卿能往否此不敢強閑及之

又嘉祐　年

某啓昨日知與沖卿賞月必有餘樂某亦邀同輩二三人淡坐不飲殊亦鮮歡但飲冷過多又病真不能追逐少年矣前時爲烏絲欄輒留欲書其後尚未有暇適因尋書別得少佳者且納上聊資揮灑章望之長言試爲一闋疑後日方得奉見謹此咨布

與裴學士名煜字如晦嘉祐八年以秘閣校理知閏州　前

有嘉祐五年一帖

某啓公私冗瑣人事多廢不獲奉問忽已逾時專人辱書承經寒氣體清安稍慰瞻想也某年齒日增心志日耗材薄任重憂責無涯故人在遠誰與教告誠未知稅駕之所也如晦代歸有期竊承私門多所憂撓顧知紛紛此世少無事人也惠甘誠爲佳物然不飲已朞年矣茶須嘗方敢致謝嚮春和更希愼愛專人還謹奉此不宣某頓首

如晦學士足下二月三日

與趙學士名彥若字元考　熙寧　年

脩啓頃蒙軒騎少留怱怱殆踈款奉然每覩餘論獲益已多少別方爾傾馳辱書感愧旦夕亮且就道霜月嚮寒千萬愛攝不宣歐陽脩

奉啓太常學士執事八月晦日

承示集古跋尾數事頓發蒙滯恨不早拜呈也

書簡卷第八

與薛少卿公期　景祐三年

某頓首再啓東園一別自夏涉秋今倐冬矣泝汴絶淮泛大江凡五千里一百一十程纔至荆南見家兄言出京時有公期書渴得一見要知別後事然數日尋之不見遂已某自南行所幸老幼皆無病恙風波不甚惡凡舟行人所懼處皆坦然而過今至此巒夷陵江水極善亦不越三四日可到久聞好水土出粳米大魚梨栗甘橘茶筍而縣民一二千戸絶無事罪人得此爲至幸矣秖是沿路多故舊相識所至牽率又少便人作書入京公期始約今冬赴絳州必非久行矣每憶君謨家會頗如夢中未知相見何時惟自愛而已因人便附書在君貺處乃可達今因遣白頭奴入京謹附狀不宣

又景祐四年

某頓首自公期東門之別忽已踰年南北之殊相去萬里音信疎絶

於理固然昨至許州蒙訊問備審官下爲況甚佳邇來諒惟自公之餘與閫內貴屬各保清休某居此爲況皆如嘗親老幸甚安室中騾過僻陋便能同休戚甘淡薄此吾徒之所難亦鄙夫之幸也多荷多荷公期遊宦故鄉其樂可量思昔月中琴弈樽酒之會何可得耶某久處窮僻習成枯淡頓無曩時情悰惟覺病態漸侵爾弊性懶於作書區區思慕之心非有怠也惟仁者察之讒謗未解相見何由惟慎疾加愛因人至京頻示三兩字爲禱其如方寸莫能盡也不宣

又康定元年

某頓首再拜公期九哥足下比者伏審五丈人丈母相繼傾亡聞訃交至不勝悼怛苦事伏惟罹此酷毒摧痛哀慕奈何奈何孝子之志在於不滅更望節哀就禮以全大孝是於親友爲大願也自去秋質夫有事顒俟公期替歸不意遭此凶變知扶護且歸絳州未審何時可至京邑一別數歲某走萬餘里艱險備嘗公期又有此患人生若

此可嗟可嗟八哥在京尚未有差遣亦欲求一住京所貴照管君貺與某亦時時到宅內外如常不慮中前君貺行曾有書俺為有起請不肯附去今同封呈前後累寫下書皆因循不附去得悚息悚息秋寒哭泣扶護千萬寬節以副區區謹奉此致慰

又慶曆三年

某頓首啓自公期到京便欲拜見初期見訪尋以某欲入都還延至此近以定日必行一夕小兒輒病遂阻行計然猶幸僅存其生至今尚未安所賴有可醫理行既無涯慮滯軒車久阻歸計慚惕料某不往公期便行也企渴企渴他具夫人書記累辱問小兒病無謬中未及奉書市藥甚煩挂意春暖各希保愛瞻祝瞻祝不宣

又皇祐二年

某啓到此已將百日牽率如初以此久不奉問遞中并人至兩辱書承寒來寢味多福霈恩進秩不敢為賀彼此然也某此區區幸事漸

少稍息肩奉告作鞍蓋爲郡人哂其太陋爾相次專人附銀去式樣一依官品可也冗事乃煩長者惶恐惶恐餘具後信冬冷保重

又嘉祐　年

某啓累日不相見承在軍器庫中必甚勞神暄和體氣喜佳裕玉冊官便當遣去有暇因出見過看漢碑今日私忌家居恐知

又嘉祐　年

某啓昨日見妳子自宅中歸云公期猶患腰疼不審旦夕來尊候如何今日欲於軍器庫中奉問又恐不入爲前日所見偷竊者驚家人欲於宅西添一鋪巡警不知有例否夫人言公期宅前曾刱添一鋪不知申報何處施行略希批示因出閑過少話某再拜公期郎中

二日

又嘉祐　年

某啓昨夕承過顧經宿熱未解甚可苦也體中安和數日有人將一

馬來行亦快不見驚蹶不知毛骨如何云要百千為定價直否試令牽呈昨夕忘却閑說及幸告批示萆薢丸方專令咨請不罪不罪

又嘉祐治平間

某啓昨日作書未及發忽得來介所惠書頓釋月餘憂想之懷家人尤以為慰也所喜涉暑到官尊幼各安寧仍知頗以郡事為意如此日月亦易銷遣某嚮在夷陵乾德每以民事便為銷日之樂苟能如此殊無謫官之意也某偶因用街市淋洗藥拔動風氣左脚疼痛數日在告不意傳報特煩軫念感愧感愧盛暑公外加愛家人亦自有書此不多述不宣

又嘉祐治平間

某啓近併捧三書具審至汝以來動靜甚慰企渴爾比日竊惟公外體履清福貴眷各安和今夏京師大熱疾疫尚未衰息頗聞許洛特盛幸喜汝獨無之雖然郡事久不治下車之始不無勞心今必稍簡

則漸可樂矣崔庠案已斷邸報必見罪狀不若初聞之可駭然刑名亦重舉主多不免茲亦奈何淄州近不得書應是煩惱某今歲病暑飲冰水多目生黑花多在告舉家幼小幸安最後將書來人戒渠來取書輒私去故於遞中致此暑伏方盛慎愛不宣

又嘉祐治平間

某啓多事怱怱等閑不奉狀遂復逾月茲者楊氏子來辱書承秋來公外動履清康貴眷各安粗以爲慰郡事以太守養疾甚煩裁處然臨以餘刃莫不爲勞苦加之歲事豐成盜訟當漸稀簡也某以私門過夏嚮秋幸且安帖秪是孤危之迹勢漸難安羣口籍籍外亦應聞病目愈甚承惠藥方便當精意服之也連日從駕歸遂臥病兼亦筋力去不得也餘俟家人自有書殘暑更冀以時自愛以副瞻企

又治平二年

某啓近以雨水爲患舉家驚奔所幸人物苦無傷損偶居定力公私

擾擾久不附問急足忽來惠書承秋來公外體履清福貴眷上下康安稍以爲慰報國無狀致此天災皆由時政多闕上貽聖憂方共引咎遽承見教丁寧切至蒙愛之厚愧感銘藏而已知汝極豐郡政脩舉盜訟遂稀應多閑暇之樂也某忽忽無悰病目如在昏霧中作書甚艱餘不遑及嚮寒保重因風時枉問

又同前

某啓新陽納慶伏承動履多福人至辱書感慰無量京師水後繼以陰雪甫近郊禮次開晴青城宿齋雲日澄和人情舒暢遂成大禮衰朽之質執事忘勞前此公私事叢久闕致問自是而後應且休息一晴鎮遏無限浮議天幸天幸餘非筆墨可罄人還僅布一二深寒多愛

又治平三年

某啓自承受勑後日與家人望軒騎來歸何久而絕不聞問春夏之

交氣候不常不審體況何似想與貴眷各安某此內外如常但自春來病渴淋不止在告多日乞一近郡養疾已二削竊料旦夕當至都門故專走兵迎候其他須面敘病中不悉

又熙寧元年

某啓近法曹廳人回特惠書經節竊惟公外氣體安和某到官忽已兩月幸與諸幼如常但老病益衰民間興利趨公事目百端昏然並不能省若常時公事則絕簡過客亦稀苟祿偷安負愧而已公期臨郡已多時莫須別有差遣某以病苦難久尸居歸心有素何日遂如所願相見未涯窮冬盛寒惟加攝爲祝

又熙寧三年　此帖又載第八卷却云與王學士

某啓急足至辱書喜承尊候萬福貴眷各安甚慰企想近入京衙校過頼捧手教尋於遞中奉狀必達視聽某到此以弊止未完固少留以葺然欲遂爲挂冠之請遠近相知皆相督以蔡是自乞須且勉赴

到任徐請歸休未遲今遂治行二十一二間上道三四日至蔡别拜狀恐久滯急足忙中作書不悉

又熙寧四年

某啓專人辱書承秋暑體候康適貴眷安寧甚慰甚慰某茲者告老得請恩典殊優出於萬幸賴蔡至近雖冒大熱信宿便至遂爲閑人庶事皆如素計惟當營舍久而僅了族大費廣生事未成倫理頗亦勞心然措置稍定不復更令入耳則是人間無事人爾知幸知幸承冬中當替歸可遂相見豈勝欣願但恐未間别有美命也某此老幼幸如宜闔相去秖四程必時得書問往還殘暑公外多愛

又同前

某啓迓吏過州辱書承經寒體況清裕貴眷各安甚慰勤企某與諸幼幸各如宜自還田舍已百餘日庶可稍成倫理粗免勞心始覺漸有閑中趣味然目足之疾初未少損蓋累年舊苦勢難頓減又迫於

年齒愈老而益衰其如坐享厚俸飲食無爲徼倖之愧感激而已承美替有期冬末行舟淮頼當得一會面但恐未間别有美命就移不然豈勝欣望也深寒未相見間多愛多愛

又熙寧五年

某啓自使舟過郡閑門庶事乏力又值雪寒難於舉動加之病齒妨飲遂不成主禮退居屏迹惟交親難相會每以爲恨幸一相見又事多艱滯如此信乎人事如意難得也然尚得静話數日爾人至辱手教承宿來尊候萬福知詰旦遂行嚮和惟多愛

又同前

某啓近辱書喜獲平安到京甚慰傾企乍至都下人事必多仍審已謁告歸絳州何其速也不亦少勞乎即日春暄竊惟氣體清適某自相别後令醫工脱去病齒遂免痛苦然至今尚未敢放口喫酒情悰索然但覺一歲衰如一歲爾集序已了秖候更了鐫刻一併納呈閑

居難得人便附書比此書至京討已西去故令人齎轉附至絳故未及其他惟衢暖保愛早還以副瞻思

與陳比部力 嘉祐治平間

承有家訃賢妹有事竊惟悲痛老年親戚間不免時有煩惱人生常理只如此時暑千萬節哀寬中無由奉慰來日令兒子至寺中也五妹且省煩惱時熱圖安也某再拜作坊殿丞頁親廿七日

又嘉祐治平間

某啓承昨日寺中舉掛時熱惟希寬中又知喫食所傷更須愼護辱惠茶具甚精奇多荷多荷藏之他時爲閑居之用爾今則少暇也五妹喜安極熱未敢相邀歸家好將息某再拜作坊國博之右旬休日

又同前

某辱惠答簡承臟腑已安和甚慰惠茶籠所作極精至石屏大是奇物可珍可珍但不得中間一片則不成器千萬爲早取之此物他處

未嘗見石屏世故多有未有若此簡易而工妙也稍涼見過閑話某再拜作坊虞部　六娘兩日患臟腑今却安也果子自此更不令喫幸荷幸荷

又同前

人至承惠簡喜酷暑中與貴眷各安數日大熱恰值謝官人事紛紛疲朽遂不克支若非昨夕一雨少解煩蒸其將奈何頻勞問念多感多感某再拜　仹娘近日頗肯忌口亦漸向安謝念及也

又嘉祐治平間

多日不相見天氣陰暖喜與五妹各安和惠簡問及牙疼多感多感兩日稍可雖浮動醫者云取未得須候根脫取之省力恐知恐知驢肉多荷多荷某再拜作坊虞部𡰥親廿二日　兩日却較喫得些物

又同前

某啓承惠蘇家藥多荷多荷亦嘗用之此但治咽喉爾某所苦者齒

牙熱痛兩日來漸較蓋稍節滋味等物遂可爾過承憂念五妹歸家安否後日祠事畢便歸當得相見人還專此爲謝某再拜　只前時兩般藥自好方待久使也

又熙寧元年

某啓久不得信方深企想送劉司理兵士至辱書承公外體候安和四郎以下諸幼各安甚慰但以亡妹忽已周祥舉家見書信至重增悲惱爾某此老幼幸亦如常久欲作書只爲累表乞致政未允候見去住後發書奉報爾今又忽有青州之命已兩次辭免欲且乞守亳蓋去潁近便於歸計也未知如何也知吾親每每多不安遠宦中有此煩惱誠難爲情更宜寬心求安爲善也亡妹靈柩今冬先送歸晉最爲上策嚮寒千萬保愛不宣某再拜知郡比部良親九月八日

與馬著作嘉祐中

牡丹記荔支譜久欲附呈以候刻跋尾數十字以是稽遲不恠不恠

病目固不能書然君謨不肯爲他人書而獨爲某書此朋友間自是
一事不可不記故勉自書取笑取笑

又治平四年

某啓近縣人還奉狀新歲布和善人君子自宜亨福惟餘齡晚暮益
以病衰相見未涯徒積傾嚮鄙抱區區前書粗布政餘加愛某手啓
知縣著作足下十二月十九日　寄惠花燭白蕈多荷多荷蕈豈非
自種耶甚佳甚佳泉水未爲爾必以冰凍賫致未得也

又熙寧元年

某啓專人辱書幷以泉水爲貺豈勝珍荷兼審新春履味清安河夫
之役尚煩神用然處置得宜公私俱濟則所利博矣亮不以爲勞也
某再乞壽旦夕必見可否未間難爲期約也當續咨報尚寒愼愛不
宣某手啓知縣著作足下十九日　李集已領泉味皆佳然大祇東
州水甘直須於鹹水地飲之然后爲貴爾

又

某啓病悴之餘人事踈廢忽辱惠教方承臨莅齊城經畧公餘清適誨諭稠重開發蒙鄙感愧感愧咫尺未期會話欽渴欽渴某再拜

病目多書字不得不罪不罪

又熙寧三年

淮西支郡蕭條何敢奉屈然吾儕以道爲樂亦應不以閑要爲計某至頴且少盤桓俟如蔡即當發削若遂所乞衰拙之幸多矣塗次餘未及詳

又同前

最後一削甚懇意謂可以免弁遂蔡何幸如之其餘區區未可卒布但不一會見尤爲恨爾保愛保愛

又

某啓官守相望咫尺未親言話惠書勤眷兼以嘉篇富麗之作老病

無悰得以拭目頓增鄙思也欣感欣感高材尚滯一邑秋冷多愛某奉白著作足下

與顔直講長道

某啓嚮傳例罷學職初聞可疑及辱書始駭果然又承有淮陽之命君子出處不違道而無媿則所居皆樂況淮陽近家之便乎亮不動浩然之氣也交年積雪極寒體況想佳計行李不久當東相去逾遠會見何時千萬加愛

又治平四年

某啓嚮在京師會吾子來人事怱怱不能以從容接高論及至亳聞還直學館出處相失誠可悵仰近惟經寒體況清適某退守僻州甚爲優幸而衰病侵淩心志昏耗諒難久竊榮寵也目疾爲苦臨紙艱於執筆鄙懷莫罄新歲惟冀加愛

又熙寧元年

某啓董君來辱惠音竊承履況佳適感慰曷已學館誠岑寂然塵事不到足以專志經籍則其所得與其所樂豈不多哉某今春目疾愈甚東州民物可樂處多但自以衰病少悰爾董君到必爲言也

又同前

某啓衰病人事多廢久不奉書遞中辱問承經寒體況清適學舍久淹然以道爲樂必無倦也某兩目益昏難久勉強乞壽已再旦夕冀得請西歸近頼爲便爾相見未涯鄙誠莫道

又熙寧二年

某以病昏廢學情禮亦多闕東州一任寄委勉強常憂曠敗請壽冀未退休閒苟安於藏縮爾久不聞道義之益與諸賢者迹日漸踈但欽渴而已

又熙寧三年

某啓近辱書承春寒爲道外無恙甚慰企仰竊憶去秋將離青社曾

一奉書未審得達否某衰病如昨幸得閑暇偷安但苦病目不能看書無以度日詩義未能精究第據所得聊且成書正恐眼目有妨不能卒業蓋前人如此者多也今果目視昏花若不草草了之幾成後悔所以未敢多示人者更欲與二三君講評其可否爾但未知相見何時也報筆特艱莫布萬一漸暖加嗇

又熙寧四年

某啓近辱書承涉暑講道外康和甚慰慰兼蒙以舄繹先一有生字集爲示某自少時常得傳誦數篇每恨不見全編不意茲時頓飫饑渴藏家著錄以傳後世榮感榮感某以經春老病在告近已復尋在亳之請方治裝以俟命區區未遑悉布惟夀熱加愛

又同前

某茲者得請歸老恩出萬幸惟所苦渴淋自春發作經此暑夀尤甚蓋以累年之疾勢不易平然自此安閑冀漸調養爾兩目昏甚艱於

執卷顧難銷晝景又親朋之會邈不可期恐遂不聞道義默默寖爲庸人爾殘暑加愛

又同前

某啓近小史一作吏許充行奉書方在道人自都來又辱惠問豈勝感媿兼承秋暑爲况多佳某自蒙恩許其告老榮幸感激之懇前書已粗布惟乍還里閈人事少勞而舊苦目足之疾得秋增甚舊書編稾未經一二君商榷今遂復田畝會見無期此爲恨爾餘粗如宜幸不多恤嚮冷惟加愛

與梁直講

某啓衰病退藏自宜屏迹忽辱惠問雅眷不忘其爲感著未易遽陳兼喜春和氣體清裕董直講來自學舍具道羣居之詳今其還也亦備見郡齋之况燕譚之際諒可及之病目愈眊然艱於執筆惟以時加愛

與直講都官熙寧元年

某啓自離亳更闕奉問春氣尚寒體履清勝某昨辭青不獲勉策病軀東來而東州士俗深厚歲豐盜訟亦稀甚爲養拙之幸而獨苦衰朽老疾日增爾歸計遷延更須年歲也學舍久淹匪朝必有美命未間珍愛某再拜直講都官足下正月九日

與曾學士熙寧三年

某啓近因人還得附拙記薦昨書尺其爲愧荷可勝道也兼審秋寒提按之暇動履清福某去蔡咫尺以病足爲梗少留於此忽復踰月匪晚向官所壽蔡相望時得拜問旅寓中草率爲謝

與王補之熙寧三年

某啓近者行舟過界上特辱惠書喜承秋冷氣體安和以至郡道里差遥不敢曲邀車騎又失於上問全乏迎候豈勝愧恨某蒙恩得請郡僻事簡衰年疲病苟祿偷安甚爲幸也欵見未涯以時自愛

與謝景初皇祐元年

某拜啓久不作書蓋由無便即日爲政外奉親萬福某幸且安郡僻少事然漸老懶於爲學惟喜睡爾足下爲道方銳著述必多此急足回無惜爲寄春寒保重

論徐嶠稱弟子帖

春首餘寒惟閤黎動止安穩弟子虛乏之繆承榮寄蒙恩獎擢授以洛州一歲三遷自南徂北既近都邑忝竊彌深便即祗命未由預謁瞻望山門但增棲斷戰懼之情懇惶失據願珍重不宜弟子徐嶠和南

某啓承惠佳篇豈勝欽服昨日見顧遂當祗詣曾不爲言其如清宴佳賓難復多得若曰春秋爲義當得徐嶠筆法何用於閤黎稱弟子自南朝起此弊事遂成風俗其如近日士人佞佛者少宜於此時力與革此弊事惟在賢者爲之禮曰君子動而爲世法然則舉措其可

不慎哉金氏世以財雄南方今乃出佳子弟甚可愛也雄漢瀛覇保州粉紙誰謂不可書請試察試察之下尚隱隱有字漫滅不可讀不知與何人帖也

與脩史學士嘉祐三年

某啓辱教開發蒙滯實寡陋者之幸也早來寧王憲只爲更名與鄭王嗣直數人同須再出封國其宅更有易名者偶不徙封爾就中此卷錯處多然捨此更無也某白

又

某啓前日承惠服屬圖寡陋蒙益何勝感愧欲見當年脩真宗實錄人官職姓名差官及書成年月告與檢示不罪相煩八日某拜白晉叔學士

又

多日不奉見春暖康和中間承見惠臘雪散者或有更乞少許某再

拜外題簡呈脩史學士

右三篇見秀峯隱居法帖或云與呂夏卿呂字縉叔嘗同脩唐史

晉字疑省文

與人

辱留郡兩日偶客多不及款話惟望慎疾自愛俗子多是非難防勉

強接納小疾不足過疑却恐過當服藥致生疾耳二者愚慮恃眷舊

敢然悚惕悚惕公議難遏亭復匪遙他不足道也區區某又拜

右不知與何人

書簡卷第九

與十四弟焕字大明　皇祐二年

某啓仕宦多故久不附書冬寒計與諸眷安和某爲太君年老多病未能一歸鄉里親拜墳墓祖墳更望與照管餘託鄭齋郎致意此外保愛不宣某書上十四弟秀才閏月六日

又皇祐五年

某罪逆深重不自死滅禍罰上延太君以去年三月十七日有事攀號寃叫五內分崩不孝深蒼天罪逆深蒼天見在穎州持服昨者鄭齋郎自鄉中來得十四弟書知與骨肉奉親各安某爲於穎州卜葬所以未及歸得只候服闋南歸相見書言囘陂樹倒但勿令人斫伐爲幸諸大小墳域且望更與掛意照管年歲間某歸相見餘不多言今因嗣立人囘奉此不具兄押書寄十四弟秀才四月七日　兗墨宣筆表遠信

又同前

十四弟秀才前者嗣立人力回曾附書及筆墨等想得達邇來暑熱上下各安某今者扶護太君靈柩歸葬先遣嗣立歸凡有可幹事爲嗣立少心力吾弟且與同共勾當相見不遠秋熱好將息不次某書白十四弟七月十五日

又同前

十四弟昨自扶護南歸得相見庶事頗相牽率自別計安諸姪亦計無恙某初十日已至家一行如常但憂墳塋惟託勤爲照管諸已面諭更不言也此外教諸姪爲學各令謹慎爲佳時寒好將攝因人頻附書來言墳頭子細是切不具兄某書送十四弟

又皇祐六年是歲三月改至和元年

十四弟別後計與諸眷各安自離吉水後未曾得來書中間景歸曾有書必達八郎近寄信來同陂門垣及水道並已改了不知是否因

書言及今因寒食遣人力去上墳望與至少卿墳頭一轉爲地遠只
附錢去與買香紙酒等澆奠小叔西街小大郎諸骨肉並與伸意前
曾附書更不寫書也更附錢五伯文與回陂墳頭張旺取伊一領狀
封來仍指揮伊脩蓋牆垣看鎖門戶千萬千萬如有事書中細與言
來春暄各好將息不次兄押書送十四弟

又至和二年

書寄十四弟秀才久別計安樂吳榮來得書回陂墳所必與照管今
因寒食令人力蕭及去上墳將錢伍伯省請與買酒食去澆奠回陂
墳并與覷當垣牆門戶錢一索與看墳張旺仍指揮伊覷當樹木及
取領狀一紙來春暖好將息不具兄押書白十四弟秀才二月四日
外封題云書附吉州小市三院巷兄翰林學士知制誥史館脩撰兼
脩唐書勾當三班院某今其玄孫名鈞龢嘗請鄉舉尚居北巷仍藏
公之真蹟

人力來得書知骨肉並安深慰深慰爲今春使契丹寒食不曾遣得人往墳所吾弟並與到諸墳深感深感脩見乞洪州亦只爲先墳也未得間恐吾弟因出入且爲照管兄押書送十四弟四月十五日

又嘉祐元年

與十二姪通理　皇祐四年任象州司理

自南方多事以來日夕憂汝得昨日遞中書知與新婦諸孫等各安守官無事頓解遠想吾此哀苦如常歐陽氏自江南歸明累世蒙朝廷官祿吾今又蒙榮顯致汝等並列官裳當思報效偶此多事如有差使盡心向前不得避事至於臨難死節亦是汝榮事但存心盡公神明亦自祐汝愼不可思避事也昨書中言欲買朱砂來吾不闕此物汝於官下宜守廉何得買官下物吾在官所除飲食物外不曾買一物汝可安此爲戒也已寒好將息不具吾書送通理十二郎

又

承示近文秖如此作得也但古詩中時復要一聯對屬尤見工夫并問當因書言去昔選人有陳奇者舉上十六人仁宗見其未嘗歷選調特旨不改官以戒馳騖者初官宜少安之

與十三姪奉職皇祐五年

奉職自赴任不曾得書到官下想安樂汝孤寒曾受辛苦知道官職難得每事當思愛惜守廉守貧愼行則保此寸祿而已十四郎今却令𢌿此子自縣中來見其衣裝單薄汝只親兄弟兩人今食祿庶事宜均給更且戒約勿令出入無事令學書識取些字從來失教訓是事不會男子如此何以養身今遣人去知府舍人處求太君墓誌若此人將得來即更不言若未得來即汝因事至府中面告言吾令汝請文字且與請取求的便附來春寒好將息不具吾押送十三奉職

正月十四日　十四郎此中與綿襖子兩領并裹纏錢三索省只十七八程可到恐伊別亂破錢也

與大寺丞發　治平四年

王澤與書未行間孫宗古來得汝書知與幼小各安甚寬憂想惟真所傳神改了甚善梅都官者必已畫了所是韓孟惟真既言自有本便可畫也須是四燈頭面髣髴一般大小方好看且傳語催伊早畫了才到亳便去取也押付發　宅圖且勿與看　梅須亦帶接離不然帶楮冠子但取好畫隱士帽亦好

又同前

吾二十五日離潁二十八日一行平安至亳初二日上事臨離潁時累有書去約汝於遞中發書令先至亳及至此兩日杳不得一字何故何故以此不無憂想不知爾來汝與諸幼各安樂否迎孫婆孫入夏來長進否婆孫瘡痍較未不瘦否此吾日夕所念也今專遣急脚子去勾當將來山陵發引排祭一事汝宜用心速與問當早令回報蓋慮後時難辦也其餘事更三兩日黃清去別有書也此外夏熱汝

與諸幼各好將息遞中頻發一書來不必須候專人也五月二十九日至亳後第一書押付發　今令急脚子計會王昌及杜延禧問當進奏官及轉問北京定州進春官前次仁宗山陵發引時北京定州排祭用何儀式其祭前排列明器人物等用多少數目祭食味數贈作錢馬數目並令一一問取今體例來今別具畫一劄子汝速召王昌杜延禧令體問早令此急足回來要作準備如杜延禧短使卽令王昌用心勾當不管悞事此急脚子回時買明黃羅一疋附來

又同前

初三日遣急脚子發到亳後第一書爲問山陵致祭事書必已到此中兩日內却併得遞中來者兩書知汝與諸幼各安只是聞得婆孫患臟府後甚煩惱蓋孩兒三好兩惡已多時且須用心調理及知道妳子亂喫物道不得但向道候到亳州　你不得迎子何不與青黛丸喫此是汝小時服之得効者前時王澤附去者豆蔻丸亦是汝輩

患臟府時得效者可與婆孫喫醫人藥中用黃連甘草者與兒喫此
中日夕惟是憂煩二孫過夏不易且喜汝今夏一成安樂然更須慎
食生冷吾自蔡河舟中大熱食生冷不節所以到潁渴淋復作潁肉
誠不及京師乍從京師來誠不好及食之日久亦不覺酒則絶佳於
舊日巨魚鮮美鰕蟹極多皆他郡所無以至水泉蔬菓皆絶好諸物
皆賤閑居之樂莫此若也吾此只爲一歲計不候宅成只候買得材
料便決去躬親葢造必更精潔也此郡閑僻來去間足以頤養孃瘦
及食少心頭氣滿與其餘並如在京時汝可勿憂黃清李德今並遣
囘餘事當續附書此外夏熱汝曹各好將息稍無人便即於遞中附
書千萬六月七日第二書付發押　王昌令買明黃羅一疋白生羅
二疋已指揮與也要知要知　七郎得書知在京安樂且與頻照管
山陵致祭紙錢贈作馳馬等此中可造惟是祭前排立人物此中
做不得須令王昌及早商量定令人家依數做下準備使用不可悮

事也　箔場近日如何般墮并出買如何也向後可嚟折欠此事常宜用心　王昌處米麥絹錢索足未今並在何處收附所云趙祐請米又是何米後信子細說來出京時舊曆上未請物數令王昌錄一本來仍開說後來已請見今未請　惟真處畫四本總了便與附來黎直講并彭州劉比部書並早與附達見吾省副再三伸意續有書也近日羣議如何謝上表到後莫有云云否因的書中略說來不妨曾學士書汝去相看自送與

又同前

十八日王昌等到得汝書并寄來生日信物依數並領知汝與諸幼各安此中上下並如常汝可勿憂只是聞得迎孫患痢甚憂得王昌來時書中只言稍減次日送黃清急脚回書中並不言增減以此不能無憂才得婆孫稍安又却大姐患痢料得煎迫可知醫人須着照管且頻與錢但於房錢內取及他事少錢使但於房錢內隨多少取

使不須先來問也只是分明上曆記數與隨手印押夏陸二人或請一月米各與五石昨送香合來依常年例各與酒一瓶侯威亦與一瓶汝昨寄文字比舊甚進可惜中止已得塗轍可以力進也吾此公事絶少渴已減但瘦少力及耳聽漸重然未甚妨事皆可勿憂此後恐人便漸少但過十日無人便發書卽於遞中附一信來此外夏熱各好將息六月二十三日押付發　頻酒二瓶且可喫亳酒更不及團茶新舊三餅　紙請取一月九舅作捉箔場亦須照管　排祭事已指揮王昌也只是祭文不知用不用速與問如用時覔一箇本子寄來蓋全不知體面也更是靈駕起時百官皆服初喪恐代拜要孝衣更早擘畫　韓維龍圖昨因何出辭頻求襄何故不得而得汝問冲卿便知書中報來待發書往汝略要知爾　謝上表到多時因何不傳若傳人言謂何及今諸事有何議論亦問冲卿便知子細報來此中如井底　焦祕校所論如何且頻與見彼新自南來必載柴米

來如無時速報來　曾學士處國史送來足也未或未足早取令足報來

又熙寧四年

昨晚令此防送兵士將書去今早果是送汝兵士回得汝書知到穎安樂頓解千萬憂想自此三五日因人或縣遞頻附一信來也他事若漸有次緒亦言來謝大伯花園與漕口莊帳曾問當未花園目見如果可買亦緩爲之莊難看勿憑說者切在子細也吾今日已在假餘事續書言去二月二十三日押　所云州官來則復謁思之未便如倅幕縣宰須一先謁常禮不可闕也寫書了又思得此助役事方欲議行人戸驚搔見說穎亦如此旦夕得安撫文移陝西軍賊撲滅已多其餘些小潰散更俟續報若一一成定撲則過聖節可陳乞爾恐知恐知二哥一向不得書憂損憂損吾卻且視事蓋不請假亦自可下表在亳時如此也此中吳寺丞久不安似虛勞恐知恐知

又同前

近送配軍人行有書去必到尋而急足回得汝書知在穎安樂甚慰甚慰數日無書去爲等姚都官行然家中上下安樂別無事可勿憂吾在告已十餘日二哥自京有書來言自家求休退都下別無議論西事亦不如傳聞別無警急但一二相愛者恐時方惡人求退懼有不如意事爾若止如此苦無可卹三五日欲遂入削爾恐知恐知候入削了去報也韋保屋必已下手也如前所說甚好只是郭天錫不可專委須自掛心韋保屋了汝且謀歸要去時却去此中近故也州官盡會看否且與周旋續思穎詩何爲却不刻石問得言來更數事別有畫一向熱好將息頻附書歸三月五日押付大哥　襄州酒二瓶不甚好但少勝穎爾少喫發風物酒亦少飲千萬千萬科場尚遠勿甚勞也

又同前

初六日姚都官行令急足隨去附書幷酒計昨日已到也前日揚嬰入州得汝書幷信物等並足知汝在彼安樂甚慰此中內外並如常吾在假已十七八日表幷劄子寫下數日遷延未發今日待發凌晨忽聞邊事警急又却未敢發然素計蹉跌身心躁撓無地自容蓋悔恨者去就之計不能自決若去秋在穎便陳乞安有今日之悔到蔡又直遲疑至今是自家做得今欲歸咎何人然昨爲黎教授云云遂陷惑至此初八日決已發表封遞角次又得黎書切怪在假仍戒勿輕發遂又遲疑信知是一寃家寃家邊事未有涯自家退計杳未有也汝書言待蓋草堂幷庵此不急之務不是汝去時議定且只脩房錢緊急因何又却及此吾此書到切更勿議蓋也那取人工物料錢物等候韋保屋脩了更脩取此房錢緊急處千萬千萬今此書只爲言此一事切聽切聽此外好將息頻附書歸三月十一日押付發

謝家園子前書已言去莊帳子不要今却附去致莊之說且已候汝

歸細議也有說有說

又同前

劉宗去後防送人回得汝書知汝在彼安樂甚慰只是知二十三日方阜立韋家屋子約須一月方了不知汝甚時歸得本望聖節前到家爾兼漸向熱宜且歸也此中上下並安可勿憂吾已出廳五六日本爲西賊驚傳今得諸處關報皆云招捉潰散無多也吾之進退自此以後自決於心如事從容希恩禮悠悠之談相悞至此也劉宗去時書中事甚詳此更不多言文論幷詩頻作甚好惟愈熟則工矣青州兩料職租不久來當盡送去脩房錢也恐知云遣郭天錫日望其來此外好將息三月廿五日押送大哥　二哥此中亦久不得書可怪可怪

又同前

前日兩步關兵士防送行有書幷掩子必到今日蔡州大風微雨陡

寒思汝數日前盡將綿衣寄歸不知彼中陰晴與此同否憂汝騾寒都無綿衣吾與孃憂心不能安今立走急足送綿衣去急足到立便令回或汝歸時帶來亦得未歸先遣回亦得餘事前書已說也好將息四月九日押送大哥

又同前

近兩步闕押賣藥人去有書續又專遣急足送綿衣去有書計皆已到今日郭順來得汝書知在彼安樂甚解憂想此中老幼各安可勿過憂蔡人今歲絕不疾疫但寒暑不常昨初九日大風寒所以專令送綿衣去及問郭順乃云九日穎州大熱方解憂心郭順云脩造有次第汝欲二十頭可歸然不知何故更令郭天錫先歸也累書去問汝歸日皆不言孃甚怪然章業了其餘小者可委劉宗大者必下乎未得也此中亦自有事要汝歸面議此書到千萬且歸宅事前書已詳餘好將息四月十二日晚押送大哥　二哥十頭出京三五日到

家恐知恐知

又同前

前日吳延平來得汝書知安樂近郭天錫來後便遣兵士作子等去望人到汝便離穎至今已八九日並無息耗不免憂疑蓋穎蔡深夏不免人多不安故也此中內外甚安吾十九日已入却致仕文字若近例一削便允則旦暮間便有命尤要汝歸故更遣急足去如人到尚未起來卽速且歸韋業已了只是屋下生活可委劉宗其餘前書已言候汝歸商量也所是準備吾歸穎之計今更未暇汝但且歸此中旦夕專望路中好將息四月廿六日午時押付發

與二寺丞奕　熙寧三年

自聞汝失意便遣郭順去接汝次日又遞中附書去方憂悶次今日劉玉自京來得汝八日書稍知動靜若至穎見了大哥便先歸則今應已在路得失常事命有遲速汝必會得應不甚勞心却是旅中不

如意漸熱難行故未免憂想若此書到尚在頼則且先歸爲孃切要見汝蓋憂汝煩惱也汝切寬心求安如過亳州只約黎曹二君南臺相見勿入城千萬千萬此外路中好將息此急脚子如路中逢見便帶取回一路使喚二月二十六日押付二哥弈

書簡卷第十

珍倣宋版印

附錄卷第一

制詞

初任制詞

前鄉貢進士歐陽某右可特授將仕郎試秘書省校書郎充西京留守推官替仲簡來年二月滿闕候見任官月限滿日即得赴任勑前鄉貢進士邵景先等咸以鄉舉踐于貢闈屬親校於藝文俾各升於科級特假讎書之秩式增結綬之榮郡縣佐僚各分其任宜思勗勵無曠乃官可依前件知制誥陳從易行

再任制詞

前西京留守推官承奉郎試秘書省校書郎歐陽某辭擅菁英性推醇茂早登名於仕版遂從辟於賓筵懋學逾惇參籌有裕眷吾樞近嘗以薦論逮課試之爰來固辨麗之可獎宜預屬書之列仍還管記之資往服清階善持素履可特授宣德郎試大理評事兼監察御史

充鎮南軍節度掌書記館閣校勘李淑行

三任謫夷陵制詞

勑鎮南軍節度掌書記宣德郎試大理評事兼監察御史館閣校勘歐陽某爾以藝文擢參讎校固當宿業以荷育材近者范仲淹樹黨背公鼓讒疑衆自干典憲爰示降黜爾託附有初詆欺罔畏妄形書牘移責諫臣恣陳訕上之言顯露朋姦之迹致其奏述備見狂邪令寘嚴科用警偷俗尚軫包荒之念抵從貶秩之文往字吾民毋重前悔可降授守峽州夷陵縣令替劉光裔今年七月成資闕散官如故仍放謝辭柳植行

四任量移光化軍乾德縣令制詞

勑宣德郎守峽州夷陵縣令歐陽某以懿辭決科以敏智從事薦承俊選參校秘文偶弗慎於言階迺自貽於官譴遽沿遐牒亦既逾年宜遷通邑之良且寄字人之劇余方甄錄爾尚勉勤可特授守光化

軍乾德縣令替張宗尹來年二月成資闕散官如故仍放謝辭王堯臣行

五任復舊官制詞

降授宣德郎守光化軍乾德縣令歐陽某右可特授試大理評事兼監察御史充鎮南軍節度掌書記權武成軍節度判官廳公事替節度推官趙咸寧來年二月滿闕散官如故仍放謝辭敕前降授崇信軍節度掌書記監郢州酒稅務朝奉郎試大理評事兼監察御史尹洙等嚮者咸以儒才籍於文館旋坐朋游之累自罹降謫之科載軫淹沉特惟甄敘或朝闈復秩分寄於縣章或府幕參謀差冠於賓序往虔予命彌慎爾爲可依前件王舉正行

六任兼太子中允制詞

敕鎮南軍節度掌書記宣德郎試大理評事兼監察御史充館閣校勘歐陽某朕意尚儒雅博考辭藝使優游並進以光我太平之業恩

亦厚矣爾往參典校屬以事譴會從薦引復敘官榮方思拔拭而肅寧限陞遷之次官坊美秩冊府清塗嘉乃儁才尚暈來譽可特授守太子中允依舊館閣校勘散官如故聶冠卿行

七任加騎都尉制詞

勅夫三靈之交莫盛乎大旅四海以職畢奉于嚴禋還御端闈均慶緜寓矧待時髦之地素清儒館之遊宜被徽章以甄英俊宣德郎守太子中允充館閣校勘歐陽某雅材毓秀吉履敦方副妙簡於石渠紬祕文於天祿列於俊乂光是珍羣屬此推恩遽增勳級益厲夙秉庸對寵嘉可加騎都尉餘如故吳育行

八任知諫院制詞

宣德郎守太子中允充集賢校理騎都尉歐陽某右可特授守太常丞依舊充集賢校理知諫院事散官勳如故勑國家廣闢言路崇設諫垣擇方嚴之藎臣登爭諫之清列責任尤重眷懷亦深向非練達

民彝精詳國體利權不能易所守貴勢無以搖其心則安可劭厥清芬補子闕政以爾朝奉郎侍御史判三司都理分司輕車都尉賜緋魚袋魚周詢等風猷鯁亮器範冲深並繇博古之文皆擢烝髦之選清心蒞局交負幹才議事飛章第揚風采僉詢朝論亟簡朕心宜進官聯往參諫列爾其勤乃節行厲於忠誠姑務謇諤之辭敷陳而亡撓豈宜持庸庸之計畏避以自安勉膺寵光式遲明效可依前件孫拆行

九任知制誥仍供諫職制詞

敕夫出納朕命裁成典誥號令風采布爲法度所以炳煥皇業羽儀近著匪我俊乂曷膺是選宣德郎守太常丞充集賢校理同脩起居注知諫院事騎都尉賜緋魚袋歐陽某高才敏識照依當世特立不倚拔乎其倫秉心粹中履道夷坦學探系象之表文窮述作之源而自抱槧書林簪筆螭陛詞皆體達慮不及私俾之代言必能復古用

進七人之列遂參四禁之嚴豈惟序陞斷自余志其於發揮藻潤之業坦明深厚之體皆汝素蘊不煩訓詞可特授右正言知制誥依舊脩起居注知諫院事散官勳賜如故李育行

十任充龍圖閣直學士制詞

宣德郎行右正言知制誥騎都尉賜紫金魚袋歐陽某右可特授依前行右正言充龍圖閣直學士河北諸州水陸節度都轉運按察使兼西路營田都大制置屯田本路勸農使替張昷之散官勳賜如故

勑朝奉郎守尚書禮部郎中知制誥知兗州輕車都尉賜紫金魚袋梁適等四方有事才者當爲國家馳騖矣自夏人之不賓于廷而王師外戍天下共其勞夫侍從近列得無同我此憂者歟爾等並以才名器略爲時英俊凡予所以擢爾清切之禁延閣憲臺蓋備艱虞以爲用也三城西路之津會中山北道之吭喉河朔委輸事任尤重靈昌河上至于平陽皆方面之要害朝廷所屬意處也各遷近職于蕃

于宣王室之勤以慰予望可依前件張方平行

十一任進階食邑制詞

勅三年而郊所以荅天地尊祖考懷柔于百神福惠于庶邦使生生之類罔不滋殖則吾左右近著宜乎首被凱澤者矣以爾河北都轉運按察使龍圖閣直學士宣德郎行右正言騎都尉賜紫金魚袋歐陽某學有師法言無畏避輟辭翰於西掖董賦輿於北道而能計國用詳邊謀擿吏姦舒民困才識參用搢紳所推今嚴禋成百禮具有司其申講舊典導宣明命峻之階品增之封邑以均禧祉以對勤藎以承朝家之休可特授朝散大夫依前行右正言充龍圖閣直學士河北都轉運按察使特封信都縣開國子食邑五百戶勳賜如故仍放朝謝孫抃行

十二任謫滁州制詞

勅夫賞不遺功罰不阿近有邦之彝典也河北都轉運按察使龍圖

閣直學士朝散大夫行右正言騎都尉信都縣開國子食邑五百戶
賜紫金魚袋歐陽某博學通贍衆所見稱言事感激朕嘗寵用而乃
不能淑慎以遠罪辜知出非己族而鞠于私門知女有室歸而納之
羣從嚮以訟起晟家之獄語連張氏之貲券既弗明辯無所驗朕以
其久參近侍免致深文止除廷閣之名還序右垣之次仍歸漕節往
布郡條體予寬恩思釋前吝可落龍圖閣直學士特授依前行右正
言知制誥散官勳封賜如故仍就差知滁州軍州兼管內勸農使替
趙良規仍放謝辭楊察行

十三任以南郊恩進封伯加食邑制詞

勅朕禮天事神以祈生民之佑尊祖親考以席鴻基之隆爰罄齋明
仰膺顧諟乃眷近侍宜均恩典朝散大夫行右正言知制誥騎都尉
信都縣開國子食邑五百戶賜紫金魚袋歐陽某詞藻敏麗風韻俊
豪參列諫垣蔚有敢言之節褒陞詞禁茂昭華國之文委任素煩安

靜攸處屬修大祀俾洽蕃休特疏勳爵之儀並厚邑封之數中外之寄待遇無殊深體柬求勉敦素履可特授依前行右正言知制誥加上騎都尉進封開國伯食邑三百戸散官賜如故仍放朝謝牒頴行

十四任知揚州制詞

敕勤求治道優延近著粤惟詞禁之彥久布外邦之政特推渥洽蓋示眷懷朝散大夫行右正言知制誥知滁州上騎都尉信都縣開國伯食邑八百戸賜紫金魚袋歐陽某智慮淹通文藻敏麗善談當世之務旋登近侍之班向直內閣之嚴實分北道之寄爰司方郡屢易周星軫予意之良深俾官儀而敘進記言動者良史之筆授之以清階督淮海者廣陵之區委之以會府仍司雅誥尙遠法垣當欽待遇之榮益務端莊之節遲聞美績用對寵靈可特授行起居舍人知制誥知揚州軍州事兼管內堤堰橋道勸農使替張奎散官勳封賜如故仍放謝辭牒頴行

十五任轉禮部郎中制詞

勑羣臣有常以善道益吾者今雖在外吾不忘也事任有期旣未得卽還左右且進升其官秩亦足表待遇之意焉朝散大夫行起居舍人知制誥知潁州上騎都尉信都縣開國伯食邑八百戶賜紫金魚袋歐陽某頃用文詞登朝居諫諍之任屢以謇諤之言陳闕失朝奉郎尚書工部員外郎直龍圖閣知亳州上騎都尉賜紫金魚袋王洙往由經藝入侍備顧問之職嘗以博洽之學資見聞間緣薄疵並領外寄嚴助守藩久去承明之直望之懷闕應有本朝之思吾嘉才猷寔用矜爾爰各還於品秩俾仍預於教條行將召生毋曰留滯詩曰心乎愛矣遐不謂矣其務淑愼體茲睠懷修可特授尚書禮部郎中依前知制誥知潁州散官勳封賜如故仍放朝謝洙可特授尚書刑部員外郎依前直龍圖閣知許州軍州兼管內堤堰橋道勸農事及管勾開治溝洫河道事替宋祁散官勳賜如故仍放謝辭李絢行

十六任復龍圖閣直學士制詞

敕思文先朝游心往籍因層構之建設近職之華所以寵名儒訪治道我圖俊舊之望時惟鯁亮之姿差進禁聯胥協公議翰林侍讀學士朝散大夫右諫議大夫知揚州騎都尉岐山縣開國子食邑五百戶賜紫金魚袋楊察精明博洽端粹正方擢在禁林復典謨而歸厚寘之憲席處論議而不阿朝散大夫尚書禮部郎中知制誥知潁州上騎都尉信都縣開國伯食邑八百戶賜紫金魚袋歐陽某識達才長文高行潔篤於信道不讀非聖之書忠於本朝屢條當世之務並膺左右之選歷宣內外之勞峻節弗渝公議彌勝用進祕圖之拜且光舊物之還旌乃名臣敷于茂典爾身在外朕心弗忘嘉時來忠切懲前事察可特授依前右諫議大夫充翰林侍讀學士兼龍圖閣學士依舊知揚州散官勳封賜如故仍放朝謝修可特授依前尚書禮部郎中充龍圖閣直學士依舊知潁州散官勳封賜如故仍放朝謝

十七任明堂覃恩轉吏部郎中加輕車都尉制詞

勅朕聞王者尊其考欲以配天緣考之意故推而上於祖朕奉若斯義乃以季秋之選肇禋于大寢禮備法物樂和八音三后上帝亦既顧饗六服羣辟罔不蒙氣眷言祕近之列方殿股肱之郡天地之福其可不均以爾樞密直學士朝散大夫右諫議大夫上騎都尉京兆郡開國侯食邑一千戶賜紫金魚袋田況懷誠秉彛博見彊志以爾龍圖閣直學士朝散大夫尚書禮部郎中上騎都尉信都縣開國伯食邑八百戶賜紫金魚袋歐陽某議論據古忠正無私並爲當世之宗精究百家之術施之政事罔干譽而從欲立於朝廷不阿尊而事貴風動全蜀潤流京師古者因禘以發爵祿所以尊廟而貴命況合宮之事哉左省瑣闥之嚴中臺宰屬之重懋爾述職推吾新恩往哉生生承此褒愛況可持授給事中依前充樞密直學士加輕車都尉

散官封賜如故仍放朝謝修可特授尚書吏部郎中依前充龍圖閣直學士加輕車都尉散官封賜如故仍放朝謝呂㑹行

十八任服闋除舊官制詞

勑人臣之大節曰忠與孝然處之者或過不及故先王設禮以爲之制喪者不呼其門盡爲子之志也外除而從政卽爲臣之道也前龍圖閣直學士朝散大夫尚書吏部郎中輕車都尉信都縣開國伯食邑八百戶賜紫金魚袋歐陽某以文章直亮擢居近侍以才略器幹屢更劇任自罹家難歸伏閭里今祥禫甫畢賁然斯來文昌清曹淵圖祕職皆爾舊秩往服新命唯是移孝資忠之義爾其懋哉可特授尚書吏部郎中充龍圖閣學士散官勳封賜如故蔡襄行

十九任修書成遷翰林學士制詞

勑帝王之制坦然明白發號出令一日萬微其代予言必資才哲龍圖閣直學士朝散大夫尚書吏部郎中輕車都尉信都縣開國伯食

邑八百戶賜紫金魚袋歐陽某言忠信行篤恭文參典謨心固金石頃在諫列以直誠盡規彌縫衮闕還登禁省以深詔大冊振起國風出按朔垂罷守列郡免喪還朝即靳外補朕嘉其難進易退有賢者之節又文學舊老宜居禁中是用延登玉堂典司翰墨僉謀四及咸曰得人當使班馬之風弗獨漢邇三代也可特授依前尚書吏部郎中知制誥充翰林學士散官勳封賜如故王洙行

二十任兼史館修撰制詞

勑古者左史記動右史記言得失形於一朝榮辱見於千載今而墨筆操牘總二職之美者不在吾儒雅之臣乎翰林學士朝散大夫尚書吏部郎中知制誥刊修唐書輕車都尉信都縣開國伯食邑八百戶賜紫金魚袋歐陽某學概道真文得天粹凜然風節足爲世範休有議論實惟正體更中外之衆務在夷險而一心益知汝賢擢司內命豈特屬文章以煩爾蓋將咨謀慮以弼予復此兼榮亦非貳事夫

一家之法傳信於方來萬世有辭垂裕於不朽尚賴良直以永休明往服茂恩奚假多訓可特授依前尚書吏部郎中知制誥充史館修撰仍舊翰林學士刊修唐書散官勳封賜如故韓絳行

二十一任進封侯加食邑制詞

勑施厚而報豐維人之常誠至而禮備事天之宜朕承先烈之丕基祗畏勤紹弗敢荒寧亶勞維疚於昭降康四海萬靈莫不底豫念所以報必竭其誠迺卽太寢之嚴躬尚質之享欽翼虔共陶匏以薦合法大神示格于祖考明靈降監休應顯孚膺受福釐均自近始翰林學士朝散大夫尚書吏部郎中知制誥充史館修撰判太常寺兼禮儀事輕車都尉信都縣開國伯食邑八百戶賜紫金魚袋歐陽某文字復於古雅正直邁于倫類辨論堅確救時爲心在湼不淄湜湜自信倚其演潤故置諸內署藉其才識故付之史筆賴其謀用故試之大計沛有餘地左右咸宜庶事思成相儀克允峻其勳等埤厥賦封

尙體予衷以孚邦家于休可特授依前尙書吏部郎中知制誥史館修撰充翰林學士加上輕車都尉進封樂安郡開國侯食邑五百戶散官勳賜如故差遣依舊吳奎行

二十二任轉右諫議大夫制詞

勑禁密之重朝廷所優率從四歲之宮俾進兩官之次示異等於流品表殊恩於邇臣推意之明在予則至顯忠之報惟汝爲深授受之間善美具盡翰林學士朝散大夫尙書吏部郎中知制誥充史館修撰判太常寺兼禮儀事上輕車都尉樂安郡開國侯食邑一千三百戶賜紫金魚袋歐陽某風誼醇篤謀猷浚明憂天下之心物議許其懇到狥國家之急朕志知其勇爲矧夫統體之文綽有雅健之氣特立于世能同於人姑用歲勞升爲諫長未厭搢紳之望徒收翰墨之長亦爲顯承當益章大可特授右諫議大夫依前知制誥史館修撰充翰林學士散官勳封賜如故差遣依舊仍放朝謝吳奎行

二十三任知開封府制詞

敕京邑翼翼四方是則商頌之明訓也朕念夫神京奧區大衆所聚俗有五方之異吏有百司之繁貴近豪幷輕犯法禁迫蹙則已苛細寬縱則有放紛尹正之才不止乎決事無留當官有守而已維其明智足以照物厚重足以鎭浮先事以銷其萌芽臨文以破其機械俾夫下國有以依放則庶幾乎古之治矣翰林學士朝散大夫右諫議大夫知制誥充史館修撰充宗正寺修玉牒官刊修唐書判太常寺兼禮儀事兼判尚書禮部兼判祕閣祕書省上輕車都尉樂安郡開國侯食邑一千三百戶賜紫金魚袋歐陽某道德仁義固其深蘊文學政事矧乃兼長老於詞禁之中未愜搢紳之望今詳試以煩劇命允釐于浩穰寵以延閣之拜優以京輔之授爾其念古訓而用乂毋曰時異稍艱乎施設也可特授依前右諫議大夫知制誥史館修撰充翰林學士兼龍圖閣學士權知開封府兼畿內勸農使仍舊刊修

唐書兼判祕閣祕書省散官勳封賜如故吳奎行

二十四任轉給事中同提舉制詞

勑漢制給事中日上朝謁平尚書奏事近世所職雖異而其親近左右爲最要密非得端士不以付焉以爾翰林學士兼龍圖閣學士朝散大夫右諫議大夫知制誥充史館修撰刊修唐書兼判祕閣祕書省上輕車都尉樂安郡開國侯食邑一千三百戶賜紫金魚袋歐陽某性資純亮識用明果直道自奮至忠不回向自禁林尹正京邑摧抑權幸崇奬善良獄訟簡稀幾至無事方此眷賴以圖靖嘉而乃屢形奏封求請便郡朕惟亮正之益不可使遠外而煩劇之任宜有以均勞延登鎖闈以備顧問爾其祗服體朕意焉可特授給事中依前知制誥史館修撰充翰林學士兼龍圖閣學士提舉在京諸司庫務仍舊刊修唐書兼判祕閣祕書省散官勳封賜如故范鎮行

二十五任加護軍食實封制詞

勑王道之最盛者莫如宗廟宗廟之至重者莫如大祫朕祗率舊禮親執祀事神人以和祖考來格此皆辟公卿士肅雍顯相之効也福祉之流朕安敢專翰林學士兼龍圖閣學士朝散大夫給事中知制誥充史館修撰刊修唐書兼判祕閣祕書省兼充羣牧使上輕車都尉樂安郡開國侯食邑一千三百戶賜紫金魚袋歐陽某清識敏議搢紳之表醇文懿行名世之選此所以增朝廷之光參瑚璉之器詩不云乎左右奉璋髦士攸宜夫熙事休成惠澤廣被則賢者宜先矣敍升書勳之籍真食加田之賦於以均七廟之慶慰萬夫之望其庶幾乎可特授依前給事中知制誥史館修撰充翰林學士兼龍圖閣學士加護軍食實封二百戶散官封賜差遣如故劉敞行

二十六任轉禮部侍郎制詞

勑古之爲國者法後王爲其近於己制度文物可觀故也唐有天下且三百年明君賢臣相與經營扶持之其盛德顯功美政善謀固已

多矣而史官非其人記述失序使興壞成敗之迹晦而不章朕甚恨之故擇廷臣筆削舊書勒成一家翰林學士兼龍圖閣學士朝散大夫給事中知制誥充史館修撰刊修唐書兼判祕閣祕書省兼充羣牧使護軍樂安郡開國侯食邑一千三百戶食實封二百戶賜紫金魚袋歐陽某端明殿學士兼翰林侍讀學士龍圖閣學士朝請大夫守尚書吏部侍郎充集賢殿修撰知鄭州上柱國常山郡開國公食邑二千三百戶食實封六百戶賜紫金魚袋宋祁創立統紀裁成大體朝散大夫尚書禮部郎中知制誥充集賢殿修撰糾察在京刑獄兼權判尚書工部充宗正寺修玉牒官騎都尉高平縣開國男食邑三百戶賜紫金魚袋范鎮朝奉郎守尚書刑部郎中知制誥同勾當三班院上輕車都尉賜紫金魚袋王疇三司度支判官朝奉郎太常博士充集賢校理編修唐書官上騎都尉賜緋魚袋宋敏求罔羅遺逸厥協異同凡十有七年大典乃立閎富精覈度越諸子矣皆讎有

功朕將據古鑒今以立時治爲朕得法其勞不可忘也皆遷秩一等布其書天下使學者咸覩焉修可特授守尚書禮部侍郎依前知制誥史館脩撰充翰林學士散官差遣勳封食實封賜如故祁可特授守尚書左丞依前集賢殿修撰充端明殿學士兼翰林侍讀學士龍圖閣學士散官差遣勳封食實封賜如故仍放朝謝鎮可特授尚書吏部郎中依前知制誥充集賢殿修撰散官差遣勳封賜如故疇可特授守尚書右司郎中依前知制誥散官勳賜差遣如故敏求可特授尚書工部員外郎依前集賢校理充三司度支判官散官勳賜如故劉敞行

二十七任兼侍讀學士制詞

勑夫堯舜稱治之至莫重於稽古蓋順考前繹以施有政故其聖功大烈後世無以逾焉朕睎風於既往求理於當世留神典冊用資聰明務延道德之老以爲勸講之益進讀左右尤任賢碩翰林學士兼

龍圖閣學士朝散大夫守尚書禮部侍郎知制誥充史館修撰判祕閣祕書省兼充羣牧使護軍樂安郡開國侯食邑一千三百戶食實封二百戶賜紫金魚袋歐陽某素履夷直懷負忠亮雄詞奧學高視前哲讜議精識推爲國器方且擢處禁近以襄大猷登預經閣庶幾自輔夫維善言古必驗於今援史傳經爾其無讓可特授依前守尚書禮部侍郎知制誥史館修撰充翰林學士兼侍讀學士散官差遣勳封食實封賜如故王疇行

二十八任拜樞密副使制詞

勑夫詩美吉甫以有文武故賢特之士無施不可朕惟天下之重兵本之寄委於廊廟之臣責其講畫之用則待遇之意付畀之際敢不慎乎苟非材英豈易圖任翰林學士兼侍讀學士朝散大夫守尚書禮部侍郎知制誥充史館修撰護軍樂安郡開國侯食邑一千三百戶食實封二百戶賜紫金魚袋歐陽某學通古今之宜性符履道之

直議論明正懷負高爽久居禁近之從屢更中外之事選所踐試悉著聲實今樞筦之地籌勝是經擢貳大猷適竚休績惟公忠可以成務惟寅亮可以就功往其愼哉無廢朕命可特授依前守尙書禮部侍郎充樞密副使加食邑五百戶食實封二百戶散官勳賜如故主者施行

二十九任參知政事制詞

敕夫萬務之理命令之出謀謨於堂上風行於天下使來者可觀而輿言無譏者非吾二三相輔乎本兵之所號爲樞機布政之方實繫原抵更踐大府參持衡柄向匪全德疇副毗倚樞密副使朝散大夫守尙書禮部侍郎護軍樂安郡開國侯食邑一千八百戶食實封四百戶賜紫金魚袋歐陽某識鑒明遠才猷通劭議論貫前儒之學文章擅獨步之名徧歷清華迭居中外自居重任已試異能忠言不私直道無屈是用易地且俾遷官讓節逾高誠心可諒若夫禮樂未具

制度未立基業未固賦用未節昔人有作後世奚覩俾我有宋之治如三代盛時者亦惟吾相輔而已力行王道今也其時無謂吾不能行其同心以濟勉之哉可特授依前守尙書禮部侍郎參知政事進封開國公加食邑五百戶食實封二百戶散官勳賜如故張懷行

三十任加柱國制詞

勅合宮大饗明靈居歆瑕告神釐蒙所勞矣一二相事之老宜均乃休朝散大夫守尙書禮部侍郎參知政事護軍樂安郡開國公食邑二千三百戶食實封六百戶賜紫金魚袋歐陽某文章瑞時議辨華國進陪大政時欲倚平會資闊儀贊成孝志徹俎而命宜先近班功號崇階副之勳等往膺異數是惟典常可特授正奉大夫依前尙書禮部侍郎參知政事加柱國仍賜推忠佐理功臣封食實封賜如故張懷行

三十一任進階金紫加食邑制詞

敕朕受命先帝付畀大寶始初踐阼居士民之上與二三臣輔講求天下之理恩意之及宜先老成推忠佐理功臣正奉大夫尚書禮部侍郎參知政事柱國樂安郡開國公食邑二千三百戶食實封六百戶賜紫金魚袋歐陽某氣清神深學足以飾經治推忠佐理功臣正奉大夫尚書禮部侍郎參知政事柱國天水郡開國公食邑二千五百戶食實封六百戶賜紫金魚袋趙槩性和識遠言足以濟成謀皆杞梓良材廟堂重器久弼亮於大本方倚平於至公尚書地官機政所出往踐厥服思所以致君堯舜之任無俾專美於前人朕所望焉脩可特授金紫光祿大夫行尚書戶部侍郎依前參知政事加食邑五百戶食實封二百戶仍賜推忠協謀佐理功臣勳封如故槩可特授金紫光祿大夫行尚書戶部侍郎依前參知政事加食邑五百戶食實封二百戶仍賜推忠協謀佐理功臣勳封如故張懷行

三十二任轉吏部侍郎制詞

勑先皇帝遺大投艱于朕躬俾守宗廟朞年于茲惟是一二政事之臣輔朕不逮以底于治嘉乃勞止是用疇庸推忠協謀佐理功臣金紫光祿大夫行尙書戶部侍郎參知政事柱國樂安郡開國公食邑二千八百戶食實封八百戶歐陽某精識昭於古今高明起於日月文之以禮樂濟之以公忠頃在先朝預聞大政逮予嗣訓之始繄爾定策之先屬哀毀之過差感疾疹之甚戾繄禱備至氣體訖康苟非與在之良曷見仰成之懿宜峻天臺之秩庸昭國棟之隆褒德懋功於是乎在爾其夙夜茂勉左右弼諧用乂我王家爾亦有無窮之聞豈不休哉可特授行尙書吏部侍郎依前參知政事功臣散官勳封食實封如故 宋敏求行

三十三任進階光祿加上柱國制詞

勑朕薦鬯清廟懷祖宗之威神升烟紫壇致天地之明察靈心顧享熙事休成臨端闈而肆霈中區奉徽號而推尊父母眷言賦政之重

宜首均鼇之隆推忠協謀佐理功臣金紫光祿大夫行尚書吏部侍郎參知政事柱國樂安郡開國公食邑二千八百戶食實封八百戶歐陽某道合誠明學窮元本被遇仁考驟休禁塗以經緯之文施於典冊以直亮之節顯於巖廊薦更四近之聯深暢萬機之會邦禋肇詣朝務益繁備公袞之華章承祭除之盛禮乃順神福以甄爾勞進文散之崇階衍采田之多邑仍推勳級庸異弼臣顧褒嘉而載優當圖報而毋廢我有明命其懋承之可特授光祿大夫依前行尚書吏部侍郎參知政事加上柱國食邑五百戶功臣封食實封如故宋敏求行

三十四任轉尚書左丞制詞

勑在昔成王有審訓以屬於大卿惟我先帝命冲人實託於四輔眷言蒞阼之始宜首懋官之恩推忠協謀佐理功臣光祿大夫行尚書吏部侍郎參知政事上柱國樂安郡開國公食邑三千三百戶食實

封八百戶歐陽某鯁亮發中誠明濬外文蔚典謨之體學通治亂之原弼翼兩朝燮熙萬務肆朕纂服載深仰成爰升肅於臺機示疇庸於台佐衍封增幹賜號進階祗式舊章併推異數噫荷祖宗之垂佑旣嗣無疆之休賴臣鄰而協恭方求小毖之助益宣賢業茂對寵徽可特授特進行尚書左丞依前參知政事加食邑五百戶食實封二百戶仍賜推忠協謀同德佐理功臣勳封如故宋敏求行

三十五任公因言求去除觀文殿知亳州制詞

勑朕惟國之大臣毗倚於內猶同體之股肱凌雲之羽翼莫之重也至於辭隆自潔則必徇其雅志而尊顯之蓋所以均其勞逸也方朕守文之初而一德舊老以病自乞章數上矣其可留以佐我而崇進退之節乎推忠協謀同德佐理功臣特進行尚書左丞參知政事上柱國樂安郡開國公食邑三千八百戶食實封一千戶歐陽某學通本元邦之讜直名重當世士林師法繇樞密之柄任贊廊廟之全謨

兩受仍几之託益堅事上之誠踐更三朝出入八載需頭遲懇守麾是靳雖詔批不可而其請愈確是用進職書殿增秩秋官授符于价藩分憂於閫寄褒渥備矣書不云乎雖爾身在外乃心罔不在王室勉勸所報詎假予訓可特授行刑部尚書充觀文殿學士知亳州軍州事兼管內河堤勸農使及管勾開治溝洫河道事仍改賜推誠保德崇仁翊戴功臣散官勳封食實封如故呂夏卿行

三十六任轉兵部尚書知青州制詞

敕朕惟北海九州之古郡而東人之都也近世兩府出入爲均逸之地非耆德峻望不爲倚毗推誠保德崇仁翊戴功臣觀文殿學士特進刑部尚書知亳州上柱國樂安郡開國公食邑三千八百戶食實封一千戶歐陽某以文學自進以器能自任早領樞務旋參大政奏封屢上誠請益堅俾守藩方已逾歲律乃進夏官之秩往臨海岱之區一道兵農惠綏是賴肅予近服無假訓言可特授行兵部尚書依

前充觀文殿學士知青州軍州事兼管內勸農使充京東東路安撫使功臣散官勳封食實封如故仍放謝辭李大臨行

三十七任郊祀恩加食邑制詞

敕朕嗣位之初祗見上帝祖考九州四海莫不來祭惟二三元老雖爾身在外乃心罔不在王室推恩行爵必先及之推誠保德崇仁翊戴功臣觀文殿學士特進行兵部尚書上柱國樂安郡開國公食邑三千八百戶食實封一千戶歐陽某文章宿望左右三朝艱難之時實賴其力進退之節不累於位股肱近鎮玉帛勤王茲朕所以推神休而疏朝寵也乃眷舊德奚煩訓辭可特授依前行兵部尚書充觀文殿學士加食邑五百戶食實封二百戶功臣散官勳封如故吳充行

三十八任除檢校太保判河東路制詞

敕國家規制裔邊並建帥領惟河汾之一道搤獯狁之二垂爰咨衮

路之賢往付并門之筦仍還近府用壯輿藩具官某道德文章爲時矜式謀猷忠亮預政累朝自獲解於臺司已再更於郡寄委遠時柄爾雖樂於燕安尊任賢能朕豈忘於鑒寐眷言大鹵方擇守臣俾從表海之邦就改近胡之鎮班通四貴所以褒寵於舊勳節制諸戎所以倚成於外閫惟爾同寅之德體予注意之隆亟即新州毋辭遠略可特授檢校太保宣徽南院使判太原府河東路經略安撫使兼并代澤潞麟府嵐石路兵馬都總管功臣散官勳封如故蘇頌行

三十九任改知蔡州致仕制詞

敕朕惟左右輔弼之臣以道德自任者其去就進退莫不有義與命而朝廷優寵遇待不使之蚤告老以去者非獨朕之恩典爲然亦先王之禮意故也以爾推誠保德崇仁翊戴功臣觀文殿學士特進行兵部尚書上柱國樂安郡開國公食邑四千三百戶食實封一千二百戶歐陽某文章學問遠足以知先王德義謀猷近足以宜當世陟

降祕近踐揚茲多嚮緜樞庭參決大政乃能熙天之命克勤王家均
休外藩年德方茂而乃安於義命以禮請去至於勤懇雖朕之睠遇
有加亦終不能易爾志重以先帝顧命輔朕眇躬勳勞問望顧可以
無報稱哉是用度越常典以榮爾歸俾進東宮之師仍兼祕殿之職
尚惟率身善俗以助成王德惟艮顯哉可特授太子少師依前充觀
文殿學士致仕功臣散官勳封食實封如故仍放朝謝張琥行

公薨贈太子太師制詞

勑大臣還官告老以高秩尊爵歸第固朝廷所禮異也矧嘗參決大
政有兩朝定策援立之勳德甚盛而弗居年未至而辭位遽茲長逝
宜厚追褒故推誠保德崇仁翊戴功臣觀文殿學士特進太子少師
致仕上柱國樂安郡開國公食邑四千三百戶食實封一千二百戶
歐陽某以文章革浮靡之風以道德鎮流競之俗挺節強毅而不撓
當官明辯而莫奪三世寵榮一德端亮朕方將圖任舊老疇咨肅義

而雅志冲邈必期退休未閱數歲章踰十上在大義難盡其力茲勤請所以不違謂其脫去人間之累當享期頤之壽天遽殲奪曾靡憖遺覽奏之日爲之不能臨朝儲坊六傳一作博師惟長首舉以爲贈用紓予哀尚其有知享此嘉命可特贈太子太師王益柔行

以子恩贈太尉制詞

敕朕齊明以祀得歆于神維顯及幽並受多祉奉議郎輕車都尉賜緋魚袋歐陽發父皇任觀文殿學士太子少師致仕贈太子太師某以高文典策冠絕譽髦以重德令名進參機要踐更事任奮發猷爲諒直公忠簡於朕志逝日逾遠賢聲不忘垂裕後昆序朝通籍丁時慶賚愍錫有加尚其營魂膺此明命可特贈太尉王安禮行

追封兗國公制詞

敕宗祀之澤充塞穹壤國之故老褒敘有章朝請郎充祕閣校理輕車都尉賜緋魚袋歐陽棐弟通直郎飛騎尉辯故父任觀文殿學士

太子少師致仕贈太子太師追封康國公某名世之才出應期運明於輔弼事業而以風節始終餘慶嗣人追命成國亶惟不沒尚克享茲可特贈太師追封兖國公中書舍人盛陶行

謚誥

省司準勑定謚據本家發到故推誠保德崇仁翊戴功臣觀文殿學士特進太子少師致仕上柱國樂安郡開國公食邑四千三百戶食實封一千二百戶贈太子太師歐陽某行狀依例牒太常禮院擬謚今准囘牒連到議狀謚曰文忠

宣德郎守太常丞充集賢校理同知太常禮院李清臣

公歸老於家以疾不起將葬行狀上尚書省移太常請謚太常合議曰公維聖宋賢臣一世學者之所師法明於道德見於文章究覽六經羣史諸子百氏馳騁貫穿述作千百萬言以傳先王之遺意其文卓然自成一家比司馬遷楊雄韓愈無所不及而有過之

者方天下溺於末習爲章句聲律之時聞公之風一變爲古文咸知趨尙根本使朝廷文明不媿于三代漢唐者太師之功於教化治道爲最多如太師眞可謂文矣博士李清臣得其議則閱讀行狀考按謚法曰唐韓愈李翶權德輿孫逖本朝楊億皆謚文太師固宜以文謚吏持衆議白太常官長官長有曰文則信然不復易也然公平生好諫諍當加獻爲文獻無已則加忠爲文忠衆相視曰其如何則又合言曰忠亦太師之大節太師嘗參天下政事進言仁宗乞早下詔立皇子使有明名定分以安人心及英宗繼體今上卽皇帝位兩預定策翊戴有安社稷功和裕內外周旋兩宮閒迄于英宗之視政蓋太師天性正直心誠洞達明白無所欺隱不肯曲意順俗以自求便安好論列是非分別賢不肖不避人之怨誹狙嫉忘身履危以爲朝廷立事按謚法道德博聞曰文廉方公正曰忠今加忠以麗文宜爲當衆以狀授清臣爲謚議清臣曰

不改於文而傳之以忠議者之盡也清臣其敢不從遂謚文忠謹

議

朝奉郎守尚書工部郎中充祕閣校理直舍人院兼同脩起居注權判吏部流內銓騎都尉賜緋魚袋錢藻宣德郎守尚書刑部員外郎充集賢校理兼同脩起居注權同判吏部流內銓騎都尉賜緋魚袋竇卞伏準太常禮院謚議如前

天下文物繁盛之極學士大夫競夫鎪刻組繪日益靡靡以汩沒於倬詭魁殊之說而不復知淳古之為正也於是時天下曰是太師曰非天下以為韙太師以為陋學士大夫磨牙淬爪爭相出力以致之危害太師不之顧曰我道堯舜也我言孔子孟軻也而天下不我從將焉往然卒由太師而一歸於醇正故仁義之言其華曄然獨輝灼乎一代之盛遠出二京之上嗚虖懺哉大丈夫束帶立夫人之朝所以大過人者大節立焉不齪齪小節以求曲全可

也彿衆慮彊君以難是爲大節不徇世俗之論而先識以制未形是爲大節太師當嘉祐之間協議建儲正名挈天下之疑而伸之萬世因而若維太山而安不危斯之謂大節謚法道德博聞曰文廉方公正曰忠生平論譔文章務明堯舜孔孟之教於已壞之後可謂道德博聞矣排左右持祿取容之慮特建萬世無窮之策而自不以爲功可謂廉方公正矣太常易名曰文忠庶乎天下有以知公議之不能泯也

省司準例於都亭驛集合省官同參詳皆協令式請有司準例施行謹詳定訖遂具狀中書門下取裁奉宰臣判準申謹具狀奏聞

伏候勅旨

附錄卷第一

珍倣宋版印

附錄卷第二

祭文　行狀

祭文　韓忠獻王琦

維熙寧五年歲次壬子某月某日具官某謹遣三班奉職隨行指使李珪以清酌庶羞之奠致祭於少師永叔之靈惟公之生粹稟一作稟粹元精偶聖而出逢辰以亨歷事三朝翼登太平大名既遂大功既成年未及老一作耆深虞滿盈連章得謝頼第來寧神當畀以福祿天宜錫之壽齡胡不憖遺遽爾摧傾此冥理莫得致詰而天下爲之失聲嗚呼哀哉公之文章獨步當世子長退之偉贍閎肆曠無擬倫逮公始繼自唐之衰文弱無氣降及五代愈極頹弊唯公振之坐還醇粹復古之功在時莫二公雖云亡其傳益貴譬如天衢森布列緯海內瞻仰日高而偉公之諫諍務傾大忠在慶曆初職司帝聽顏有必犯闕無不縫正路斯闢姦萌輒攻氣勁忘忤行孤少同於穆仁

廟誠推至公孰好孰惡是焉則從善得盡納治隨以隆人畏清議知時不容各礪名節恬乎處躬二十年閒由公變風公之功業其大可記屢殿藩垣所至懷惠嘗尹京邑沛有餘地早踐西掖晚當內制凡厥代言典謨之懿凡厥出令風雷其勢三代炳焉公辭無媿樞幄猷爲台衡弼貳撫御四夷兵戈不試整齊百度官師咸治服勞一心定策二帝中外以安神人胥慰不校讒言懇求去位公之進退遠邁前賢合既不茍高惟戒顛身雖公輔志則林泉七十致政乃先五年上惜其去公祈益堅卒遂其請始終克全嗚呼哀哉余早接公道同氣類出處雖殊趣向何異既忝宰司日親高誼可否明白襟懷坦易事貴窮理言無飾僞或不知公因罹謗忌青蠅好點白璧奚累嗚呼哀哉自公還事心慕神馳徒憑翰墨莫挹姿儀公嘗顧我惠以新詩雖亟詶答柰苦衰疲欲復爲問動已踰時忽承訃音且駭且悲哀誠孰訴肝膽幾墮公之逝矣世鮮余知不如從公焉用生爲遐脩薄薦奠

公一厄魂兮有靈其來監茲尚饗

同前　王荊文公安石

夫事有人力之可致猶不可期况乎天理之冥寞又安可得而推惟公生有聞於當時死有傳於後世苟能如此足矣而亦又何悲如公器質之深厚智識之高遠而輔以學術之精微故形於文章見於議論豪健俊偉怪巧瑰琦其積於中者浩如江河之停蓄其發於外者爛如日星之光輝其清音幽韻凄如飄風急雨之驟至其雄辭閎辯快如輕車駿馬之奔馳世之學者無問乎識與不識而讀其文則其人可知嗚呼自公仕宦四十年上下往返感世路之崎嶇雖屯邅困躓竄斥流離而終不可掩者以其有公議之是非既壓復起遂顯於世果敢之氣剛正之節至晚而不衰方仁宗皇帝臨朝之末年顧念後事謂如公者可寄以社稷之安危及夫發謀決策從容指顧立定大計謂千載而一時功名成就不居而去其出處進退又庶乎英魄

靈氣不隨異物腐散而長在乎箕山之側與潁水之湄然天下之無賢不肖且猶爲涕泣而歔欷而況朝士大夫平昔游從又予心之所嚮慕而瞻依嗚呼盛衰興廢之理自古如此而臨風想望不能忘情者念公之不可復見而其誰與歸

同前　曾舍人鞏

維公學爲儒宗材不世出文章逸發醇深炳蔚體備韓馬思兼莊屈垂光簡編焯若星日絕去刀尺渾然天質辭窮卷盡含意未卒讀者心醒開蒙愈疾當代一人顧無儔匹諫垣抗議氣震囘遹鼓行無前跋疐非恤世爲難勝孤堅竟窒紫微玉堂獨當大筆二典三謨生明藏室頓挫彌厲誠純志壹斟酌損益論思得失輕體慮萌一作明沃心造膝帝曰汝賢引登輔弼公在廟堂尊明道術清淨簡易仁民愛物斂不煩苛令無迫猝棲置木索里安戶逸積斂兵革天清地謐日進昌言從容密勿開建國本情忠力悉卯未之歲龍駕飈欻再拯大

艱垂紳秉笏乾坤正位上下有秩功被社稷等夷召畢公在廟堂總持紀律一用公直兩忘猜昵不挾朋比不虞訕嫉獨立不回其剛仡仡愛養人材獎成誘掖甄拔寒素振興滯屈以爲己任無有廢㳿維公平生愷悌忠實內外洞徹初終若一年始六十懇辭冕黻連章累歲乃俞所乞放意丘樊脫遺羈靮沉浸圖史左右琴瑟志氣浩然不陋蓬蓽意謂百齡重休累吉還幹鼎軸贊徽計密云胡傾殂憖遺則弗聞訃失聲晳淚橫溢戇愚不敏早蒙振祓言繇公誨行繇公率戴德不酬懷情獨鬱西望轜車莫持紼縴維公犖犖德義譔述爲後世法終天不沒託辭叙心曷能髣髴嗚呼哀哉尙饗

同前　　范蜀忠文公鎮

惟公平生諒直骨鯁文章在世煒煒炳炳老釋之闢賁育之猛拒塞邪說尊崇元聖天下四方學子甫定邇來此風勃焉而熾如醒復醉如愈再病粤醒與病有幸不幸幸不見排不幸不正嗟余空疎敢處

季孟公訃之來淚下縻綆聞公卜宅許洛之境余居在焉儻得同井異時往來或接光影薄酒一樽非肴數豆遠不得前寄此耿耿

同前　　蘇文忠公軾通判杭州日

嗚呼哀哉公之生於世六十有六年民有父母國有著龜斯文有傳學者有師君子有所恃而不恐小人有所畏而不爲譬如大川喬嶽雖不見其運動而功利之及於物者蓋不可以數計而周知今公之沒也赤子無所仰庇朝廷無所稽疑斯文化爲異端學者至於用夷君子以爲無與爲善而小人沛然自以爲得時譬如深山大澤龍亡而虎逝則變怪雜出舞鰌鱓而號狐狸昔公之未用也天下以爲病而其既用也則又以爲遲及其釋位而去也莫不冀其復用至其請老而歸也莫不悵然失望而猶庶幾於萬一者幸公之未衰孰謂公無復有意於斯世也奄一去而莫予追豈厭世溷濁潔身而逝乎將民之無祿而天莫之遺昔我先君懷寶遁世非公則莫能致而不肖

無狀因緣出入受教於門下者十有六年於兹聞公之喪義當匍匐往救而懷祿不去愧古人以忸怩緘詞千里以寓一哀而已矣蓋上以爲天下慟而下以哭吾私嗚呼哀哉

同前知潁州日

維元祐六年歲次辛未九月丙戌朔從表姪具位蘇軾謹以清酌肴果之奠昭告于故太師兗國文忠公安康郡夫人之靈嗚呼軾自齠齓以學爲嬉童子何知謂公我師晝誦其文夜夢見之十有五年乃克見公公爲拊掌歡笑改容此我輩人餘子莫羣我老將休付子斯文再拜稽首過矣公言雖知其過不敢不勉契闊艱難見公汝陰多士方譁而我獨南公曰子來實獲我心我所謂文必與道俱見利而還則非我徒又拜稽首有死無易公雖云亡言如皎日元祐之初起自南還叔季在朝如見公顏入拜夫人羅列諸孫敢以中子請婚叔氏夫人曰然師友之義凡二十年再升公堂深衣廟門垂涕失聲白

髮蒼顏復見潁人潁人思公曰此門生雖無以報不辱其門清潁洋洋東注于淮我懷先生豈有涯哉尚饗

同前　蘇文定公轍

維年月日具官蘇轍謹以清酌庶羞之奠致祭於故觀文少師贈太師九丈之靈嗚呼嘉祐之初公在翰林維時先君處於西南世所莫知隱居之深作書號公曰是知予公應嗟然我明子心吾於天下交遊如林有如斯文見所未曾先君來東實始識公傾蓋之歡故舊莫隆遍出所為歎息改容歷告在位莫此蔽蒙報國以士古人之忠公不妄言其重鼎鍾厥聲四馳靡然向風嗟維此時文律頹毀奇邪譎恠不可告止剽剝珠貝綴飾耳鼻調和椒薑毒病唇齒咀嚼荊棘斥棄羹胾號茲古文不自愧恥公為宗伯思復正始狂詞恠論見者投棄踽踽元昆與轍皆來皆試於庭羽翼病摧有鑒在上無所事媒馳詞數千適當公懷擢之衆中羣疑相歷公恬不驚衆惑徐開滔滔狂

瀾中道而回匪公之明化爲詠俳公德日隆歷蹈二府轍方在艱撫
視逾素納銘幽宅德逮存故終喪而還公以勞去公年未衰屢告遲
暮自亳徂青迄蔡而許來歸汝陰嘯傲環堵轍官在陳於頹則鄰拜
公門下笑言歡欣杯酒相屬圖史紛紜辯論不衰志氣益振有如斯
人而止斯耶書來告衰情懷酸辛報不及至凶訃遄臻嗚呼公之於
文雲漢之光昭回洞達無有采章學者所仰以克嚮方知者不惑昧
者不狂公之在朝以直自遂排斥姦回罔有劇易後來相承敢隕故
事雖庸無知亦或勉勵此風之行逾三十年朝廷尊嚴庶士多賢伊
誰云從公導其先自公之歸忽焉變遷又誰使然要歸諸天天之生
物各維其時朝暘薰風春夏是宜凍雨急雪匪寒不施時去不返雖
彊莫違矧惟斯人而不有時時既往矣公亦逝矣老成云亡邦國瘁
矣無爲爲善善者廢矣時實使然我誰懟矣哭公於堂維其悲矣嗚
呼尚饗

行狀

吳正憲公充

故推誠保德崇仁翊戴功臣觀文殿學士特進太子少師致仕上柱國樂安郡開國公食邑四千三百戶食實封一千二百戶贈太子太師歐陽公行狀

曾祖郴累贈金紫光祿大夫太師中書令

祖偃累贈金紫光祿大夫太師中書令兼尚書令

父觀皇任泰州軍事判官累贈金紫光祿大夫太師中書令兼尚書令追封鄭國公

本貫吉州廬陵年六十六

歐陽氏之先本出於夏禹之苗裔少康封其庶子于會稽以奉禹祀歷夏商周以世相傳至越王勾踐傳五世至王無疆爲楚威王所滅諸子皆受封于楚而無疆之子蹄封於歐餘山之陽是爲歐陽亭侯子孫遂以爲氏後稍北徙青之千乘冀之渤海千乘之顯者曰生字

和伯以經爲漢博士所謂歐陽尚書者是也渤海之顯者曰建字堅石所謂渤海赫赫歐陽堅石者是也詢通父子顯于唐自通三世生琮爲吉州刺史又八世生萬爲吉州安福令後世或居安福或居廬陵安福之六世孫即公曾祖也生八男曰儀者中南唐進士第父母皆在鄉里榮之命其鄉曰儒林里曰歐桂坊曰具慶曾祖仕南唐爲武昌令檢校右散騎常侍兼御史大夫性孝友鄉里稱之累贈金紫光祿大夫太師中書令曾祖妣劉氏追封楚國太夫人皇祖少以文學稱獻所爲文南唐召試爲南京街院判官累贈金紫光祿大夫太師中書令兼尚書令祖妣李氏累封吳國太夫人皇考少孤力學咸平中進士及第天性仁孝居官決獄主於平恕哀矜終於泰州軍事判官累贈金紫光祿大夫太師中書令兼尚書令追封鄭國公妣鄭氏累封韓國太夫人皇考之捐館舍公纔四歲太夫人守節自誓而教公以讀書爲文及公成人太夫人自力衣食不以家事累公使專

務爲學及見公之身名偕顯而夫人壽考康寧爲善之報豈虛也哉
公諱脩字永叔天聖中進士甲科補西京留守推官用王文康公薦
召試遷鎮南軍節度掌書記館閣校勘以書責諫官不論事諫官以
聞謫峽州夷陵縣令徙光化軍乾德令改武成軍節度判官范文正
公經略陝西辟掌書記辭不就俄遷太子中允館閣校勘方脩禮書
命權同知太常禮院辭不受預修崇文總目成改集賢校理遂知太
常禮院請補外通判滑州召以爲太常丞知諫院賜緋衣銀魚未幾
同脩起居注閱月拜右正言知制誥賜三品服出使河東還改龍圖
閣直學士河北都轉運按察使左遷知制誥知滁州改起居舍人知
楊州徙知穎州復龍圖閣直學士知應天府兼南京留守司歷尚書
禮部吏部郎中丁韓國太夫人憂服除判吏部流內銓入翰林爲學
士加史館脩撰勾當三班院請郡改侍讀學士知蔡州留不行判大
常寺兼禮儀事權知禮部貢舉拜右諫議大夫判尚書禮部又判祕

閣祕書省加侍讀辭不受同脩玉牒兼龍圖閣學士權知開封府以給事中罷同提舉在京諸司庫務改羣牧使唐書成拜禮部侍郎兼侍讀學士嘉祐五年以本官爲樞密副使明年閏八月參知政事兼譯經潤文歷戶部吏部二侍郎皆參大政進拜左丞出爲觀文殿學士刑部尚書知亳州熙寧初遷兵部尚書知青州京東東路安撫使除檢校太保宣徽南院使判太原府河東路經略安撫監牧使兼幷代澤潞麟府嵐石路兵馬都總管三辭不受徙知蔡州熙寧四年六月以觀文殿學士太子少師致仕階特進勳上柱國食邑四千三百戶食實封一千二百戶明年閏七月二十三日薨于汝陰之私第天子聞之震悼爲之一日不視垂拱朝贈太子太師卹孤治賻皆從加等公爲人剛正質直閎廓未嘗屑屑於事見義敢爲患害在前直往不顧用是數至困逐及復振起終不改其操真豪傑之士哉居三朝數十年間以文章道德爲一世學者宗師接人待物誠信樂易不爲

表瀑諸生進者與之抗聲極談簡直明辨至於貴顯終始如一見者莫不愛服而天資高遠常人自不能與之合公待之一也有所稱薦姑取其一善後或毀公於朝遇其人或其家厄且困必力振之曰吾行己不以喜怒私也於經術務究大本其所發明簡易明白其論詩曰察其美刺知其善惡以爲勸戒所謂聖人之志者本也因其失傳而妄自爲之說者經師之末也今夫學者得其本而通其末斯善矣得其本而不通其末闕其所疑可也不求異於諸儒嘗曰先儒於經不能無失而所得固多矣盡其說而理有不通然後得以論正予非好爲異論也其於詩易多所發明爲詩本義所改正百餘篇其餘則曰毛鄭之說是矣復何云乎公幼孤家貧無資太夫人以荻畫地教以字書稍長從閭里借書讀或手抄之抄未畢而成誦公之舉進士學者方爲時文號四六公就視之曰此不足爲然切於養勉爲之而人亦不能及故屢試有司皆第一名聲籍甚及景祐中與尹師魯偕

爲古學已而有詔戒天下學者爲文使近古學者盡爲古文獨公古文既行世以爲模範自兩漢後五六百年有韓愈愈之後又數百年而公繼出李翱皇甫湜柳宗元之徒不足多也蓋公之文備衆體變化開闔因物命意各極其工其得意處雖退之未能過筆札精勁自成一家當世士大夫有得數十字皆藏以爲寶生平以獎進人材爲己任一時賢士大夫雖潛晦不爲人知者必延譽慰薦極其力而後已後進之士一爲公所稱遂爲聞人篤於朋友尹師魯梅聖俞孫明復皆貧甚既卒公力爲經紀其家表其孤於朝悉錄以官他嘗所與厚者未嘗遺也公既書責諫官以申范文正坐謫夷陵而尹洙余靖亦連貶蔡君謨爲四賢詩世傳之及范公之使陝西辟公偕往朝廷從之時天下久無事一旦西陲用兵士之負材能者皆欲因時有所施設而范公望臨一時好賢下士故士之樂從者衆公獨歎曰吾初論范公事豈以爲己利哉同其退不同其進可也卒辭焉慶曆初公

方登朝數論天下事爲策以揣敵情及指陳利害甚衆既而有詔百官上封事公又上疏言三弊五事力陳當時之所宜憂者仁宗增諫官員首預其選是時西師久京東西盜賊羣起中外騷然仁宗既進退大臣欲遂改更諸事公感激恩遇知無不言時范文正公杜正獻公今司徒韓公司空富公皆輔政公屢請召對咨訪責以所爲既而仁宗降手詔出六條虛心以待後遂下詔勸農桑興學校多所更革小人不悅一時知名士見謂爲黨人矣公爲朋黨議以進見集中温成后方有寵公言前世女寵之戒請加裁損燕王薨議者以國用不足請待豐年以葬公言士大夫家有所待而後不如及時薄葬況天子叔邪且非所以示四方也卒從公議澧州進柿木成文有太平之道字公言今四海騷然未見太平之象又太平之道其意可推自古帝王致之皆有道得道則太平失道則危亂今見其失未見其得願陛下憂勤萬務漸期致理其瑞木請不宜示于外淮南轉運使呂紹

寧到任進羨餘錢十萬貫公請拒而不受以防刻剝陝西用兵之後河東困弊芻糧不足言者請廢麟州或請移於合河津或請廢五寨公旣使河外爲四議以較麟州利害請移兵就食於瀕河清塞堡緩急不失應援而平時可省餽運麟州得不廢又建言忻代岢嵐火山四州軍沿邊有禁地棄而不耕人戶私糴北界斛斗入中以爲邊儲今若耕之每年可得數百萬石以實邊朝廷從之大爲河東之利自西事後河東賦斂重而民貧道路嗟怨公奏罷數十事以寬民力公自河東還會保州兵叛遂出爲河北都轉運使保州卒旣降大將李昭亮私納婦女通判馮博文等竊傚之公發其姦下博文獄昭亮惶恐立出之自保州之變河北兵驕小不如意卽謀爲亂人情務在姑息公乞假將帥權事從鎭重以銷未萌河北卒無事保塞之脅從者二千餘人分隸河北宣撫使恐復生變欲以便宜悉誅之公權知成德軍遇之於內黄宣撫使夜半屏人以告公公曰禍莫大於殺降昨

保州叛卒朝廷許以不死今戮之矣此曹本以脅從故得脫奈何一旦殺無辜二千人且非朝旨若諸郡不肯從綏之必生變是趣其為亂也且某至鎮州必不從命遂止公在河北奏置御河催綱司通糧運邊州賴之置都作院於磁相二州以繕戎器仁宗遇公厚嘗論及當世人材目公曰如歐陽某者豈易得哉嘗欲大用而未果及使河北陛辭日上面諭曰無為久居計有事言來公對以諫官得風聞今在外使事有指越職罪也況不得其實邪上曰有事第以聞勿以中外為辭及黨論大起公極言請加明辨勢益危初公妹適張龜正龜正無子有女非歐出也妹既嫠無所歸以孤女偕來及笄以嫁宗人晟張氏後以他事下獄小人欲并中公乃捃張氏貲產事窮治久之卒無有猶貶滁上公丁太夫人憂既免喪入見仁宗惻然怪公髮白問在外幾年今年幾何恩意甚至命判流內銓小人恐公且復用偽為公奏乞汰內臣疏傳之中外宦者人人切齒內官楊永德陰以言

中公出知同州而外議不平論救者衆上尋開悟故馮翊之命卒不行公在侍從八年多所關益初河決澶淵陳恭公爲相欲塞商胡開橫壠故道公言功大恐不可成徒勞人未幾陳罷去新宰相復用李仲昌議欲開六塔河公言六塔不能吞伏且復決再爭之不得既而果然濱隸德博數千里大被其害仲昌等得罪流貶至和初公奉使契丹契丹使其貴臣惕隱及北宰相蕭知足等來押宴曰非常例也以公名重故爾其爲外夷所畏如此公在翰林仁宗一日乘間見御閣春帖子讀而愛之左右曰學士歐陽某之辭也乃悉取宮中帖閱之見其篇篇有意歎曰舉筆不忘規諫眞侍從之臣也每學士院進文字必曰何人當直至公之筆必詳覽之每加歎賞嘉祐初公知貢舉時舉者爲文以新奇相尙文體大壞公深革其弊前以怪僻在高第者黜之幾盡務求平澹典要士人初怨怒罵譏中稍信服已而文格遂變而復正者公之力也公之尹京承包孝肅公之後包以威嚴

爲治公一切循理不事風采或以爲言公曰人材性各有短長今捨
所長彊其所短以徇俗求譽我不能也至寵貴犯禁令又求苟免者
必寘於法雖詔命有所不從且請加本罪二等至今行之由公奏請
也公在樞密與今侍中曾魯公悉力振舉紀綱革去宿弊考天下兵
數及三路屯戍多少地理遠近更爲圖籍之法邊防久闕屯守者大
加蒐補數月之間機務浸理嘗因嘉祐水災凡再上疏請選立皇子
以固天下根本言甚激切及在政府遂與諸公協定大議而先帝力
辭宗正之命公進曰宗室不領職事忽有此除天下皆知陛下將儲
以爲嗣不若遂正其名且判宗正寺誥勑付閤門得以不受今立爲
皇子止消一詔書事定矣仁宗以爲然遂下詔及先帝初年未親政
事慈壽垂簾公與諸公往來兩宮鎮撫內外而危言密議忠力爲多
至先帝親御萬機內外肅然每諸公聚議事有未可公未嘗不力諍
臺諫官至政事堂論事往往面折其短英宗嘗面稱公曰性直不避

衆怨嘗稱故相王沂公之言曰恩欲歸己怨使誰當且曰貧賤常思富貴富貴必履危機此古人之所歎也惟不思而得既得而不患失之者其庶幾乎及彭思永蔣之奇等以飛語汙公公杜門請付有司治之上連詔詰問所從來二人辭窮悉逐之上親遣中貴人手詔慰安公遂稱疾力解機務自嘉祐以後朝廷務惜名器而進人之路稍狹公屢建言館閣育材之地材既難得而又難知則當博採而多畜之時冀一得於其間則傑然出爲名臣矣餘亦不失爲佳士也遂詔二府各舉五人其後中選者往往在清近朝廷稍收其用矣京師百司所行兵民官吏財用之類皆無總數中書一有行移則下有司纂集公因暇日盡以中書所當知者集爲總目上有所問宰相以總目爲對公以祀假家居上遣中貴人就中書閤取而閱之遂典劇郡以鎮靜爲本不求赫赫名舉大體而已民便安之滁揚二州生爲之立祠公在亳年甫六十表致仕者六不從至蔡而請益堅卒不能奪公

志其勇退如此公平生於物少所好獨好收畜古文圖書集三代以來金石銘刻爲一千卷以校正史傳百家訛繆之說爲多晚年自號六一居士曰吾集古錄一千卷藏書一萬卷有琴一張有棊一局而常置酒一壺吾老於其間是爲六一自爲傳以刻石嘗被詔撰唐書紀十卷志五十卷表十五卷又自撰五代史七十四卷其爲紀一用春秋法於唐禮樂志明前世禮樂之本出於一而後世禮樂爲空名五行志不書事應盡破漢儒菑異附會之說其論著類此五代史辭約而事備及正前史之失爲多公之薨上命學士爲詔求書於其家方繕寫進御嘗著易童子問三卷詩本義十四卷居士集五十卷歸榮集一卷外制集三卷內制集八卷奏議集十八卷四六集七卷集古錄跋尾十卷雜著述十九卷諸子集以爲家書總目八卷其遺逸不錄者尚數百篇別爲編集而未及成公初娶胥氏翰林學士贈吏部侍郎偃之女繼室楊氏集賢院學士諫議大夫大雅之女今夫人

薛氏資政殿學士戸部侍郎贈大尉簡肅公奎之女累封仁壽郡夫人男八人女三人長女師蚤卒次發光祿寺丞次女蚤卒次奕光祿寺丞次棐大理評事次某蚤卒次辯光祿寺丞次三男皆蚤卒次女封樂壽縣君蚤卒孫男四人曰愻曰憲曰恕曰愬皆以公恩試祕書省校書郎孫女六人皆幼將以熙寧八年九月二十六日葬公於開封府新鄭縣旌賢鄉之原謹狀

熙寧六年七月某日樞密副使正奉大夫行右諫議大夫上柱國賜紫金魚袋吳充狀

附錄卷第二

附錄卷第三

墓誌銘　神道碑

墓誌銘并序

宋故推誠保德崇仁翊戴功臣觀文殿學士特進太子少師致仕上柱國樂安郡開國公食邑四千三百戶食實封一千二百戶贈太子太師文忠歐陽公墓誌銘并序

淮南節度觀察處置等使開府儀同三司守司徒檢校太師兼侍中判相州軍州事上柱國魏國公韓琦撰

朝散大夫右諫議大夫充集賢院學士史館修撰權判尚書都省判祕閣提舉醴泉觀公事上護軍賜紫金魚袋宋敏求書

翰林侍讀學士龍圖閣學士朝散大夫尚書吏部郎中知河陽軍州事兼管內勸農使上護軍賜紫金魚袋韓維題蓋

熙寧五年閏七月二十三日觀文殿學士太子少師致仕歐陽公薨

於汝陰之私第年六十六上聞震怛不視朝贈公太子太師太常謚曰文忠卹後加賻不與常比天下正人節士知公之亡罔不駭然相弔痛失依仰其孤寺丞君乃以樞密副使吳公所次功緒幷致治命以墓銘爲請竊惟當世能文之士比比出公門下不屬於彼而獨以見屬豈公素諒其愚謂能直筆足信後世邪此其敢辭公諱修字永叔唐太子率更令詢四世孫琮嘗爲吉州刺史又八世生萬復爲吉之安福令子孫因家焉曾祖諱郴安福六世孫也孝悌之行鄉里師服仕南唐爲武昌令累贈太師中書令曾祖妣劉氏追封楚國太夫人祖諱偃彊學善屬文南唐時獻所爲文十餘萬言召試補南京街院判官累贈太師中書令兼尚書令祖妣李氏追封吳國太夫人父諱觀性至孝力學咸平中擢進士第當官明而尚恕每決重辟尤加審慎苟理有可脫必平反之終泰州軍事判官累贈太師中書令兼尚書令追封鄭國公公自四歲而孤母韓國太夫人鄭氏守志不奪

家雖貧力營贍教公爲學公亦天資警絕經目一覽則能誦記爲文下筆出人意表及冠聲聞卓然天聖中舉進士凡兩試國子監一試禮部皆爲第一逮崇政試雖中甲科人猶以不魁多士爲恨初補西京留守推官洛尹文康王公知非常才歸薦于朝景祐初召試還鎭南軍節度掌書記館閣校勘時文正范公權尹京邑以直道自進每因奏事必陳時政得失大忤宰相意斥守饒州諫官不敢言公貽書責之坐貶峽州夷陵令余安道尹師魯繼上書直范公復被逐當時天下以四賢稱之俄徙光化軍乾德令改武成軍節度判官康定初召還復館閣校勘遷太子中允預脩崇文總目成改集賢校理同知太常禮院請外補通判滑州事慶曆初仁宗御天下久周悉時弊重以西師未解思欲整齊衆治以完太平登進輔臣必取人望收用端鯁以增諫員公首被其選擢太常丞知諫院事賜五品服未幾同脩起居注公素凜忠義遭時遇主自任言責無所顧忌橫身正路風節

凜然時正獻杜公文正范公今司空富公皆在二府公每勸上乘閒延見推誠諮訪上後開天章閣屢召諸公詢究治本長策大議稍稍施用一作行紀綱日舉僥倖頓絕小人始大不喜相與巧詆必期破壞公常極力左右之俄拜右正言知制誥賜三品服大臣有建白請廢麟州徙其治於合河津以省餽餉首命公親往相視使回奏曰麟州天險正據要害不可廢第減其兵駐並河諸堡有警呼集數舍之近爾兵既減糧自不乏詔從之又奏忻代州岢嵐火山軍並邊民田始潘美爲帥患虜時入寇徙其民以空之遂號禁地自景德通好我雖循舊而虜人盜耕不已請募民計頃出丁爲兵量入租粟以耕之歲可得數百萬斛邊用給矣不然他日必盡爲虜人所有時幷帥恥謀不自己沮撓久之其後卒如公請凡賦斂過重民所不堪者又奏罷十數事疲俗以安四年秋壯虜盛兵雲州聲言西討朝廷疑其有謀議選文武材臣密爲經畫二府請輟公以往即以公爲龍圖閣直

學士河北都轉運使公至則區別一作分官吏使能者盡力均徙財用而邊計有餘奏廣御河漕運造鏁栿船以絕侵盜置都作院於磁相州一道兵械悉仰給焉方條列北方利病欲大為措置會文正范公與同時入輔者終為讒說所勝相繼罷去一時進用者皆指之為黨公復慨然上書極言論救執政與其朋益怒協力擠之初公有妹適張龜正龜正亡無子妹挈前室所生孤女以歸及笄公為選宗人晟以嫁之會張氏以失行繫獄言者乘此欲幷中公復措張氏貲產事遂興詔獄窮治上為命內臣監劾卒辨其誣猶降授知制誥知滁州事執政意不快撫勘官與監劾內臣細故皆被責八年春就改起居舍人知揚州事踰年徙知潁州事皇祐初復龍圖閣直學士二年秋移知應天府兼南京留守司事歷尚書禮部吏部郎中丁太夫人憂去職服除入見上怪公鬚髮盡白惻然存撫恩意甚厚命判吏部流內銓素忌公者恐將大用乃僞為公疏請汰內臣以激衆怒有選

人胡宗堯者當引對改官前任本州嘗以官舟假人已而經赦去官止得循資公與判南曹官對日取旨上欣然令改官宦者楊永德密奏曰宗堯翰林學士宿之子有司援救之私也遂出公知同州事物論(一作議)不平上亟開悟留公刊修唐書俄入翰林爲學士史館修撰勾當三班院至和二年夏請郡改侍讀學士知蔡州事留不行復除翰林學士判太常寺兼禮儀事遷右諫議大夫嘉祐三年夏兼龍圖閣學士權知開封府事前尹孝肅包公(一作包孝肅公)以威嚴得名都下震恐而公動必循理不求赫赫之譽或以少風采爲言公曰人材性各有短長吾之長止於此惡可勉其所短以徇人邪既而京師亦治四年春請罷府事改給事中充羣牧使唐書成拜禮部侍郎俄兼翰林侍讀學士五年冬以本官爲樞密副使明年秋參知政事英宗登極遷戶部侍郎治平初特轉吏部侍郎今上嗣位改尚書左丞公自處二府益思報稱毅然守正不爲富貴易節凡大謀議大利

害與同官論辨或在上前必區判一作別是否未嘗少有回屈文武之士陳請百端公常委曲開諭曰某事可行某事不可行用是人多怨誹至於臺諫官論事有不中理者往往正色折之其徒尤切齒曰欲求疵合攻公自視無他不恤也始一無此字英廟一作宗踐祚按祖宗舊典皇族尊屬之亡者皆贈官改封濮安懿王英宗所生父也中書以本朝未有故事請付有司詳處一作審其當上謙恭愼重命過仁廟大祥下禮院與兩制官同議如期詔下衆乃言王當稱伯改封大國中書以所生父稱伯疑無經據方再下三省議上遽令權罷俾有司徐求典故事久不行臺官挾憤不已遂持此斥公爲主議上章歷詆必請議定及以朝廷未嘗議及之事肆爲誣說欲惑衆聽又相率納告身以示必去上數敦諭知不可留各以本官補外後來者以風憲不勝爲恥窺伺愈急今上卽位初御史蔣之奇者乃造無根之言一作語欲以汙公中丞彭思永乘虛助之公退伏私居力請公

辨上照其誣罔連詔詰問二人者辭窮皆坐貶公遂懇辭柄任上不得已除公觀文殿學士刑部尚書知亳州事熙寧元年秋遷兵部尚書知青州事充京東東路安撫使時散青苗錢法初行衆議皆言不便朝廷既申告誡公猶請除去二分之息令民止納本錢明不取利又請先罷提舉管勾官然後可以責州縣不得抑配不報三年夏除檢校太保宣徽南院使判大原府河東路經略安撫使公累上章辭丐易蔡州大略以久疾昏耗不任重寄復曰時多喜新奇而臣思守拙衆方興功利而臣欲循常執政知終不附己俄詔聽以舊官知蔡州事公在亳已六上章請致政上眷惜之不允至蔡踰年復申前請志益堅確上察其誠命優改官致仕年方六十有五天下士大夫聞公勇退無不驚歎云近古所無也公天資剛勁見義敢爲襟懷洞然無有城府常以平心爲難故未嘗挾私以爲喜怒獎進人物樂善不倦一長之得力爲稱薦故賞識之下率爲聞人惟視姦邪嫉若仇敵

直前奮擊不問權貴後雖陰被讒逐公以道自處怡怡如也平生篤於朋友如尹師魯梅聖俞孫明復既卒其家貧甚公力經營之使皆得以自給又表其孤于朝悉錄以官自唐室之衰文體隨而不振陵夷至于五代氣益卑弱國初柳公仲塗一時大儒以古道興起之學者卒不從景祐初公與尹師魯專以古文相尙而公得之自然非學所至超然獨騖衆莫能及譬夫天地之妙造化萬物動者植者無細與大不見痕迹自極其（一作於）工於是文風一變時人競爲模範自漢司馬遷沒幾千年而唐韓愈出愈之後又數百年而公始繼之氣燄相薄莫較高下何其盛哉所治經術務究大本嘗以先儒於經所得多矣而不能無失惟其說或有未通公始爲辨正不過求聖人之意以立異論嘉祐初權知貢舉時舉者務爲險怪之語號太學體公一切黜去取其平澹造理者即預奏名初雖怨讟紛紜而文格終以復古者公之力也筆翰遒勁自成一家人有得其片幅必寶藏之歷

典大郡以鎮靜爲本明不至一作及察寬不至縱吏民受賜既去追思不已滁揚二州皆立生祠嘗奉使契丹其主必遣貴臣押宴出於常例且謂公曰以公名重故爾其爲外夷致服如此至和中陳恭公爲相欲塞商胡決河使歸橫壠故道公言橫壠地已高仰功大不可爲未幾陳罷去有李仲昌者乃議道商胡水入六塔河公復上言六塔素隘狹不能容大河若爲之必潰決害愈甚時執政是仲昌議又不用公言後六塔隄果壞不成自博以下數州皆被水患衆服公先識在侍從八年竭誠補益前後上言百餘事仁宗嘗曰如歐陽某者何處得來故其言多所聽納因嘉祐水災凡兩上疏請選立皇子以固根本及在政府遂與諸公參定大議方英廟過自謙退未即承命事久未決衆悉危之公協心開助忠力爲多及即位之初感病未能聽覽一作斷慈壽預政事出權宜公與諸公往來兩宮鎮安內外卒復明辟人無間言嘗被詔撰唐書紀十卷志五十卷表十五卷又自

撰五代史七十四卷易童子問三卷詩本義十四卷居士集五十卷歸榮集一卷外制集三卷內制集八卷奏議十八卷四六集七卷集古錄跋尾十卷雜著十九卷公於物無他玩好獨好收古文圖書集三代以來金石銘刻爲一千卷用以校正傳記訛繆人得不疑晚年自號六一居士曰吾集古錄一千卷藏書一萬卷有琴一張有棊一局常置酒一壺吾老於其間是爲六一因自爲傳以志之初娶胥氏翰林學士偃之女繼室楊氏集賢院學士諫議大夫大雅之女今夫人薛氏資政殿學士戸部侍郎簡肅公奎之女累封仁壽郡夫人男八人長發次奕光祿寺丞次棐大理評事次辨光祿寺丞餘皆早卒女三人皆早卒孫男四人曰恕曰憲曰恕曰愬皆以公恩試秘書省校書郎孫女六人皆幼熙寧八年九月庚申朔二十六日乙酉諸孤奉公之喪葬于開封府新鄭縣旌賢鄉之原銘曰

噫公之節　其剛烈烈　弼違斥姦　義不可折　噫公之文

天資不羣　光輝古今　左右典墳　直道而行　屢以讒蹶
卒寤而知　惟帝之哲　升贊機務　方隅以寧　參議宰政
社稷是經　成此王功　大忠以効　德高毀及　退不吾較
公之來歸　既安且怡　宜報以壽　戻也胡爲　公文在人
公跡在史　茲惟不窮　亙千萬祀

神道碑　蘇文定公

熙寧五年秋七月觀文殿學士太子少師致仕一無此十一字歐陽文忠公薨於汝陰八年秋九月諸子奉公之喪葬於新鄭旌賢鄉自葬至崇寧五年凡三十有二年矣公子棐以墓隧之碑來請轍方以罪廢於家且病不能執筆辭不獲命乃曰病苟不死當如君志既而病已謹按歐陽氏自唐率更令之四世孫琮爲吉州刺史後世因家於吉曾祖諱郴南唐武昌令贈太師中書令妣劉氏追封楚國太夫人祖諱偃南唐南京街院判官贈太師中書令兼尚書令妣李氏追

封吳國太夫人考諱觀泰州軍事推官贈太師中書令兼尚書令封鄭國公妣鄭氏追封韓國太夫人公諱修字永叔生四歲而孤韓國守節自誓親教公讀書家貧至以荻畫地學書公敏悟過人所覽輒能誦比成人將舉進士爲一時偶儷之文已絕出倫輩翰林學士胥公時在漢陽見而奇之曰子必有名於世館之門下公從之京師兩試國子監一試禮部皆第一人遂中甲科補西京留守推官始從尹師魯遊爲古文議論當世事迭相師友與梅聖俞遊爲歌詩相倡和遂以文章名冠天下留守王文康公知其賢還朝薦之景祐初召試還鎭南軍節度掌書記館閣校勘時范文正公知開封府每進見輒論時政得失宰相惡之斥守饒州公見諫官高若訥若訥詆誚范公以爲當黜公爲書責之坐貶峽州夷陵令明年移乾德令復爲武成軍節度判官康定初范公起爲陝西經略招討安撫使辟公掌書記公笑曰吾論范公豈以爲利哉同其退不同其進可也辭不就召還

復校勘遷太子中允與脩崇文總目慶曆初遷集賢校理同知太常禮院求補外通判滑州事時西師未解契丹初復舊約京東西盜賊蜂起國用不給仁宗知朝臣不任事始登進范公及杜正獻公富文忠公韓忠獻公分列二府增諫員取敢言士公首被選以太常丞知諫院賜五品服未幾修起居注公每勸上延見諸公訪以政事上再出手詔使諸公條天下事又開天章閣召對賜坐給紙筆使具疏於前諸公惶恐退而上時所宜先者十數事於是有詔勸農桑興學校革磨勘任子等弊中外悚然而小人不便相與騰口謗之公知其必爲害常爲上分别邪正勸力行諸公之言初范公之貶饒州公與尹師魯余安道皆以直范公見逐目之黨人自是朋黨之論起久而益熾公乃爲朋黨論以進言君子以同道爲朋小人以同利爲朋人君但當退小人之僞朋用君子之真朋其言懇惻詳盡其後諸公卒以黨議不得久留於朝公性疾惡論事無所回避小人視之如仇讎而

公愈奮厲不顧上獨深知其忠改右正言知制誥賜三品服仍知諫院故事知制誥必試上知公之文有旨不試與近世楊文公陳文惠公比逮公三人而已嘗因奏事論及人物上目公曰如歐陽脩何處得來蓋欲大用而未果也四年大臣有言河東芻粮不足請廢麟州徙治合河津或請廢其五寨命公往視利害公曰麟州天險不可廢也麟州廢則五寨不可守五寨不守則府州遂爲孤壘今五寨存故虜在二三百里外若五寨廢則夾河皆虜巢穴河內州縣皆不安居矣不若分其兵駐並河清塞堡緩急不失應副而平時可省轉輸由是麟州得不廢又言忻代州岢嵐火山軍並邊民田廢不得耕號爲禁地吾雖不耕而虜常盜耕之若募民計口出丁爲兵量入租粟以耕歲可得數百萬斛不然他日且盡爲虜有議下大原帥臣以爲不便持之久之乃從凡河東賦斂過重民所不堪奏罷者十數事自河東還會保州兵亂又以公爲龍圖閣直學士河北都轉運使陛辭上

面諭無爲久留計有所欲言言之公曰諫官得風聞言事外官越職而言罪也上曰第以聞勿以中外爲意河北諸軍怙亂驕恣小不如意輒脅持州郡公奏乞優假將帥以鎮壓士心軍中乃定初保州亂兵皆招以不死既而悉誅之脅從二千人亦分隸諸州富公爲宣撫使恐後生變與公相遇於內黄夜半屏人謀欲使諸州同日誅之公曰禍莫大於殺已降況脅從乎既非朝命州郡有一不從爲變不細富公悟乃止公奏置御河催綱司以督粮餉邊州賴之又置磁相州都作院以繕一路戎器河北方小治而二府諸公相繼以黨議罷去公慨然上書論之用事者益怒會公之外甥女張嫁公族人晟以失行繫獄言事者乘此欲幷中公遂起詔獄窮治張貲產上使中官監劾之卒辨其誣猶降官知滁州事居二年徙楊州又徙頴州還禮部郎中復龍圖閣直學士留守南京還吏部郎中丁韓國太夫人憂至和初服除入見鬚髮盡白上怪之問勞惻然恩意甚厚命判吏部流

內銓小人畏公且大用僞爲公奏乞澄汰宦官宦官聞之果怒會選人胡宗堯當改官坐嘗以官舟假人經赦去官法當循資公引對取旨上特令改官宦官有密奏者曰宗堯翰林學士宿之子有司宥之私也遂出公知同州言者多謂公無罪上悟留刊修唐書俄入翰林爲學士自滁州之貶至是十二年矣上臨御既久遍閱天下士羣臣未有以大稱上意上思富公韓公之賢復召寘二府時慶曆舊人惟二公與公三人皆在朝廷士大夫知上有致治之意翕然相慶公以學士判三班院二年奉使契丹契丹使其貴臣宗愿宗熙蕭知足蕭孝友四人押宴曰此非常例以卿名重故爾嘉祐初判太常寺二年權知貢舉是時進士爲文以詭異相高文體大壞公患之所取率以詞義近古爲貴凡以嶮怪知名者黜去殆盡牓出怨謗紛然久之乃服然文章自是變而復古三年加龍圖閣學士權知開封府事所代包孝肅公以威嚴御下名震都邑公簡易循理不求赫赫之譽有以

包公之政勵公者公曰凡人材性不一用其所長事無不舉強其所短勢必不逮吾亦任吾所長耳聞者稱善四年求罷還給事中充羣牧使唐書成拜禮部侍郎俄兼翰林侍讀學士公在翰林凡八年知無不言所言多聽河決商胡賈魏公留守北京欲開橫壠故道回河使東有李仲昌者欲道商胡入六塔河詔兩省臺諫集議公故奉使河北知河決根本以爲河水重濁理無不淤淤從下起下流既淤上流必決水性避高決必趨下以近事驗之決河非不能力塞故道非不能力復但勢不能久必決於上流耳橫壠功大難成雖成必有復決之患六塔狹小不能容受大河以全河注之濵棣德博必被其害不若因水所趨增治隄防疏其下流浚之入海則河無決溢散漫之憂數十年之利也陳恭公當國主橫壠之議恭公罷去而宰相復以仲昌之言爲然行之而敗河北被害者凡數千里狄武襄公爲樞密使奮自軍伍多戰功軍中服其威名上不豫諸軍訛言籍籍公言武

臣掌機密而得軍情不惟於國不便鮮不以爲身害請出之外藩以保其終始遂罷知陳州公嘗因水災上言陛下臨御三十餘年而儲宮未建此久闕之典也漢文帝即位羣臣請立太子羣臣不自疑而敢請文帝亦不疑其臣有二心後唐明宗尤惡人言太子事然漢文帝立太子之後享國長久爲漢太宗明宗儲嗣不早定而秦王以窺覬陷于大禍後唐遂亂陛下何疑而久不定乎公言事不擇劇易類如此五年以本官爲樞密副使明年爲參知政事公在兵府與曾魯公考天下兵數及三路屯戍多少地里遠近更爲圖籍凡邊防久闕屯戍者必加蒐補其在政府凡兵民官吏財利之要中書所當知者集爲總目遇事不復求之有司時富公久以母憂去位公與韓公同心輔政每議事心所未可必力爭韓公亦開懷不疑故嘉祐之政世多以爲得時東宮猶未定臣僚間有言者然皆不克行最後諫官司馬光知江州呂誨言之中書將因（一作因將）二疏以請幸上有可意

相與力贊之一日奏事垂拱讀二疏未及有言上曰朕有意久矣顧未得其人耳宗室中誰可者韓公對曰宗室不接外人臣等無由知之抑此事非臣下所敢議當出自聖斷上乃稱英宗舊名曰宮中嘗養此人今三十許歲矣惟此人可耳是日君臣定議於殿上將退公奏曰此事至大臣等未敢卽行陛下今夕更思之來日取旨明日請之崇政上曰決無疑矣諸公皆曰事當有漸容臣等議所除官時英宗方居濮王憂遂議起復除泰州防禦使判宗正寺來日復對上大喜諸公奏曰此事既行不可中止乞陛下斷之於心內批付臣等行之可也上曰此豈可使婦人知之中書行之足矣時六年十月也及命下英宗力辭上聽候服除七年二月英宗既免喪稱疾不出至七月韓公議曰宗正之命既出外人皆知必爲皇子矣今不若遂正其名使知愈退而愈進示朝廷不可回之意衆稱善乃以其累表上之上曰今當如何韓公未對公進曰宗室舊不領職事今有此命天下

皆知陛下意矣然誥勅付閤門得以不受今若以爲皇子詔書一出而事定矣上以爲然遂下詔及宮車晏駕皇子嗣位海內泰然有盤石之固然後天下皆詠歌仁宗之聖以及諸公之賢而向之黨議消釋無餘至於小人亦磨滅不見矣英宗即位之初以疾未親政慈聖光獻太后臨朝公與諸公往來二宮彌縫其間卒復明辟樞密使嘗闕人公當次補韓公會公議將進擬不以告公公覺其意謂二公曰今天子諒陰母后垂簾而二三大臣自相位置何以示天下二公大服而止其後張康節公去位英宗復將用公公又力辭不拜公再辭重位諸公不喻其意而服其難八年遷戶部侍郎治平初特遷吏部神宗即位遷尚書左丞公性剛直平生與人盡言無所隱及在二府士大夫有所干請輒面諭可否雖臺諫論事亦必以是非詰之以此得怨而公不卹也朝廷議加濮王典禮詔下禮官與從官定議衆欲改封大國稱伯父議未下臺官意公主此議遂專以詆公言者旣以

不勝補外而來者持公愈急御史蔣之奇弃以飛語汙公公杜門求辨其事神宗察其誣連詔詰問詞窮逐去公亦堅求退上知不可奪除觀文殿學士知亳州事熙寧初遷兵部尚書知青州事充京東東路安撫使時諸路散青苗錢公乞令民止納本錢以示不爲利罷提舉管勾官聽民以願請不報三年除檢校太保宣徽南院使判太原府河東路經略安撫使公辭求知蔡州從之公在亳已六請致仕比至蔡逾年復請四年以觀文殿學士太子少師致仕公年未及謝事天下益以高公公昔守潁上樂其風土因卜居焉及歸而居室未完處之怡然不以爲意公之在滁也自號醉翁作亭琅邪山以醉翁名之晚年又自號六一居士曰吾集古錄一千卷藏書一萬卷有琴一張有棊一局而常置酒一壺吾老於其間是爲六一自爲傳刻石亦名其文曰居士集居潁一年而薨享年六十有六贈太子太師謚文忠天下學士聞之皆出涕相弔後以諸子贈太師追封兗國公公之

於文天材有餘豐約中度雍容俯仰不大聲色而義理自勝短章大論施無不可有欲效之不詭則俗不淫則陋終不可及是以獨步當世求之古人亦不可多得公於六經長於易詩春秋其所發明多古人所未見嘗奉詔撰唐本紀表志撰五代史二書本紀法嚴而詞約多取春秋遺意其表傳志考與遷固相上下凡爲易童子問三卷詩本義十四卷唐本紀表志七十五卷五代史七十四卷居士集五十卷外集若干卷歸榮集一卷外制集三卷內制集八卷奏議集十八卷四六集七卷集古錄跋尾十卷雜著述十九卷昔孔子生於衰周而識文武之道其稱曰文王既沒文不在茲乎雖一時諸侯不能用功業不見於天下而其文卒不可揜孔子既沒諸弟子如子貢子夏皆以文名於世數傳之後子思孟子荀卿並爲諸侯師秦人雖以塗炭遇之不能廢也及漢祖以干戈定亂紛紜未已而叔孫通陸賈之徒以詩書禮樂彌縫其闕矣其後賈誼董仲舒相繼而起臣西漢之文

後世莫能髣髴蓋孔氏之遺烈其所及者如此自漢以來更魏晉歷
南北文弊極矣雖唐正觀開元之盛而文氣衰弱燕許之流倔強其
間卒不能振惟韓退之一變復古闕其頽波東注之海遂復西漢之
舊自退之以來五代相承天下不知所以爲文祖宗之治禮文法度
追迹漢唐而文章之士楊劉而已及公之文行於天下乃復無愧於
古於戲自孔子至今千數百年文章廢而復興惟得二人焉夫豈偶
然也哉公篤於朋友不以貴賤生死易意尹師魯石守道孫明復梅
聖俞旣沒皆經理其家或言之朝廷官其子弟尤獎進文士一有所
長必極口稱道惟恐人不知也公前後歷七郡守其政察而不苛寬
而不弛吏民安之滁揚之人至爲立生祠鄭公嘗有遺訓戒愼用死
刑韓國以語公公終身行之以謂漢法惟殺人者死今法多雜犯死
罪故死罪非殺人者多所平反蓋鄭公意也一本自公篤於朋友至
鄭公意也一段在昔孔子生於衰周之前公初娶胥氏卽翰林學士

偃之女再娶楊氏集賢院學士大雅之女後娶薛氏資政殿學士簡肅公奎之女追封岐國太夫人男八人發故承議郎奕故光祿寺丞棐朝奉大夫辯故承議郎餘早亡孫男六人愻故臨邑縣尉憲通仕郎恕奉議郎愬故宣義郎愿懋皆將仕郎孫女七人皆適士族公之在翰林也先君文安先生以布衣隱居鄉閭聞天子復用正人喜以書遺公公一見其文曰此孫卿子之書也及公考試禮部亡兄子瞻以進士試稠人中公與梅聖俞得其程文以爲異人是歲轍亦中下第公亦以謂不忝其家先君不幸捐館舍亡兄與轍皆流落不偶元祐初會於京師公家以公碑諉子瞻子瞻許焉旣又至於大故轍之不敏以父兄故不敢復辭銘曰

於穆仁宗　有臣文忠　自嶮而夷　保其初終　惟古君臣

終之實難　匪不用賢　有孽其間　公奮自南　聲被四方

允文且忠　有煒其光　上實開之　下實柅之　三起三僨

誰實使之　僨而復全　惟天子明　克明克忠　乃卒有成
逮歲嘉祐　君臣一德　左右天造　民用飲食　舜禹相授
不改舊臣　白髮蒼顏　翼然在廷　功成而歸　維公本心
彼其何知　言恐不深　潁水之濱　甲第朱門　新鄭之墟
茂木高墳　野人指之　文忠之遺　忠臣不危　仁祖之思

附錄卷第三

記神清洞

遊嵩山寄梅殿丞書明道元年九月謝舍人絳

聖俞足下近有使者東來付僕詔書并御祝封香遣告嵩嶽太常移文合用讀祝捧幣二員府以歐陽永叔楊子聰分攝會尹師魯王幾道至自緱氏因思早時約聖俞有太室中峯之行聖俞中春時遂往僕爲人閑事所牽未皇也今幸其便又二三子可以爲山水游侶然亟與之議皆喜見顏色不戒而赴十二日晝漏未盡十刻出建春門宿十八里河翌日過緱氏閱遊嵩詩碑碑甚大字而未鐫上緱嶺尋子晉祠陟轘轅道入登封出北門齋于廟中是夕寢既興吏白五鼓有司請朝服行事事已謁新治宮拜真宗御容稍卽山麓至峻極中院始改冠服却車徒從者不過十數人輕齎遂行是時秋清日陰天未甚寒晚花幽草虧蔽巖壁正當人力清壯之際加有朋簪談燕之適升高躡險氣豪心果遇盤石過大樹必休其上下酌酒飲茗傲然

者久之道徑差平則腰輿以行嶄崒阧甚則芒蹻以進窺玉女窻搗

衣石石誠異窻則亡有迤邐至八仙壇憩三醉石徧視墨迹不復存

矣考乎三君所賦亦名過其實午昃方抵峻極上院師魯體最溢最

先到永叔最少最疲於是浣漱食飲從容間躋封禪壇下瞰羣峯乃

向所跂而望之謂非插翼不可到者皆培塿焉邑居樓觀人物之顆

視若蟻壤世所謂仙人者僕未知其有無果有則人世不得不為其

輕蔑矣武后封祀碑故存自號大周當時名賢皆無姓名於碑陰不

虞後代之譏其不典也碑之空無字處覩聖俞記樂理國而下四人

同遊鑱刻尤精僕意古帝王祀天神紀功德於此當時尊美甚盛後

之君子不必廢之壞之也又尋韓文公所謂石室者因詰盡東峯頂

既而與諸君議欲見誦法華經注僧永叔進以為不可且言聖俞往

時嘗云斯人之鄙恐不足損大雅一顧僕強諸君往焉自峻極東南

緣險而徑下三四里法華者栖石室中形貌土木也飲食猿鳥也叩

厥眞旨則軟語善答神色睟正法道諦實至論多矣不可具道所切當云古之人念念在定慧何由雜今之人念念在散亂何由定師魯永叔扶道貶異最爲辨士不覺心醉色怍欽歎忘返共恨聖俞聞繆而喪眞甚矣是夕宿頂上會幾望天無纖翳萬里在目子聰疑去月差近令人浩然絕世間慮盤桓三淸露下直覺冷透骨髮羸體將不堪可方卽舍張燭具豐饌醇醴五人者相與岸幘褫帶環坐滿引賦詩談道間以謔劇然不知形骸之累利欲之萌爲何物也夜分少就枕以息明日訪歸路步履無苦昔鼯鼠窮伎能上而不能下豈近此乎午間至中院邑大夫來逆其禮益謹申刻出登封西門道潁陽宿金店十六日晨發據鞍縱望太室猶在後雖由南西則但見少室若夫觀少室之美非繇茲路則不能盡諸邑人謂之冠子山正得其狀自是行七十里出潁陽北門訪石堂山紫雲洞卽邢和璞著書之所山徑極嶮捫蘿而上者七八里上有大洞蔭數畝水泉出焉久爲道

士所占爨煙熏燎又塗墐其內甚瀆靈真之境已戒邑宰稍營草屋於側徙而出之此間峯勢危絕大抵相向如巧者爲之又峭壁有若四字云神清之洞體法雄妙蓋薛老峯之比諸君疑古苔蘚自成文又意造化者筆焉莫得究其本末問道士及近居之民皆曰向無此異不知也少留數十刻會將雨而去猶冒夜行二十五里宿呂氏店馬上粗若疲厭則有師魯語怪永叔子聰歌俚調幾道吹洞簫往往一笑絕倒豈知道路之短長也十七日宿彭婆鎮遂緣伊流陟香山上上方飲于八節灘上始自峻極中院未及此凡題名于壁于石于樹間者蓋十有四處大凡出東門極東而南之自長夏門入繞嵩轘一匝四百里可謂窮極勝覽切切未滿志者聖俞不與焉今既還府恐相次便有塵事侵汨故急寫此奉報庶代一昔之談不宣絳頓首

希深惠書言與師魯永叔子聰幾道遊嵩因誦而韻之寄梅堯臣

聞君奉宸詔瑞祝欽靈岫山水聊得游志願庶可就豈無朋從俱況此一一秀方嶄建春陌十刻殘晝漏初經緱氏嶺古柏尙鬱茂卻過轘轅關巨石相撐鬬夕齋禮神祠法衮被藻繡畢事登山椒常服更知後從者十數人輕齎不爲陋是時天清陰力氣勇奔驟雲巖杳虧蔽花草藏澗竇傍林有珍禽驚聒若避彀盤石暫憩休泓泉助吞漱上窺玉女窗嶃絕非可構下玩搗衣碪焜燿金紋透尹子體雄恢攀緣逾習狃歐陽稱壯齡疲軟屢顛踣競歡相扶持芒屩資踐蹂八仙存故壇三醉孰云謬鄙哉封祀碑數子昔鐫鏤偶誌一時事曷虞來者詬絕頂瞰諸峰隘然輕宇宙遙思謝塵煩欲知羣鳥獸韓公傳石室聞之固已舊當時興稍衰不暇苦尋究東崖暗壑中釋子持經呪于今二十年飲食同猿狖尹子聆法音充爾溢膚腠嘗期躡屐過吾儕色先愀叶韻遂乖真諦言茲亦甘自咎中頂會幾望涼蟾皓如晝紛紛坐談謔草草具觴豆清露濕巾裳誰人苦羸瘦便卽忘形骸胡

爲戀纓綬或疑桂宮近斯語豈狂瞀歸來遊少室嶒崪沐引脰石室迢遞過探訪仍邂逅捫蘿上岑邃仙屋何廣袤乳水出其間涓涓自成溜凡骨此熏蒸靈真安可覯霞壁幾千尋四字侔篆籀咸意苔蘚文誠爲造化授標之神清洞民俗未嘗邁忽覺風雨冥無能久瞻扣忽忽遂宵征勝事皆可復俚歌縱喧譁怪說多駁糅淩晨闞塞陽追賞顏匪厚窮極四百里寧憚疲左右昨朝書報予聞甚醉醇酎所嗟滯遠方心焉倍如疚

又答梅聖俞書　前人

絳白前自嵩嶺回卽致書左右本爲與足下不得同此勝事諸君所共歎恨自入山至還府凡一登臨一談話一食飲間必廣記而備言之欲使足下覽見本末與夫方駕連轡之不若閒可以助發一笑勤勤在此爾及辱報反謂詫玆行而陋中春之遊疑足下遽答使者視前書之未詳也雖諷閱鄭重然祕不示外何則非諸君本意恐傳之

而惑方欲道此以干聽明而未敢也忽得五百言詩自始及末誦次游觀之美如指諸掌而又語重韻險亡有一字近浮靡而涉繆異則知足下於雅頌爲深劉賓客有言人之神妙其在於詩以明詩之難能於文筆百倍矣今足下以文示人爲略以詩曉人爲精吾徒將不足游其藩況敢與奧阼也歎感歎感不宣絳頓首謝公諱絳字希深時任尚書祠部員外郎直集賢院通判河南府

小說多載神清洞事公詩亦有鏁樓臺之句信無疑矣其詳則具謝希深與梅聖俞書中昔公自跋集古錄目序謂希深善評文章尹師魯辨論精博余每有所作伸紙疾讀便得余深意以示他人亦或有所稱皆非余所自得此敘之作惜無謝尹之知音然則公重希深豈減師魯又嘗銘其墓云制誥得西漢體又云以文知名今其集罕傳而二書偶得之英辭類稾附載於此粗見希深之筆力抑公文集既備而使知音者偕傳焉是亦公之忠也

附錄卷第四

附錄卷第五

事迹

男發等述

先公爲人天性剛勁而氣度恢廓宏大中心坦然未嘗有所屑屑於事事不輕發而義有可爲則雖禍患在前直往不顧以此或至困逐及復振起終莫能掩而公亦正身特立不少屈奪四五十年之間氣象偉然蓋天下而以文章道德爲一世學者宗師故歷事三聖嘗被眷倚遂託以天下安危之計而公亦以身許國進退出處士人以爲輕重至於接人待物樂易明白無有機慮與所疑忌與人言抗聲極談徑直明辨人人以爲開口可見心腑至於貴顯終始如一不見大官貴人事位貌之體一切出於誠心直道無所矜飾見者莫不愛服而天資勁正高遠無纖毫世俗之氣常人亦自不能與之合也平生學之所得以至文章事業皆明識所及性所自得不勞而至無所勉強而衆人學之者終莫能及其於經術務明其大本而本於情性其

所發明簡易明白其論詩曰察其美刺知其善惡以爲勸戒所謂聖人之志者本也因其失傳而妄自爲之說者經師之末也今夫學者得其本而通其末斯盡善矣得其本而不通其末闕其所疑可也又云今夫學者知前事之善惡知詩人之美刺知聖人之勸戒是謂知學之本而得其要其學足矣又何求焉公於經術去取如此以至先儒注疏有所不通務在勇斷不惑平生所辨明十數事皆前世人未有說者如五帝不必皆出於黃帝春秋趙盾弑君非趙穿許世子非不嘗藥武王之十有一年非受命之年數及力破漢儒災異五行之說正統論破以秦爲僞閏或以功德或以國地不相臣屬則必推一姓以爲主之說以爲正者正天下之不正統者統一天下之不一至於各據地而稱帝正朔不相加則爲絕統惟合天下於一者爲正統統或絕或續而正統之說遂定焉然亦不苟務立異於諸儒嘗曰先儒於經不能無失而所得已多矣正其失可也力詆之不可也盡其

說而理有不通然後得以論正予非好爲異論也其於詩易多所發明爲詩本義所改正百餘篇其餘則曰毛鄭之說是矣復何云乎其公心通論如此

先公四歲而孤家貧無資太夫人以荻畫地教以書字多誦古人篇章使學爲詩及其稍長而家無書讀就閭里士人家借而讀之或因而抄錄抄錄未畢而已能誦其書以至晝夜忘寢食惟讀書是務自幼所作詩賦文字下筆已如成人兵部府君閱之謂韓國太夫人曰嫂無以家貧子幼爲念此奇兒也不惟起家以大吾門他日必名重當世及舉進士時學者方爲四六號時文公已獨步其間天聖七年補國子監生是秋取解明年南省試皆爲第一人由是名重當世及景祐中在西京與尹公洙偕爲古文已而有詔戒天下學者盡爲古文獨公古文既行遂擅天下四十年間天下以爲模範一言之出學者競相傳道不日之間流布遠近外至夷狄莫不仰服後進之士爭

爲門生求受教誨當世皆以爲自兩漢後五六百年有韓退之退之之後又數百年而公繼出自李翺柳宗元之徒皆不足比然公之文備盡衆體變化開闔因物命意各極其工或過退之如醉翁亭記真州東園記創意立法前世未有其體作尹公洙誌文以爲尹公文簡而有法取其意而爲之卽得其體石先生介墓誌不多假事迹但述其平生志意所存與其大節氣槪讀之如見其人作集古錄敘今王丞相以謂讀之可辟瘧鬼

先公既奉勅撰唐書紀志表又自撰五代史七十四卷其作本紀用春秋之法雖司馬遷班固皆不及也其於唐書禮樂志發明禮樂之本言前世治出於一而後世禮樂爲空名五行志不書事應悉破漢儒災異附會之說皆出前人之所未至其於五代史尤所留心襃貶善惡爲法精密發論必以嗚呼曰此亂世之書也其論曰昔孔子作春秋因亂世而立治法余述本紀以治法而正亂君此其志也書成

減舊史之半而事迹添數倍文省而事備其所辨正前史之失甚多嘉祐中今致政侍郎范公等列言于朝請取以備正史公辭以未成熙寧中有旨取以進御按神宗實錄熙寧五年八月丁亥詔頴州令歐陽某家上某所撰五代史

先公筆札精勁雄偉自爲一家當世士大夫有得數十字皆藏以爲寶而未嘗爲人書石

先公平生以奬進賢材爲己任一時賢士大夫雖潛晦不爲人知者知之無不稱譽薦舉極力而後已既爲當世宗師凡後進之士公嘗所稱者遂爲名人時一作上人皆以得公一言爲重而公推揚誘進不倦至於有一長者識與不識皆隨其所長而稱之至今當世顯貴知名者公所稱薦爲多今湖州孫正言覺爲合肥主簿未與公相識郡守怒之欲捃拾以罪時胡侍講在大學以屬公公爲作手書與其寮佐令保全之遂獲免福州處士陳烈素不與公相識公聞其名知

其行義屢薦於朝乞賜召用朝廷卽召烈爲國子監直講
先公嘗言平生爲學所得惟平心無怨惡爲難故於事未嘗挾私喜
怒以爲意雖仇讎之人嘗出死力擠陷公者它日遇之中心蕩然無
纖芥不足之意嘗曰孔子言以直報怨夫直者是之爲是非之爲非
是非付之至公則是亦不報也
先公初貶滁州蓋錢明逸輩爲之自外還朝遇明逸於京師屢同飲
宴不以爲嫌其後公在中書明逸罷秦州歸復用爲翰林學士近日
小人蔣之奇妄興大謗及公移青州其兄之儀知臨淄縣爲二司所
不喜力欲壞之亦以託公公察其實無它力保全之
先公平生文章擅天下未嘗以矜人而樂成人之美不掩其所長詩
筆不下梅聖俞而嘗推之自謂不及然識者或謂過之初奉勅撰唐
書專成紀志表而列傳則宋公祁所撰朝廷恐其體不一詔公看詳
令删爲一體公雖受命退而曰宋公於我爲前輩且人所見不同豈

可悉如己意於是一無所易書成奏御舊制惟列官最高者一人公官高當書公曰宋公於傳功深而日久豈可掩其名奪其功於是紀志表書公名而列傳書宋公宋丞相庠聞之歎曰自古文人好相凌掩此事前所未有也

先公篤於交友恤人之孤梅聖俞家素貧既卒公醵於諸公得錢數百千置義田以恤其家且乞錄其子增尹龍圖洙已卒公乞錄其子構孫先生復有尊王發微十五卷有旨進內未畢而卒公乞令其家錄進而推恩其子大年尹構孫大年梅增皆蒙錄用以官天聖初胥公在漢陽先公時年二十餘以所為文謁之胥公一見奇之曰子當有名於天下因館于門下與公偕入京師及公登第乃以女妻之

王文康公知西京先公為留守推官一日當都廳勘事有一兵士自役所逃歸文康問公曰勘兵士何謂未斷公曰合送本處行遣文康曰似此某作官處斷過甚多推官新作官不須疑公曰若相公直斷

雖斬亦可有司則不敢奉行一夜文康夜召問軍人未斷否公曰未文康曰幾至誤事明日遂送所屬處

先公在河南以文學負當世之名前後留守皆名公好賢莫不傾身禮接王文康自西京召歸謂公曰今來有例合舉館職當奉舉遂用王文康公薦自西京留守推官召試

范文正公以言事忤大臣貶知饒州先公一日遇司諫高若訥於余襄公家若訥非短范公以爲宜貶公歸遂爲書與之辨且責若訥二字一作其不能論列若訥繳進其書遂坐貶爲夷陵令既而余襄公尹公洙亦連坐被貶蔡公爲四賢詩述其事天下傳之

先公旣坐范公遠貶數年復得滑州職官會范公復起經略陝西辟公掌牋奏朝廷從之時天下久無事一旦西邊用兵士之負材能者皆欲因時有所施爲而范公以天下重名好賢下士故士之樂從者衆公獨歎曰吾初論范公事豈以爲己利哉同其退不同其進可也

遂辭不往其於進退不苟如此以至致位二府惟以忠義自得主知未嘗有所因緣憑藉

先公在館中遇西邊用兵天下多事詔闕上書爲三策以料賊情及指陳天下利害甚衆既而有詔百官許上封章言事公上疏言三弊五事力陳當時之患仁宗增諫官爲四員先公與蔡公襄余襄公靖今致政王尚書素同時選用是時陝西用兵已久京東西盜賊羣起內外多事仁宗既進退大臣遂欲改更闕失方急於求治公遇事感激知無不言范文正公杜正獻公今司徒韓魏公富鄭公四人同時登用公屢請召對訪問責以所爲既而仁宗降手詔出六條以責諸公各亦有所陳述公言諸公所陳宜力主張勿爲羣言所奪而王文安公爲三司使有爲無名詩中之者公請嚴禁止之以絕小人流言搖動朝政之漸敕出官爵購捕其人時上欲改更朝政小人不便故造作語言動搖及勑牓出自此遂絕是後上遂下詔勸農桑興學校

改更庶事之弊

自范文正公之貶先公與余襄公等坐黨人被逐朋黨之說遂起久而不能解一時名士皆被目爲黨人公在諫院爲朋黨論以獻羣言遂息大赦當時之弊時天下久安上下失於因循一旦陝西用兵而羣賊王倫張海等所在皆起先公請遣使者按察州縣朝廷命諸路轉運使皆兼按察公言轉運使苟非其人則按察遂爲空名復條陳按察六事於是兩府聚議盡破常例不次用人後來別因一劄子中備言此事其後州縣多所升降內外百職振舉及杜待制杞爲京西轉運使與御史蔡稟同治賊事公言杞可獨任無用稟杞果遂平諸盜京西無事

時張温成方有寵人莫敢言因生皇女染綾羅八千疋先公上言乞裁損其恩寵及其親戚恩澤太頻可以減罷極陳女寵驕恣以至禍敗之戒

皇叔燕王薨議者以國用不足請待豐年而葬先公乞減費而葬以爲不肯薄葬留之以待後葬徒成王之惡名使四夷聞天子皇叔薨無錢出葬遂輕中國有旨減節浮費而葬

澧州柿木成文有太平之道四字先公上言今四海騷然未見太平之象又曰太平之道者其意可推自古帝王致太平皆有道得道則太平失道則危亂今見其失未見其得願陛下憂勤萬務漸期致理其瑞木乞不宣示于外

慶曆三年御試進士以應天以實不以文爲賦題公爲擬試賦一道以進指陳當世闕失言甚切至

淮南轉運使呂紹寧到任便進羨餘錢十萬公乞拒而不受以彰朝廷均恤外方防禦刻剝

前後所上章疏百餘其間斥去姦邪抑絶徼倖以謂任人不可疑節制不可不一當推恩信以懷不服其事往往施行

先公以諫官除知制誥故事知制誥當先試有旨更不召試有國以
來不試而受者惟楊文公陳文惠公與公三人公既典制誥尤務敦
大體初作勸農勅既出天下翕然人人傳誦王言之體遠復前古
陜西兵役之後河東困弊粮草闕少又有言者請廢麟州或請移于
合河津或請廢五寨朝廷命先公視其利害及訪察一路官吏能否
擘畫經久利害及計置粮草公爲四議以較麟州利害請移兵就食
於河濵一作次清塞堡緩急不失應援而平時可省餽運麟州遂不
廢又建言忻代岢嵐火山四州軍沿邊有禁地棄而不耕人戸私糴
北界斛斗入中以爲邊儲今若耕之每年可得三二百萬石以實邊
朝廷從之此兩事至今大爲河東之利
自西事後河東賦斂重而民貧道路嗟怨先公奏罷十事以寬民力
文字見河東奏事謂乞罷和糴米三司銀之類
先公自河東還會保州兵叛遂出爲河北都轉運使別得不下司劄

子云河北宜選有文武材識轉運使二員密授經略之任使其熟圖利害豫爲禦備

保州既降總管李昭亮私取叛兵妻女通判馮博文等亦往往効之先公發博文罪置獄推劾昭亮恐懼立令送出

自保州事後河北兵驕少不如意卽謀結集處處有之上下務在姑息先公屢乞主張將帥每事鎮重以遏士心河北卒無事

保州叛兵既降其脅從者二千餘人分隸河北諸州富鄭公爲宣撫使恐其復生變欲委諸州同日誅之方作文書會先公權知鎮府遇富公於內黃富公夜半屏人密以告公公曰禍莫大於殺降昨保州叛卒朝廷許以不死招之今已戮之矣此二千人本以脅從故得不死柰何一旦無辜就戮且無朝旨若諸郡不肯從命事既參差則必生事是趣其爲亂也且某至鎮州必不從命富鄭公遂止

先公在河北既被朝廷委任之重悉力經營凡一路官吏能否山川

地里財產所出兵粮器械教閱陣法一一別爲圖籍盡四路之事如在目前或問公曰公以文章儒學名天下而治此俗吏之事乎公曰吏之不職吾所愧也繫民休戚其敢忽乎奏置御河催綱司通致糧運以省入中之數置都作院於磁相二州以省諸州兵器之費既究見河北利害本末（一無此二字）乃一一條列遍貽書於執政將大爲經畫未盡行而公罷去

慶曆初仁宗既復四諫之職（一有而擧二字）拔英俊賢能材德之士並進于朝公負天下之望而居其職仁宗寵異之意獨絕衆人嘗因奏事論及當世人材仁宗不覺謂公曰如歐陽某何處得來公乃盡心悉力思所補報遇事不避以至犯忤權貴排擊姦佞怨怒隨之常欲大用而未果是時中外多事仁宗意以謂艱難之際非公不足以辨事故自諫官奉使河東委以一路之利害及保州事作河北轉運使張昷之得罪公自河東還未歲月復出爲河北轉運使及陛辭之

日仁宗面諭曰不久當還無爲久居計有事但言來無以中外爲限公對曰在京師所言尙以風聞或恐失實況於在一作在於外仁宗曰有所聞但言來行與不行則在此及至河北百事振舉小人忌公恐大用而又杜范韓富同時罷黜小人彙進公上疏極言四人忠實可用而無過辨明小人誣罔之言請加任用於是羣小益懼相與造爲謗辭及詔獄之起窮究無狀仁宗亦悟止奪職知滁州

南京素號要會賓客往來無虛日一失迎候則議論鋒一作羣起先公在南京雖貴臣權要過者待之如一由是造爲語言達於朝廷時陳丞相升之安撫京東因令審察是非陳公陰訪之民間得俚語謂公爲照天蠟燭還而奏之上方欲召用而公丁大夫人憂

先公初服除還朝惟除本官龍圖閣直學士而無主判入見日仁宗惻然怪公鬢髮之白問公在外幾年今年幾何恩意甚至公求補外仁宗曰此中見人多矣爲小官時則有肯盡言名位已高則多顧藉

如卿且未要去明日以責大臣卽以公判流內銓是時小人忌公且見進用僞爲公乞澄汰內臣劄子傳布中外內臣人人切齒判銓六日楊永德以差船及引見胡宗堯事中公出知同州而外議紛紜論救者衆上亦開悟適會劉公沆有劄子乞催宋公祁結絶唐書上曰莫不須宋祁否劉公曰別未有人上曰歐陽某知同州臣寮已有文字請留劉公曰乞自陛下宣諭明日朝辭上殿上曰休去同州且修唐書旣而曾魯公自翰林學士換侍讀學士知鄭州劉公奏歐陽某見未有主判處乞替曾某判三班院上曰翰林學士有人未劉公曰見商量上曰歐陽某不止一好差遣亦好一翰林學士便可替曾某遂入翰林爲史官判三班院上嘗面問公以唐學士院鈐索故事將議臨幸其於眷待之意甚厚

先公在侍從八年知無不言屢建議多見施行自初還朝唐公介與諸公方居言職所言久之未見聽納公上疏言人君拒諫之失請採

聽言者其後上遂用諫官言進退宰相用唐介等疏罷陳執中時議者方以河患爲意陳恭公在相位欲塞商胡開橫壠回大河於故道先公上疏言其不可未幾恭公罷去新宰相復用李仲昌議欲開六塔全回河流公兩上疏爭之不聽河纔成而決濱　德博數千里大被其害仲昌等議者流竄遠方卒如公議

至和二年先公奉使契丹契丹使其貴臣陳留郡王宗愿惕隱大王宗熙北宰相蕭知足尙父中書令晉王蕭孝友來押宴曰此非常例以卿名重宗愿宗熙並契丹皇叔北宰相蕃官中最高者尙父中書令晉王是太皇太后弟送伴使耶律元寧言自來不曾如此一併差近上親貴大臣押宴

嘉祐初狄武襄公爲樞密使狄自破蠻賊之後方振威名而是時仁宗不豫久之初康復而狄得士心京師訛言訩訩先公因水災言武臣典機密得士心而訛言可畏非國之便請且出之於外以保全之

未久狄終以流言不已罷知陳州
嘉祐中復用賈魏公爲樞密使先公言其爲人好爲陰謀陷害良士小人朋附樂爲其用前任相位累害善人所以聞其再來望風畏恐乞早罷還之舊鎭其命遂止
先公在翰林嘗草春帖子詞一日仁宗因閑行舉首見御閣帖子讀而愛之問何人作左右以公對即悉取皇后夫人諸閣中者閱之見其篇篇有意歎曰舉筆不忘規諫眞侍從之臣也自是每學士院進入文書必問何人當直若公所作必索文書自覽先公每述仁宗恩遇多言此事云內官梁實爲先公說春帖子詞有云陽進升君子陰消退小人聖君南面治布政法新春至今士大夫盡能誦之及溫成皇后閣帖子云聖君念舊憐遺族常使無權保厥家
仁宗嘉祐中先公在翰林富鄭公在中書胡侍講在太學包孝肅公爲中丞士大夫相語曰富公眞宰相呼先公字曰眞翰林學士胡先

生眞先生包公眞中丞時人謂四眞
嘉祐二年先公知貢舉時學者爲文以新奇相尚文體大壞僻澀如狼子豹孫林林逐逐之語怪誕如周公伻圖禹操畚鍤傅說負版築來築太平之基之說公深革其弊一時以怪僻知名在高等者黜落幾盡二蘇出於西川人無知者一旦拔在高等牓出士人紛然驚怒怨謗其後稍稍信服而五六年閒文格遂變而復古公之力也
先公知開封府承包孝肅公之後包公以威嚴爲治名震京師而公爲治循理不事風采或謂公曰前政威名震動都下眞得古京兆尹之風采公未有動人者柰何公曰人材性各有短長豈可捨己所長勉強其所短以徇俗求譽但當盡我所爲不能則止旣而都下事無不治
開封府旣多近戚寵貴干令犯禁而復求以內降苟免先公旣授命屢有其事卽上奏論列乞今復求內降以免罪者更加本罪二等內

臣梁舉直私役官兵付開封府取勘既而內降放罪凡三次內降公終執而不行

嘉祐三年閏十二月京師大雪民凍餒而死者十七八明年上元有司以常例張燈先公奏請罷之

故事國史皆在史院近制皆進入內自是每日曆成亦入內而有司惟守空司先公請錄本付外遂如公言今史院之有國史自一作由公請也

先公在密院與今侍中曾魯公悉力振舉紀綱革去宿弊大考天下兵數及三路屯戍多少地里遠近更爲圖籍之法邊防久闕屯守者大加蒐補數月之間機務浸理

臺諫官唐公介王公陶范公師道呂公景初皆以言事被逐先公言四人剛正敢言蹤跡有本末宜早賜牽復其後四人遂復進用

先公在侍從因嘉祐水災凡再上疏請選立皇子以固天下根本言

甚激切及在政府遂與諸公協定大議而英宗力辭宗正之命堅臥久之諸公同議不若遂正皇子之名奏事仁宗前顧問之際公獨進曰宗室自來不領職事今外人忽見有此除授皆知陛下將以爲子不若遂正其名蓋判宗正寺降誥勅得以不授今立爲皇子只煩陛下命學士作一詔書告天下事即定矣仁宗以爲然大計遂定及英宗初年未親政事慈聖垂簾危疑之際公與諸公往來兩宮鎮撫內外而公之危言密議忠力爲多以至英宗親御萬機內外睦然

先公天性勁正不顧仇怨雖以此屢被讒謗至於貶逐及居大位毅然不少顧惜尤務直道而行橫身當事不恤浮議是時今司徒韓魏公當國每諸公聚議事有未可公未嘗不力爭而韓公亦欣然忘懷以此與公相知益深或奏事上前衆議未合公亦往返折難無所顧避嘗一日獨對英宗面諭公曰參政英宗於先朝大臣名不以名呼而以官稱性直不避衆怨每見奏事與二相公有所異同便相折難

其語更無回避亦聞臺諫論事往往面折其短若似奏事時語可知人皆不喜也宜少戒此而公又務抑絕僥倖有以事干公者或不可行面爲其人分別可否曰此事必不可行以此人多怨謗而公安然未嘗少卹嘗稱故相王沂公之言曰恩欲歸己怨使誰當每亦曰貧賤常思富貴富貴必履危機此古人之所歎也惟不思而得既得不患失之者其庶幾乎及濮園議起非公所獨專朝廷亦未有定議而言者妄以非禮之說指公爲主議公亦不與之較其後小人彭思永蔣之奇等造爲無根之飛語欲以危公自人主而下朝廷名臣巨公天下有識之士皆知因公亮直不隱得怨於小人故上連降手詔詰問思永之奇二人引服誣罔悉皆貶逐

自嘉祐以後朝廷務惜名器而進人之路稍狹先公屢建言館閣育材之地宜廣其選以廣賢路遂令兩府人各舉五人其後中選者十人

嘗因僧官闕人內臣陳承禮以寶相院僧慶輔爲請內降從之舊有著令僧官必試而補諸公相與執奏其事先公進言曰補一僧官至爲小事但內降衝改著令內臣干撓朝政不可啓其端且宦女近習前世常患難於防制乞絕之於漸英宗即欣然嘉納

契丹降人韓臯謨者自言太叔使來言太叔謀取其國乞中國出兵爲應二府會議其事時有意主之者將議從之先公爭曰中國待夷狄宜以信義爲本柰何欲助其叛亂使事不成得以爲辭主議者大笑曰迂儒迂儒公力爭之不已遂止旣而虜中太叔舉事不成而死

初樞密使闕人先公以次當拜時英宗未親政事二府密議不以告公一日待漏院中公見二相耳語知其所爲問曰得非密院闕人而某當次補乎二公曰然公曰此大不可今天子不親政而母后垂簾事之得失人皆謂吾輩爲之耳今如此則是大臣二三人相補置耳何以鎮服天下二公大然公言遂止及今致政張太師罷樞密使英

宗復用公公力辭不拜
京師百司所行兵民官吏財用之類皆無總數中書一有行移則下
有司纂集先公因暇日盡以中書所當知者集爲總目一日上有所
問宰相以總目爲對公以祀假家居上遣中貴人就中書閤子取而
閱之先公平生連典大郡務以鎮靜爲本不求聲譽治存大體而施
設各有條理綱目不亂非盜賊大獄不過終一作數日吏人不得留
滯爲姦如揚州南京青州皆大郡多事公至數日事十減五六既久
官宇閴然嘗曰以縱爲寬以略爲簡則事弛廢而民受弊吾所謂寬
者不爲苛急簡者去其繁碎爾故所至不見治迹而民安其不擾既
去至今追思不已今滁揚二州皆有生祠而公天性仁恕斷獄常務
從寬嘗云漢法惟殺人者死後世死刑多矣故凡死罪非己殺人而
法可出入者皆全活之曰此吾先君之志也其在河北一議活二千
人之命及晚年在京東奏寬沙門島刑名設法減其人數賴以獲全

者甚衆沙門島罪人寨主舊敢專殺故數不多而易制馬默知登州務全人命舉察甚嚴稍優卹罪人罪人既多而又不畏本寨漸恣橫難制京東議者大患之有司之意多欲許令依舊一面處置公以爲朝廷既貸其命豈可非理殺之奏請將編勑州一作刑名合配沙門島而情稍輕者只配遠惡州軍見在島多年情輕者放還遂以無事而人亦獲全

先公初有太原之命令赴闕朝見中外之望皆謂朝廷方虛相位以待公公六上章堅辭不拜而請知蔡州天下莫不歎公之高節

先公在亳年纔六十一已六上章乞致仕而上方眷留未聽及在蔡勤請益堅遂如素志公既氣貌康強而年未及禮制一旦勇退近古數百年所未嘗有天下士大夫仰望驚嘆公雖退居于家士論猶望以爲輕重

先公平生以直道見忌於羣小再被貶逐而未嘗以介意初在峽州

作至喜亭及自河北以小人無名之謗降知滁州治州南山泉爲幽谷泉作亭於瑯琊山自號醉翁及晚年又自號六一居士曰吾集古錄一千卷藏書一萬卷有琴一張有棊一局而常置酒一壺吾老於其間是爲六一自爲傳以刻石

先公平生於物少所嗜好雖異物奇玩不甚愛惜獨好收蓄古文圖書集三代以來金石銘刻爲一千卷以校正史傳百家訛繆之說爲多藏書一萬卷雖至晚年暇日惟讀書未嘗釋卷

先公平生著述易童子問三卷詩本義十四卷五代史七十四卷居士集五十卷歸榮集一卷外制集三卷內制集八卷奏議集十八卷四六集七卷集古錄跋尾十卷雜著述十九卷諸子集以爲家書總目八卷其遺逸不錄者尚數百篇別爲編集而未及成又奉勑撰唐書紀十卷志五十卷表十五卷在館職日與同時諸公共撰崇文總目祖宗故事

西元二〇二二年一月一日重製一版

歐陽文忠全集 冊四

（宋歐陽修撰）

平裝四冊基本定價參仟捌佰元正
（郵運匯費另加）

發行人 張敏君
發行處 中華書局
臺北市內湖區舊宗路二段一八一巷八號五樓（5FL., No. 8, Lane 181, JIOU-TZUNG Rd., Sec 2, NEI HU, TAIPEI, 11494, TAIWAN）
客服電話：886-8797-8396
公司傳真：886-8797-8909
匯款帳戶：華南商業銀行西湖分行
179100026931
印　刷：經典數位印刷有限公司
海瑞印刷品有限公司

No. N3075-4

國家圖書館出版品預行編目(CIP)資料

歐陽文忠全集/(宋)歐陽修撰. -- 重製一版. -- 臺北市 :
中華書局, 2022.01
冊 ; 公分
ISBN 978-986-5512-73-6(全套 : 平裝)

845.15 110021467